Linda Winterberg

# Die Berghebamme
## Hoffnung der Frauen



atb aufbau taschenbuch

Hinter LINDA WINTERBERG verbirgt sich Nicole Steyer, eine erfolgreiche Autorin historischer Romane. Sie lebt mit ihrem Mann und ihren zwei Töchtern im Taunus.

Im Aufbau Taschenbuch und bei Rütten & Loening liegen von ihr zahlreiche Romane vor, darunter die Berliner Hebammen-Saga mit den Titeln »Jahre der Veränderung«, »Aufbruch in ein neues Leben«, »Schicksalhafte Zeiten« und »Ein neuer Anfang«. Nach dem großen Erfolg dieser Reihe widmet sich die Autorin nun ihrem Herzensprojekt: eine Hebammengeschichte aus ihrer eigenen Heimat zu erzählen.

Als Maria einen Brief von ihrem Jugendfreund Max erhält, in dem er sie bittet, zurück nach Brannenburg zu kommen, um dort als Hebamme zu arbeiten, ist sie hin und her gerissen. Schließlich war sie als uneheliches Waisenkind in ihrem Heimatdorf mehr geduldet als willkommen und hat somit nicht nur gute Erinnerungen an das oberbayerische Idyll. Gleichzeitig sieht sie es als ihre Pflicht an, den schwangeren Frauen zu helfen, die durch die altmodischen Praktiken der ansässigen Hebamme Alma zum Teil tödlich erkranken. Und dann ist da noch Max. Ihr bester Freund aus Kindertagen ist mittlerweile ein selbstbewusster und attraktiver Mann, der mit seiner Frau sein erstes Kind erwartet. Maria weiß, dass es falsch ist, sich zu einem verheirateten Mann hingezogen zu fühlen. Und doch beginnt ihr Herz jedes Mal schneller zu klopfen, wenn sie ihn sieht. Max scheint es ähnlich zu gehen.

Linda
Winterberg

# DIE BERG HEBAMME

## Hoffnung der Frauen

Roman

aufbau taschenbuch

MIX
Papier | Fördert
gute Waldnutzung
FSC® C083411

ISBN 978-3-7466-4138-6

Aufbau Taschenbuch ist eine Marke der Aufbau Verlage GmbH & Co. KG

3. Auflage 2025

www.aufbau-verlage.de
10969 Berlin, Prinzenstraße 85

Bei Fragen zur Sicherheit unserer Produkte wenden Sie sich bitte an
produktsicherheit@aufbau-verlage.de.
Umschlaggestaltung www.buerosued.de, München
unter Verwendung von Motiven von © Arcangel / Laura Arcangel
Satz LVD GmbH, Berlin
Druck und Binden CPI books GmbH, Leck, Germany

Printed in Germany

# 1. Kapitel

*10. März 1893*

Maria verließ als Letzte den Hörsaal. Sie blieb auf dem Flur am Fenster stehen und blickte auf die Sonnenstraße hinaus, auf der an diesem trüben und kalten Nachmittag nur wenig Betrieb herrschte. Eine einsame Kutsche fuhr vorüber, und zwei Frauen in schwarzen Wintermänteln stapften auf der gegenüberliegenden Straßenseite unter Schirmen durch den Schnee. Am Vormittag war der Himmel über München noch wolkenlos gewesen, und helle Sonnenstrahlen hatten die Räume und Flure der Gebäranstalt in warmes, freundliches Licht getaucht. Doch um die Mittagszeit hatte es sich zugezogen, und jetzt schneite es kräftig.

Normalerweise mochte Maria das winterliche Schauspiel und konnte gar nicht genug davon bekommen, den Flocken beim Fallen zuzusehen, doch langsam sehnte sie sich nach wärmeren und helleren Tagen. Der Frühling ließ mal wieder auf sich warten. In der Stadt fühlte sich dieser zudem ganz anders und bei Weitem nicht so herrlich an, wie in dem Ort ihrer Kindheit: Brannenburg, einem ländlichen Idyll, das sie an so manchen Tagen schmerzlich vermisste. Obwohl das doch eigentlich seltsam war, schließlich war sie von den Einwohnern des von hohen Bergen umgebenen Dorfes am grünen Inn als Findelkind nie anerkannt worden.

Vor den Toren der Kirche St. Margarethen vor zwanzig Jahren als Neugeborenes abgelegt, hatte sie Glück gehabt, an diesem kalten Winterabend von der Frau des Messners rasch entdeckt worden zu sein, sonst wäre sie erfroren. Wer ihre Mutter war, wusste niemand. Sie war in einem Findelhaus aufgewachsen, gut behütet von ihrer liebsten Gertie, einer früh verwitweten Bauersfrau mit dem Herzen am rechten Fleck, die sie mit Liebe überschüttet, jedoch nie verzärtelt hatte.

*Gute Menschen sollt ihr werden*, hatte sie immer betont. *Gütig und hilfsbereit sollt ihr sein, keusch und reinlich, fleißig und wissbegierig*. Dann würde der Herrgott es schon richten.

Was Gertie wohl dazu sagen würde, dass sie heute in München war und eine Ausbildung zur Hebamme machte? Vermutlich würde sie diesen Entschluss nicht gutheißen, denn ein anständiges, unverheiratetes Mädchen übte einen solchen Beruf nicht aus und hatte nichts übers Kinderkriegen zu wissen. Es hatte sittsam zu bleiben und sollte sich bloß nicht ins Unglück stürzen.

Maria hatte nie verstanden, weshalb die Geburt eines Kindes nicht sittsam sein sollte und weshalb sie den Beruf der Hebamme als ledige Frau nicht ausüben durfte. Die Ankunft eines kleinen Menschen wurde doch meist als freudiges Ereignis gefeiert und besonders die Geburt eines Buben von den Mannsbildern im Dorf beim Wirt ordentlich begossen. Einmal hatte Maria Mäuslein gespielt und, am Fenster stehend, neugierig dabei zugesehen, wie ein Kind zur Welt gekommen war. Bedauerlicherweise hatte sie von ihrem Beobachtungsposten aus nicht alles sehen können, aber das war nicht so schlimm gewesen. Als das kleine Menschlein, ein Mädchen, seinen ersten Schrei getan hatte, waren ihr Tränen der Rührung über die Wangen gelaufen. Der Wunsch, eines Tages eine richtige Hebamme zu sein, war geboren und hatte sich nicht mehr vertreiben lassen, Sittsamkeit hin oder her. Und dass es mit dieser oftmals nicht weit her war, wusste Maria inzwischen nur zu gut.

Heute war sie tagtäglich von dem vermeintlichen Unglück umgeben, das die Gertie stets von ihr hatte fernhalten wollen. Von den Sünderinnen, den gefallenen Frauen, für die sie, im Gegensatz zu manch anderer ihrer Kommilitoninnen, Mitleid empfand.

Die Münchner Frauengebäranstalt in der Sonnenstraße war einer von drei Ausbildungsorten in Bayern für Hebammen. Hier lernten die Berufsanfängerinnen unter fachmännischer Anleitung von Hebammen und Ärzten ihr Handwerk an in Not geratenen Frauen, die in dem roten Backsteingebäude Zuflucht und Hilfe suchten und sie auch bekamen. Dafür mussten sie sich als Lehrkörper zur Verfügung stellen, woran Maria allerdings nichts Schändliches fand. Es gab bei den aufgenommenen Frauen jedoch Unterschiede: Zahlende Patientinnen erhielte eine bedeutend bessere Behandlung, hochwertigere Kost, gerne ein Einzelzimmer, und diese meist aus wohlhabenden Häusern stammenden Frauen wurden selbstverständlich nicht für Lehrzwecke benutzt.

Nachdem sie ihr Kind in der Anstalt im Geheimen zur Welt gebracht hatten, war ihre Ehre wieder hergestellt, und sie konnten verheiratet werden. Ihre Kleinen blieben zurück, wurden in Pflegestellen vermittelt, die »Frucht des Übels« würde niemals die Liebe und Zärtlichkeit einer richtigen Mutter kennenlernen.

Maria wusste nur zu gut, wie sich das anfühlte. Wie es war, mit dem Gedanken leben zu müssen, ungewollt zu sein. Als

Kind hatte sie oft geträumt, ihre Mutter würde kommen und sie zu sich holen, würde sie fest an sich drücken und ihr sagen, dass sie sie liebte. Sie war in ihrer Vorstellung wunderschön gewesen und hatte ein hellblaues Kleid aus einem schimmernden Stoff getragen. In späteren Jahren hatte Maria oftmals vor dem Spiegel gestanden und sich gefragt, ob sie ihr ähnelte. Hatte sie ihre kastanienbraunen Locken und ihre grauen Augen von der Mutter geerbt oder vielleicht doch vom Vater? Solche Fragen würden für immer unbeantwortet bleiben.

Marias Blick blieb an einer jungen Frau hängen, die sich dem Haupteingang der Gebäranstalt mit einem Koffer in der Hand näherte. Schnee lag auf ihrem dunklen Mantel und ihrem Hut, und sie bewegte sich in dem üblichen Watschelgang einer schwangeren Frau. Sie tappte durch das geöffnete schmiedeeiserene Tor und verschwand aus Marias Blickfeld.

»Da steht sie am Fenster und träumt mal wieder vor sich hin«, riss eine vertraute Stimme Maria aus ihren Gedanken, und sie wandte sich um. Vor ihr stand ihre Kommilitonin Auguste. Die rundliche, junge Frau mit dem blonden Schopf hatte am selben Tag wie Maria die Ausbildung begonnen, und die beiden hatten sich vom ersten Augenblick an gut verstanden. Auguste war ein echtes *Münchner Kindl.* Aufgewachsen als vierte Tochter eines Metzgers, war es mit ihrer Mitgift nach dem Tod des Vaters nicht weit her gewesen, weshalb sie nach der Beendigung der Volksschule gleich in Stellung hatte gehen müssen. Doch die Arbeit als Dienstmädchen hatte ihr nicht gelegen, weshalb sie sich zur Hebammenausbildung angemeldet hatte. Der Anblick von Blut machte ihr nichts aus, und anpacken konnte sie auch, was in ihrem Beruf durchaus von Vorteil war. An ihrem Feingefühl musste Auguste allerdings noch etwas arbeiten. Da kam dann doch hin und wieder die derbe Art der Metzgerstochter durch. *Gebärende Mütter sind keine Schweinehälften*, war sie neulich mal wieder von der Oberhebamme ermahnt worden, was bei den Hebammenschülerinnen zu großem Gelächter geführt hatte.

»Und eine schief sitzende Haube hast du auch«, merkte Auguste an und rollte die Augen. »Lass das mal nicht die Schmiedhammer sehen. Sonst musst du die letzten beiden Wochen deiner Ausbildung nur noch Bettpfannen leeren.«

Sogleich griff sich Maria an ihre Haube und sorgte durch ihr Tun dafür, dass sie endgültig in ihren Nacken rutschte. »Dieses dumme Ding aber auch«, schimpfte sie. »Es will nie richtig halten.« Sie nahm die Haube ab, und Auguste tat ihr den Gefallen, sie wieder an Ort und Stelle zu befestigen.

»So, jetzt ist es ordentlich«, sagte sie, nachdem sie ihr Werk vollendet hatte. »Nun sollten wir uns aber beeilen. Wir haben in der Aufnahme Dienst, und wenn wir nicht in fünf Minuten unten sind, dann leeren wir trotz richtig sitzender Hauben Bettpfannen.«

Die beiden setzten sich in Bewegung und eilten durch das weitläufige Treppenhaus der Gebäranstalt. Als sie im Eingangsbereich ankamen, wurden sie vom Pförtner, dem alten Willi, eifrig herangewinkt. Vor ihm stand die junge Frau, die Maria eben noch über die Straße hatte laufen sehen.

»Grüß Gott, die Damen«, grüßte Willi höflich und tupfte sich mit einem rot-weiß karierten Taschentuch über seine glänzende Stirn. Der Mittfünfziger mit der Halbglatze litt unter zu hohem Blutdruck, weshalb er stets rotwangig war und schwitzte. »Das ist gut, dass ihr zwei hier gerade vorbeikommt. Dann könnt ihr das Fräulein Gralinger gleich mitnehmen. Obwohl ich mir nicht sicher bin, ob sie schon aufgenommen werden kann. Es ist wohl noch ein paar Wochen vor der Zeit. Aber bei mir wurden ja schon häufiger falsche Angaben gemacht.«

»Wir kümmern uns gern«, antwortete Maria und schenkte dem Fräulein Gralinger, das sie auf nicht älter als achtzehn schätzte, ein freundliches Lächeln. Das arme Ding sah aus, als würde es gleich in Tränen ausbrechen. Sie griff sogleich nach dem abgewetzten braunen Koffer der jungen Frau. »Kommen Sie mit uns, Fräulein. Das wird schon werden.«

Die beiden brachten die Schwangere zu der im Erdgeschoss liegenden Aufnahmestation, wo sie bereits von der Oberhebamme, Walburga Schmiedhammer, erwartet wurden. Die hagere und faltige Frau war Anfang siebzig, dachte jedoch gar nicht daran, sich zur Ruhe zu setzen. Maria hatte sie während ihrer gesamten Ausbildungszeit noch niemals lächeln sehen. Auch jetzt war ihre Miene grimmig.

»Ihr seid zu spät«, rügte sie die beiden sofort. »Was predige ich immer? Pünktlichkeit ist eine der wichtigsten Tugenden einer Hebamme. Auf euch muss stets Verlass sein.«

»Wir haben uns nur deshalb verspätet, weil wir die neue Patientin vom Empfang mitgenommen haben«, verteidigte Auguste sie und deutete auf das Fräulein Gralinger, das neben Maria in der Tür stand und noch immer so aussah, als würde es gleich losheulen.

»Verstehe«, lenkte die Oberhebamme ein. »Ein Neuzugang also.« Sie musterte die Schwangere über ihre Nickelbrille hinweg eingehend. »Mit oder ohne Bezahlung?«

»Ohne«, antwortete die junge Frau so leise, dass es kaum hörbar war.

»So sehen Sie auch aus, Kindchen. Nichts für ungut.«

Maria hatte Mühe, sich in diesem Moment zurückzuhalten. Wie sehr sie es doch verabscheute, wenn die Oberhebamme die jungen Frauen auf diese Art beleidigte. Nur weil sie in Not geraten waren, hatte sie nicht das Recht dazu, so mit ihnen umzugehen. Aber als Hebammenschülerin musste sie sich zurückzuhalten. Sie wusste, was mit denjenigen geschah, die vorlaut waren. Bettpfannen reinigen war dann noch eine der humaneren Strafen. Mit Pech stand man vor der Tür der Gebäranstalt und konnte den Berufswunsch Hebamme ein für alle Mal begraben, denn ohne eine bestandene Ausbildung an einer offiziellen Gebäranstalt durfte man den Beruf neuerdings nicht mehr ausüben.

»Dann kommen Sie mal mit, Fräulein. Wie war der Name noch mal?« Sie ging an der jungen Frau vorbei auf den Flur und bedeutete ihr, ihr zu folgen.

Die Frau wiederholte ihren Namen.

Kurz darauf betraten sie eines der Aufnahmezimmer, und die Oberhebamme bat Fräulein Gralinger, ihren Mantel abzulegen, während sie sich an einen kleinen Schreibtisch setzte. Der Schwangeren bot sie keinen Sitzplatz an. Auguste und Maria standen in der für Hebammenschülerinnen üblichen Zimmerecke, sie waren zum Schweigen verdammt.

Die Oberhebamme schlug das Aufnahmebuch auf, nahm einen Füllfederhalter zur Hand und notierte den Namen. Dann fragte sie die persönlichen Daten ab.

Fritzi Gralinger beantwortete sämtliche Fragen mit leiser Stimme. Sie war tatsächlich achtzehn Jahre alt und kam von einem Bauernhof in Miesbach, wo sie als Magd tätig gewesen war.

»Wie lange noch bis zur Geburt?«, fragte die Oberhebamme.

»Vielleicht vier Wochen«, gab die Schwangere an. Ihre Aussage sorgte dafür, dass Walburga Schmiedhammer eine Augenbraue in die Höhe zog.

»Aufgenommen werden Schwangere erst zwei Wochen vor dem Entbindungstermin. Sind Sie darüber nicht informiert worden?« Ihr Tonfall klang nun noch harscher als zuvor.

Fritzi Gralinger zog den Kopf ein, und in ihren Augen schimmerten Tränen. *Das arme Ding*, dachte Maria. Sie konnte nur erahnen, was sie in den letzten Monaten durchgemacht hatte. Der Gang zur Gebäranstalt fiel den Frauen schwer. Aber es half ja nichts, denn anderswo erhielten sie nur selten die notwendige Geburtshilfe. Die Mehrzahl der freien Hebammen auf den Dörfern lehnte es ab, den gefallenen Frauen zu helfen. Hinzu kam, dass die meisten nach dem Bekanntwerden der Schwangerschaft vom Hof vertrieben wurden und ein unschönes Dasein in irgendwelchen Arbeitshäusern oder Sozialeinrichtungen fristeten.

»Das wusste ich nicht«, antwortete Fritzi Gralinger und eine erste Träne kullerte über ihre Wange.

»Was auch sonst«, entgegnete die Oberhebamme, stieß einen Seufzer aus und erhob sich. »Jetzt werden wir Sie erst einmal untersuchen. Wir werden schon herausbekommen, wie viele Wochen es noch sind. Die meisten von euch Weibern geben falsche Daten an.«

Kurz darauf lag die werdende Mutter auf der Untersuchungsliege, und Maria war diejenige, die ihren Bauch abtastete. Zuvor hatte sie sich unter dem strengen Blick der Oberhebamme noch einmal gründlich die Hände desinfiziert. Noch bis zur Mitte des neunzehnten Jahrhunderts war in der Gebäranstalt wenig auf Hygiene geachtet worden. Doch seitdem der Chirurg und Geburtshelfer Doktor Ignaz Semmelweis den Zusammenhang zwischen mangelnder Hygiene und dem gefürchteten Kindbettfieber hergestellt hatte, hatte sich in dieser Hinsicht vieles verändert, und es wurde nun peinlichst genau auf die Einhaltung der Hygienevorschriften geachtet. Maria untersuchte die Patientin äußerst sorgfältig und behutsam, schließlich wollte sie der jungen Frau nicht wehtun. Das Kind regte sich, an einer Stelle beulte sich der Bauch aus, was Maria ein Lächeln entlockte. Die Entwicklung eines Menschen im Mutterleib und die Geburt neuen Lebens stellten für sie eines der größten Wunder Gottes dar, und sie war jedes Mal stolz darauf, wenn sie diejenige war, die einen kleinen Erdenbürger als Erste auf dieser Welt begrüßte.

»Das Kind liegt so, wie es sein soll«, sagte sie. »Der Kopf ist unten, es ist gerade ausgerichtet und recht munter.« Als wollte das Ungeborene ihre Worte bestätigten, beulte sich der Bauch in diesem Moment an einer weiteren Stelle aus.

»So wollen wir es haben«, meinte die Oberhebamme. »Auguste, Sie nehmen die vaginale Untersuchung vor.«

Auguste nickte, trat näher und bat Fritzi Gralinger, ihre Beine zu spreizen. Diese folgte ihren Anweisungen und presste während der nun folgenden Untersuchung des Muttermundes fest die Augen zusammen. Maria kam nicht umhin, ihre Hand zu nehmen und einige aufmunternde Worte zu sprechen. »Es dauert nicht lange. Gleich ist es geschafft.«

Zu ihrem Bedauern folgte auf ihre Freundlichkeit sogleich eine abfällige Bemerkung der Oberhebamme: »Soll sich nicht so anstellen. Für das Mannsbild hat sie schließlich auch die Beine breit gemacht, und bei dem war sie nicht so beschämt.«

»Hoppala«, sagte Auguste plötzlich und zog ihre Hand zurück. Auf der Untersuchungsliege wurde es feucht. »Da ist wohl gerade die Fruchtblase geplatzt.«

»Damit hat sich dann die Wochenzahl erledigt«, kommentierte die Oberhebamme trocken. »Weggeschickt werden Sie jetzt nicht mehr, Kindchen. Da will jemand auf die Welt kommen. Maria, geh und hol eine der Schwestern. Sie soll sie nach oben bringen.«

Maria tat wie angewiesen, und nur wenige Minuten später wurde Fritzi Gralinger in einem Rollstuhl aus der Aufnahmestation Richtung Aufzug geschoben. Es galt zu hoffen, dass sie die Geburt gut überstehen würde.

Die werdende Mutter war gerade weg, da erschienen bereits zwei weitere Neuankömmlinge. Beide watschelten wie Enten, eine von ihnen schnaufte zusätzlich wie eine Dampflok. So wie es schien, würde es keine langweilige Schicht in der Aufnahmestation werden. Auguste krempelte die Ärmel ihres Schwesternkleides energisch nach oben.

»Dann lass uns mal loslegen.«

Am späten Abend desselben Tages hatte sich Maria in die Stille der in der Gebäranstalt befindlichen Kapelle zurückgezogen, um in Ruhe den Brief zu lesen, den ihr Willi während einer kurzen Verschnaufpause am Nachmittag zugesteckt hatte. Er kam von ihrem besten und liebsten Freund aus Kindertagen,

Max Antretter. Er war einen Monat älter als sie und der Sohn des Bürgermeisters und Sägewerkinhabers Alfons Antretter. Erstaunlicherweise hatten sie auch nach ihrem Weggang aus Brannenburg einen regelmäßigen Briefkontakt aufrechterhalten. Max' Anwesenheit im Kinderhaus war von der alten Gertie stets geduldet worden. Auch seine Tante, sie hatte sich nach dem frühen Tod der Mutter um den Haushalt und Max gekümmert, ließ ihn gewähren. So waren Maria und Max wie Geschwister aufgewachsen, und er bezeichnete sie ganz selbstverständlich bis heute als sein Schwesterchen. Maria faltete den Brief auseinander und begann zu lesen:

*Brannenburg, den 6. März 1893*

*Mein liebstes Schwesterchen,*
*ich weiß, ich habe länger nichts von mir hören lassen, wofür ich mich bei Dir entschuldigen möchte, und ich hoffe, Du nimmst mir mein Schweigen nicht krumm. Hier ist in den letzten Wochen einiges drunter und drüber gegangen, und es gab so viele Dinge, um die ich mich kümmern musste. Mein Vater hat bedauerlicherweise einen Schlaganfall erlitten, weswegen ich für ihn, zusätzlich zu meinen Schreinerarbeiten, sämtliche Arbeiten im Sägewerk übernehmen musste. Zum Glück war es nicht so schlimm, der Arzt ist guter Dinge, dass er sich wieder erholen wird. Du kannst Dir mit Sicherheit vorstellen, was im Gemeinderat nach seinem Schlaganfall los gewesen ist. Einige haben für die Ernennung eines neuen Bürgermeisters plädiert, aber letzte Woche hat Papa wieder an der Gemeinderatssitzung teilgenommen, und die Gemüter haben sich beruhigt.*

*Jetzt bleibt mir wieder mehr Zeit zum Kistel bauen. Erst letzte Woche habe ich einen Auftrag für einen neuen Schrank vom Kuchler Balthasar aus Milbing bekommen. Somit sind meine Auftragsbücher jetzt prall gefüllt. Das ist auch gut so, denn ich habe die Neuigkeit zu verkünden, dass wir bald zu dritt sein werden. Annemarie hat mir vor einigen Tagen mitgeteilt, dass sie guter Hoffnung ist. Ich kann Dir gar nicht sagen, wie sehr ich mich auf unser erstes gemeinsames Kind freue, schön wäre natürlich ein Bub, jetzt rollst du mit den Augen, das weiß ich. Ich versichere Dir, auch ein Madl wäre mir willkommen. Die Alma betont ja immer, dass die Gesundheit das Wichtigste ist. Womit wir beim nächsten Thema wären, das ich in diesem Brief anschneiden möchte, und es ist nicht sehr erfreulich.*

*Wie Du weißt, ist unsere Alma bereits etwas in die Jahre gekommen, vor drei Monaten hat sie ihren einundsechzigsten Geburtstag gefeiert. Sie ist noch recht rüstig und schafft es auch noch zu den Sennerinnen auf die Almen. Aber es mehren sich Vorkommnisse, die mit ihrer doch etwas altmodischen Arbeitsweise zu tun haben könnten. Sie ist ja auch nicht so wie du an einer Fachschule ausgebildet worden, sondern hat das Hebammenhandwerk noch von ihrer Vorgängerin erlernt. So ist es damals ja auch üblich gewesen auf den Dörfern. Mich hat unser neuer, aus Rosenheim zugezogener Arzt, Doktor Danzinger, neulich auf die prekäre Situation in der Geburtshilfe angesprochen. Es sterben seiner Ansicht nach noch immer zu viele Frauen im Wochenbett und bei den Geburten selbst. Er hat bemängelt, dass die Alma nie Fortbildungskurse besucht hat. Da hätte wohl auch der Gemeinderat ein Auge drauf haben müssen. Die Einstellung einer jüngeren und gut ausgebildeten*

*Hebamme könnte hier Abhilfe schaffen, hatte er gemeint. Ich habe natürlich gleich an Dich gedacht. Du wärst für die Frauen auch nicht ganz fremd, was von Vorteil wäre.*

*Ich kenne Deinen Einwand: Als Findelkind hattest Du es nie leicht im Dorf. Aber ich glaube, dass Du besser akzeptiert werden würdest, als jemand ganz Fremdes. Ich hab auch schon mit meinem Vater darüber gesprochen. Er findet die Idee gut und würde sich für Dich als neue Distrikthebamme im Gemeinderat starkmachen. Du würdest auch ein eigenes kleines Häusl beziehen können und eine Hilfe für den Haushalt gestellt bekommen und selbstverständlich auch die Dir zustehende Bezahlung erhalten.*

*Es wäre so schön, Dich, mein Schwesterchen, wieder in meiner Nähe zu wissen. Auch kannst Du sicher verstehen, dass ich als werdender Vater in Sorge um meine Annemarie bin. In die Hände der alten Alma kann ich sie nicht mehr guten Gewissens geben.*

*Es wäre also ganz wunderbar, rasch eine positive Rückmeldung von Dir zu erhalten, dann könnten wir in die genaueren Planungen gehen und auch Alma mitteilen, dass sie sich aufs Altenteil zurückziehen darf.*

*Ganz herzliche Grüße*
*Dein*
*Max*

Maria ließ den Brief sinken. Sie konnte kaum glauben, was sie eben gelesen hatte. Max wollte, dass sie die neue Hebamme von Brannenburg wurde. Aber wollte sie das auch? Zurück in das

Dorf gehen, in dem sie als Findelkind, oftmals abfällig als *Bankert* bezeichnet, niemals akzeptiert worden war? Oder war es nicht doch besser, in München zu bleiben und als Stadthebamme zu arbeiten? Sie stieß einen Seufzer aus, hob den Brief erneut an und überflog Max' letzte Zeilen. Bei der Entscheidungsfindung halfen sie ihr jedoch nicht.

## 2. Kapitel

*12. März 1893*

So ist es gut«, lobte Maria die junge, auf dem Gebärstuhl liegende Frau, die gerade fest presste und dabei lautstark wimmerte. »Nur noch ein klein wenig, dann ist es geschafft. Ich kann das Köpfchen bereits sehen.«

Neben Maria stand die diensthabende Nachthebamme, eine hagere Frau mit rotem Lockenkopf, die nach Zigaretten roch, weil sie gern und häufig am Hinterausgang der Gebäranstalt gemeinsam mit den Krankenschwestern ihr Kippchen rauchte. Fleiß zählte nicht zu den Tugenden von Margarethe Kleinschmidt. Sie überließ die Arbeit gern anderen, und vor Nachtschichten drückte sie sich die meiste Zeit erfolgreich. Dieses Mal hatte es jedoch nicht funktioniert, denn es waren unter den Hebammen aufgrund eines umgehenden Magen-Darm-Infekts ungewöhnlich viele Ausfälle zu verzeichnen, und jede gesunde Hand wurde gebraucht.

Maria war jetzt seit fünfzehn Stunden auf den Beinen, und ein Ende war noch immer nicht in Sicht, denn ausgerechnet heute hatten viele Säuglinge beschlossen, das Licht der Welt erblicken zu wollen. So auch das Kleine einer ihrer am besten zahlenden Patientinnen: Clara Meisinger, Tochter eines einflussreichen Stadtrats, der es sich ordentlich was kosten ließ, dass seine Tochter so anonym wie möglich in der Anstalt ihr Kind zur Welt brachte. Nur wenige Hebammen hatten mit ihr Kontakt,

Maria war eine von ihnen. Clara war achtzehn Jahre alt und mit dem Sohn des Innenministers verlobt. Im nächsten Frühjahr sollten die Hochzeitsglocken läuten. Für die Welt außerhalb der roten Backsteinmauern der Gebäranstalt befand sich Clara in England bei ihrer Tante, angeblich um ihren Horizont zu erweitern.

Die Wehe ebbte ab, und Claras Kopf sank nach hinten. Schweiß rann ihr die Schläfen hinunter, das kastanienbraune Haar klebte an ihrer Stirn.

»Ich kann nicht mehr«, weinte sie. »Dann soll es eben drinbleiben. Es tut so schrecklich weh.«

Die Geburt zog sich nun bereits seit über zwölf Stunden, was Claras Erschöpfung erklärte. Diese Zeitspanne war bei einer Erstgebärenden jedoch nichts Ungewöhnliches.

»Es kann nicht drinbleiben, Liebes«, antwortete Maria. »Aber es ist gleich geschafft, das verspreche ich dir. Nur noch wenige Male pressen, dann ist das Kleine auf der Welt. Du machst das großartig. Wir schaffen das gemeinsam.«

»Es geht wieder los«, vermeldete Clara und ging nicht auf Marias tröstende Worte ein. Sie presste erneut kräftig, und das Köpfchen trat aus. Der Körper des Kindes rutschte gleich hinterher.

»Nun ging es doch schneller als gedacht«, freute sich Maria und blickte kurz zu Margarethe, die ihr lächelnd zunickte. »Gut gemacht.«

Auch wenn es von der faulen Margarethe kam, freute sich Maria über das Lob. Das Kind zwischen den Beinen der jungen Frau regte sich bereits und greinte leise, somit mussten sie ihm nicht auf den Po schlagen. Die Lungen funktionierten.

»Es ist ein Mädchen«, teilte Maria Clara mit. »Und es ist wunderschön.« Sie durchtrennte mit geübtem Griff die Nabelschnur und wickelte die Kleine in ein sauberes Tuch.

»Möchtest du sie halten?«, fragte sie Clara. Viele der jungen Frauen wollten es nicht, denn für sie war das Neugeborene eine Last, die sie endlich abgelegt hatten. Manch eine bereute es später jedoch, ihrem Kind nicht in die Augen geblickt zu haben, und weinte deshalb bittere Tränen. Clara entschied sich nach kurzem Zögern dafür, ihre Tochter sehen zu wollen, und Maria legte sie ihr in den Arm. Mit leuchtenden Augen betrachtete die junge Mutter das kleine Mädchen mit dem blonden Flaum auf dem Kopf, das so wunderbar friedlich aussah. Eine wenig zerknautscht noch, etwas Käseschmiere klebte an seiner Stirn, aber ansonsten war es perfekt. Zärtlich berührte Clara die kleinen Fingerchen ihrer Tochter und sagte: »Sie hat sogar schon Fingernägel.«

»Selbstverständlich hat sie die«, antwortete Maria lächelnd. »Und fünf Finger an jeder Hand, auch die Zehen hab ich gezählt. Es ist alles so, wie es sein soll. Sie ist perfekt, und ich finde, sie sieht dir ähnlich.«

»Ich weiß nicht recht«, zweifelte Clara. »Die Nase hat sie eher von ihrem Vater, meine ist kleiner und nicht so spitz. Ach, wenn er sie doch nur sehen könnte. Er würde sie so sehr lieben.« Sie stieß einen Seufzer aus.

Ihre wenigen Worte sagten so vieles aus. Sie erzählten von einer Liebe, die nicht sein durfte, von Drama und Schmerz. In welcher sozialen Schicht sie auch immer lebten, überall hatten die Frauen ihr Päckchen zu tragen. Dessen war sich Maria während ihrer Zeit an der Gebäranstalt erst so richtig bewusst geworden. Der Abschied von ihrer Tochter würde Clara das Herz brechen, und vermutlich würde es niemals wieder vollständig heilen. Sie dachte an ihre eigene Mutter und stellte sich mal wieder die Fragen, die sie sich schon so oft im Leben gestellt hatte: War sie noch irgendwo dort draußen? Dachte sie manchmal noch an sie? An das kleine Mädchen, das sie in einer eisigen Winternacht vor die Pforte einer Kirche gelegt und zurückgelassen hatte. Hatte ihre Mutter um ihr Kind bittere Tränen geweint?

»Ich finde, sie sieht wie eine Agnes aus. Was meinst du?«, fragte Clara und riss Maria aus ihren Gedanken.

»Ein hübscher Name«, konstatierte sie und betrachtete das kleine Gesicht näher. »Ja, ich finde, er passt großartig zu ihr. Dann schreiben wir ihn erst einmal in ihre Karte.«

Eine der neueren Hebammenschülerinnen betrat nun mit einer weiteren Patientin den Kreißsaal, die sich vor Schmerzen krümmte.

»Ach, das Kind ist schon auf der Welt«, meinte die junge Frau erleichtert. »Das ist gut, denn hier geht es anscheinend recht flott voran. Die Fruchtblase ist erst vor zehn Minuten geplatzt, und jetzt hat sie ohne Unterlass Wehen.«

Maria sah sich nach Margarethe um, doch diese war wieder einmal verschwunden. Sie stieß einen Seufzer aus und murmelte leise: »Verdammtes Weib. Soll sie an ihrer dämlichen Zigarette ersticken.«

Sie wies die Hebammenschülerin an, die Frau zum Nachbarbett zu bringen, und bat sie, Margarethe vom Hinterhof zu holen.

Just in diesem Moment betrat eine Krankenschwester den Raum, und sie brachte eine weitere Schwangere, die ebenfalls lauthals stöhnte.

»Kundschaft«, sagte sie. »Der Muttermund ist schon acht Zentimeter eröffnet. Das könnte jetzt flott gehen.« Maria stieß einen erneuten Seufzer aus und antwortete: »Dann mal los. Bett drei ist noch zu haben.«

Als es einige Stunden später hell wurde, war es geschafft. Zwei weitere Kinder hatten das Licht der Welt erblickt, ein Junge und ein Mädchen, beide waren gesund und munter. Maria hatte eben im Speisesaal gefrühstückt, nun lief sie einen der langen Flure entlang. Trotz des starken Kaffees, den sie getrunken hatte, fühlte sie sich noch immer erschöpft. Die Oberhebamme hatte ihre großartige Arbeit der Nacht gelobt und sie ins Bett geschickt. Die Vorlesung dürfte sie heute ausnahmsweise schwänzen. Maria erreichte das Treppenhaus. Dort begegnete sie zu ihrer Verwunderung Clara Meisinger. Sie trug ihren dunkelblauen Morgenmantel aus Seide, ihr Haar war ordentlich gebürstet und zu einem Zopf geflochten.

»Clara, was tust du denn hier?«, fragte sie verdutzt. »Du gehörst ins Bett und musst dich ausruhen. Auf dem Flur hast du nichts zu suchen.«

»Ich will aber zu meiner kleinen Agnes«, antwortete Clara. »Ich vermisse sie so sehr und will sie noch ein Weilchen halten. Wenn ich schlafe, geht das nicht, und schon bald werden sie sie mir wegnehmen. Mama hat doch alles bereits arrangiert. Es wird jemand kommen und sie holen, sie haben eine Familie für sie ausgesucht, fremde Menschen, die ich nicht einmal kenne. Ich darf sie niemals wiedersehen. Ich weiß nicht, ob ich das ertragen kann. Sie ist doch meine Tochter, ein Teil von mir.« In ihren Augen schwammen jetzt Tränen, und in Maria regte sich Mitleid.

»Also gut«, sagte sie und verabschiedete sich gedanklich fürs Erste von ihrem wohlverdienten Nickerchen. »Ich bringe dich zur Säuglingsstation. Sie ist im dritten Stock. Aber wir bleiben nicht lange, denn du musst dich ausruhen. So eine Geburt ist eine große Anstrengung für den Körper, wir wollen doch nicht, dass du krank wirst.«

Als die beiden in der Säuglingsstation eintrafen, erhielten sie von der dortigen Oberschwester sogleich eine Ermahnung. »Die Regel sind solche Besuche nicht.« Sie sah Maria finster an. »Wo kämen wir denn da hin, wenn hier ständig Mütter ein und aus gingen, wie es ihnen gerade passt. Es gibt klare Anweisungen, an die sich alle zu halten haben. Weil du es bist, Maria, mache ich eine Ausnahme. Aber nur zehn Minuten, verstanden? Die Kinder brauchen schließlich ihre Ruhe. Die kleine Agnes liegt im zweiten Bett von links am Fenster.«

Maria bedankte sich, und die beiden betraten das Säuglingszimmer, in dem sich aktuell zehn Neugeborene befanden. Sie lagen in kleinen, weißen Gitterbettchen auf Rollen und waren fest in Tücher gewickelt. Nur die Ärmchen und Händchen schauten heraus. Die kleine Agnes schlief selig, und sie sah jetzt, einige Stunden nach der Geburt, noch entzückender aus. Ihre Kopfform war etwas runder geworden, die Käseschmiere an ihrer Stirn war verschwunden, und ihr blonder Flaum stand etwas in die Höhe.

Clara sah ihre Tochter mit strahlenden Augen an und wollte sie sogleich aus dem Bettchen heben. Maria kam ihr zu Hilfe und erklärte ihr, wie sie das Köpfchen richtig stützte.

»Das können die Kleinen zu Beginn noch nicht allein halten«, erklärte sie. »Ja, so ist es richtig«, lobte sie Claras Tun.

»Du kannst dich gerne hierhin mit ihr setzten.« Sie deutete auf einen am Fenster stehenden Schaukelstuhl, in dem auch sie bereits öfter mit einem der Säuglinge gesessen hatte. Maria verbrachte oft ihre freie Zeit auf der Neugeborenenstation, half bei der Betreuung der Kleinen mit, tröstete sie, sang ihnen Lieder vor und wiegte sie in den Schlaf. Die meisten der Kinder in diesem Raum würden niemals erleben, was Mutterliebe bedeutete. Sie würden schon bald von Frauen des Sozialdienstes abgeholt werden, kamen in Waisenhäuser oder würden, wenn sie Glück hatten, in Pflegefamilien vermittelt werden. Ihre Mütter sahen sie nicht an und verteufelten sie als »Kinder der Schande«. Sie sahen in der Frucht ihres Leibes ihre eigene Lasterhaftigkeit. Maria hingegen sah in ihnen das Gute, sah in jedem der kleinen Wesen auch ein Stück weit sich selbst. Das Findelkind, das sie bis heute war.

»Ich wünschte, ich könnte sie mitnehmen«, sagte Clara, Wehmut schwang in ihrer Stimme mit. »Und ich wünschte, ich könnte ihren Vater heiraten, ich liebe ihn so sehr. Aber das wird nicht gehen, denn er ist ein armer Mann und meine Eltern würden ihn niemals akzeptieren. Außerdem ist er fort.«

»Willst du mir verraten, wer er ist?«, fragte Maria.

»Ein Künstler ist er. Ein Maler aus Schwabing mit einem unglaublichen Talent. Aber niemand will seine Bilder kaufen. Ich hab ihn bei einem Tanzabend im Fasching kennengelernt, danach haben wir uns immer heimlich getroffen. Es war gar nicht so einfach, meiner strengen Gouvernante zu entgehen.« Sie grinste nun spitzbübisch, doch das Lächeln auf ihren Lippen verschwand so schnell wieder, wie es gekommen war. »Sein Name ist Martin, und ich werde ihn niemals wiedersehen. Er ist auch gar nicht mehr in München. Das weiß ich von seiner Vermieterin. In der Künstlerkneipe in Schwabing, in der er oft mit seinen Freunden gewesen ist, hat mir die Bedienung gesagt, dass er nach Paris gegangen ist. Da hab ich die Schwangerschaft gerade erst bemerkt gehabt. Sie hat auch gesagt, dass er ein Halodri gewesen ist, einer, der nix hat anbrennen lassen. Bei ihr hat er es angeblich auch versucht, aber sie hat ihm gleich auf die Finger gehauen. Hätte ich das nur auch getan, dann würde mein dummes Herz jetzt nicht so wehtun.«

Sie stieß einen Seufzer aus und blickte auf ihre Tochter.

»Vielleicht hat sie sein künstlerisches Talent geerbt, malen kann er, das muss man ihm lassen. Seine Bilder waren wunderhübsch. Sollte sie das Talent haben, wird sie niemals erfahren, von wem sie es hat. Ist vermutlich auch besser so. Zum Glück kommt sie zu einem gut situierten Pärchen, das sie wie sein eigenes Kind aufziehen wird, und nicht in ein Waisenhaus.« In Claras Augen funkelten Tränen.

Maria nickte, sagte jedoch nicht, was ihr in diesem Augenblick durch den Kopf ging. Clara war nicht die Erste, die auf einen Künstler aus Schwabing reingefallen war und bei ihnen aufschlug. Das Künstlerleben war ausschweifend, in den einschlägigen Kneipen wurde gefeiert, die Nächte waren lang und voller Musen, die sich nicht nur auszogen, um in Öl festgehalten zu werden. Es war ein Trauerspiel.

»Dann ist es doch gut«, antwortete sie. »Bestimmt wird sie bei ihren Zieheltern ein schönes Leben haben, und niemand wird sie als Bankert beschimpfen. So viel Glück haben die wenigsten der Kinder in diesem Raum.« Sie machte eine kurze

Pause und wog den nächsten Satz gut ab, der ihr auf der Zunge lag. Sollte sie ihn aussprechen und damit etwas Privates von sich preisgeben? Sie entschloss sich dazu: »So viel Glück hatte ich nicht. Ich war immer der Bankert.«

Verwundert schaute Clara Maria an. Maria erzählte, wo sie gefunden worden und wie sie aufgewachsen war.

»Das tut mir furchtbar leid«, antwortete Clara, und in ihrem Blick lag Bestürzung. »Ich hätte niemals gedacht, also ich meine …«

»Dass eine Hebammenschülerin aus solchen Verhältnissen stammt?«, vollendete Maria ihren Satz und biss sich auf die Lippe. Nun ging das Gespräch in eine vollkommen falsche Richtung. Sie hätte die Klappe halten und ihr Privatleben beschützt halten sollen. Das hatte sie nun davon. Bereits die Andeutung von Clara hatte sie gekränkt, und Maria wurde bewusst, dass in ihrem eigenen Tonfall etwas Vorwurfsvolles gelegen hatte.

»So habe ich das nicht gemeint« entgegnete Clara. Einen Moment schien sie nach den passenden Worten zu suchen, dann sagte sie plötzlich: »Das ist doch alles Unsinn. Ob Bankert oder nicht, ob man es tut, weil man liebt, oder nur, weil es zur Ehe dazugehört. Wer bestimmt so etwas? Wieso verurteilen wir die Menschen wegen ihrer Menschlichkeit? All die Kinder in diesem Raum sind besondere kleine Wesen mit Talenten und Fähigkeiten, Kinder mit reinen Seelen. Sie sind kein Übel, und ich bin keine Hure. Ich habe geliebt, vielleicht zum ersten und einzigen Mal in meinem Leben. Und du bist eine großartige Hebamme und ein herzlicher und so freundlicher Mensch. Wenn ich könnte, dann würde ich dich zur Freundin haben,

Maria. Und es ist mir vollkommen gleichgültig, wie und wo du zur Welt gekommen bist und wer deine Eltern sind.«

Maria rührten Claras Worte. Sie spürte, dass sie nicht nur so dahergesagt, sondern ehrlich gemeint waren.

»Danke dir«, erwiderte sie und wusste nicht so recht, was sie noch hinzufügen sollte. Mit Komplimenten hatte sie sich schon immer schwergetan. Ihr Blick fiel auf die kleine Agnes, und plötzlich wusste sie, was sie Clara für eine Antwort geben musste.

»Du solltest ihr einen Brief schreiben und ihr erzählen, wie sehr du sie geliebt hast und wie schön es gewesen war, sie im Arm halten zu dürfen. Du solltest ihr erzählen, wie du dir ihr Leben vorstellst und wie sehr du ihr Glück wünschst. Ihr sagen, dass deine Gedanken immer bei ihr sein werden, auch wenn du selbst nicht bei ihr sein kannst. Ich hätte mir so einen Brief von meiner Mama gewünscht.« Maria spürte Tränen in ihren Augen und blinzelte.

Clara wollte etwas erwidern, wurde jedoch durch die näher tretende Stationsschwester daran gehindert, die ihnen mitteilte, dass ihre zehn Minuten um wären und sie nun gehen müssten. Mit sichtlich schwerem Herzen gab sie der Kleinen einen Kuss zum Abschied, dann reichte sie das Mädchen Maria und versprach, sobald wie möglich wiederzukommen.

Als sie wenig später wieder im Treppenhaus waren, griff Clara Marias Vorschlag von eben auf.

»Ich werde Agnes einen solchen Brief schreiben. Ich weiß zwar nicht, ob sie ihn jemals erhalten wird, aber irgendein Weg wird sich finden. Und ich wünschte, du hättest auch einen Brief mit ähnlichem Inhalt von deiner Mama erhalten. Aber ich bin mir sicher, sie hat dich geliebt. Einen anderen Gedanken solltest du niemals zulassen.«

»Nein, sollte ich nicht«, antwortete Maria. Claras Worte fühlten sich in diesem Moment tröstend an.

Diese gähnte nun. »Jetzt fühle ich mich doch erschöpft. Du hattest vorhin recht. Ich sollte mich ausruhen.«

»Komm«, sagte Maria und legte den Arm um die junge Frau. »Ich bringe dich zurück in dein Zimmer. Es war eine lange Nacht.«

## 3. Kapitel

*21. März 1893*

Du willst was?«, fragte Maria und sah Auguste verdutzt an. Sie war gerade dabei, ihre Bluse aufzuknöpfen, und ließ die Hände sinken.

»Ich will die Ausbildung abbrechen«, wiederholte Auguste und setzte sich auf ihr Bett. Die beiden befanden sich in ihrer Schlafkammer, die sie sich mit drei weiteren Hebammenschülerinnen teilten, die im Moment jedoch nicht anwesend waren. Der Raum war karg eingerichtet, vor jedem der fünf Betten befand sich eine Kleidertruhe, durch das winzige Dachfenster fiel nur wenig Licht herein. Ein kleiner Kohleofen in der Ecke sorgte für Wärme, eine kleine Petroleumlampe für etwas Beleuchtung.

»Aber das geht doch nicht«, antwortete Maria entsetzt. »Wir haben morgen Abschlussprüfung, du hast so hart dafür gekämpft und bist gut geworden.«

»Nein, das bin ich nicht«, antwortete Auguste. »Und das weißt du auch. Das wissen alle. Der Gedanke, kleinen Menschen auf die Welt zu helfen, hat mir gefallen, aber ich habe nun endgültig begriffen, dass ich für diesen Beruf einfach nicht geschaffen bin. Du weißt, wie oft ich wegen meiner fehlenden Feinfühligkeit gerügt worden bin. Da kommt wohl doch die Metzgerstochter in mir durch. In dieser Hinsicht hat die Oberschwester schon recht. Und dann ist da noch etwas, womit ich nur schwer umgehen kann: mit dem Tod. Ich weiß, ich sollte das können, immerhin bin ich ja daheim regelmäßig bei den Schlachtungen anwesend gewesen, aber es ist halt etwas anderes, wenn ein Schwein geschlachtet wird oder ein kleines Menschlein tot auf die Welt kommt, vielleicht sogar noch seine Mutter stirbt.«

Maria wusste, dass Auguste auf ein Erlebnis anspielte, das vor einigen Wochen geschehen war. In ihrem Kreißsaal war ein junges Mädchen, gerade mal sechzehn Jahre alt, nach der Entbindung verblutet. Sie hatten die Patientin noch in den Operationssaal gebracht, doch ihr hatten auch die Ärzte nicht mehr helfen können. Ihr Kind war mit einem Wasserkopf zur Welt gekommen und hatte nur wenige Stunden gelebt. Es war eine Tragödie gewesen, die sie alle betroffen gemacht hatte. »Ich hab es seither wirklich versucht, aber bei jeder Geburt sehe ich das viele Blut. Deshalb trau ich mich die Frauen auch nicht mehr anfassen. Es tut mir leid, Maria. Ich weiß, wir wollten uns gemeinsam nach einer Anstellung umsehen, und jetzt lasse ich dich im Stich. Sei mir bitte nicht böse.«

»Das bin ich nicht«, entgegnete Maria. »Eher bisserl enttäuscht. Es wäre halt schön gewesen, wenn wir auch weiterhin zusammengearbeitet hätten. Du bist die einzige echte Freundin, die ich in München gefunden habe. Aber ich kann das schon verstehen. Die Geburt eines Kindes ist meistens ein schönes Erlebnis, aber es passieren eben auch die Tragödien, und damit müssen wir Hebammen umgehen können. Ich kann dir gar nicht sagen, wie ich reagiert hätte, wäre ich bei dieser dramatischen Geburt dabei gewesen. Vielleicht würde ich dann ähnlich denken wie du. Aber bei meinen Geburten ist bisher alles gut ausgegangen. Mich schmerzt es nur jedes Mal, wenn die Mütter ihre Kinder nicht sehen wollen. Aber du kennst ja den Grund für meinen Kummer. Deshalb hab ich mich neulich so über Clara gefreut. Sie will ihrem Kleinen sogar einen Brief schreiben, das Mädchen wissen lassen, wie sehr es von seiner Mama geliebt worden war. Ich hoffe, sie wird ihn eines Tages lesen.«

»Das wäre schön«, antwortete Auguste und setzte sich nun neben Maria.

»Andererseits ist die Kleine von einem wohlhabenden jungen Paar abgeholt worden. Vermutlich werden sie sie als ihr eigenes Kind ausgeben. Vielleicht ist es dann besser, wenn sie niemals erfährt, dass sie eigentlich ein Bankert ist.« Kurz hielt Maria inne. Dann fügte sie hinzu: »Wie sehr ich dieses Wort doch hasse.«

»Stimmt, es ist abscheulich«, erwiderte Auguste. »Es sollte verboten werden. Genauso wie die Ausgrenzung der Frauen, die ledig schwanger geworden sind. Wie Aussätzige werden sie behandelt, als gefallene Frauen bezeichnet und als Huren beschimpft. Und was ist mit den Mannsbildern? Die kommen wie immer davon. Ungerecht ist das.«

»Ja, das ist es«, antwortete Maria und stieß einen Seufzer aus.

Einen Moment lang sagte nun keine von beiden etwas. Ein leichter Luftzug war zu spüren, es war kühl im Raum, der Ofen war ausgegangen.

»Was wirst du jetzt machen?«, war Maria diejenige, die die eigentümliche Stille brach.

»Es bleibt mir nichts anderes übrig, als wieder nach Hause zu gehen«, antwortete Auguste. »Ich hoffe, mein Vater nimmt mich wieder auf. Wie du weißt, hat er meine Idee, Hebamme zu werden, nie unterstützt und mich mit Schimpf und Schande fortgejagt. Seinen Hohn und Spott hab ich gewiss. Aber das werde ich schon aushalten. Wenn es ganz schlimm kommt, verdinge ich mich irgendwo als Dienst- oder Kindermädchen.« Sie zuckte die Schultern.

»Das wird schon werden«, sprach Maria Auguste Mut zu. »Er ist dein Vater. Er wird dich bestimmt nicht wieder fortschicken.«

»Hm«, gab Auguste zur Antwort und stieß Maria in die Seite. »Was ich auf jeden Fall weiß, ist, dass du eine perfekte Hebamme sein wirst. Ach, was rede ich. Die bist du schon jetzt. Du gehst mit den Frauen und den Säuglingen feinfühlig um und kannst dir den ganzen Kram aus den Fachbüchern merken. Jeder deiner schriftlichen Tests war fehlerfrei. Ich hab die Oberhebamme neulich im Flur über dich reden hören. Sie hat gesagt, dass sie selten eine solch gute Schülerin wie dich gehabt hätte. Jede Frau auf dieser Welt kann sich glücklich schätzen, wenn du ihr Kindchen auf die Welt holst. Das sag ich dir jetzt schon.«

So viel Lob aus dem Mund ihrer Freundin ließ Maria erröten, und sie wiegelte ab: »So gut bin ich doch gar nicht. Auch mir unterlaufen Fehler. Erst gestern hab ich mal wieder eine Flasche Desinfektionsmittel im Kreißsaal fallen lassen. Das Donnerwetter von der leitenden Hebamme hättest du hören müssen. Als Tollpatsch der Nation hat sie mich beschimpft.«

»Das war bestimmt die Uschi Gerber, die dumme Zicke. Ich sag dir, die ist neidisch auf dich. Da würde ich nix draufgeben. Wieso diese Planschkuh diesen Beruf ergriffen hat, werde ich nie verstehen. So grob, wie die mit den Frauen umgeht, ist eine Metzgerin an ihr verloren gegangen. Und davon hab ich Ahnung.« Sie grinste, und Maria musste nun auch lächeln.

»Genau wegen solcher Gespräche werde ich dich vermissen«, sagte sie und stupste ihrer Freundin in die Seite.

»Wir können uns ja auch so sehen, solltest du in München bleiben«, antwortete Auguste. »Diese Stadt ist schließlich ein Dorf, und ein Kaffeetratsch geht doch auch so. Außer du überlegst es dir und gehst doch zurück in dieses Nest, wo du aufgewachsen bist. Dahin fahr ich dir nicht nach. Obwohl du ja weißt, was ich davon halte. Nämlich gar nix. Da holt dich bloß deine depperte Vergangenheit wieder ein, und die hast doch hinter dir gelassen. Es wird sich schon eine patente Nachfolgerin für diese Alma finden. Die musst nicht du sein.«

»Ich weiß«, antwortete Maria und stieß einen Seufzer aus. »Du hast ja recht. Ich hab dem Max auch noch nicht zugesagt. Obwohl ich daheim schon auch vermisse, besonders der Blick auf die Berge fehlt mir. Und München ist mir oft zu groß und zu laut. Aber jetzt gilt es sowieso erst einmal, die morgige Prüfung zu bestehen. Wenn ich durchfalle, dann stellt sich diese Frage nicht mehr.«

»Also wenn eines so sicher wie das Amen in der Kirche ist, dann die Tatsache, dass du morgen die Prüfung bestehen wirst«, antwortete Auguste. »Und feiern tun wir zwei das dann auf jeden Fall noch. Wir gehen nach Schwabing zum Tanzen, wie abgemacht. Und am Ende lach ich mir da noch einen patenten und reichen Künstler an.«

»Träum weiter«, entgegnete Maria und grinste. »Die sind doch alle bettelarm.«

Die Tür zu ihrem Zimmer öffnete sich, und zwei ihrer Zimmerkameradinnen traten munter plappernd ein. Beide wussten bereits, dass Auguste nicht an der Abschlussprüfung teilnehmen würde. Diese dumme Zicke von Stationssekretärin konnte auch nichts für sich behalten. Einige Minuten plauderten die jungen Frauen noch miteinander, und nachdem die Fünfte im Bunde auch endlich zu ihnen gestoßen war, sie hatte länger als geplant an der Aufnahme Dienst gehabt, löschten sie endgültig das Licht. Maria lauschte noch eine ganze Weile den gleichmäßiger werdenden Atemgeräuschen ihrer Zimmergenossinnen, Hanni schnarchte wie immer etwas. Morgen war also ihre Prüfung, und sie wusste noch immer nicht, was sie danach tun sollte. Ihre Pläne, gemeinsam mit Auguste bei einer der Stadthebammen in Stellung zu gehen, hatten sich nun in Luft aufgelöst. Vielleicht war das ja ein Wink des Schicksals, und sie sollte doch nach Hause gehen. Aber Auguste hatte schon recht mit dem, was sie gesagt hatte: Dort wartete ihre Vergangenheit auf sie. Doch die war nicht nur schlecht gewesen. Und ihre Rückkehr könnte ein Neubeginn sein. Über all der Grübelei schlief sie irgendwann ein.

Einige Stunden später verließ Maria den Vorlesungssaal mit gemischten Gefühlen. Sie hatte eben ihre schriftliche Prüfung abgegeben und fühlte sich ausgelaugt. Sie glaubte, soweit sämtliche Fragen richtig beantwortet zu haben, doch eine gewisse Form der Unsicherheit blieb. Im Schriftlichen war sie nie so gut gewesen wie in der Praxis. Vielleicht hatte sie doch zu viele Fehler gemacht. Besonders bei dem Bereich Geschlechtskrankheiten und den damit einhergehenden Komplikationen glaubte sie, nicht alles ausführlich genug erläutert zu haben. Auch hoffte sie, die Punkte zur Erstuntersuchung vollständig aufgeführt und keinen vergessen zu haben. Aber es würde schon gut ausgehen, wenn es auch nicht ihre beste schriftliche Arbeit werden würde.

Am Morgen hatte sich Maria wie gerädert gefühlt und beim Frühstück kaum einen Bissen runterbekommen. Die Zeit bis zum Prüfungsbeginn hatte sie damit zugebracht, Auguste beim Packen zuzusehen und dabei den Lernstoff herunterzubeten. Mit einer festen Umarmung hatte sich Auguste schließlich von ihr verabschiedet und versichert, am Tag der Zeugnisübergabe anwesend zu sein, immerhin mussten sie Marias Abschluss gebührend feiern. Maria hatte zugestimmt, obwohl sie keine rechte Lust auf eine Feier in einer der Schwabinger Künstlerkneipen hatte. Doch sie konnte es Auguste nicht antun, abzusagen.

Nun stand also noch die praktische Prüfung an. Jeder von ihnen würden Aufgaben zugewiesen werden, und sie war gespannt, welche die ihre sein würde. Wenn sie Glück hatte, würde es eine unkomplizierte Geburt werden.

Mit Maria zusammen hatten heute zehn weitere Schülerinnen ihre schriftlichen Prüfungen abgelegt. Die praktischen Prüfungen konnten in den folgenden drei Tagen stattfinden. Nicht jeden Tag stand genügend Prüfungsmaterial zur Verfügung, darauf galt es, Rücksicht zu nehmen. So hatte sich Professor Hufnagel ausgedrückt. Maria stieß sich an der Formulierung *Prüfungsmaterial*. Es ging hier nicht um das Ablegen einer Handwerksprüfung, es waren Menschen, mit denen sie arbeiteten. Verängstigte junge Frauen, die schreckliche Schmerzen erdulden mussten. Aber für den in die Jahre gekommenen Arzt, der seit über dreißig Jahren an der Lehranstalt unterrichtete, würden diese wohl für immer und ewig Anschauungsobjekte bleiben.

Maria blickte aus dem Fenster. Es war ein sonniger Tag, sie könnte, um sich zu entspannen, einen kleinen Spaziergang durch den Garten machen. Die frische Luft würde ihr guttun. Auguste kam ihr in den Sinn, und schon vermisste sie die Freundin. Sie hätte sie ganz sicher begleitet, und sie hätten gemeinsam die Prüfung Revue passieren lassen können, bestimmt wieder etwas herumgealbert und gelacht. Letzteres war die beste Medizin, um die Nerven zu beruhigen. Doch Auguste war nicht da, und mit einer anderen ihrer Kommilitoninnen wollte sie keinen Spaziergang machen. Mit keiner von ihnen war sie richtig warm geworden. Sie würde allein in den Garten gehen müssen. Maria wandte sich Richtung Treppenhaus, doch dann wurde ihr Name gerufen, und sie wandte sich mit klopfendem Herzen um. Es war der Professor höchstpersönlich, der sie angesprochen hatte.

»Sie können gleich mit mir kommen, Fräulein Roßacker, und Ihre praktische Prüfung ablegen. Es handelt sich hierbei um eine Beckenendlagegeburt. Mir wurde eben mitgeteilt, dass es nicht mehr lange dauern kann. Sie sind eine meiner besten Schülerinnen, Ihnen traue ich es zu, diese Geburt alleine zu meistern. Enttäuschen Sie mich nicht.«

Maria sah ihn mit großen Augen an. Eine Beckenendlagegeburt war ihre praktische Prüfung. Du liebe Zeit, so etwas Kompliziertes hatte sie nicht erwartet. Ihr Pulsschlag beschleunigte sich, und vor lauter Aufregung begannen ihre Hände zu zittern. Damit der Arzt es nicht bemerkte, versenkte sie sie in ihren Rocktaschen.

»Aber natürlich nicht«, antworte sie und versuchte, ihrer Stimme einen festen Klang zu geben.

»Na, dann kommen Sie mal mit. Das Prüfungsobjekt befindet sich in Kreißsaal Nummer vier.«

Er bedeutete ihr, ihm zu folgen. Während sie durch das weitläufige Treppenhaus liefen, rief sich Maria alles Wichtige zum Thema Beckenendlagegeburt ins Gedächtnis. Es musste auf so viele Dinge geachtet werden. Zu ihrem Glück hatte sie erst vor wenigen Tagen bei einer solchen Entbindung assistiert. Es würde bestimmt alles gut ausgehen. Sie schaffte das. Einen anderen Gedanken durfte sie nicht zulassen.

Im Kreißsaal angekommen, wurden sie von der Oberhebamme in Empfang genommen, außerdem waren auch zwei Medizinstudenten und eine Lehrhebamme anwesend. Marias Nervosität stieg, und vor Aufregung bebend, wusch und desinfizierte sie sich die Hände. Dann trat sie näher an die in den Wehen liegende junge Frau und begrüßte sie. Der Name der Frau war Lena Staudinger, und sie war eine der aus wohlhabendem Haus stammenden Patientinnen, die ihr Kind bei ihnen im Geheimen zur Welt brachten. Nach der Entbindung sollte es in einem der Waisenhäuser untergebracht werden. Wie Maria wusste, gab es auch in solchen Einrichtungen Klassenunterschiede. Eine bessere Behandlung endete aber nichts daran, dass den Kindern für immer der Makel des Bankerts anhängen würde.

»Dann wollen wir das Kindchen mal gesund auf die Welt holen. Wir beide gemeinsam.« Sie sah Lena eindringlich an.

In diesem Moment fiel alle Aufregung von ihr ab, und sie blendete auch sämtliche umstehenden Personen aus. Nun gab es nur noch sie und die werdende Mutter. Maria prüfte den Muttermund und stellte erfreut fest, dass er vollständig eröffnet war. Doch bei einer Beckenendlagegeburt musste alles etwas anders ablaufen, da nicht zuerst der Kopf, sondern der Po herauskam. Maria gab Lena mit fester Stimme Anweisungen, und jeder ihrer Handgriffe war sicher. Als der Körper des Kindes geboren war, umfasste sie ihn mit den Händen und hielt ihn waagrecht. Nun galt es, den Kopf sicher zu gebären. Konzentriert führte sie die Bewegungen genauso aus, wie sie es gelernt hatte. Das Kinn des Kindes musste nach unten gehalten werden, damit der Kopf richtig ausgerichtet geboren werden konnte. Nachdem sie sicher war, bat sie Lena, nun fest zu pressen, und behutsam und voll konzentriert beförderte sie den Kopf nach draußen. Zum Glück tat ihr das Kleine den Gefallen und verhielt sich wie aus dem Lehrbuch.

Als das Kind geboren war, atmete Maria erleichtert auf. Das Kleine begann sogleich, lauthals zu schimpfen, somit musste sie ihm keinen Klaps auf den Po mehr geben, um die Atmung in Gang zu bringen. Plötzlich hörte Maria Applaus, und erst jetzt nahm sie die Umstehenden, inzwischen waren noch drei weitere Hebammenschülerinnen hinzugekommen, wieder wahr, und sie fühlte Stolz, aber auch Erleichterung. Es war geschafft.

»Du hast einen wunderschönen Jungen geboren«, sagte Maria lächelnd zu der frisch gebackenen Mutter, ihre Hände zitterten, als sie die Nabelschnur durchtrennte. Die Oberschwester reichte ihr ein Handtuch, und sie wickelte den Säugling darin ein. Fragend sah sie Lena an. »Möchtest du ihn halten?«

Die junge Frau nickte, und Maria legte ihr den Kleinen in die Arme. Mit strahlenden Augen betrachtete Lena ihren Erstgeborenen.

»Hallo, mein kleiner Engel. Ich bin es, deine Mama.« Tränen liefen über ihre geröteten Wangen und tropften auf das Handtuch. Dieses kurze Kennenlernen von Mutter und Kind sorgte für einen Moment der Stille im Raum, und Maria glaubte, nun selbst in den Augen des Professors ein Tränchen der Rührung zu erkennen. Es hätte sie andererseits auch gewundert, wenn ein Mann, dessen ganzes Schaffen darauf ausgerichtet war, neues Leben auf diese Welt zu holen, in einem solchen Augenblick kalt geblieben wäre.

Nun kümmerte sich Maria um die restlichen Arbeiten. Die Nachgeburt wurde geboren, und sie überprüfte sie unter den strengen Augen der Oberhebamme auf ihre Vollständigkeit. Zum Glück war alles so, wie es sein sollte. Sie reinigte und versorgte die Mutter, aufgrund ihrer perfekten Arbeit hatte es keinen Dammriss gegeben, den es zu nähen galt. Um den kleinen Jungen kümmerte sich inzwischen bereits eine der Hebammenschülerinnen. Während Maria sich nach getaner Arbeit die Hände wusch, trat der Professor in Begleitung der Oberhebamme zu ihr, sein Blick war wohlwollend.

»Sie haben mich nicht enttäuscht, Maria«, sagte er und legte schon beinahe väterlich seine Hand auf ihre Schulter. »Sie sind und bleiben eine der besten Schülerinnen, die diese Anstalt jemals hervorgebracht hat. Jede werdende Mutter kann sich glücklich schätzen, von Ihnen betreut zu werden. Ich gehe davon aus, dass auch Ihre schriftliche Arbeit mal wieder perfekt sein wird. Wenn Sie möchten, können Sie sofort bei uns in der

Anstalt zu arbeiten beginnen. Solch eine versierte und engagierte Kraft wie sie können wir mehr als gut gebrauchen.«

Maria, die von der geglückten Geburt noch immer ganz befangen war, bedankte sich. Die lobenden Worte des Professors und auch sein Angebot prallten jedoch von ihr ab, denn im Raum spielte sich ein kleines Drama ab. Lena hielt erneut ihren Sohn im Arm, und sie betrachtete ihn weinend. Maria wusste in diesem Augenblick, was ihre Antwort an den Professor sein würde: Sie würde sein Angebot ablehnen, denn den Anblick dieser Mütter wollte sie nicht mehr länger ertragen. Erinnerte sie doch jede einzelne von ihnen an ihre eigene Mutter, von der sie nicht wusste, ob sie um ihre Tochter jemals so geweint hatte, wie Lena es jetzt tat.

## 4. Kapitel

*4. April 1893*

»Die Nachgeburt entsorgen Sie jetzt rasch im Pfisterbach«, wies die Stadthebamme Hilde Garhammer den Vater an. »Und werfen Sie sie bloß an einer Stelle in den Bach, an der sie wirklich vom Haus wegschwimmt. Nicht, dass sie wieder zurückkommt. Das bringt Unglück.«

Der Neu-Vater, Alois Breitner, er war Mitte zwanzig und arbeitete als Braumeister beim Spatenbräu, nickte, nahm die in Zeitungspapier eingewickelte Nachgeburt ehrfürchtig dreinblickend entgegen und verließ schnellen Schrittes die in der Münchner Altstadt gelegene Wohnung.

»Der war ja käsiger als die frischgebackene Mutter«, merkte Maria lächelnd an, nachdem sich die Tür hinter ihm geschlossen hatte.

»Ja, so sind manche Väter«, antwortete Hilde Garhammer lächelnd. »Einige sind fürsorglich und meinen, die ganze Zeit über dableiben zu müssen. Die meisten gehen aber lieber ins Wirtshaus, was ich für eine bedeutend bessere Idee halte. Beim Kartenspielen mit den Kumpanen und mit reichlich Bier und Schnaps lässt es sich leichter auf den Nachkömmling warten, als wenn man im Nebenzimmer seiner Frau beim Schreien zuhört. Ich hatte sogar mal einen, der ist mir umgekippt, obwohl er gar nicht dabei war. Zum Glück war eine patente Hausmamsell zur Stelle, die ihn mit Riechsalz und reichlich Schnaps wieder auf die Beine gekriegt hat. An solchen Beispielen sieht man, wie gut es ist, dass die Männer bei der Entbindung nicht anwesend sind. Wir haben mit den werdenden Müttern schon genug zu tun, um schwächelnde Mannsbilder können wir uns nicht auch noch kümmern.«

Das für die Familie tätige Dienstmädchen erschien mit einer dampfenden Porzellanschüssel in Händen. Über ihrem Arm hingen saubere Handtücher.

Maria und Hilde nahmen dem jungen Ding, es war kaum älter als sechzehn, die Schüssel und die Handtücher ab und gingen zurück zur frisch gebackenen Mutter ins Schlafgemach. Christel Breitner saß mit einem kleinen Bündel Mensch auf dem Arm im Ehebett und lächelte selig. Der schwere Kampf der letzten Stunden war ihr anzusehen. Ihr braunes Haar war zerzaust und vom Schweiß feucht, ihre Wangen waren noch immer gerötet. Sie war zweiundzwanzig Jahre alt und zum ersten Mal Mutter geworden. Dafür war die Geburt recht flott vorangegangen, wie Maria aus Erfahrung wusste. Nur sechs Stunden hatte es gedauert, da hatte sie während ihrer Ausbildungszeit in der Gebäranstalt ganz anderes erlebt.

Eine knappe Woche war es nun her, dass sie die Prüfung zur Hebamme bestanden hatte. Sie konnte gar nicht sagen, wie stolz sie im Augenblick der Zeugnisübergabe gewesen war. Sie, der einstige Bankert, hatte es mit viel Kampfgeist geschafft, diesen wunderbaren Beruf zu erlernen. Sogar noch als Beste ihrer Gruppe abgeschlossen und ein großes Lob vom Professor erhalten. Ganz besonders hatte sie sich jedoch darüber gefreut, sogleich eine erste Anstellung abseits der Gebäranstalt antreten zu können, die viele ihrer Kommilitoninnen ebenfalls gerne gehabt hätten. Die erfahrene Stadthebamme Hilde Garhammer war bei der Zeugnisvergabe anwesend gewesen und hatte ihr eine Stellung angeboten, denn sie benötigte dringend Unterstützung. Freudig und voller Stolz hatte Maria sogleich zugesagt und in diesem Glücksmoment den Gedanken an den Brief ihres alten Kinderfreundes Max vollkommen verdrängt. Erst später, als sich der Trubel des Tages gelegt hatte, hatte sie wieder daran gedacht, und die Zweifel über die Richtigkeit ihres Tuns waren zurückgekehrt. Immerhin war Max ihr bester Freund aus Kindertagen, und er hatte sie um Hilfe gebeten. Doch sie wusste noch immer nicht, was sie ihm antworten sollte. Hier hatte sie eine gute Stellung und wurde nicht ausgegrenzt. In Brannenburg würde sie um ihr Ansehen und ihren Platz in der Gesellschaft kämpfen müssen. Wollte sie das?

»Ist sie nicht wunderschön, unser Madl?«, fragte Christel Breitner und sah die beiden Hebammen mit strahlenden Augen an. »Und sie ist ihrem Papa wie aus dem Gesicht geschnitten. Wir wollen sie nach ihrer Großmutter mütterlicherseits Amalie nennen.«

»Ja, es ist ein ganz bezauberndes Fräulein«, antwortete Hilde lächelnd. »Was für ein hübscher Name. Eine gute Wahl.«

»Obwohl mein Max schon lieber einen Buben als Erstgeborenen gehabt hätte«, meinte Christel Breitner, und ihre Miene trübte sich plötzlich ein. »Ich hoff, er wird mir wegen dem Madl jetzt nicht bös sein.«

»Bestimmt nicht«, beschwichtigte Hilde sogleich. »Buben wollen die Männer andauernd haben. Aber wenn es auf der Welt bloß noch Mannsbilder geben würde, dann würden die ganz schnell deppert aus der Wäsche schauen.« Sie zwinkerte Christel schelmisch grinsend zu. Ihre kesse Antwort sorgte dafür, dass sich die Miene der Mutter wieder aufhellte. »Und ich verspreche Ihnen, wenn der Herr Papa seine Tochter gleich zum ersten Mal sieht und im Arm hält, wird er ganz anders reden. So ein Menschlein ist immer ein Segen, egal ob Bub oder Madl. Aber jetzt waschen wir das kleine Fräulein und seine Mama erst einmal und machen die Damen hübsch für den großen Augenblick. Gebens mir mal das Butzerl.« Sie nahm Christel die Kleine ab und verfrachtete sie auf die mit Handtüchern abgedeckte Kommode, die mit warmem Wasser gefüllte Waschschüssel stand schon bereit.

Es dauerte nicht lange, bis die beiden Frauen sämtliche notwendigen Arbeiten erledigt hatten. Das Neugeborene war nicht nur gewaschen, sondern auch gewogen und gemessen worden. Stolze sechseinhalb Pfund brachte das Fräulein auf die Waage und war 52 cm groß. Perfekter ging es gar nicht. Flott erhielt es eine Stoffwindel und die erste Kleidung angelegt, welche die Großmutter voller Vorfreude angefertigt hatte. Christel Breitner wurde derweil von Maria gewaschen und frisch eingekleidet. Ein sauberes Nachthemd und ihr hellblauer Morgenmantel hatten schon auf einem Stuhl parat gelegen. Maria bürstete ihr Haar und flocht es zu Zöpfen, bevor Christel sogar etwas Lippenstift auflegte. Für den großen Moment sollte alles perfekt sein.

Als sie so weit fertig waren, schweifte Hildes Blick noch einmal wohlwollend durch das eheliche Schlafgemach. Die Ehefrau saß hübsch zurechtgemacht mit dem Neugeborenen auf den Arm im Bett. Die schmutzigen Tücher und das Zeitungspapier waren von der Dienstmagd fortgebracht worden. Sie hatten auch kurz gelüftet, denn im Raum war es arg stickig gewesen, und ein Luftaustausch war nach Hildes Meinung stets ein Segen, denn dann zog all das Schlechte nach draußen. Obwohl aufgrund der Nähe zum Pfisterbach eher schlechte Luft das Zimmer geflutet hatte, weshalb Maria das Fenster nach wenigen Minuten wieder geschlossen hatte. Als Mädchen vom Land kannte sie selbstverständlich Gestank, aber an die üblen Gerüche der Großstadt hatte sie sich erst gewöhnen müssen. Noch heute kämpfte sie beim Vorübergehen an dem einen oder anderen Stadtbach mit aufsteigender Übelkeit.

Der Pfisterbach schwemmte nicht nur Nachgeburten fort, sondern auch Schlachtabfälle vom Viktualienmarkt und andere Fäkalien. Doch in dieser Hinsicht waren Veränderungen im Gange, und die Stadtverwaltung werkelte an einer besseren Kanalisierung der Stadt. Die letzte Choleraepidemie hatte in dieser Hinsicht ein Umdenken ausgelöst, unter anderem weil eines ihrer Opfer die bayerische Königin Therese gewesen war. Bis die stinkenden Bäche jedoch endgültig aus dem Stadtbild verschwunden sein würden, würde es noch eine ganze Weile dauern.

»Dann wollen wir mal den Papa hereinholen«, sagte Hilde, nickte Christel noch einmal aufmunternd zu und öffnete die Tür.

Keine Sekunde später betrat Alois Breitner mit ehrfürchtigem Blick den Raum. Er war ein eher kleiner Mann mit schmalen Schultern, blondem Haar und einem Schnauzbart.

»Komm ruhig näher«, forderte ihn seine Gattin auf und klopfte neben sich auf die Matratze. »Schau nur, wie hübsch unser Madl ist.«

Er trat ans Bett, setzte sich und betrachtete seine Tochter mit großen Augen. Das junge Fräulein hatte die Welt lautstark begrüßt und auch beim Baden und Wickeln gezeigt, wie kräftig seine Lungen waren. Jetzt hatte Amalie sich beruhigt, ihre Augen waren geschlossen, und sie hatte ihre entzückenden kleinen Händchen über ihrer Brust gefaltet. Im Schlaf zuckte ihr Mündchen, sie war bezaubernd.

Selig lächelnd beobachtete Maria das kleine Glück. So hatte sie sich ihre Arbeit als Hebamme erträumt. Auch wenn sie wusste, dass es nicht nur diese perfekten Momente geben würde. In der Gebäranstalt hatte sie zur Genüge die Schattenseiten ihres Berufes kennengelernt. Doch dieser trostlose Ort lag nun hinter ihr, und es galt, nach vorne zu blicken.

In diesem Augenblick schlich sich erneut Max in ihre Gedanken und trübte ihre Freude über die glückliche Geburt. Mehrfach hatte sie während der letzten Tage einen Antwortbrief an ihn begonnen, es waren Absagen und Zusagen gewesen, die sie allesamt zusammengeknüllt und in den Papierkorb geworfen hatte. Brannenburg, das war ihre Vergangenheit, dorthin gehörte sie nicht mehr, hatte sie nie gehört. Oder vielleicht doch? Trotz allem war es der Ort, an dem sie aufgewachsen war. Sie hatte bei Gertie ein liebevolles Heim gehabt, hatte zur Schule gehen können, hatte Freunde gefunden, den besten Freund auf Erden. Doch den an ihr haftenden Makel hatten sie die Bewohner trotzdem spüren lassen. Die Heimat hatte viele Gesichter. Da war es vielleicht doch besser, in der Anonymität Münchens zu bleiben. Hier war sie nicht der Bankert, sondern eine Hebamme, die Menschen wie den Breitners Glück ins Haus brachte.

Es dauerte noch eine ganze Weile, bis sich Maria und Hilde von den frisch gebackenen Eltern verabschiedeten. Die beiden hatten sie dazu überredet, mit einem Glas Sekt auf die neue Erdenbürgerin anzustoßen, und sie hatten es nicht fertiggebracht, abzulehnen. Nachdem die Gläser geleert waren, versicherte Maria, gleich am nächsten Tag wiederzukommen, um nach Mutter und Kind zu sehen. Anschließend umarmte der Vater sie beide überschwänglich zum Abschied. Beseelt von der geglückten Entbindung, liefen sie kurz darauf durch die nächtlichen Straßen Münchens. Ihnen begegneten die üblichen angetrunkenen Nachtschwärmer, die meisten von ihnen waren harmlos, doch trotzdem galt es, sich in Acht zu nehmen.

Die Bleibe von Hilde Garhammer lag nicht weit vom Viktualienmarkt entfernt. Sie wohnte in einer Wohnung im ersten Stock zur Miete. Fünf Zimmer, eines davon wurde für Behandlungen genutzt. Marias Kammer war klein und düster, das Fenster ging zum Innenhof hinaus. Gerade so passten ihr aus einfachem Kiefernholz gefertigtes Bett, ein zweitüriger Kleiderschrank und ein kleiner Tisch mit Stuhl hinein. Doch es war ihr eigenes kleines Reich, ein privater Rückzugsort, den sie in dieser Form niemals zuvor im Leben gehabt und den sie auf den ersten Blick geliebt hatte. Obwohl sie ihn bisher, sie war jetzt seit einer Woche bei Hilde im Dienst, nur kurz hatte nutzen können. Die Tage einer Hebamme waren lang, die Nächte ebenfalls. Wer neuem Leben auf die Welt half, kannte keine geregelten Arbeitszeiten und hatte sich flott von dem Gedanken an freie Sonn- oder Feiertage zu verabschieden.

Während sie über den noch im Schlaf liegenden Viktualienmarkt liefen, sagte Hilde plötzlich etwas, womit Maria nicht gerechnet hatte: »Ich wollte dir nicht nachspionieren, Madl, das musst mir glauben. Aber mir ist gestern beim Aufräumen ein von dir begonnener Brief in die Hände gefallen, den ich dann doch gelesen habe und der mich stutzig hat werden lassen. Du hast darin einem Max zugesagt, die Dorfhebamme von Brannenburg werden zu wollen. Allerdings hast du den Brief nicht beendet, und im Papierkorb lag dann noch ein weiterer mit einer Absage. Weißt, wenn du nicht bei mir bleiben magst, dann kann ich das verstehen. Nur angelogen werden will ich nicht gern. Dann such ich mir besser gleich eine andere, die mir nicht sofort wieder davonläuft.«

Maria war so überrascht, dass ihr im ersten Moment die Worte für eine Antwort fehlten. Wie kam Hilde dazu, solch private Dinge zu lesen? Empörung stieg in ihr auf, und sie biss sich auf die Zunge, damit sie keine patzige Antwort gab. Schließlich war Hilde Garhammer ihre neue Arbeitgeberin, und bisher gefiel ihr die Zusammenarbeit mit ihr sehr gut. Ihr Umgangston war freundlich, sie hatte sie noch nicht einmal angeschrien, erzählte gern lustige Begebenheiten aus ihrem Hebammenalltag, und auch mit den Frauen, selbst mit ledigen Schwangeren, ging sie äußerst liebevoll und behutsam um, was Maria gefiel. Jetzt hatte sie allerdings auf unschöne Weise eine neue Eigenschaft von Hilde kennengelernt: Sie war neugierig. Aber vielleicht half diese Neugierde Maria auch endlich dabei, zu diesem Thema eine Antwort zu finden. Vielleicht tat es gut, mit jemanden über jene Problematik zu reden. Sie hatte darüber nachgedacht, dies mit Auguste zu tun. Aber der rechte Zeitpunkt dafür hatte sich nie gefunden, und seitdem sie gemeinsam ihren erfolgreichen Abschluss gefeiert hatten, hatten sie einander nicht mehr gesehen, was Maria bedauerte. Aber so war nun einmal das Leben. Manche Menschen begleiteten einen nur ein kurzes Stück des Weges.

Hilde blieb stehen und sah sie abwartend an. Maria atmete tief durch, und weil ihr nichts Besseres einfiel, antwortete sie: »Es ist kompliziert.«

»Das fiel mir auch auf«, entgegnete Hilde.

»Ich bin in Brannenburg als Findelkind aufgewachsen«, holte Maria nun etwas weiter aus. Während sie redete, setzten sie sich wieder in Bewegung. Hilde hörte ihr aufmerksam zu und unterbrach sie kein einziges Mal. Als Maria ihren Bericht beendet hatte, schüttelte ihre Vorgesetzte den Kopf.

»Also das ist tatsächlich keine leichte Entscheidung«, sagte sie. »Die möchte ich auch nicht treffen müssen. Obwohl es ja eigentlich auf der Hand liegt, was du tun solltest. Ich bin der Meinung, dass du nach Brannenburg zurückkehren musst. Einfach wird diese Heimkehr nicht werden, aber ich habe das Gefühl, dass es dich trotz all der Widrigkeiten und dem dummen Gerede der Leute dorthin zurückzieht. Immerhin bist du dort mehr als anständig versorgt worden. Meiner Meinung nach bist du es dem Ort schuldig, ihm etwas zurückzugeben. Nicht überall wird mit Findelkindern so gut umgegangen. Das kann ich dir sagen.«

Maria nickte. Sie wusste, worauf die Hebamme anspielte: auf die armen Seelen in den Arbeits- und Waisenhäusern, Menschen, die ihr Leben lang aufgrund ihrer lasterhaften Herkunft als Bankert ein Dasein am Rande der Gesellschaft fristen würden. Vielen von ihnen hatte sie in den letzten Monaten ins

Leben geholfen. In diesem Moment fragte sie sich zum ersten Mal, wer sie selbst eigentlich auf diese Welt geholt hatte. Hatte ihrer Mutter an diesem kalten Wintertag jemand beigestanden? Oder hatte sie ihr Kind am Ende ganz allein zur Welt bringen müssen? Der Gedanke versetzte ihr einen Stich ins Herz, und das Gefühl von Beklommenheit breitete sich in ihrem Inneren aus. Sie schluckte.

»Du weißt, dass ich recht habe, nicht wahr?«, hakte Hilde nach und riss Maria aus ihren trüben Gedanken.

»Ja, das hast du«, antwortete Maria und atmete tief durch. »Ich werde Max schreiben und ihm sagen, dass ich die Stellung als Dorfhebamme annehme. Wenn sie mich jetzt überhaupt noch haben wollen. Vielleicht haben sie inzwischen ja schon jemand anders gefunden.«

»Bestimmt nicht«, entgegnete Hilde. »Hebammen fallen gerade auf den Dörfern nicht vom Himmel. Das weiß ich aus Erfahrung. Gute Entscheidung. Obwohl ich schon ein rechtes Depperl bin, dir zuzureden, wieder heimzugehen. So einen begabten Zögling wie dich, werde ich so schnell nicht wiederfinden. Du bist schon jetzt eine großartige Hebamme. Wirst deine Sache auf dem Dorf bestimmt gut machen.«

»Es tut mir leid«, antwortete Maria kleinlaut.

»Musst dich nicht entschuldigen, Madl«, erwiderte Hilde. »So ist das Leben. Geh zurück nach Hause und hilf den Frauen. Sie haben es nötig. Und lass dich bloß nicht einschüchtern. So alte Dorfhebammen können rechte Hexen sein. Gut, manche Stadthebamme auch. Aber du wirst das schon hinbekommen. Und wenn dir das alles doch zu deppert ist, dann kommst wieder zu mir.«

Maria nickte und atmete erneut tief durch, um ihr aufgewühltes Inneres zu beruhigen, doch so recht wollte es nicht gelingen. Die Entscheidung war gefallen. Sie würde zurück nach Brannenburg gehen.

# 5. Kapitel

*15. April 1893*

Maria betrachtete lächelnd das dreijährige Mädchen, das seinen blonden Lockenschopf auf dem Schoß seiner Mutter abgelegt hatte und selig schlief. Die Mutter, eine dunkelhaarige Frau in einem schwarzen Kleid, hatte den Kopf nach hinten gelehnt. Auch ihre Augen waren geschlossen, ihren Mund umspielte ein sanftes Lächeln. Die beiden – Maria wusste, dass sie nach Kufstein zu den Großeltern reisten –, gefielen ihr als Reisebegleitung wesentlich besser als das alte Ehepaar, das ihr bis Rosenheim gegenübergesessen und während der gesamten Fahrt lauthals gestritten hatte. Nicht nur Maria, sondern auch ihre Mitreisenden im Waggon waren erleichtert gewesen, als sie endlich ausgestiegen waren.

Marias Blick wanderte von dem Mädchen fort und aus dem Fenster. Eine Bahnfahrt stellte für sie noch immer ein Abenteuer dar, und die Geschwindigkeit, mit der der Zug durch die Landschaft fuhr, berauschte sie regelrecht. Häuser, Wiesen und Felder rasten an ihr vorüber, wenn es auf der Holzbank der dritten Klasse nicht so ungemütlich wäre, könnte man meinen, man würde fliegen. Ihr Blick ruhte nun auf dem Wendelstein, dem schneebedeckten und majestätisch anmutenden Berg, der all die anderen Gipfel in seiner Umgebung überragte. Sein Anblick war ihr vertraut und sorgte für ein herrlich warmes Gefühl in ihrem Inneren. Ihn zu sehen bedeutete, nach Hause zu kommen. Plötzlich kam ihr ein Lied aus Kindertagen in den Sinn, und sie musste schmunzeln.

*O Wendelstein, o Wendelstein, wie plagen dich die Leute – nicht bloß zur schönen Sommerzeit, nein auch im Winter, wenn es schneit.*

*Auf deinem Haupt, auf deinem Haupt ein Kreuz und zwei Kapellen – ein Wirtshaus auch, recht breit und hoch, doch Schul- und Rathaus fehlen noch.*

Aus Briefen von Max wusste Maria, dass inzwischen eine richtige Kirche hinzugekommen war, in der sogar regelmäßig die Messe gelesen wurde. Stille, wie man sie sonst in den Bergen kannte, herrschte auf diesem Gipfel wahrlich nicht. Wenn noch mehr Besucher kämen, dann würden sie vermutlich doch irgendwann mit einem Luftballon zum Gipfel fliegen, wie es in dem Spottlied weiter hieß.

Vielleicht würde sie als Hebamme auch irgendwann einmal auf diesen Berg hinaufgerufen werden, hatte Max nicht etwas von einem jungen Pächterpärchen geschrieben? Plötzlich kam ihr Hilde Garhammer in den Sinn. Die Gute hatte es nicht so mit dem Laufen und nutzte für jeden Meter die Trambahn. Als Berghebamme wäre sie wahrlich nicht zu gebrauchen, denn auf den Wendelstein und auch zu den vielen anderen Almen würde mit Sicherheit niemals eine Bahn hinauffahren. Wenn man dort oben Kinder auf die Welt holen wollte, musste man gut zu Fuß sein. Da fiel ihr plötzlich ein, dass sie für den Aufstieg auf den Berg noch gar nicht das passende Schuhwerk besaß. Ihre abgewetzten Latschen waren dafür gänzlich ungeeignet, bereits mehrfach waren sie geflickt worden, längst hätte sie sie neu besohlen lassen müssen. Ihre erste Anschaffung in der Heimat würden also neue Schuhe sein.

Sie ließ ihren Blick über die im milden Licht der Spätnachmittagssonne liegenden Berggipfel schweifen. Jeden einzelnen von ihnen konnte sie benennen: das Wildalpjoch, die Hochsalwand und die Rampoldplatte. Ein ganzes Stück niedriger als diese Gipfel lag der Petersberg mit der aus dem zwölften Jahrhundert stammenden Wallfahrtskirche St. Peter, die weithin sichtbar war und die auch Maria bereits mehrfach besucht hatte. Kleine und große Gipfel, Wiesen und Felder, die ländlichen Gehöfte, an denen sie vorüberfuhren, der grüne Inn, auf dem die Schifffahrt durch die Erschließung der Bahnlinie inzwischen vollkommen zum Erliegen gekommen war. Dies alles war ihre Heimat, der Ort, zu dem sie gehörte. Hier wohnte ihre Seele. Dessen wurde sie sich in diesem Augenblick endgültig bewusst. Die große Stadt war nicht der passende Ort für sie, München war nur ein Mittel zum Zweck gewesen. Nun kehrte sie heim und hoffte darauf, von den Bewohnern endlich vollständig akzeptiert zu werden. Sie war nicht mehr das verhuschte Findelkind von damals, sondern eine ausgebildete Hebamme, die offiziell in den Ort beordert worden war, um ihren Dienst zu tun. Es galt zu hoffen, dass die Frauen sie auch annehmen würden. Aber wieso sollten sie es nicht tun? Der Gemeinderat hatte sich einstimmig für sie entschieden, Alma würde in den verdienten Ruhestand gehen. Es würde bestimmt alles gut werden.

Bald darauf hielt der Zug am Brannenburger Bahnhof, und Maria stieg mit klopfendem Herzen aus. Mit ihr zusammen verließen nur wenige Reisende die Bahn. Zu dieser Jahreszeit zog es noch keine Sommerfrischler in die Berge. Doch lange würde es nicht mehr dauern, bis sie eintreffen und die Ruhe stören würden. So sahen es viele der Dorfbewohner, andere machten gerne ihre Geschäfte mit den Fremden. Sie waren Fluch und Segen zugleich, hatte ihre liebe und gute Gertie einmal gesagt. Der Gedanke an ihre ehemalige Ziehmutter stimmte Maria traurig. Mit ihr würde es kein Wiedersehen geben, sie war vor zwei Jahren gestorben.

Die Sonne war inzwischen hinter einigen dicken Quellwolken verschwunden, und ein böiger und kühler Wind wehte, der Maria frösteln ließ und an ihrem dunkelgrünen Rock zerrte. Sie blickte sich suchend um, doch niemand schien gekommen zu sein, um sie abzuholen. Das gute Gefühl von eben verschwand, und ihre Schultern sackten ein Stück nach unten. So wie es aussah, würde sie wohl den Weg bis zu ihrer zukünftigen Bleibe, dem Zuhäusl des Bichlhofs im Ortsteil Weidach, zu Fuß zurücklegen müssen.

Sie hatte das Bahnhofsgelände gerade verlassen, als ein Fuhrwerk neben ihr hielt, auf dem ein älterer Mann mit einem Zwirbelbart und einem Tirolerhut auf dem Kopf saß. Nach einem Blick auf die große Bahnhofsuhr begann er, mit seinem Pferd zu schimpfen: »Herrgott Sakrament, Poldi. Das haben wir nun von deiner Trödelei. Jetzt sind wir zu spät. Du verfressener, alter Gaul hättest dieses eine Mal das depperte Grasbüschel auch mal stehen lassen können.«

Maria musste schmunzeln. Der Mann auf dem Kutschbock war ihr kein Unbekannter. Er hieß Wastl Partenhauser und arbeitete bei den Antretters als Knecht.

»Grüß Gott, Wastl.«

Er hob den Blick.

»Kann es sein, dass du wegen mir da bist?«, fragte Maria hoffnungsvoll.

»Ja, wegen wem denn sonst«, entgegnete er und wandte sich wieder an Poldi. »Da hast aber noch einmal Glück gehabt, du alter Fresssack.«

Wastl kletterte vom Kutschbock und nahm Maria ihr Gepäck ab. »Entschuldige, Maria. Ich hab dich gar nicht höflich willkommen geheißen. Aber bei so einem blöden Gaul kann so etwas schon mal untergehen. Der ist sturer als so mancher Esel. Wenn der nicht aufpasst, dann wird er bald verwurstet, das sag ich dir.« Er befördere Marias abgewetzte Tasche auf die Ladefläche, half ihr auf den Kutschbock und setzte sich neben sie. Er roch nach einer Mischung aus Schweiß, Bier und Tabak.

»Na, dann wollen wir mal«, sagte er und schwang die Zügel.

Während der nicht allzu lange dauernden Fahrt war Wastl nicht sonderlich gesprächig, sodass Maria die Zeit nutzte, um ihre alte Heimat zu betrachten. In den Gärten der alten Bauernhöfe blühten Schneeglöckchen und Krokusse, Weidenkätzchen hingen an den Sträuchern, manche von ihnen hatten sich bereits in ihr gelbes Blütenkleid gehüllt und lockten erste Bienen an. Lange würde es nun nicht mehr dauern, bis der Frühling im Tal endgültig Einzug hielt, wohingegen der Schnee auf den weißen Berggipfeln noch eine ganze Weile liegen bleiben würde, bevor der Almsommer beginnen konnte.

Sie erreichten den Bichlhof, ein recht ansehnliches Gehöft mit einem angegliederten Sägewerk, das bereits seit zwei Generationen die Familie Maierhofer bewohnte. Fast alle Gebäude in der Region hatten eigene Hausnamen, die auf dem Haus blieben, auch wenn die Besitzer wechselten. Der Bichlhof war und blieb also der Bichlhof, und dessen Inhaber, Georg Maierhofer, wurde in der Gegend nur der Schorsch vom Bichlhof genannt.

Auf die Idee, ihn oder die anderen Familienmitglieder mit dem richtigen Familiennamen anzusprechen, kam niemand.

Wastl fuhr nicht vor das alte, mit Holzschindeln gedeckte Bauernhaus. Stattdessen hielt er vor dem am äußeren Rand des Grundstücks gelegenen Zuhäusl, das von Obstbäumen umgeben war. Bei dem Gebäude handelte es sich um einen zweigeschossigen Satteldachbau aus teils unverputztem, grauem Nagelfluhmauerwerk. Das Obergeschoss war verbrettert und hatte eine umlaufende Laube. Der Nagelfluh wurde im benachbarten Ort Degerndorf auf der Biber abgebaut. Die dort gelegenen Steinbrüche gaben den Menschen bereits seit eintausend Jahren ihr Brot, und der abgebaute Naturstein fand sich so ziemlich in jedem Mauerwerk der Höfe und Häuser der Gegend und wurde erfolgreich nach ganz Europa exportiert. Linker Hand der Eingangstür stand die übliche Hausbank und davor ein Tisch, auf dem eine schwarz-weiß getigerte Katze saß, die die Neuankömmlinge aus verschlafenen Augen musterte.

Maria war gerade vom Wagen geklettert, als sich die Haustür öffnete und eine kräftige Frau mittleren Alters nach draußen trat. Sie trug ein dunkelblaues Arbeitskleid und eine weiße Schürze, die einige Flecken aufwies und an der sie sich die Hände abwischte. Ihr braunes, von unzähligen grauen Strähnen durchzogenes Haar hatte sie am Hinterkopf zu einem Dutt zusammengebunden. Maria kannte die Frau, und ihr Anblick ließ sie aufatmen. Max hatte ihr in seinem letzten Brief geschrieben, dass er noch auf der Suche nach einer passenden Hilfe für sie war, und sie hatte gehofft, dass er einen guten Griff machen würde. So wie es aussah, hatte er Erfolg gehabt. Der Name der Frau war Burgi Danner, und sie war früher oft als

Wäscherin zu ihnen ins Findelhaus gekommen. Ihre Herzlichkeit hatte Maria schon immer geliebt. Sie musste sich später bei Max für seine gute Wahl bedanken.

»Da seits ja endlich« begrüßte Burgi sie. »Wird auch Zeit, denn ich hätt gleich Kundschaft für dich, Maria. Auf dem Wagnerhof in Milbing kriegt eine Magd ihr Kind. Die Alma, die depperte Kuh, will es nicht auf die Welt holen, weil sie ledig ist. Einer der Knechte ist vorhin auftaucht, und er meint, sie schreit und winselt in der Scheune schon seit Stunden. Er glaubt, sie stirbt. Gell, Madl, du gehst doch nach ihr schaun, oder? Dein Koffer mit dem notwendigen Zeug wär schon bereit. Den hat heute Mittag die Helferin von dem Danzinger vorbeigebracht. Weißt schon, das ist der neue Arzt aus Rosenheim. Ein ganz patenter junger Mann, dem die Weibsbilder alle schöne Augen machen. Aber bei dem gibt's nix zu holen, denn der ist verlobt. Das hab ich von der Gundel aus dem Laden. Angeblich wohnt dem seine Auserwählte in Kufstein, und im Juli sollen die Hochzeitsglocken läuten.«

»Ein Koffer mit dem notwendigen Zeug?«, hakte Maria nach und ging nicht auf das weitere Geplapper von Burgi ein.

»Ja, der sieht richtig edel aus. Ganz schick. So einen hat die Alma nicht, das kann ich dir sagen. Komm, ich zeig ihn dir gleich.« Sie winkte Maria ins Haus.

Der besagte Koffer fand sich in der bäuerlich eingerichteten Wohnstube auf der mit dunkelgrünem Stoff bezogenen Bank neben dem weinrot gekachelten Kaminofen. Mit großen Augen sah Maria das Prachtstück an. Er war aus echtem Leder gefertigt, und auf der Oberseite prangte ein Schild, auf dem der Name *Kurz* und eine Adresse in Wiesbaden standen. Mit zittrigen Händen öffnete Maria den Koffer, und ihre Augen weiteten sich.

»Aber das ist ja großartig«, freute sie sich über den Inhalt. »Wenn das die Hilde sehen könnte. Es ist alles vorhanden, was eine Hebamme benötigt. Sogar ein Badethermometer, Desinfektionsmittel, Gummihandschuhe, Seife, und das Hebammen-Stethoskop ist perfekt. Ach, er ist wunderbar. Sie würde Augen machen.«

»Das würde sie wohl«, sagte plötzlich eine männliche Stimme hinter ihnen, und die Frauen wandten sich erschrocken um. Ein hochgewachsener blonder Mann mit Schnauzbart stand vor ihnen, der nicht die typische Arbeitskleidung der Landbevölkerung trug, sondern ein dunkles Sakko und hellgraue Hosen.

»Doktor Danzinger«, bestätigte Burgi Marias Vermutung, wen sie vor sich hatte. »Sind Sie also doch noch gekommen, um unsere neue Hebamme zu begrüßen. Ich dachte, Sie wären verhindert.« Ihre Stimme klang schmeichelnd.

»Beim Lechner ging es schneller als gedacht«, antwortete er und schenkte Burgi ein charmantes Lächeln. »Und da der Hof nicht weit entfernt liegt, dachte ich, ich könnte unsere neue Hebamme gleich persönlich in Empfang nehmen und nachsehen, ob ihr das neue Handwerkszeug gefällt. Mein Name ist Anton Danzinger. Es ist mir eine Freude, Sie endlich kennenzulernen. Ihr Jugendfreund Max Antretter spricht in den höchsten Tönen über Sie. Ich wünsche Ihnen einen guten Start in der Gemeinde.« Er hielt ihr die Hand hin, die sie ergriff.

»Maria Roßacker«, nannte Maria unnötigerweise noch einmal ihren Namen. »Haben Sie vielen Dank. Ich werde mein

Bestes geben. Der neue Hebammenkoffer ist großartig. Einen solchen habe ich noch nie gesehen.«

»Er ist ja auch noch gar nicht offiziell auf dem Markt zu haben«, antwortete Danzinger und zwinkerte Maria zu. »Ich habe Kontakte, die es mir erlaubten, eines der ersten Modelle noch vor dem offiziellen Verkaufsstart im Sommer dieses Jahres bei Gottlob Kurz zu erwerben. Ich hoffe, er wird Ihnen gute Dienste leisten.«

»Und das, wenn möglich, sofort«, meldete sich Burgi wieder zu Wort. »Ich erinnere an die Magd beim Wagner.«

»Was ist mit der Magd?«, fragte Danzinger verdutzt.

»Was wird wohl sein?«, entgegnete Burgi in einem rüden Tonfall. »Ein Kindchen ist unterwegs, und die Alma, die depperte Blunzen, will nicht nach ihr sehen, weil sie halt einen Bankert kriegt.«

»Diese verbohrte alte Frau«, schimpfte Danzinger sogleich los. »Ärztliche Hilfe steht jedem zu. Wir sind nicht dafür da, zu urteilen, sondern um zu helfen. Ich hoffe, Sie werden diese Regel ebenso beherzigen, wie ich es tue, meine Teuerste«, wandte er sich an Maria. Die nickte und versicherte, dass sie niemals eine werdende Mutter im Stich lassen würde.

»Diese Antwort wollte ich hören«, lobte er. »Wir werden bestimmt großartig zusammenarbeiten.«

Im nächsten Moment schlug die neben der Eckbank stehende Standuhr, und sie zuckten allesamt zusammen. *Guter Gott*, dachte Maria, *diese Uhr lässt ja das ganze Haus beben.*

»Ach du je«, sagte Danzinger und blickte überflüssigerweise noch einmal auf seine Armbanduhr. »Die Zeit rennt. Ich muss zurück in die Praxis, in zwanzig Minuten beginnt die Sprechstunde. Für die Sorge der Magd haben wir jetzt ja die perfekte Betreuerin. Ich wünsche Ihnen viel Glück bei Ihrer ersten Entbindung in der Heimat und empfehle mich, die Damen.« Der Arzt tippte an seinen Hut, verließ den Raum, und Burgi schüttelte den Kopf.

»*Die Damen*, was er nur immer so geschwollen redet.«

»Dann werde ich mich mal auf den Weg zum Wagnerhof machen.« Maria ging nicht auf Burgis Aussage ein und schloss den Hebammenkoffer. »Den hier nehme ich gleich mit. Mit solch großartigem Handwerkszeug kann die Geburt ja nur gut werden.«

Kurz darauf kletterte Maria auf dem Hof der Wagners erneut von Wastls Wagen. Zu ihrem Glück hatte der alte Knecht beschlossen, vor ihrem Haus noch eine kleine Zigarettenpause einzulegen, und der gute Poldi hatte erneut ein Grasbüschel gefunden. Der Ortsteil Milbing bestand aus gerade mal sechs Höfen, von denen Maria sämtliche Bewohner kannte. Mit der Tochter der Wagnerhofbesitzer, der Thalers, war sie zur Schule gegangen, hatte aber nicht viel Kontakt zu ihr gehabt, weil die Eltern nicht gewollt hatten, dass ihr Kind sich mit einem Bankert abgab. Nun stand die Bäuerin, Walburga Thaler, auf dem Hof, hatte die Arme vor der Brust verschränkt und sah Maria feindselig an. Sie war hager, ihr faltiges Gesicht fahl, ihr Haar ergraut. Das harte Leben einer Frau, die acht Kinder geboren und ihr Leben lang den Hof bewirtschaftet hatte, zeigte sich in ihrem Erscheinungsbild.

»Bist also wirklich wegen der Schlampen gekommen«, begrüßte sie Maria in einem harschen Tonfall. »Hätt ich mir ja denken können. Gschwerl, wie ihr es seid, verträgt sich halt.

Die Alma hat schon recht damit, solche wie euch nicht anzufassen.« Walburgas Worte ließen Maria zurückzucken. Schlagartig fühlte sie sich wieder wie das kleine Mädchen von damals. Aber *solche wie sie* waren doch auch nicht anders als all die anderen im Dorf. So hatte es damals die alte Gertie an einem Nachmittag zu ihr gesagt, nachdem Maria von den Buben des Mairerhofs mal wieder mit Steinen beworfen und beschimpft worden war. Einer von ihnen hatte ihr nachgerufen, sie wäre das Kind einer Hure. Bitterlich geweint hatte sie, und ihre vielen Tränen hatten die Bluse von der Gertie an der Schulter ganz nass gemacht. Das Findelkind, ein Bankert. Hier war der Makel zurück.

In München hatte sie ihn abstreifen können. Dort war sie für alle Maria gewesen, die Kommilitonin, eine gute und wissbegierige Schülerin, die beste ihres Jahrgangs. Doch auch in München hatte sie Hilfe gebraucht, um ihren Traum leben zu dürfen. Ohne das Empfehlungsschreiben ihres damaligen Dienstherrn, eines alten und gutmütigen Arztes, für den sie nach ihrer Ankunft in München eine Weile im Haushalt tätig gewesen war, wäre sie mit ihrem familiären Hintergrund vermutlich niemals an der Hebammenschule angenommen worden. Würde es jemals aufhören?

In diesem Augenblick wünschte sie sich, sie hätte sich anders entschieden und wäre bei Hilde Garhammer geblieben. Doch der Gedanke an die alte Stadthebamme sorgte gleichzeitig dafür, dass sich in ihrem Inneren das Gefühl von Widerstand regte. »Lass dich nicht unterkriegen«, hatte diese zu ihr beim Abschied am Bahnhof gesagt. »Das kleine Madl von damals gibt es nicht mehr, der Bankert ist fort. Heute bist du eine starke, junge Frau und eine der besten Neuhebammen, die mir jemals begegnet ist. Schwäche zu zeigen, hast du nicht nötig.«

Also straffte Maria die Schultern und tat wieder zwei Schritte auf Walburga zu.

»Wo ist die Magd?«, fragte sie, ohne auf die Beschimpfungen einzugehen.

Walburga antwortete nicht, sondern sah sie weiterhin mit kaltem Blick an. »Wenn du ihr Hilfe verweigerst, wird das ein Nachspiel haben«, sagte Maria. »Also raus damit.« Ihre Stimme war fest, und sie klang beherrscht.

Der Blick der Bäuerin wanderte zu einer am hinteren Ende des Grundstücks gelegenen Scheune, und sie antwortete: »Bist wahrscheinlich eh zu spät. Die hat schon eine ganze Weile nicht mehr geschrien, und das Geplärr von einem Balg hab ich nicht gehört.« Sie machte auf dem Absatz kehrt und ging zurück ins Haus.

Im nächsten Moment kam hektisch eine junge Magd aus der Scheune auf Maria zugelaufen und blieb vollkommen außer Atem vor ihr stehen.

»Bist du die Hebamme?«, fragte sie.

Maria bejahte.

»Dann komm schnell. Sie stirbt. Überall ist Blut.« Die Magd, sie war wohl nicht älter als vierzehn, nahm sie bei der Hand und zog sie mit sich zur Scheune. Dort angekommen, ging es eine schäbige Treppe nach oben und in eine düstere, kalte Kammer. Die Gebärende lag auf einer alten, fleckigen Pferdedecke, ihre Röcke waren nach oben geschoben und zwischen ihren Beinen lag ein Neugeborenes in einer Blutlache.

Es regte sich ebenso wenig wie die Mutter. Deren Kopf war zur Seite gekippt, ihre Lippen waren ganz blau. Sogleich eilte Maria zu ihr, doch schnell war klar, dass sie hier niemandem mehr helfen konnte.

Mutter und Kind waren tot.

# 6. Kapitel

*18. April 1893*

Es war einer dieser Tage, an denen es gar nicht richtig hell werden wollte. Die Gipfel der Berge waren wolkenverhangen, und es regnete in Strömen. Maria saß in der Stube auf der Eckbank und blickte verdrossen nach draußen, wo die Regentropfen in große Pfützen prasselten. Zwei Hühnern schien das schlechte Wetter egal zu sein. Sie liefen vor dem Haus durch die Pfützen und suchten im feuchten Untergrund nach etwas Essbarem. Durch die winzigen Fenster drang nur wenig Licht in den Raum, weshalb die über dem Tisch hängende Petroleumlampe brannte.

Maria hatte das Zuhäusl vom ersten Moment an ins Herz geschlossen, so viel Platz hatte sie niemals zuvor im Leben gehabt. Das Erdgeschoss war in die Wohnstube, eine kleine Speisekammer und ein weiteres Zimmer, das Maria als Behandlungsraum nutzen wollte, aufgeteilt. Beide Räume waren weiß gestrichen, und die niedrigen Decken waren mit Holz vertäfelt. Über eine schmale und recht steile Stiege gelangte man ins Obergeschoss, wo sich zwei Schlafkammern befanden. Die geräumigere von ihnen hatte Maria bezogen. Hier gab es zusätzlich zu ihrem Bett noch einen Stuhl und einen Tisch am Fenster, den sie als Schreibtisch nutzen wollte. In einem zweitürigen Kleiderschrank fand ihre überschaubare Garderobe Platz. Das Haus hatten früher stets die Knechte auf Durchreise während der Erntezeiten bewohnt, doch die Maierhofers benötigten deren Dienste heute nicht mehr, denn der alte Bauer verdiente inzwischen ganz gutes Geld mit seinem Sägewerk und dem Verkauf von Holz aus seinem Wald.

Burgi stand am Ofen und beschäftigte sich damit, Zeitungsseiten zum Trocknen aufzuhängen.

»Der Sepp ist aber auch ein dummer Bub. Da schmeißt der die Zeitung einfach in die Pfützen, anstatt sie auf die Türmatte zu legen«, zeterte sie. »Na, der kann was erleben, wenn er das nächste Mal hier auftaucht. So durchweicht kann die ja keiner anständig lesen.«

Maria antwortete nichts. Ihr Blick wanderte vom Fenster weg zu dem wunderschönen Hebammenkoffer, den sie nach ihrer Rückkehr vom Wagnerhof wieder auf die gepolsterte Ofenbank gestellt und seitdem nicht mehr angerührt hatte. Sie fragte sich, ob er nach den schrecklichen Geschehnissen jemals zum Einsatz kommen würde. Oder fand ihre Arbeit als Distrikthebamme ein Ende, bevor sie richtig begonnen hatte?

Wie in ländlichen Gegenden üblich, hatte sich der Tod der Magd, ihr Name war Irmi Großlechner gewesen, rasch herumgesprochen, begleitet von dem Gerücht, dass Maria als junge und noch recht unerfahrene Hebamme daran vielleicht nicht ganz unschuldig gewesen sein könnte. Burgi hatte das unschöne Getratsche aus dem Kramerladen von Gundel Kohlauf mitgebracht und gemeint, dass es auf sämtlichen Hausbänken der Gegend nur noch dieses eine Thema unter den Frauen gäbe. Wie sollte sie denn nun einen guten Start in der Gemeinde haben? Bei diesem Gerede würde sie doch keine der werdenden Mütter um Hilfe bitten.

»Heute ist übrigens die Beerdigung von der Irmi«, sagte Burgi. »Das arme Madl, solch ein Ende hat es nicht verdient.« Sie bekreuzigte sich. »Du gehst doch nachher mit hin, oder? So Beerdigungen sind ja immer eine gute Gelegenheit, um sich den Leuten zu zeigen. Bestimmt werden viele da sein, wegen der Tragik, aber auch wegen der Neugierde. Jetzt haben die Tratschhaferl endlich wieder was gefunden, worüber sie sich ausgiebig die Mäuler zerreißen können. Ich sag dir: Du musst jetzt mit Anwesenheit glänzen und Stärke zeigen. Keinen Meter darfst nachgeben, das ist das Wichtigste. Sonst haben solche Weiber wie die Thalerin gewonnen.«

»Meinst du wirklich, ich soll dorthin gehen?«, hakte Maria nach und stützte seufzend das Kinn auf die Hand. »Ich bin doch die Letzte, die irgendwer auf dieser Beerdigung sehen möchte. Ach, das ist doch alles zum Heulen. Vermutlich wird es am besten sein, wenn ich gleich wieder zurück nach München gehe. Das alles hier war eine Schnapsidee, ich hätte mich von Max nicht einwickeln lassen sollen.«

»Wenn man vom Teufel spricht«, sagte Burgi und deutete nach draußen.

Im nächsten Moment öffnete sich die Haustür, und Max Antretter trat ein. Er schlug die Kapuze seines schwarzen Lodenmantels zurück, sein blondes Haar war feucht und klebte an seiner Stirn. Maria fiel auf, wie sehr er sich mit den Jahren verändert hatte und wie gut er aussah. Zuletzt hatte sie ihn im Alter von vierzehn Jahren kurz vor ihrem Aufbruch nach München gesehen. Er war jetzt ein ganzes Stück größer als sie, breitschultrig, trug einen schmalen Oberlippenbart, und seine Augen hatten eine hellblaue Farbe und strahlten regelrecht. Annemarie konnte sich wahrlich glücklich schätzen, einen solch attraktiven und liebenswerten Ehemann an ihrer Seite zu wissen, der auch noch der Sohn des Bürgermeisters war.

Plötzlich verspürte Maria das Gefühl von Eifersucht. Es kam unvorhergesehen und versetzte ihr einen Stich ins Herz. Sie waren beide erwachsen geworden und nicht mehr die Kinder von damals, die arglos miteinander gespielt und sich jedes Geheimnis erzählt hatten. Plötzlich kam ihr der Gedanke, wie ungerecht die Welt mit all ihren Regeln und Vorurteilen doch war. In einem anderen Leben hätte vielleicht ein Paar aus ihnen werden können. Wäre sie nicht das Findelkind gewesen. Maria stutzte: So hatte sie noch nie über Max und sich nachgedacht. Rasch schob sie diese unangebrachten Hirngespinste zur Seite, setzte sich gerade hin und strich sich eine Haarsträhne hinters Ohr, die sich aus ihrem geflochtenen Zopf gelöst hatte. So hatte sie nicht zu denken. Max war ihr bester Freund und ein verheirateter Mann.

»Guten Morgen, zusammen«, grüßte er mit ernster Miene, schälte sich aus seinem Mantel und setzte sich zu Maria an den Tisch. Ungefragt stellte Burgi ein mit Kaffee gefülltes Haferl vor ihn, dann wandte sie sich wieder ihrer Zeitung zu und hängte eine weitere feuchte Seite auf die Ofenstange.

»Ich dachte, ich komme mal vorbei und schau, wie es dir geht«, sagte Max und legte vertraulich seine Hand auf Marias Unterarm. »Ich bin mit Doktor Danzinger übereingekommen, diesen Vorfall bei der Gemeindesitzung noch einmal genau zu erläutern und zu erklären, was wirklich passiert ist. Dann wird das dumme Geschwätz bestimmt aufhören.«

»Diesen Vorfall« wiederholte Maria und zog eine Augenbraue in die Höhe. »Du meinst wohl den Tod einer jungen Frau und ihres Kindes. Oder soll ich besser sagen, die Ermordung beider durch unterlassene Hilfeleistung?« Ihre Stimme klang nun vorwurfsvoll. »Wir wissen beide, dass die Thalerin nach Danzinger hätte schicken lassen müssen. Dann wären die beiden heute vermutlich noch am Leben. Wenn wenigstens Alma bei ihr gewesen wäre. Sie hätte das schlimme Ende bestimmt auch verhindern können.«

»Hätte sie vermutlich, aber sie wäre niemals zu ihr gegangen, da hat sie ihre Prinzipien, und von denen wird sie nicht mehr abrücken«, antwortete Max und stieß einen Seufzer aus. »In dieser Hinsicht ist und bleibt sie stur. Außerdem hätte sie ihr gar nicht zur Hilfe eilen können, denn ich habe in Erfahrung gebracht, dass sie bei einer anderen Geburt in St. Margarethen im Einsatz gewesen ist.«

Maria wich vor ihm zurück und verschränkte die Arme vor der Brust. »Und der Thalerin macht natürlich niemand einen Vorwurf. Die Irmi hat ihr vermutlich noch dankbar sein müssen, dass sie sie nach der Entdeckung der Schwangerschaft noch weiter durchgefüttert und nicht fortgeschickt hat. Weiß wenigstens jemand, wer der Vater gewesen ist? Ach, was frage ich überhaupt. Vermutlich war es ein durchreisender Handwerksbursche, der dem armen Ding das Blaue vom Himmel erzählt hat, damit es die Beine breit macht. Solche Fälle hatten wir in München zur Genüge.« Marias Stimme war laut geworden, und sie atmete tief durch, um sich zu beruhigen. »Es tut mir leid, ich wollte dich nicht anschreien«, setzte sie etwas kleinlaut nach. »Aber es war für mich in München oftmals unerträglich, das Leid der Frauen mitanzusehen. Andererseits haben sie bei uns wenigstens Hilfe erhalten, auch Irmi hätte sie bekommen. Wäre sie zu uns gekommen, wären sie und ihr Kleines vielleicht noch am Leben.«

Marias Worte sorgten für betroffene Mienen, und einen Moment lang herrschte Stille im Raum, nur das Rauschen des Regens war zu hören.

Max meldete sich als Erster wieder zu Wort: »Ich denke, du solltest heute zur Beerdigung von Irmi gehen«, sagte er zu Maria. »Sich im Haus zu verkriechen ist in diesem Fall nicht ratsam. Ja, es wird geredet und einige tratschen hinter vorgehaltener Hand, dass du an Irmis Tod schuld wärst, aber im Grunde weiß jeder, dass es die Thalerin gewesen ist, die sich nicht gekümmert hat. Sie als Bäuerin trägt die Verantwortung für ihre Angestellten und hätte längst den Arzt rufen sollen. Ich möchte mir gar nicht vorstellen, wie es sich anfühlt, einen Menschen in einem solch schrecklichen Zustand aufzufinden. Du musst noch immer unter Schock stehen. Kannst du dir denn erklären, was schiefgegangen ist?«

»Natürlich kann ich das. Aber meine Vermutung macht das arme Madl auch nicht mehr lebendig. Das Neugeborene war sehr klein, wahrscheinlich ist es zu früh gekommen«, mutmaßte Maria.

»Verstehe«, antwortete Max. »Genaueres werden wir vermutlich nie erfahren, denn Danzinger hat gemeint, dass es keine nähere Untersuchung geben wird. Die liebe Seele soll in Frieden ruhen. Bedauerlicherweise wird das Kindchen nicht mit seiner Mutter auf dem Friedhof bestattet werden, da es nicht getauft ist.«

»Von dieser Unsitte halte ich gar nichts«, echauffierte sich Burgi. »Jesus hat gesagt, dass man die Kinder zu ihm kommen lassen soll. Ich hab nirgendwo in der Bibel gelesen, dass er nur die getauften bei sich haben wollte.«

Burgis Aussage entlockte Maria ein Lächeln. Doch es verschwand schnell wieder, denn der Gedanke an die Kindstaufe erinnerte Maria daran, dass ihr noch ein unangenehmes Gespräch mit dem Pfarrer bevorstand, in dem sie als Dorfhebamme ihren Standpunkt zu der Thematik Taufe im Mutterleib klarstellen musste. Vor dem alten Mann, der im Religionsunterricht vermutlich noch heute freimütig den Rohrstock schwang, hatte sie sich bereits als Kind gefürchtet. Wie alt mochte er jetzt sein? Weit über achtzig? Ein Mann aus einer anderen Zeit, es würde schwer werden, ihn davon zu überzeugen, dass sein Weihwasser in ihrem Hebammenkoffer keinen Platz mehr haben würde.

Maria wollte Burgi Antwort geben, doch da trat eine weitere Person ins Zimmer. Mit großen Augen sah sie die junge Frau an, die ihren Regenschirm in den Ständer neben der Tür beförderte und fröhlich in die Runde grüßte. Es war ihre ehemals beste und gleichaltrige Freundin Evi Bruckner, die mit ihr gemeinsam im Findelhaus groß geworden war. Im Gegensatz zu Maria war Evis Mutter im Ort jedoch keine Unbekannte gewesen. Sie hatte als Bedienung in der Schlosswirtschaft gearbeitet und war von einem der dort verkehrenden Künstler geschwängert worden. Bedauerlicherweise war Evis Mutter kurz nach der Geburt im Kindbett gestorben, und der Vater hatte sich noch vor der Beerdigung aus dem Staub gemacht. Evi war ihm, so wurde es jedenfalls gesagt, wie aus dem Gesicht geschnitten, was für sie allerdings keinen Vorteil darstellte. Ihre Wangen war recht rund und ihre Nase knollig, und auch die stämmige Statur hatte sie vermutlich ihrem Vater zu verdanken. Trotzdem hatte sie vieles an sich, was sie anziehend machte: ein besonderes Blitzen in ihren großen blauen Augen, ihr herzliches Lächeln. Evi hatte es mit ihrer unkomplizierten Art stets geschafft, die Leute für sich einzunehmen.

»Evi!«, rief Maria freudig aus, erhob sich von der Eckbank und umarmte ihre Freundin überschwänglich, ganz fest drückte sie sie an sich. »Ach, was ist es schön, dich zu sehen.«

»Und ich freu mich erst, dich zu sehen«, antwortete Evi, nachdem sie sich aus der Umarmung gelöst hatte. »Ich wäre auch schon früher gekommen, aber ich konnte nicht vom Hof weg, die Kinder und die Bäuerin waren krank und mussten versorgt werden. Aber jetzt geht es ihnen wieder besser, und da blieb mir etwas Zeit, um bei dir Grüß Gott zu sagen. Ach, es ist so wunderbar, dass du wieder bei uns bist! Und das auch noch als unsere neue Hebamme. Du wirst hier im Ort sehr gebraucht, das kann ich dir sagen. Ich weiß, dass viele der Frauen sich vor der alten Alma regelrecht fürchten und ihre Dienste nur in Anspruch nehmen, weil sie keine andere Wahl haben. Und gib bloß nichts auf das Geschwätz der Leute wegen der Irmi. Das war ein riesengroßes Unglück, und du bist die Letzte, die etwas dafürkann. Da müssen sich ganz andere an die Nasen fassen.«

Evis Worte beruhigten Maria und ermutigten sie darin, die Herausforderung, Hebamme für Brannenburg und Umgebung zu sein, anzunehmen. Obwohl ihr, wie sie wusste, noch eine weitere und äußerst große Hürde bevorstand: Sie musste zu ihrer Vorgängerin Alma gehen und mit ihr die Übergabe regeln.

Vor ihrem inneren Auge sah sie die alte Hebamme vor sich, wie sie in ihrem grauen Kleid und mit der weißen Schürze, ihre schäbige Hebammentasche in der Hand, über die staubige Dorfstraße eilte. Ihr Gesichtsausdruck war meist grimmig gewesen. Vor dieser Frau hatte sie sich gefürchtet, obwohl sie sie eigentlich gar nicht gekannt hatte. Maria schluckte und atmete tief. Ihre Erinnerungen an Alma waren Jahre her, mit Sicherheit würde die Übergabe reibungslos verlaufen und am Ende war Alma recht freundlich zu ihr, schließlich waren sie jetzt Kolleginnen.

Von ihrem eigenen Optimismus beflügelt, straffte Maria die Schultern. Sie hatte soeben einen Entschluss gefasst: Sie würde sich nicht mehr von dem Gerede der Tratschweiber einschüchtern lassen. Es galt, zu tun, was getan werden musste. Zeit für Selbstmitleid hatte eine Hebamme nicht.

»Ich werde nicht zu der Beerdigung von Irmi gehen«, erklärte sie. »Ich kannte Irmi nicht, und sich dort zu zeigen würde die Sache nicht besser machen. Mein Auftauchen bei der Trauerfeier käme meiner Meinung nach eher einem Schuldeingeständnis gleich. Da reden die Leute doch noch viel mehr. Ich werde stattdessen das tun, wofür ich hergekommen bin, nämlich als Hebamme arbeiten. Das bedeutet, dass ich jetzt zu Alma gehen und mit ihr die Übergabe besprechen werde.«

Mit großen Augen sahen Max, Evi und Burgi Maria an. Mit einer solch forschen Aussage hatte offensichtlich niemand von ihnen gerechnet. Burgi war die Erste, die ihr antwortete: »Also, wenn du meinst, dass du das so machen willst.« Zwischen ihren Worten schwangen unausgesprochene mit. Es war herauszuhören, dass sie wenig von Marias Entschluss hielt. Doch das war Maria in diesem Moment gleichgültig.

»Das … klingt nach einem Plan«, meldete sich Max zu Wort, ebenfalls zögerlich. »Dann eben keine Beerdigung von Irmi. Vielleicht ist es so tatsächlich besser. Ich meine, dass du die Irmi in der Scheune gefunden und ihren Tod festgestellt hast, war ein unschöner Zufall, ein depperter Beginn. Hätte die Alma sie gefunden, würde sich niemand das Maul zerreißen. Und zur Beerdigung würde sie auch nicht gehen. So ist es doch, oder?« Sein Blick wanderte zu Burgi, die ihm recht gab. Auch Evi stimmte nickend zu.

»Wenn du möchtest, begleite ich dich zu Alma«, bot Max an.

»Danke dir, aber das musst du nicht«, antwortete Maria. »Ich schaffe das allein. Alma wird bestimmt schon auf mich warten. Morgen komme ich dann zu euch auf den Hof und sehe nach der Annemarie. Ich freu mich schon, sie wiederzusehen.«

»Dann bleibst du aber auch zum Essen. Ich sag unserer Köchin, dass sie Kaiserschmarrn machen soll. Den hast du doch so gern.« Er zwinkerte ihr zu.

»Also, wenn es den gibt, dann komme ich auch vorbei«, warf Evi ein, was endgültig dafür sorgte, dass sich die Stimmung im Raum entspannte.

Eine Weile darauf stand Maria vor Almas Haus. Das über zweihundert Jahre alte Anwesen lag nicht weit vom Bräuhaus entfernt im alten Ortskern von Brannenburg und erweckte einen müden Eindruck. Am Balkon fehlten einige Bretter, auf dem mit Holzschindeln gedeckten Dach wuchs Moos, und der Zaun des Gemüsegartens war an einer Stelle eingedrückt. Der Regen hatte inzwischen aufgehört, und es hatte aufgerissen. Die Mischung aus blauem Himmel und verbliebenen Wolken spiegelte sich in den großen Pfützen auf dem Hof. Maria atmete tief durch und sprach sich in Gedanken noch einmal Mut zu. Alma wusste, dass sie zu ihr kommen würde. Bestimmt würde das Übergabegespräch gut laufen. Wieso sollte es auch nicht?

»Maria!« Eine harsch klingende Stimme erklang in ihrem Rücken. Sie zuckte zusammen und drehte sich um. Vor ihr stand Alma, und ihr Blick war feindselig. In der rechten Hand hielt sie ihre Hebammentasche, sie trug einen dunklen, abgewetzten Mantel über ihrem hageren Körper, und das ergraute Haar war zu einem Dutt hochgesteckt, wie ihn viele Frauen ihres Alters trugen. Falten lagen um ihre braunen Augen, ihre Mundwinkel hingen herab. Sie war ein ganzes Stück größer als Maria.

»Bist also gekommen«, sagte sie. »Die neue Hebamme aus der Stadt, die angeblich alles so viel besser kann als ich.« Ihr Ton klang abfällig. »Erfahrung zählt heute halt nix mehr. Zum alten Eisen wollen sie mich jetzt stellen. Aber ich sag dir was, Madl. Das Spielchen spiel ich nicht mit. Ich lass mich nicht einfach abschieben und gegen eine Jüngere austauschen. Das kannst gern dem Antretter sagen und dem Danzinger auch, dem eingebildeten Lackaffen. Der denkt sowieso, er wäre was Besseres, unser feiner Herr Doktor aus der Stadt. Kannst also gleich wieder gehen, zurück nach München, wo du hergekommen bist. In diese ach so tolle Gebäranstalt, wo die Schlampen ihrer Kinder kriegen. Ein Sündenpfuhl ist das.« Almas Stimme war nun voll purer Verachtung. »Diese Weiber würde ich nicht einmal mit der Beißzange anlangen. Aber so einer wie dir macht das natürlich nichts aus. Deine Mutter war ja auch eine von denen. Der Apfel fällt bekanntlich nie weit vom Stamm. Jeder hier weiß, dass du ein Bankert bist. Glaubst du ernsthaft, dass ehrbare Frauen sich von dir anfassen lassen?« Sie grinste gehässig.

Maria wusste nicht, was sie antworten sollte. Stattdessen legte sich das Gefühl der Hilflosigkeit, das sie zu Beginn des Tages empfunden hatte, erneut schwer auf ihre Schultern, und ihr eben noch empfundener Mut zerbröckelte im Angesicht der alten Hebamme. Ihre Entscheidung war falsch gewesen. Sie hätte Max' Drängen niemals nachgeben sollen. Hierher gehörte sie nicht mehr. Wenn sie sich beeilte, würde sie den Nachmittagszug noch schaffen und wäre heute Abend wieder bei Hilde. Bestimmt würde sich die alte Hebamme freuen, sie wiederzusehen.

»Verschwinde von meinem Hof!«, blaffte Alma sie an. Maria tat ihr den Gefallen und ging ohne Widerworte davon.

## 7. Kapitel

*Am selben Tag*

Zum Glück ratschte Burgi gerade mit einer Bekannten am Straßenrand, als Maria bald darauf am Zuhäusl ankam, somit entkam sie für den Moment deren neugierigen Nachfragen nach dem Verlauf der Übergabe. Rasch huschte sie ins Haus, stellte den Hebammenkoffer im Flur ab und lief die Treppen nach oben und in ihre Kammer, wo sie die Tür hinter sich schloss und sich von innen dagegen lehnte. Auf dem Weg hierher hatte sie die Tränen noch zurückhalten können, doch nun traten sie in ihre Augen, und eine Welle von Selbstmitleid überrollte sie.

»Ich bin ja auch selber schuld«, schalt sie sich leise und wischte die Tränen mit der Hand fort. »Wäre ich in München geblieben, dann hätte ich mir den ganzen Ärger erspart. Alma hat schon recht. Von mir Bankert lässt sich bestimmt keine der Frauen in diesem Ort anfassen. Die Rückkehr war eine dumme Idee. Hilde weiß, was sie an mir hat, sie wertschätzt mich und mein Können.«

Sie trat ans Fenster und beobachtete, wie sich Burgi von ihrer Bekannten verabschiedete und die Straße hinunterlief. Zu ihrer Erleichterung kam ihre Hausmamsell nicht zum Haus zurück, gewiss ging sie zur Beerdigung. Somit entkam Maria endgültig irgendwelchen Erklärungen wegen ihres plötzlichen Aufbruchs. Sie wusste, dass ihr Tun unhöflich war, aber ihr fehlte die Kraft, um sich für ihren Rückzieher bei Burgi und Max persönlich zu rechtfertigen. Sie würde ihnen jeweils in einem Brief alles erklären, und hoffentlich würden sie es verstehen. Ihr Blick fiel auf eine an der Wand hängende Uhr. Viel Zeit blieb ihr für das Verfassen ihrer Nachrichten nicht, sonst würde sie den Nachmittagszug nicht mehr erreichen.

Eine Weile darauf schloss Maria die Tür des Zuhäusls und verabschiedete sich von der auf der Hausbank sitzenden Katze, von der sie inzwischen wusste, dass sie zum Hof gehörte.

»Mach's gut, Cleo. Und halt immer schön die Mäuse von der Speisekammer fern.«

Traurig blickte sie vom Weg aus noch einmal zurück auf das kleine Häusl, das sie auf den ersten Blick in ihr Herz geschlossen hatte und das für die nächsten Jahre eigentlich ihr Zuhause hätte sein sollen. Sie atmete tief durch und ging weiter. Bis zum Bahnhof war es ein ganzes Stück zu laufen, und sie wollte unbedingt noch heute fort von hier. Während sie lief, schluckte sie mehrfach, doch der dicke Kloß in ihrem Hals wollte ebenso wenig weichen wie das sie plagende schlechte Gewissen.

In ihrem Brief für Max hatte sie noch einmal ihre Beweggründe für ihren Weggang dargelegt und sich endgültig von ihm verabschiedet, denn sie wusste, dass ihre Entscheidung das Ende ihrer Freundschaft bedeuten würde. Trotzdem hoffte sie darauf, dass Max sie verstehen würde, so wie er es all die Jahre immer getan hatte, ihr großer Bruder und Beschützer, in dieser Rolle hatte er sich stets gern gesehen. Für Burgi hatte sie einen kurzen Abschiedsgruß hinterlassen, sie hatten einander ja kaum gekannt. Gewiss würde sie rasch eine neue Anstellung finden. Max würde sich bestimmt kümmern.

Maria richtete ihren Blick auf die nicht weit entfernte kleine Kirche St. Margarethen. Sie stand auf ihrem Hügel, beleuchtet von den warmen Strahlen der Nachmittagssonne, und sah wunderhübsch aus. Wie ein Ort aus einem Märchen, ein Ort, an dem Wunder geschahen. Vor der Pforte dieses Gotteshauses war sie damals gefunden worden, die Gertie hatte diesen Umstand stets als Segen bezeichnet. Aber vielleicht war es doch eher ein Fluch gewesen, vielleicht wäre es besser gewesen, wenn sie in jener Nacht nicht lebend gefunden worden wäre. Abgelegt von einer Frau in Not und Verzweiflung, hatte sie ein Schattendasein im Findelhaus als eines jener Kinder geführt, die am Rande einer Gesellschaft voller Scheinheiligkeit lebten. Wer nicht im Gleichschritt lief, wer nur ein wenig vom Weg abwich, der wurde verstoßen und ausgegrenzt. Andererseits: Auch in einer großen Stadt wie München wäre sie, wie die meisten der Kinder, die sie in den letzten Wochen auf die Welt geholt hatte, in einem Waisenhaus gelandet, vielleicht früh gestorben, so viele schafften nicht einmal das erste Lebensjahr. Und dort hätte es keine liebe Gertie gegeben. Wenn auch ihre Ziehmutter die Welt nicht hatte verändern können.

Was konnte ein Kind schon dafür? Was konnten Kinder überhaupt für ihr Dasein? Maria kamen Irmi und ihr kleines totes Mädchen in den Sinn. Blutverschmiert hatte das winzige Menschlein zwischen den Beinen seiner Mutter gelegen, und der Pfarrer würde es nicht bedauern, sondern als Sünde bezeichnen, die es nicht wert war, auf dem Friedhof die letzte Ruhe zu finden. Wäre sie damals vor den Toren der Kirche erfroren, wäre es ihr ebenso ergangen. Außerhalb der Friedhofsmauer wäre sie in einem namenlosen Grab verscharrt worden, ungeliebt und vergessen.

Heiße Tränen rannen über ihre Wangen. All diese dummen Gedanken, sie sollte sie nicht zulassen. Bald schon würde alles wieder gut sein. Bald schon würden die Berggipfel wieder kleiner werden und der depperte Wendelstein wieder aus ihrem Sichtfeld verschwinden. Die Berge mochten vertraut sein, doch das bedeutete nicht, dass ihr Anblick etwas Gutes brachte. »Jetzt muss ich mir wenigstens keine Bergschuhe kaufen«, murmelte sie vor sich hin und wischte sich mit der linken Hand über die Augen.

Ein Pferdekarren fuhr an ihr vorüber, auf dem Bock saß ein junger Mann, der Maria bekannt vorkam, dessen Name ihr in diesem Moment jedoch nicht einfallen wollte. Kurz nachdem der Wagen an ihr vorbeigezogen war, hielt er an, und ihr Name wurde gerufen. Verwundert blieb sie stehen und wandte sich um. Der Mann sprang vom Kutschbock und kam zu ihr.

»Grüß dich Gott, Maria. Lange nicht gesehen.« Er lupfte kurz seinen Filzhut. »Kennst mich noch? Ich bin's, der Paul vom Staudererhof. Ich hab jetzt eine Anstellung am Schloss als Gärtner.«

Maria erinnerte sich an den jungen Burschen. Er war einer der Rabauken gewesen, die während ihrer gemeinsamen Schulzeit des Öfteren den Rohrstock des Lehrers zu spüren bekommen hatten. Den Mädchen war er bevorzugt mit Regenwürmern und anderem ekligen Getier hinterhergelaufen.

Paul ließ Maria gar nicht erst zu Wort kommen. »Es ist gut, dass ich dich gleich hier treffe. Ich soll dich zur Herrin holen, denn das Kind will auf die Welt kommen. Die Herrin hat gesagt, du wärst jetzt dafür zuständig. Hab schon gehört, dass aus dir jetzt eine richtige Storchentante geworden ist. Die alte Gertie wäre bestimmt stolz auf dich. Es passt doch jetzt, oder?« Sein Blick fiel auf ihre Tasche.

Maria hatte die Absage auf den Lippen, doch dann überlegte sie es sich anders. Die Herrin vom Schloss ließ nach ihr schicken. Das war etwas Gutes. Wenn sie ihr Kind gesund auf die Welt holte, würde das unschöne Gerede im Dorf wegen der Irmi bestimmt verstummen, und die Alma würde dumm aus der Wäsche gucken. In ihr regte sich Kampfgeist. Alma und all die anderen würden sehen, mit wem sie es zu tun hatten. Sie war eine gestandene und gute Hebamme, die beste ihres Jahrgangs, und sie würde allen zeigen, dass sie ihr Handwerk verstand. Sie sagte Paul also zu, dass sie mit zum Schloss käme, wenn er sie allerdings zuvor noch kurz zum Zuhäusl fahren könnte. Ihre vor Selbstmitleid triefenden Briefe hatten zu verschwinden, und sie musste ihren Hebammenkoffer holen, der nun tatsächlich zum Einsatz kommen würde.

Bald darauf wurde Maria von einem aufgeregten Dienstmädchen am Eingang des Brannenburger Schlosses in Empfang genommen. Das imposante Gebäude war im sechzehnten Jahrhundert errichtet worden und bis zum Jahr 1848 Sitz der Brannenburger Herrschaft gewesen. Inzwischen wurde es nur noch privat von dem Major Max Reinhard und seiner Frau Helene bewohnt, die das weitläufige Anwesen im Jahr 1871 käuflich erworben und es in den darauffolgenden Jahren umgestaltet hatten. Heute erstrahlte es im neugotischen Glanz und beeindruckte durch seine markanten Zinnen. Auch im Inneren hatte es viele Umbauten gegeben, der Major hatte erhebliche Summen für eine neue luxuriöse Innenausstattung aufgewendet.

Maria folgte dem Dienstmädchen durch das weitläufige Treppenhaus in den ersten Stock und betrat kurz darauf das eheliche Schlafgemach, wo Helene Reinhard seitlich in dem breiten und von einem dunkelblauen Samthimmel überzogenen Bett lag und sich vor Schmerzen krümmte.

»Die Hebamme ist da, Herrin«, vermeldete das Dienstmädchen, das nicht viel älter als Maria selbst sein konnte.

Helene antwortete mit einem Stöhnen, und Maria legte sogleich ihren Mantel ab und reichte ihn der Dienstmagd. »Ich benötigte heißes Wasser und saubere Tücher, Zeitungspapier und frische Laken.«

Die Dienstmagd nickte und verließ schnellen Schrittes den Raum. Nachdem sich die Tür hinter ihr geschlossen hatte, trat Maria näher ans Bett.

»Grüß Gott«, sagte sie mit sanfter Stimme und ging neben der Schlossherrin in die Hocke, damit sie ihr ins Gesicht blicken konnte. »Jetzt bin ich ja da. Es wird bestimmt alles gut werden. Wir zwei beide werden das Butzerl sicher und gesund auf die Welt bringen. Das verspreche ich Ihnen.« Sie nahm ein auf dem Tisch liegendes Stofftaschentuch zur Hand, tupfte Helene den Schweiß von der Stirn und fragte: »In welchen Abständen kommen die Wehen?«

Helene, die bereits eine Tochter geboren hatte, wusste mit der Frage etwas anzufangen. »Kurz, ich glaub, keine fünf Minuten.«

»Das ist gut«, antwortete Maria. »Dann dauert es bestimmt nicht mehr lange.«

Im nächsten Moment öffnete sich die Tür, und zwei Dienstmädchen erschienen, das von eben und eine etwas ältere Frau, die stämmig gebaut war. Besonders ihre breiten Oberarme imponierten Maria. Die Frau stellte eine mit heißem Wasser gefüllte Schüssel auf der Kommode ab, daneben landeten saubere Tücher und ein Stapel Zeitungen.

»Also, was Sie mit den Laken wollen, ist mir bewusst«, sagte die stämmige Dienstmagd. »Aber die Zeitungen sind mir neu. Nach so was hat die Alma nie gefragt, und ich hab einige Geburten mit ihr erlebt, ich hab sieben jüngere Geschwister.«

»Sie dienen als zusätzlicher Schutz des Bettes«, erklärte Maria geduldig. »Wollen Sie mir rasch behilflich sein? Zu dritt geht es schneller.«

»Keine depperte Idee«, antwortete die Magd und stellte sich als Wickerl vor. »Eigentlich heiße ich Ludovika, aber mich nennen alle bloß Wickerl.« Sie grinste breit, ihre Stimme passte zu ihrem Äußeren, sie klang tief und dumpf.

Rasch machten sich die Frauen ans Werk. Helene Reinhard wurde vom Bett gepflückt, und die nächste Wehe überstand sie stehend und sich an eine Stuhllehne klammernd. Das junge Dienstmädchen streichelte ihr mit leicht überforderter Miene über den Rücken. Nachdem das Bett so weit vorbereitet war und alles Wichtige bereitstand, schickte Maria die beiden Frauen fort. Den Rest würde sie alleine schaffen. Sie untersuchte Helene fachmännisch und tastete ihren Bauch ab. Alles schien, wie es sein sollte. Maria nahm das Hebammen-Stethoskop zur Hand und machte sich auf die Suche nach dem Herzschlag des Kindes, den sie an der vermuteten Stelle fand. Er war laut und kräftig, genauso wie er sich anhören sollte. Sie lächelte.

»Es ist alles perfekt, meine Liebe«, beruhigte sie die Schlossherrin. »Jetzt sehen wir mal, wie weit der Geburtsvorgang schon vorangeschritten ist.« Sie spreizte behutsam die Beine der werdenden Mutter und prüfte den Muttermund.

»Vier Zentimeter«, verkündete sie. »Das ist schon mal ausgezeichnet. Nach dem Einlauf wird es bestimmt noch rascher vorangehen.«

»Muss der tatsächlich sein?«, fragte Helene. »Ich finde das Procedere abscheulich.«

»Ja, er muss leider sein«, antwortete Maria. »Keine Gebärende mag ihn. Aber das Entleeren des Darms gehört dazu. Es geht ja auch rasch vorüber.«

Sie desinfizierte sich noch einmal die Hände und weiter ging es im Ablauf.

Zum Glück setzten alsbald die Presswehen ein.

»So ist es gut«, lobte Maria Helene, die mit einem puterroten Kopf presste, was das Zeug hielt. Bedauerlicherweise schrie sie auch ganz laut, was gewiss die gesamte Schlossbelegschaft erschreckte.

Als eine der Wehen abgeebbt war, japste Helene nach Luft, und Maria tupfte ihr mit einem Tuch den Schweiß von der Stirn. »Sie machen das ganz großartig, meine Teuerste«, sagte sie. »Aber beim nächsten Mal versuchen Sie, nicht zu schreien, sondern legen all ihre Kraft in das Pressen. Ich kann das Köpfchen bereits sehen. Es ist bald geschafft, fest versprochen.«

Helene nickte und begann erneut, unruhig zu werden. Maria ging zurück auf ihre Position und wies sie an zu pressen. »Fester, noch ein bisschen. Sie machen das großartig. Ja, noch ein wenig. Es hat ganz viele dunkle Haare.«

Noch zwei weitere Presswehen dauerte es, bis der Kopf geboren war.

Marias Hände zitterten vor Aufregung. Zum ersten Mal würde sie nun das Wunder vollbringen und einen kleinen Menschen ganz allein und ohne Aufsicht auf diese Welt bringen. Sie schloss kurz die Augen, atmete tief durch und sprach sich selbst Mut zu. *Du schaffst das*, sagte sie in Gedanken und öffnete die Augen in dem Augenblick wieder, in dem Helene ihr Wimmern fortsetzte. Sie wies sie an, nur noch ein wenig zu pressen, und drehte vorsichtig die Schultern heraus. Da rutschte das kleine Menschlein zwischen die Beine seiner Mutter und begann sogleich, sich lautstark bemerkbar zu machen.

»Es ist geschafft«, vermeldete Maria erleichtert und hob den energischen Säugling hoch. »Es ist ein Junge«, teilte sie der Mutter sogleich mit, durchtrennte die Nabelschnur, wickelte ihn behutsam in ein sauberes Tuch und legte ihn Helene in die Arme. In der Hebammenanstalt hatten sie das zumeist nicht so gehandhabt, aber Hilde hatte das immer getan. Sie hatte, bevor es ans Vermessen und Waschen ging, Mutter und Kind stets einen Augenblick geschenkt, um einander zum ersten Mal in Augenschein zu nehmen.

»Grüß Gott, mein kleiner Schatz«, begrüßte Helene ihren Sohn mit tränenfeuchten Augen. »Ich bin es, deine Mama.« Sie berührte ihn voller Zärtlichkeit, und der Kleine hörte zu schimpfen auf. Maria beobachtete die beiden lächelnd, und in ihrem Inneren breitete sich das vertraut wohlige Gefühl aus, das sie jedes Mal verspürte, wenn die Geburt neuen Lebens geglückt war. Dieses Mal gesellte sich aber auch Stolz dazu, denn sie hatte ihre erste Geburt als ausgebildete Hebamme vollkommen allein gemeistert. Im nächsten Moment kippte die Stimmung jedoch, denn Helene wurde erneut unruhig.

»Es geht wieder los«, sagte sie. »Es drückt wieder, es drückt so sehr.«

Alarmiert nahm Maria ihr sogleich das Neugeborene ab und legte es auf die unbenutzte Seite des Ehebetts. So jäh seiner Mama entrissen zu werden schien dem kleinen Mann so gar nicht zu gefallen, denn er begann gleich wieder lautstark zu schimpfen. Doch es half jetzt nichts. Maria musste ihn zetern lassen. Mit flinken Fingern tastete sie erneut Helenes Bauch ab und verkündete erstaunt: »Da ist noch ein Kind drin. Na, das Kleine hat sich aber gut versteckt.« Sie ertastete die Position des zweiten Kindes und stellte erleichtert fest, dass es mit dem Kopf nach unten lag.

»Sie müssen wieder pressen«, wies sie Helene an.

»Ich kann nicht«, schluchzte sie. »Es tut zu weh, mir fehlt die Kraft.«

»Doch, Sie haben die Kraft noch«, ermutigte Maria sie. »Kommen Sie. Wir machen das gemeinsam.« Sie nahm Helenes Hände und zog sie während des Pressvorgangs unterstützend nach vorne. Helene schrie fürchterlich, ihr Kopf war puterrot, Schweiß rann ihre Stirn hinab. Es dauerte vier Presswehen, dann war es geschafft, und ein zweiter Säugling lag zwischen ihren Beinen, der hingegen keinen Mucks von sich gab und um einiges kleiner als der Erstgeborene war. Dieser schrie noch immer lauthals, gute Lungen hatte er, das musste man ihm lassen. Maria konzentrierte sich in diesem Moment jedoch nur auf das Neugeborene, nahm es sogleich hoch und befreite seine Nase und seinen Mund vom Schleim. Dann nahm sie das Kind an den Füßen kopfüber hoch und gab ihm einen Klaps auf den Po, so wie sie es auch während ihrer Ausbildung bereits mehrfach getan hatte, wenn die Kleinen sich nicht gleich regen wollten. Das Vorgehen sorgte auch dieses Mal dafür, dass Leben in den Säugling kam, und der kleine Junge begann zu greinen. Erleichtert legte sie ihn ab und begrüßte auch ihn mit einem Lächeln.

»Grüß Gott, mein Schätzchen. Na, du hast uns aber überrascht.« Maria durchtrennte die Nabelschnur, wickelte auch ihn in ein Tuch und reichte ihn seiner erschöpften Mutter.

»Noch ein Junge«, sagte Maria sanft.

»Du meine Güte«, antwortete Helene und nahm ihren kleinen Sohn entgegen. Nun konnte sie schon wieder lächeln. »Was für ein Wunder. Hallo, kleiner Mann.« Sie berührte zärtlich das winzige Händchen ihres zweiten Sohnes. Sein großer Bruder hatte sein Gezeter inzwischen eingestellt und die Augen geschlossen.

Maria tastete unterdes rasch den Bauch ab und verkündete, dass sich nun endgültig kein Kind mehr darin befand. Wenig später wurde die Nachgeburt geboren, die sie, so wie sie es gelernt hatte, genauestens auf Vollständigkeit überprüfte. Es folgten weitere Arbeiten, die sie gewissenhaft erledigte.

Die Dienstmädchen kamen ihr nun wieder zu Hilfe. Die frischgebackene Zwillingsmama wurde gereinigt und erhielt ein frisches Nachthemd. Anschließend entfernten sie die schmutzigen Laken und das Zeitungspapier, die Säuglinge wurden beide vermessen, gewogen und gebadet. Eines der Dienstmädchen brachte weitere Kleidung für den zweiten Jungen und gratulierte freudig zur Geburt. Sie frisierte Helene auch, rasch wurde gelüftet. Im Gegensatz zu München flutete hier tatsächlich frische Luft den Raum, draußen war es inzwischen dunkel geworden, Gaslaternen erhellten den Schlosshof, um die sich einige Motten tummelten.

Maria stand nun am geöffneten Fenster und atmete einen Moment lang die frische Abendluft ein. Sie verspürte ein ganz besonders Gefühl. Eine Mischung aus Stolz und Genugtuung. Sie wusste, was die erfolgreiche Geburt der Zwillinge für sie bedeutete. Einen besseren Weg, um sich in Brannenburg als zuständige Hebamme zu bewähren, hätte sie nicht haben können. Im nächsten Moment klopfte es leise an die Schlafzimmertür, und sie wandte sich vom Fenster ab. Der Zwillingsvater stand bereit, um seine Söhne zu begrüßen.

# 8. Kapitel

*23. April 1893*

Ich glaube, die Wehen haben sich jetzt endgültig wieder gestellt«, sagte Maria. »Es wird wohl doch noch etwas dauern, bis das Kleine auf die Welt kommt.«

»Aber eben hat es doch noch scheußlich im Rücken gezogen«, entgegnete Gerda Höfer. »Ich hab es ganz bestimmt gespürt, hier an der Seite.« Sie griff sich an die linke Hüfte.

»Ich bin jetzt seit vier Stunden bei dir, und es hat sich nicht mehr ergeben als einige wenige Senkwehen, die in diesem Stadium der Schwangerschaft vollkommen normal sind. Du wirst auch weiterhin Geduld haben müssen, meine Liebe«, antwortete Maria und tätschelte Gerda die Schulter. »Aber ich versichere dir, es ist noch keines dringeblieben, und es wird bestimmt nicht mehr lange dauern. Der Bauch hat sich bereits ganz gut herabgesenkt. Tu mir aber bitte den Gefallen und schick den Sepp beim nächsten Mal erst wieder zu mir, wenn das Ziehen im Bauch kaum noch auszuhalten ist und in Abständen von fünf Minuten kommt. Beim ersten Kind dauert es sowieso meistens länger, bis es auf der Welt ist.« Maria ließ weg, dass es schon mal viele Stunden sein konnten, denn sie wollte die werdende Mutter nicht ängstigen.

Gerda war zwei Jahre älter als Maria, und sie hatten sich früher nur flüchtig gekannt. Sie war auf einem Hof in St. Margarethen als dritte Tochter eines Bergbauern aufgewachsen und nun schon seit einem Jahr mit dem zehn Jahre älteren Gerhard Höfer verheiratet. Vor zwei Jahren hatte dieser die gut gehende Landwirtschaft von seinem Vater übernommen.

»Wennst meinst«, antwortete Gerda. Sie klang eingeschnappt, und Maria stieß innerlich einen Seufzer aus, während sie sich zur Geduld mahnte. In der Gebäranstalt hatte es bei den Erstgebärenden ebenfalls häufig falschen Alarm gegeben. Die Frauen hatten noch keine Vorstellung davon, wie sich richtige Geburtswehen anfühlten. Maria hoffte darauf, dass es bei Gerda trotzdem bald losgehen würde, denn sie war bereits eine Woche über der Zeit und hatte auffällig viel Wasser in den Beinen eingelagert, was Maria besorgt stimmte. Vorsichtshalber erkundigte sie sich bei Gerda noch einmal nach ihrem allgemeinen Befinden, ob es Kopfschmerzen oder andere Beschwerden gäbe.

»Kopfschmerzen hab ich keine«, meinte Gerda. »Aber die dicken Beine und der Bauch sind fürchterlich. Alles drückt, und ich pass in keinen anständigen Schuh mehr rein. Außerdem muss ich nachts ständig raus. Alle sagen immer, Mutter zu werden sei ein Segen, aber mir kommt es im Moment eher wie eine Last vor.«

Maria erleichterte Gerdas Gejammer über normale Schwangerschaftsprobleme. Es sah so aus, als müsste sie sich keine größeren Sorgen machen. Trotzdem nahm sie sich vor, am Abend noch einmal nach ihr zu sehen und erneut den Urin zu kontrollieren. Nicht, dass ihr noch irgendeine Komplikation entging. *Einmal zu oft nachgeguckt ist nie schlecht.* So hatte es die Oberhebamme stets gepredigt, und Maria hatte diesen Ratschlag verinnerlicht.

»Ich weiß, die letzten Wochen einer Schwangerschaft können anstrengend sein«, tröstete sie. »Aber das wird schon werden. Leg am besten, sooft es geht, die Beine hoch und trink viel, auch wenn das ständige Zum-Abort-Gehen nervt. Ich verspreche dir, heute Abend noch einmal vorbeizukommen, und sollte vorher irgendetwas sein, dann meldest du dich. Aber denk an den Fünfminutenabstand. Der ist wichtig.« Sie hob mahnend den Zeigefinger.

»Ich werde es beherzigen«, antwortete Gerda. »Wenn das Kind nicht kommt, dann kann ich ja auch in die Kirche gehen. Heute werden doch die Zwillingsbuben vom Schloss getauft. Das möchte ich gerne miterleben. Wirst du sie zur Kirche bringen? Alma hat das auch oft gemacht.«

»Ich habe noch nicht fest zugesagt«, antwortete Maria. »Als Hebamme weiß man schließlich nie, was kommt.« Sie zwinkerte Gerda zu. »Aber da dein Kleines sich noch etwas Zeit lässt, werde ich es wohl tun. Helene befindet sich ja noch im Wochenbett und darf bis zur Aussegnung das Gotteshaus nicht betreten.«

»Die Geburt der Zwillinge war für dich wirklich ein Segen«, meinte Gerda und erhob sich schwerfällig. Ihre in dicken Stricksocken steckenden Füße schob sie in ausgetreten Schlappen. Sie trat ans Fenster, inzwischen war es hell geworden. Dieser Sonntag startete wolkenverhangen, es regnete jedoch nicht. »Da haben die Tratschweiber dann gleich ihre Klappen gehalten. Du hättest mal den Blick von der alten Hoferin sehen sollen. Die hat vielleicht dumm dreingeschaut, die depperte Blunzen. Also, ich bin echt erleichtert, dass du blieben bist. Vor der Alma hab ich mich ehrlich gesagt schon als Kind gefürchtet. Ich finde, sie sieht aus wie eine Hexe. Fehlt bloß noch die Warze auf der Nase.« Sie kicherte.

»Also Gerda, wirklich«, mahnte Maria. »So redet man doch nicht. Alma ist eben nicht mehr die Jüngste, und sie hat ihre Arbeit als Hebamme so gut gemacht, wie es ging. In den letzten vierzig Jahren hat sie halb Brannenburg auf die Welt geholt, und das hätte sie bestimmt auch mit deinem Zwerg getan.« *Und vielleicht wärst du dann im Kindbett am Fieber gestorben, weil sie zu stolz für Fortbildungen gewesen ist und immer noch das verdammte Weihwasser mit sich herumschleppt, anstatt sich um die Hygiene zu bemühen*, fügte sie in Gedanken hinzu, sprach die Worte jedoch nicht laut aus, denn sie gehörten hier nicht her. Alma war Vergangenheit, jetzt noch schmutzige Wäsche zu waschen lohnte nicht.

»Wennst meinst«, antwortete Gerda und zog eine Schnute.

Maria ging nicht weiter auf das Thema ein und erhob sich nun ebenfalls.

»Ich mache mich dann mal auf den Weg. Der Gottesdienst beginnt bald, und ich muss mich noch umziehen und zum Schloss.« Sie begann ihre Utensilien zurück in den Hebammenkoffer zu räumen, verschloss ihn sorgfältig, verabschiedete sich von Gerda und öffnete die Zimmertür. Im Flur stand, wer hätte das gedacht, Gerdas Schwiegermutter, die alte Zenzi.

»Und?«, fragte sie und linste über Marias Schulter in den Raum. »Was ist jetzt?«

»Es ist noch nicht an der Zeit«, antwortete Maria. »Aber bestimmt bald.« Bevor sie noch weitere Fragen der alten Frau beantworten musste, eilte sie, ein Pfiad Gott auf den Lippen, schnellen Schrittes die Treppe hinunter.

Sie musste sich jetzt wirklich beeilen.

Eine Weile darauf betrat Maria die Pfarrkirche Mariä Himmelfahrt in Begleitung der Familie Reinhard. Im Eilverfahren hatte sie sich nach ihrer Rückkehr von Gerda zurechtgemacht und ihr Sonntagskleid angelegt, bevor Burgi ihr einen neuen Zopf geflochten und ihn am Hinterkopf zu einem Dutt hochgesteckt hatte. Gegen die Augenringe hatte etwas kaltes Wasser geholfen, festes Zwicken hatte ihren Wangen wieder etwas Farbe verliehen. Nun lagen die beiden Reinhard-Zwillinge in Marias Armen. Sie sollten auf die Namen Eugen und Ferdinand getauft werden und sahen in ihren weißen, mit blauen Satinschleifen verzierten Kleidern entzückend aus. Ihrer Mutter ging es den Umständen entsprechend gut. Eben noch hatte Maria nach ihr gesehen und sie in ihrem Schlafgemach bei einem späten Frühstück vorgefunden. Helene hatte kein Fieber gehabt und sich traurig darüber gezeigt, bei der Taufe ihrer Söhne nicht dabei sein zu dürfen. Aber so waren nun einmal die kirchlichen Regeln: Eine sich noch im Wochenbett befindliche Frau durfte das Gotteshaus nicht betreten. Erst nachdem sie in einigen Wochen vom Pfarrer den Muttersegen in Empfang genommen hatte, war es ihr wieder erlaubt, den Gottesdiensten beizuwohnen. Es war außerdem Sitte, dass die Hebamme die Kinder zur Taufe brachte. War sie verhindert, sprang eine andere Frau, meist ein weibliches Familienmitglied ein.

Maria ließ den Blick durch die Kirche schweifen und sog die Eindrücke des vertrauten Ortes auf. Der Innenraum glänzte im Rokokostil, das steinerne Taufbecken befand sich linker Hand des mit Blumen und Kerzen geschmückten Altars, der vertraute Geruch von Weihrauch hing im Raum. Die Kirchenbänke waren bereits gut besetzt, Maria erspähte auch Gerda und nickte ihr lächelnd zu. Während sie mit den beiden Zwillingsbuben im Arm den Mittelgang hinunterschritt, empfand sie beinahe so viel Stolz wie an dem Tag, als sie ihr Abschlusszeugnis erhalten hatte. Die Blicke sämtlicher Anwesender ruhten wohlwollend auf ihr. Gerda hatte mit ihrer Aussage recht gehabt. Etwas Besseres als die Zwillingsgeburt hätte ihr gar nicht passieren können. Nun würde im Dorf niemand mehr an ihrer Kompetenz zweifeln.

Auch Doktor Danzinger und seine Verlobte waren anwesend. Maria wusste inzwischen, dass sie Angelika hieß und die Hochzeitsglocken Anfang Juni in Kufstein läuten sollten. Neben den beiden hatten Max und Annemarie Platz genommen. Sie nickten ihr lächelnd zu. Annemarie war die Schwangerschaft noch nicht anzusehen. Sie trug über ihrem braunen, aus einem schimmernden Baumwollstoff gefertigten Kleid ein langes rosafarbenes Stricktuch, das bis auf ihre Taille herabfiel. Maria hatte die beiden am Vortag zum Nachmittagstee besucht, und Annemarie war so lieb und herzlich zu ihr gewesen, dass sie sich für ihre eifersüchtigen Gedanken von neulich noch mehr geschämt hatte. Da Max nach kurzer Zeit fortgemusst hatte, hatten sie sich allein unterhalten, und es war, zu Marias Erleichterung, ein entspanntes Gespräch gewesen. Während all der Jahre ihrer Brieffreundschaft hatte sie stets die Sorge umgetrieben, dass Annemarie eifersüchtig auf sie sein könnte. Doch ihre Bedenken in dieser Hinsicht waren unbegründet gewesen.

Maria hingegen musste sich eingestehen, dass sie Annemarie ihr Glück sehr wohl neidete. Es hatte bereits gedämmert, als sie den Hof verlassen und während eines kurzen Stehenbleibens noch einmal auf das ansehnliche Bauernhaus mit seinen Nebengebäuden geblickt hatte. Eine Magd räumte gerade das Kaffeegeschirr vom Tisch vor dem Haus. *Ich hätte das alles haben können*, war ihr in den Sinn gekommen. *Aus besten Freunden hätte mehr werden können.* Wäre sie nur gut genug für Max gewesen. Sie hätte die Schwiegertochter des Bürgermeisters werden können, hätte im Wohlstand gelebt, hätte Max lieben dürfen.

Wieder hatte sie sich über sich selbst erschrocken. Wie kam sie nur auf solche Gedanken? Sie hatte sie doch all die Jahre nicht gehabt. Nein, es war gut, wie es war. Sie war sein Schwesterchen, damit sollte sie sich zufriedengeben. Es tat nie gut, darüber nachzudenken, was vielleicht hätte sein können.

Langsam und vorsichtig ging Maria den Mittelgang entlang und nahm in der vordersten Kirchenbank Platz. Neben sie setzten sich die beiden Taufpaten, Verwandte der Reinhards, die extra aus München angereist waren. Der eine war der Cousin von Helene, der andere ein älterer Bruder des Majors. Mit seiner schwarzen Augenklappe ähnelte er einem Piraten. Der Vater der Kinder und die Großeltern setzten sich auf der anderen Seite in die erste Reihe.

Als der Pfarrer erschien, setzte Orgelspiel ein, und die Gläubigen erhoben sich. Maria stand ebenfalls auf, zum Glück zeigten sich die beiden Säuglinge in ihren Armen von ihrer liebsten Seite und schliefen selig. Selbst die laute Musik änderte an diesem Umstand nichts. Nachdem sie geendet hatte, begrüßte der Pfarrer, sein Name war Franz Ströbel, die Gemeinde. Er war ein alter, fülliger Mann mit eng beieinanderstehenden Augen und einem verkniffenen Mund, auf seiner knolligen Nase lag eine Nickelbrille. Er sah Maria an, während er die Gemeinde begrüßte, und sie schluckte. Unter dem strengen Blick des Geistlichen fühlte sie sich plötzlich wieder wie das Findelkind von einst, an dem ein Leben lang der Makel des Bankerts kleben würde. Zu ihrem Pech wurden nun auch die beiden Säuglinge in ihren Armen unruhig, und der kleine Eugen begann lautstark zu schreien. Sein Bruder ließ sich davon anstecken und stimmte mit ein. Maria spürte, wie Hilflosigkeit in ihr aufstieg, und ihr wurde sogar leicht schwindelig. Sie schloss kurz die Augen und atmete tief durch. In diesem Moment wünschte sie sich, es würde jemand neben ihr sitzen, der ihr allein durch seine Anwesenheit das Gefühl von Sicherheit vermittelte.

Hilfesuchend wanderte ihr Blick nach hinten und blieb an Burgi hängen, die am inneren Rand der fünften Reihe saß. Ihr dunkelgrünes Sonntagskleid spannte um die Brust herum, es sah so aus, als würde der Knopf der Masse ihres Busens nicht mehr lange standhalten können. Burgi fing Marias Blick auf, hielt ihn fest und nickte ihr aufmunternd zu. Dann rollte sie mit den Augen und schnitt eine Grimasse. Damit brachte sie Maria zum Schmunzeln, und das Gefühl der Hilflosigkeit ließ nach. Sie begann im Flüsterton, die beiden Buben in ihren Armen zu beruhigen, viel Erfolg hatte sie damit allerdings nicht.

Zu ihrem Glück stand schon bald die Taufe an, und sie verließ in Begleitung der beiden Paten die Kirchenbank. Über das Taufbecken wurden die Buben dann ebenfalls von den Paten gehalten, beide zeterten munter weiter und ließen sich auch nach der Beendigung des Taufvorgangs kaum beruhigen. Erst kurz vor dem Ende des Gottesdienstes waren sie vom Weinen anscheinend so erschöpft, dass sie einschliefen. Maria war froh darüber, die beiden Buben, nachdem sie die Kirche verlassen hatte, dem

Kindermädchen der Reinhards zu überlassen, das mit zwei Kinderwagen vor dem Eingang auf sie gewartet hatte. Dieser Sonntag hatte sich inzwischen zu einem milden Frühlingstag gemausert, und es wehte ein angenehmer Wind, der an den rosa blühenden Zweigen eines nahe gelegenen Kirschbaums zerrte.

Burgi trat neben Maria. »Also die beiden haben wahrlich gute Lungen.« Sie nahm den kleinen Eugen in Augenschein und merkte an, dass er seinem Vater wie aus dem Gesicht geschnitten war.

»Ja, das sind Säuglinge meistens«, antwortete Maria, die sich nun erschöpft fühlte. Die durchwachte Nacht bei Gerda machte sich bemerkbar. »Meine letzte Arbeitgeberin, Hilde Garhammer, hat gemeint, dass die Natur das so eingerichtet habe, damit die Männer wissen, dass das Kind von ihnen ist.«

»Kluge Natur«, antwortete Burgi und zuppelte an dem überforderten Knopf herum. »Ich glaub, mir ist das Kleid schon wieder zu eng geworden, hoffentlich kann es die Kramerin noch bisserl rauslassen, wäre schade drum.«

»Ja, das wäre es«, antwortete Maria, die nun ein Gähnen nicht mehr unterdrücken konnte. Burgis Blick wurde mitleidig.

»Es war ein langer Tag für dich, Madl. Magst nicht besser heimgehen und dich bisserl hinlegen. Du solltest die Gunst der Stunde nutzen. Es könnt ja sein, dass heute Nacht bereits das nächste Butzerl auf die Welt kommen will.«

»Das würde ich gern machen«, antwortete Maria. »Aber wie du weißt, bin ich noch auf dem Schloss zum Kaffee eingeladen, und es wäre äußerst unhöflich, dort nicht zu erscheinen.« Sie wollte noch etwas hinzufügen, wurde aber von einem der Ministranten unterbrochen.

»Fräulein Hebamme«, sagte der rothaarige und sommersprossige Bub schüchtern. Er musste um die zwölf oder dreizehn Jahre alt sein. »Der Herr Pfarrer würde Sie gerne noch in der Sakristei sprechen, wenn es recht wäre.« Er deutete zu einer der Seitentüren, und Marias Herzschlag beschleunigte sich sogleich, denn sie ahnte, was nun kommen würde. Sie dachte einen Augenblick darüber nach, eine Ausrede zu ersinnen, um der Unterredung mit dem Geistlichen aus dem Weg zu gehen. Doch es wäre nur ein Aufschub auf Zeit. Sie würde jetzt gleich Stärke zeigen und diesem Mann klarmachen müssen, dass sie als Hebamme einige Dinge anders handhaben würde als ihre Vorgängerin. Maria straffte also die Schultern, erklärte Burgi, dass sie gleich wieder zurück sein würde, und folgte dem Ministranten in die Sakristei. Dort angekommen, erwartete sie zu ihrer Verwunderung jedoch nicht nur der alte Pfarrer, sondern auch Alma war anwesend. Maria schwante Übles.

»Grüß dich Gott, mein Kind«, empfing der Pfarrer sie in einem salbungsvollen Tonfall. »Es ist nett, dass du dir an diesem für dich als Hebamme so besonderen Tag kurz für mein Anliegen Zeit nimmst. Ich weiß, dass du gleich Gast im Schloss sein wirst, also möchte ich dieses notwendige Gespräch nicht in die Länge ziehen. Es ist doch in Ordnung für dich, wenn Alma ebenfalls hier ist? Sie ist ja schließlich deine Vorgängerin, und ich dachte, es wäre gut, sie als Fachfrau dabeizuhaben, so als erfahrene Hebamme, Storchentante, wie sie von den Kindern im Ort immer so nett genannt wird.« Er lächelte und zeigte seine gelben Zähne. Maria nickte und war so nervös, dass ihr Puls regelrecht raste. *Beruhig dich*, schalt sie sich selbst. Immerhin hatte sie mit diesem Gespräch doch gerechnet.

»Ich möchte dir heute gern etwas von unserem Weihwasser überreichen, damit du, wenn notwendig, die Kindstaufe im Mutterleib durchführen kannst, sollte es so aussehen, als würde es das Kleine mal nicht lebend auf die Welt schaffen. So wie es seit jeher Sitte ist und wie Alma es auch stets getan hat. Es gilt, die Erbsünde zu verhüten, das verstehst du doch, oder? Alma hat mir davon berichtet, dass in der heutigen Zeit den Hebammen davon abgeraten wird, den Müttern das Weihwasser zu verabreichen, da es angeblich ein scheußliches Fieber verursachen könnte. Aber ich bin mir sicher, dass du diesen Unsinn nicht glauben wirst. Wir sprechen hier schließlich von geweihtem Wasser, es würde niemals jemanden Schaden zufügen, dafür lege ich meine Hand ins Feuer.«

Marias Blick wanderte zu Alma. Sie erwiderte ihn, in ihren Augen lag Verachtung. Das konnte diese Frau doch nicht wirklich glauben, oder? Was sollte sie jetzt tun? Sie dachte kurz darüber nach, sich einer Notlüge zu bedienen und zu versichern, dass sie das selbstverständlich tun würde, doch verwarf den Gedanken wieder. Lügen hatten noch nie etwas Gutes gebracht. Diesem Mann und auch der alten Alma musste ein für alle Mal klargemacht werden, was für einen großen Schaden ihr geweihtes Wasser im Mutterleib anrichtete.

»Es tut mir schrecklich leid«, entgegnete Maria mit ernster Miene und verschränkte die Arme vor der Brust. »Ich werde keiner Frau Weihwasser in die Gebärmutter spritzen, denn dieses Tun gefährdet ihr Leben, geweihtes Wasser hin oder her. Es ist nicht steril und oftmals mit Keimen verseucht, die sehr wohl das von allen so sehr gefürchtete Kindbettfieber auslösen. Sie, Herr Pfarrer, wollen als Mann Gottes doch nicht den Tod von unzähligen Müttern verantworten müssen, nur weil sie denken, an veralteten Praktiken festhalten zu müssen. Zusätzlich zu den Müttern sterben auch die Kinder mitunter durch dieses Vorgehen, denn auch sie können hiervon Infektionen bekommen. Die Geburtshilfe ist Gott sei Dank moderner geworden, und diese Unsitte hat ein Ende. Außerdem vertrete ich die Meinung, dass auch tot geborene Kinder in den Himmel kommen. Ihren kleinen und unschuldigen Seelen wird der barmherzige Gott niemals den Zutritt ins Himmelreich verweigern.«

»Du denkst also, ich bin eine Mörderin«, blaffte nun Alma Maria an. In ihrem Blick lag Feindseligkeit. »Was bildest du Bankert dir ein, so zu reden und so zu tun, als hättest du Ahnung vom Kinderkriegen, nur weil du einige Wochen in einer dieser dummen Geburtsanstalten gewesen bist? Ich hab hunderte Kinder auf diese Welt geholt, und keine Mutter ist wegen dem Weihwasser gestorben. Manchmal passiert das Kindbettfieber einfach, auch ohne Weihwasser kommt es vor. Daran wirst auch du nichts ändern.«

Maria hatte Mühe, ruhig zu bleiben. Jetzt laut zu werden würde nichts bringen. Ihre Antwort musste wohlüberlegt sein. Sie beschloss, auf Almas vorwurfsvolles Gerede nicht einzugehen, sondern ihr Wort an den Pfarrer zu richten. Schließlich war er derjenige gewesen, der sie zu diesem Gespräch gerufen hatte.

»Mir ist bewusst, dass manche Veränderungen schwer sind«, erwiderte sie und sah dem alten Mann direkt in die Augen. »Und sie gefallen nicht jedem Mitglied der Gesellschaft, aber manches Mal muss es sie zum Wohle aller eben geben.« Ihre Stimme klang nun fest, obwohl sie innerlich bebte. »Gewiss wird die Kirche in Zukunft einen Weg finden, mit den toten Seelen würdevoll umzugehen. Sie können zu diesem Thema gerne das Gespräch mit dem für die Geburtsanstalt zuständigen Pfarrer in München suchen. Er kann Ihnen mit Sicherheit einen Rat zur Verfahrensweise geben. Ich werde jedenfalls kein Weihwasser in einen Uterus spritzen, so leid es mir tut.« Entsetzt sah der Pfarrer sie an. Marias Blick wanderte noch einmal kurz zu Alma. Der alten Hebamme stand nun ebenfalls vor Verblüffung der Mund offen. Mit einer solch klaren Antwort hatte sie anscheinend nicht gerechnet. Maria kam sich in diesem Moment so vor, als wäre sie ein ganzes Stück gewachsen, und sie wandte sich jetzt an ihre Kollegin und Vorgängerin. »Ich möchte dir nicht zu nahe treten, Alma. Aber wie mir Doktor Danzinger berichtet hat, hast du dich die letzten Jahre stets geweigert, Fortbildungsmaßnahmen zu besuchen. Hättest du es getan, dann wüsstest du durchaus, inwiefern Hygiene bei und nach der Geburt mit dem Kindbettfieber in Verbindung steht und was Unsauberkeit für Auswirkungen haben kann. Ich empfehle mich.«

Ohne eine Antwort von Alma abzuwarten, verließ Maria die Sakristei, und während sie den inzwischen leeren Kirchhof verließ, wusste sie, dass sie sich einen weiteren Feind gemacht hatte, Alma hatte ihr ja bereits gesagt, was sie von ihr hielt. Nun hasste sie sie mit Sicherheit noch viel mehr als zuvor, doch das war Maria in diesem Moment gleichgültig. Sie war die Dorfhebamme von Brannenburg, und ab jetzt wehte hier ein anderer Wind, der vielen Frauen hoffentlich das Leben retten würde.

# 9. Kapitel

*1. Mai 1893*

Gehst du heute noch zum Tanz?«, fragte Helene.

»Vermutlich schon«, antwortete Maria. »Es gehen ja alle.«

»Sonderlich begeistert klingt das nicht.« Helene legte den kleinen Eugen zurück zu seinem Bruder in die Babywiege. Noch passten die Säuglinge nebeneinander, aber wenn sie weiterhin so gut zunahmen, würde das bald nicht mehr gehen. Den beiden Jungen ging es ausgezeichnet, was man von ihrer Mutter bedauerlicherweise nicht sagen konnte, weshalb Maria im Augenblick täglich ins Schloss kam, um nach Helene zu sehen. Anfangs war noch alles gut gewesen, doch dann hatte Helene innerhalb von zwei Tagen eine heftige Brustentzündung entwickelt, die es in den Griff zu bekommen galt. Sogar hohes Fieber hatte sie an einem Tag gehabt. Durch Marias fürsorgliche Pflege hatte sich ihr Zustand jedoch wieder gebessert, und heute hatten sie zum ersten Mal wieder versucht, einen der Buben anzulegen, was zum Glück problemlos funktioniert hatte. Es galt zu hoffen, dass sie den zurückgegangenen Milchfluss wieder richtig in Gang bringen konnten. Ansonsten würden die beiden Jungen wohl weiterhin von ihrer Amme, der Frau eines Brauereimitarbeiters, ernährt werden, die vor einem Jahr ein Kind bekommen hatte und sich ohne groß Federlesen dazu bereit erklärt hatte, die Stillarbeit zu übernehmen, bis es der Schlossherrin wieder besser ginge.

Maria und Helene befanden sich in den privaten, luxuriös ausgestatteten Wohnräumen des Schlosses. An den in einem warmen Gelbton gestrichenen Wänden hingen Gemälde von Landschaften der Umgebung, ihnen leisteten Geweihe von Berggemsen Gesellschaft, die wohl allesamt von dem jagdbegeisterten Hausherrn geschossen worden waren. Die Einrichtung bestand aus einer Sitzgruppe aus Nussbaumholz, einer mit blauem Samt bezogenen Chaiselongue und einem Flügel, auf dem gleich mehrere goldene Kerzenständer standen, ein hellgrauer Kachelofen sorgte für Wärme. Der Luxus im Schloss schüchterte Maria stets etwas ein, und sie kam sich immer ganz klein vor, wenn sie durch das weitläufige Treppenhaus lief, vorüber an den zahlreichen Gemälden der ehemaligen Schlossherren.

Maria überlegte kurz, ob sie Helene den wahren Grund für ihre zurückhaltende Begeisterung wegen des Maifestes sagen sollte. Sie entschied sich dafür.

»Es geht um das Gerede im Dorf wegen mir und Alma. Es hat sich rumgesprochen, dass es Streit zwischen uns in der Kirche gegeben hat, und Burgi hat mir erzählt, dass viele zu Alma halten. Im Laden von der Gundel hat die alte Bergerin sogar davon geredet, dass ich es mit dem Teufel hätte, weil ich die Kinder im Mutterleib nicht mehr taufen wollte.«

»Was für ein dummes Geschwätz«, echauffierte sich Helene und schüttelte den Kopf. Ihr zweiter Sohn begann, zu greinen, und sie nahm ihn auf und legte ihn an ihre Schulter. »Lass dich von so etwas bloß nicht einschüchtern. Du hast eine moderne Ausbildung in einer renommierten Gebäranstalt erhalten, und der medizinische Fortschritt lässt sich nicht aufhalten. Es ist wichtig, dass gegen solch schreckliche Dinge wie das Kindbettfieber vorgegangen wird. Mir hat Doktor Danzinger neulich bei einem seiner Besuche genau erklärt, weshalb die Gabe von Weihwasser in den Mutterleib so gefährlich ist. Ich finde, die Kirche sollte in dieser Hinsicht kein Mitspracherecht mehr haben dürfen. Die Geburtshilfe ist eine medizinische Angelegenheit.«

Maria nickte resigniert. »So sollte es gesehen werden, aber so ist es bedauerlicherweise nicht. Burgi wettert auch ständig gegen die sogenannte Erbsünde. Aber unseren alten Pfarrer werden wir in dieser Hinsicht vermutlich nicht mehr zum Umdenken bewegen können. Wenn ich ein Kind in einer schwierigen Situation nicht im Mutterleib taufe, und es tot geboren wird, wird er es weiterhin nicht auf dem Friedhof bestatten lassen. Das macht den Frauen Angst, und davon lebt Alma, die gar nicht daran denkt, vom Weihwasser abzulassen oder sich gar zur Ruhe zu setzen.« Maria stieß einen Seufzer aus. »Dieser dumme Streit bringt mich dazu, erneut darüber nachzudenken, zurück nach München zu gehen. Dort ist das Denken ein anderes, fortschrittlicheres. Als du mich zur Geburt hast holen lassen, war ich schon auf dem Weg zum Bahnhof. Aber ich dachte halt, dass durch meine Arbeit als Hebamme im Schloss alles besser werden und die Frauen mich akzeptieren würden. Dann waren es auch noch zwei gesunde Buben, Zwillinge. Ich habe tatsächlich gedacht, dass nun alles gut sein würde. Aber das wird es nie werden, der Gegenwind lässt einfach nicht nach, und ich weiß nicht, ob ich ihm dauerhaft gewachsen sein werde.«

Maria biss sich auf die Lippe. Sie hatte zu viel gesagt. So vertraut sollte sie mit Helene nicht sprechen. Doch es hatte sich gut angefühlt, einmal mit jemand anderes als Burgi oder Max über das Thema zu reden. Max hatte ihr versprochen, es im Gemeinderat noch einmal aufzugreifen, doch nach Rücksprache mit seinem Vater hatte er ihr mitgeteilt, dass dies nicht geschehen würde. Der Kirche wollte niemand ins Handwerk pfuschen, diesen Kampf würde sie ohne Rückhalt ausfechten müssen. Maria ruderte nun zurück: »Entschuldige bitte. Ich wollte dich mit meinem Kummer nicht belasten. Es ist besser, wenn ich jetzt gehe. Ich würde dann übermorgen wiederkommen, um noch einmal nach dem Rechten zu sehen. Aber jetzt sieht ja alles schon wieder ganz gut aus.«

»Du hast mich mit deinem Kummer nicht belastet«, beschwichtigte Helene. »Und es ist nicht so düster, wie du denkst. Doktor Danzinger steht hinter dir, und gerade die jüngeren Frauen der Gegend sind froh darüber, dass du hier bist. So mancher Tratsch landet auch bei einer Schlossherrin.« Sie zwinkerte Maria zu. »Das wird schon alles werden. Auf dem Dorf gehen die Uhren etwas langsamer als in der Stadt. Ich bin mir sicher, dass sich auch hier die Dinge bald verändern werden, es braucht eben mehr Geduld und Frauen wie dich, die sich nicht einschüchtern lassen. Dann arbeitest du halt neben Alma her. Frauen, die Kinder bekommen, gibt es weiß Gott genug in der Gegend. Ich jedenfalls wäre sehr traurig, wenn du wieder gehen würdest. Ich fühle mich von dir äußerst gut betreut und werde dich empfehlen. Und hoffentlich wirst du auch weitere Kinder von mir auf die Welt holen. Es müssen aber nicht immer Zwillinge sein.« Sie lächelte.

Auch Maria musste unwillkürlich lächeln. »Das ist lieb von dir«, antwortete sie. Helenes Worte rührten sie und sorgten dafür, dass sie sich wieder etwas besser fühlte. »Du hast vermutlich recht, und ich habe alles zu schwarz gesehen. Geduld ist das Zauberwort. Und in München ist auch nicht alles Gold, was glänzt. Dann gehe ich eben heute zum Tanz. Es sind ja auch alle bester Laune, weil den Brannenburgern der Diebstahl des Maibaums der Flintsbacher gelungen ist. Da wird es schon kein dummes Gerede geben.«

»Das klingt doch gleich viel besser«, antwortete Helene. »Ich wünschte ja, ich könnte mitgehen. Aber als Wöchnerin habe ich auf einer solchen Veranstaltung noch nichts verloren.«

»Und du musst dich schonen«, mahnte Maria. »Zum Glück hat sich die Entzündung wieder gestellt, Anstrengung wäre jedoch Gift. Und vergiss nicht, deine Brust heute Abend mit der Kräutersalbe einzureiben. Und sollte irgendetwas sein, dann kannst du jederzeit nach mir rufen lassen. Als Hebamme bin ich immer im Dienst, und ich trinke selbstverständlich auch keinen Alkohol.«

Es klopfte an die Tür, und nachdem Helene »Herein« gerufen hatte, trat ihre Zofe ein.

»Was gibt es denn?«, fragte Helene in einem leicht unfreundlichen Tonfall. Die unvorhergesehene Störung schien ihr zu missfallen.

»Es tut mir leid, dass ich so reinplatze«, entschuldigte sich die Zofe, Maria wusste, dass sie Lene hieß und bereits Mitte dreißig war. »Nach dem Fräulein Roßacker wird geschickt. Sie soll so schnell wie möglich in die Praxis vom Doktor Danzinger kommen. Er benötigt dort dringend ihre Unterstützung.«

»Das war es dann wohl mit dem Tanz um den Maibaum«,

bemerkte Maria schulterzuckend und antwortete der Zofe: »Geben Sie mir zwei Minuten. Ich packe nur rasch meinen Koffer.«

Eine Weile darauf betrat Maria die Praxis von Doktor Danzinger, und da der Empfang unbesetzt war, ging sie sogleich ins Sprechzimmer durch. Nachdem sie angeklopft hatte, betrat sie den Raum. Dort fand sie den Arzt und eine Bauersfrau vor, die sie gut kannte. Es war Ursula Gschwendner vom Obermoorhof aus Degerndorf. Die Mittvierzigern hatte die Arme vor der Brust verschränkt und sah Maria feindselig an.

»Grüß Gott, Maria«, begrüßte sie der Arzt, ihm war die Erleichterung über ihr schnelles Kommen anzusehen. »Es ist gut, dass du so rasch Zeit für uns gefunden hast. Frau Gschwendner wollte eigentlich zum Fest, aber ihr ist die Fruchtblase geplatzt, und die Wehen haben bereits eingesetzt. Sie ist von ihrem Mann in der Hoffnung auf Hilfe gebracht worden. Ich dachte, es wäre sinnvoll, wenn du als Hebamme die Geburt betreust.« Der Arzt trat näher an Maria heran, sie roch seine Fahne und hob eine Augenbraue. »Ich weiß, ich könnte das ebenfalls übernehmen. Aber ich war letzte Nacht beim Maibaumdiebstahl dabei, bin überredet worden und hab etwas zu tief ins Glas geschaut. Es tut mir leid, wenn ich dir nun den Tanz verderbe. Du übernimmst doch, oder?«

Maria nickte und schenkte Danzinger ein verbindliches Lächeln. Sie stellte ihren Hebammenkoffer ab und begrüßte Ursula, sich innerlich für einen Kampf wappnend, mit einem Lächeln. Die Miene der Bäuerin wurde noch finsterer, und sie rückte ein Stück von Maria ab.

»Von dieser gottlosen Frau lasse ich mich auf gar keinen Fall anfassen«, blaffte sie feindselig. »Ich wollte, dass die Alma kommt. Die hat alle meine Kinder auf die Welt geholt. Wenn die hierbleibt, dann krieg ich das Kleine eben nicht.«

»In meiner Praxis wird Alma aber kein Kind mehr auf die Welt holen«, entgegnete Danzinger in einem entschiedenen Tonfall, Maria beindruckte es, dass er so ruhig blieb. »Sie ist in den Ruhestand versetzt worden, und die offizielle Distrikthebamme ist nun Maria. Sie werden sich mit ihr anfreunden müssen. Ich verabschiede mich jetzt, denn ich habe noch einen Termin, der nicht warten kann. Ich wünsche eine gute Geburt.« Danzinger ging und raunte im Vorbeigehen Maria noch zu, dass sie sich nicht unterkriegen lassen sollte. Sie nickte, und die Art von Kampfgeist stieg in ihr auf, den sie auch während ihrer Ausbildung immer wieder empfunden hatte. Sie würde es diesem sturen Weib schon zeigen.

»Dann geh ich eben heim und krieg da mein Kind«, meinte die Bäuerin und erhob sich. »Ich hab dem Bertl gleich gesagt, dass er mich zum Hof bringen und nach der Alma schicken lassen soll. Aber der versoffene Depp wollte ja nicht auf mich hören. Der ist froh, wenn er mich loshat und wieder zu seinen Kumpanen zum Wirt zurückkann. Na, der kann was erleben«, zeterte sie. Sie erreichte die Tür des Sprechzimmers und öffnete sie.

Maria wusste, dass sie ihr zureden sollte, vernünftig zu sein. Doch sie tat es nicht, denn ihre Worte würden an dem sturen Weib abprallen. Stattdessen hoffte sie darauf, dass Mutter Natur ihr dabei behilflich sein würde, die Frau umzustimmen, und sie hatte Glück. Es war eine kräftige Wehe, die dafür sorgte, dass die Bäuerin innehielt. Sie begann zu stöhnen und hielt sich den Bauch.

»Gottverdammt, bleib drin«, schimpfte sie. »Dummes Balg, benimm dich. Es drückt, verdammt noch eins.«

Seelenruhig verfolgten Maria das Schauspiel. Nachdem die Wehe nachgelassen hatte, stellte Maria eine Fachfrage: »Wie lang sind die Abstände?«

»Das geht dich nix an«, entgegnete Ursula und sah Maria finster an.

»Und du denkst wirklich, du könntest es vor der Geburt des Kindes noch nach Hause schaffen, Gschwendnerin?«, fragte sie in einem ruhigen Tonfall, der sie selbst erstaunte. Ans Fensterbrett gelehnt, hatte sie die Arme vor der Brust verschränkt. Sie wusste bereits jetzt, dass sie diesen Kampf gewinnen würde.

»Ich hab schon viel geschafft«, blieb die Bäuerin stur. »Zehn Kinder hab ich auf die Welt gebracht, da werde ich dieses auch noch rauskriegen. Dann geh ich eben nicht mehr heim, sondern gleich zur Alma. Bis dahin ist es nicht weit. Das schaff ich. Sie ist bestimmt daheim. Ah, verflixt, es geht schon wieder los.« Sie krümmte sich erneut zusammen und stieß einige heftige Flüche aus.

»Das waren keine zwei Minuten mehr«, kommentierte Maria die Geschehnisse ungerührt. »Du wirst es auch nicht mehr zu Alma schaffen. Entweder du lässt zu, dass ich dir helfe, oder du wirst dein Kind allein auf die Welt bringen.«

»Dann mach ich das eben«, entgegnete Ursula, mit den Tränen kämpfend. »Ich hab ja schon Erfahrung. Ui, jetzt aber.« Sie krümmte sich erneut und sank dieses Mal sogar zu Boden. In Maria regte sich nun Mitleid, und sie seufzte innerlich. Ursula saß nun auf dem Boden und wimmerte wie ein Häufchen Elend. »Es tut so weh, und es fühlt sich so anders an. Bitte, tu was«, flehte sie nun. »Dann bist du eben gottlos. Aber um Himmels willen, hilf mir.«

Der Sinneswandel kam schneller als gedacht.

Maria stieß sich von der Wand ab, ging neben Ursula in die Hocke und legte ihr die Hand auf den Arm.

»Ich kann verstehen, dass du Angst hast. Neuerungen sind nicht immer leicht zu akzeptieren, und Alma ist dir vertraut. Aber ich verspreche dir: Ich werde alles in meiner Macht Stehende tun, damit dein Kind gesund auf die Welt kommt. Wir beide schaffen das gemeinsam.« Sie sah Ursula fest in die Augen, und die Bäuerin nickte nun.

»Ich wollte nicht böse sein. Ehrlich nicht. Aber das mit der Taufe, was wird mit den Kindern dann werden, mit den kleinen Seelen?«

»Du denkst wirklich, Gott ist so grausam und verstößt die kleinen Seelen?«, antwortete Maria. »Das würde ein gütiger Gott doch niemals tun. Oder was denkst du?«

»Nein, das würde er niemals«, antwortete Ursula nach kurzer Überlegung und verzog erneut das Gesicht. »Es tut so schlimm weh. Mach was.«

»Ja, das mache ich«, erwiderte Maria. »Komm. Ich helf dir beim Aufstehen, und dann bringen wir dich zur Untersuchungsliege. Lass mich nachsehen, wie es aussieht. Bestimmt ist das Kleine ganz bald auf der Welt.«

Ursula ließ sich nun anstandslos von Maria zur Untersuchungsliege führen. Rasch krempelte Maria die Ärmel ihrer Bluse hoch und wusch und desinfizierte sich die Hände. Erfreut stellte sie bei der folgenden Untersuchung fest, dass der Muttermund bereits vollständig eröffnet war.

»Bei der nächsten Wehe kannst du bereits pressen«, wies sie Ursula an und ging vor ihr in Position. Ursula tat wie geheißen, und Maria war nun höchst konzentriert. Es dauerte nur wenige Presswehen, bis das Kind, es war ein Mädchen, geboren war, und es zeterte auch sogleich lautstark los. Das Geräusch flutete Marias Herz mit Wärme und zauberte ihr ein Lächeln auf die Lippen.

»Grüß dich Gott, mein Kleines«, sagte sie zu der Kleinen. »Na, du hattest es aber eilig. Du hast eine wunderschöne Tochter«, sagte sie zu Ursula und durchtrennte mit geübtem Griff die Nabelschnur. In ein Tuch gewickelt, lag die Kleine keine Minute später im Arm ihrer Mama, die sie mit großen Augen bewunderte.

»Ein Mädchen, wie schön. Das hab ich mir gewünscht, Buben hab ich ja schon so viele. Grüß dich, Kleines. Mei, Maria. Danke dir. Danke, dass du nicht gegangen bist. Entschuldige bitte, dass ich so böse zu dir war. Du hast das gut gemacht. Bist eine gute Hebamme.«

»Ist schon in Ordnung«, antwortete Maria. »Ich hab nur meine Arbeit getan, mehr nicht.«

Sie sollte in diesem Moment vielleicht Genugtuung verspüren, doch das tat sie nicht. Stattdessen fühlte sie sich einfach nur glücklich, denn sie hatte erneut einen dieser wunderbaren Augenblicke erleben dürfen. Den Moment, wenn neues Leben in die Welt kam. Und ein klein wenig hatte sie heute die Mauer der Abwehr durch ihr Handeln und vielleicht auch durch Gottes Willen zum Wanken gebracht – oder durch das Schicksal, eine höhere Macht, genau ließ es sich vermutlich nie sagen.

Es brauchte Geduld. Auf dem Dorf ging alles etwas anders als in der Stadt. Aber es würde schon irgendwie werden. Auch mit Alma und dem Pfarrer. Doch an die beiden wollte sie in diesem Augenblick nicht denken.

# 10. Kapitel

*4. Mai 1893*

Maria saß gemeinsam mit Burgi in der Morgensonne auf der Hausbank, und die beiden genossen ein spätes Frühstück. Ihnen leistete die Katze Cleo Gesellschaft, die zu Burgis Missfallen anstatt Mäusen lieber Vögel jagte. Diese Woche hatte sie bereits dreimal einen zerrupften Piepmatz angeschleppt und auf der Türmatte abgelegt. Burgi bezeichnete die Katze deshalb als nutzlos und unfähig, doch dieser Umstand schien Cleo nicht zu stören. Sie genoss sichtlich die warmen Sonnenstrahlen und putzte sich ausgiebig das Fell.

Für Anfang Mai war es angenehm mild, der Tau funkelte auf den Wiesen rund ums Haus, auf denen Schlüsselblumen in Hülle und Fülle blühten. Maria war in den frühen Morgenstunden zu einer Erstgebärenden nach Degerndorf gerufen worden. Obwohl sie rasch einen falschen Alarm vermutet hatte, war sie eine Weile bei der werdenden Mutter geblieben, hatte mit ihr geplaudert und sich die extra vom Schwiegervater hergestellte und äußerst hübsche Babywiege zeigen lassen. Maria wusste, dass es manchmal die Aufregung war, die die Wehentätigkeit unterdrückte, und wenn sich die Frauen etwas beruhigten, verstärkte sich diese wieder. Doch in diesem Fall hatte es sich tatsächlich um Senkwehen gehandelt, auch der Muttermund war noch fest verschlossen gewesen. Das junge Paar würde sich noch eine Weile gedulden müssen.

»Wollte heute nicht Doktor Danzinger wegen der allgemeinen Fallbesprechungen kommen?«, fragte Burgi und schob sich den Rest ihrer Marmeladensemmel in den Mund.

»Wollte er«, antwortete Maria, die gerade Milch in ihren Kaffee rührte, gefolgt von zwei großzügigen Löffeln Zucker. Ihrer Meinung nach gab es für eine Hebamme zum Wachwerden nichts Besseres als eine anständige Koffein-Milch-Zucker-Mischung. »Es war elf Uhr ausgemacht, er wird bestimmt bald auftauchen.«

Als hätte der Arzt ihre Worte gehört, bog er just in diesem Moment auf seinem Fahrrad um die Hausecke. Er war leger gekleidet, trug ein grün-braun kariertes Hemd und dazu braune Stoffhosen.

»Da schau her, auf'm Radl kommt der feine Herr Doktor. Dass der sich so fortbewegt, hätte ich ihm gar nicht zugetraut«, bemerkte Burgi, während der Arzt seinen Drahtesel gegen den Holzzaun des Gemüsegartens lehnte.

Danzinger nahm eine braune Aktentasche vom Gepäckträger und trat näher.

»Grüß Gott, die Damen. Was ist das heute für ein schöner Frühlingstag, nicht wahr? Da macht es gleich doppelt so viel Freude, mit dem Fahrrad zu fahren. So bekomme ich während meiner Arbeit gleich noch etwas Bewegung. Ich kann Ihnen so ein Gefährt nur ans Herz legen, meine Teuerste«, wandte er sich an Maria. »Es erleichtert einem so manchen Weg.«

»Also ich würde mit dem Ding nicht weit kommen«, antwortete Burgi. »Im hohen Bogen im Straßengraben würd ich landen und mir alle Knochen brechen. Da bleib ich lieber gleich beim Laufen, ist gescheiter. Möchten's einen Kaffee? Wir hätten auch noch Semmeln und Marmelade im Angebot, Käse ist leider aus.«

»Schwarzer Kaffee wäre großartig«, antwortete der Arzt und setzte sich Maria gegenüber auf die Hausbank. Burgi verschwand im Haus, um Danzinger ein sauberes Haferl zu holen.

»Ich nehme an, es gibt einen guten Grund für das späte Frühstück?«, sagte er und sah Maria an. Sie erklärte ihm, bei welcher Patientin sie gewesen und wie der Stand der Dinge war.

»Ja, die Erstgebärenden«, antwortete der Arzt. »Solche haben wir aktuell einige. Da passiert häufiger ein falscher Alarm, die Frauen wissen halt die Zeichen ihres Körpers noch nicht zu deuten. Da ist es doch gut, wenn man eine vertrauensvolle Betreuung hat.« Er lächelte Maria wohlwollend zu.

Burgi erschien, füllte das Haferl des Arztes mit Kaffee und blickte dann nachdenklich zum Himmel.

»Ich glaub, ich trau mich und häng schon die Blumenkästen mit den Geranien auf. Sollten die Eisheiligen doch noch zapfig werden, kann ich sie ja wieder reinstellen. Aber so warm, wie das in diesem Frühjahr ist, glaub ich nicht so recht an einen großen Kälteeinbruch. Wenn ihr beiden noch was brauchts, findet ihr mich im Stadl.« Sie ging zurück ins Haus.

»Wie sehr ich doch die jährlichen Abläufe und die dazu passenden Gewohnheiten der Menschen liebe«, kommentierte der Danzinger ihre Rede. »Es ist so wunderbar, dass wir hier auf dem Land im Einklang mit der Natur leben können. Das ist mit einer der Gründe dafür, weshalb es mich niemals in eine große Stadt wie München ziehen würde, obwohl mein Leben dort als Arzt vermutlich bequemer wäre, jedenfalls was das Zurücklegen der Wege betrifft. Die Gemarkung Brannenburg ist mit seinen vielen Ortschaften und Weilern doch recht weitläufig, dazu kommen noch die Almen, und nicht jeder Patient ist transportfähig. Ein Arzt, aber auch eine Hebamme sollten gut zu Fuß sein oder Rad fahren können. Obwohl das Zweirad aufgrund der Steigungen bedauerlicherweise nur bedingt einsetzbar ist. Zum Glück habe ich nur wenige Hausbesuche in gewissen Höhenlagen.« Er trank von seinem Kaffee und verzog das Gesicht. »Liebe Güte, der ist aber stark.«

»Burgi ist bei Kaffee stets der Meinung, dass viel Pulver viel hilft.« Maria zuckte lächelnd mit den Schultern.

»Helfen ist hier relativ«, antwortete Danzinger. »Wach wird man auf jeden Fall, oder man bekommt einen Herzkasperl.« Er räusperte sich. »Aber ich bin ja nicht hier, um einen starken Kaffee zu trinken, sondern um Ihnen einen Überblick über die schwangeren Frauen der Gegend zu verschaffen. Ursel hat die Tage sämtliche Namen zusammengetragen und eine Liste ihrer aktuellen Patientinnen verfasst.«

Er öffnete seine Aktenmappe, holte eine Mappe hervor und reichte sie Maria. Sie schlug sie auf und blätterte mit großen Augen die zahlreichen Seiten mit Patientennamen und Daten durch. »Liebe Güte, fast ganz Brannenburg scheint ein Kind zu erwarten«, entfuhr es ihr.

»Es sind nicht alle aufgeführten Frauen im Augenblick schwanger«, erläuterte der Arzt und begann die Eintragungen der Liste genauer zu erklären. »Es sind auch diejenigen vermerkt, die in den letzten zwei Monaten ein Kind bekommen haben, und auch diejenigen, die bedauerlicherweise eine Fehlgeburt erlitten haben und noch Nachsorge benötigen. Es könnte sein, dass einige Frauen und deren Angaben fehlen, Alma hätte bestimmt noch weitere Informationen.«

Maria zählte grob durch. »Das sind über hundert Namen«, sagte sie.

Danzinger lachte auf. »Ja, die Landbevölkerung ist fruchtbar. Jedes Jahr ein Kind ist auf den Höfen oftmals keine Seltenheit. Ihnen wird die Arbeit also so schnell nicht ausgehen.«

»So kann man es auch sagen«, antwortete Maria, die immer noch von der Vielzahl an Frauen erschüttert war. Wie sollte sie das alles allein bewältigen? Wie hatte Alma das geschafft?

»Es sieht jetzt nach einer ganzen Menge Arbeit aus«, schien der Arzt ihre Gedanken zu erraten, »aber ganz so schlimm ist es nicht. Wenn wir die frisch entbundenen und die Frauen abziehen, bei denen es bis zur Geburt noch einige Monate dauert, dann bleiben vielleicht noch zwanzig bis dreißig Frauen übrig.«

»Wenn ich das richtig verstehe, hole ich monatlich beinahe jeden Tag ein Kind auf die Welt«, konstatierte Maria und überflog die neben der jeweiligen Frau vermerkten Informationen. Eine Frau hatte bereits vier Kinder geboren, drei Fehlgeburten, sie war wieder schwanger im vierten Monat. Eine weitere befand sich im achten Monat, auf sie galt es zu achten, da sie von Natur aus schwächlich war. Maria blätterte die Seiten durch, und irgendwann fiel ihr etwas auf: »Es sind alles verheiratete Frauen? Was ist mit den anderen? Es wird sie doch geben, oder?«

»Wir wissen beide, was mit diesen Frauen ist«, antwortete Danzinger und stieß einen Seufzer aus. »Sie sind Ihnen doch tagtäglich während ihrer Ausbildung begegnet. Selten wird eine von ihnen bei mir vorstellig. Wenn die Schwangerschaften auffallen, werden sie in der Regel vom Hof gejagt. Alma kennt vielleicht den einen oder anderen Namen, aber wie Sie wissen, hat auch sie keiner dieser in Not geratenen Frauen geholfen. Mir selbst ist nur eines dieser armen Geschöpfe während meiner Zeit in Brannenburg begegnet, und sie ist verblutet, weil sie sich mit Stricknadeln aus ihrer Notlage selbst befreien hat wollen.«

Maria nickte mit betroffener Miene. Solche Fälle hatte es in München auch gegeben. Für einen Moment herrschte Stille am Tisch.

Dann erklang das Läuten der Kirche, und Danzingers Blick wanderte auf seine Armbanduhr.

»Ach du je, die Zeit rast mal wieder. Es tut mir leid, aber ich muss mich verabschieden, ein weiterer Termin steht an. Sollte es noch weitere Nachfragen zu den Patientinnen geben, können Sie sich jederzeit bei mir in der Praxis melden.«

Er erhob sich, griff nach seiner Aktenmappe, und pflückte sein Fahrrad vom Zaun, bevor er darauf von dannen fuhr. Maria sah ihm nach, bis er außer Sicht war, dann fiel ihr Blick erneut auf die Liste der Patientinnen, und sie beschloss, diese sofort durchzugehen und zu sortieren. Sie stand auf und ging ins Haus, um sich Papier und Schreibzeug zu holen. Als sie zurückkam, stand eine junge Magd in einem grauen Arbeitskleid vor ihr, die sie schüchtern ansah.

»Ent … Entschuldigung. Sind Sie die neue Hebamme?« Maria bejahte.

»Das ist gut«, antwortete das Mädchen schüchtern, »denn … die junge Bäuerin bekommt das Kind und … sie hat gesagt, ich soll sie holen.«

Besagte Jungbäuerin gehörte zum Reimprechthof, den Maria noch nie betreten hatte. Mit dem Jungbauern war sie zur Schule gegangen, Jakob Kielinger. Er hatte sie, wie viele der Bauernsöhne, abwechselnd wie Luft behandelt oder gehänselt. Das alte Bauernhaus in Alleinlage war Mitte des achtzehnten Jahrhunderts erbaut worden, und auf dem Dach lagen noch die alten, mit Moos bewachsenen Holzschindeln. In den Balkonkästen befanden sich bereits Geranien, und rund ums Haus blühten die unterschiedlichsten Obstbäume. Einige Hühner liefen auf dem Hof herum, und ein am Schuppen angeketteter Hund mit struppigem Fell bellte lautstark, als Maria sich näherte. Auf der Hausbank saß ein altes Hutzelmännchen, das sie finster aus seinen kleinen blauen Augen ansah. Maria machte sein Blick nervös. Sie grüßte den Alten, er erwiderte nichts.

Die Magd war schon im Flur, Maria folgte ihr zu der in den oberen Stock führenden Treppe. Dort angekommen, ging es in das Schlafgemach der Jungbauern. Es war geräumig, das Ehebett mit hübschen Bauernmalereien verziert, ebenso der alte Bauernschrank. Der alte Dielenboden knarrte unter Marias Füßen. Die junge Bäuerin lag seitlich im Bett, und auf der Bettkante saß – Maria glaubte nicht richtig zu sehen – Alma, die sich jetzt umwandte. Kurz zeigte ihr Blick Überraschung, dann wurde er gewohnt feindselig.

»Da sieh mal einer an, wer auftaucht. Die kleine Möchtegernhebamme«, sagte sie gehässig. »Was willst du denn hier?«

Maria widerstand dem Impuls zurückzuweichen.

»Wir wissen beide, was ich hier will«, entgegnete sie, bemüht darum, ihren Ton fest klingen zu lassen, und trat einen Schritt vor. »Ich bin hier, um das Kind auf die Welt zu holen.

Ich bin jetzt die Hebamme für Brannenburg. Lerne, die Veränderung zu akzeptieren, Alma. Der Gemeinderat und der Bürgermeister haben beschlossen, dich in den Ruhestand zu versetzen. Um die Frauen kümmere ich mich.«

»Ich muss hier gar nichts lernen«, entgegnete Alma. »Und was die feine Obrigkeit beschließt, interessiert mich schon gleich gar nicht. Ich ganz allein entscheide, wann ich aufhöre, und sonst niemand. Ich hab seit bald vierzig Jahren die Kinder auf diesem Hof zur Welt geholt, also werde ich das heute auch tun. Also schleich dich, ich hab zu arbeiten.«

Als ob die Jungbäuerin Almas Worte unterstreichen wollte, entfuhr ihr just in diesem Moment ein wehleidiges Geräusch.

Marias Mut begann zu bröckeln, doch noch war sie nicht bereit, Alma das Feld zu überlassen.

»Das mag sein«, entgegnete sie, »aber jetzt ist es eben nicht mehr so, und ab heute werde ich die Kinder auf diesem Hof auf die Welt bringen. Deine Vorgängerin hat auch irgendwann einmal damit aufgehört, so ist nun mal der Lauf der Zeit.«

»Was ist denn hier los?«, fragte plötzlich jemand hinter Maria, und sie wandte sich um. In der Tür stand eine kräftige Bauersfrau mit ergrautem Haar, die Maria ein ganzes Stück überragte.

»Was willst du denn hier?«, fragte sie und ihr Blick wanderte von Maria zu der jungen Magd, die die ganze Zeit über im Raum geblieben war, nun den Kopf senkte und eine Erklärung zu stammeln begann: »Ich dachte, also hab gemeint, dass ich die Hebamme hätt holen sollen.«

»Aber doch nicht die junge, die will ich hier nicht haben. Schau zu, dass du vom Hof kommst, Maria. Schleich dich, du

Bankert.« Sie verschränkte die Arme vor der Brust und funkelte Maria böse an.

Maria trat nun doch eingeschüchtert einen Schritt zurück, und ihr Blick wanderte zu der Jungbäuerin. Doch diese hatte die Augen geschlossen und schien sich an dem Streit vor ihrem Bett nicht beteiligen zu wollen. Außerdem stand das junge Ding gewiss unter der Fuchtel der alten Bäuerin. Maria beschloss, sich zurückzuziehen. Die junge Bäuerin lag in den Wehen, sie brauchte eine ruhige Umgebung, Zuspruch und Unterstützung und keine zankenden Weiber.

»Gut, ich gehe«, antwortete sie der alten Bäuerin. »Aber trotzdem werdet ihr euch an den Gedanken gewöhnen müssen, dass ich nunmehr die neue Hebamme von Brannenburg bin. Ob es euch nun gefällt oder nicht.«

Ohne ein weiteres Wort hinzuzufügen, ging sie aus dem Raum. Auf dem Rückweg nach Hause fühlte sie sich niedergeschlagen, doch dieses Empfinden wich im hellen Sonnenlicht und im Angesicht der um sie herum blühenden Wiesen und Obstbäume rasch einer Entschlossenheit. Bankert hin oder her, sie war eine ausgebildete Hebamme, die aus gutem Grund nach Brannenburg berufen worden war. Noch einmal würde sie sich nicht vertreiben lassen.

## 11. Kapitel

*2. Juni 1893*

Maria blieb, nach Luft japsend, stehen. Sie stellte ihren Hebammenkoffer ab, wischte sich den Schweiß von der Stirn und hielt sich die schmerzende rechte Seite. Es war ein warmer Sommertag, und bedauerlicherweise hatte das letzte Stück des steilen Aufstiegs größtenteils in der Sonne gelegen. Der junge, sie begleitende Bursche war bereits ein ganzes Stück vorausgelaufen und hinter einer Wegbiegung verschwunden.

»Valentin!«, rief sie. »So wart doch! So schnell bin ich nicht. Herrgottsakrament! Wieso muss dieses depperte Weib so kurz vor der Niederkunft auch noch auf den Berg hinauf?«

Auf den Berg war in diesem Fall die südlich der Rampoldplatte und auf über eintausendzweihundert Höhenmetern gelegene Lechneralm, die ein Lehen des Brannenburger Schlosses war und seit vielen Jahren von den Reichenauers bewirtschaftet wurde. Nachdem der alte Reichenauer gestorben war, hatte seine Schwiegertochter, die Magda, die Bewirtschaftung der Alm übernommen. Ihr Ehemann, Franz Reichenauer, hatte bekanntermaßen die meiste Zeit nur das Wirtshaus und seine Gspusi im Sinn und hing am Rockzipfel seiner patenten Frau, die sich immer wieder von dem unnützen Halodri einwickeln ließ. Jahrelang war sie nicht schwanger geworden, und mit Nachwuchs bei den Reichenauers hatte niemand mehr gerechnet. Aber dann war es doch passiert, und es wurde gemunkelt, dass das Kind gar nicht vom Franz, sondern von einem Künstler war, der passenderweise vor ungefähr neun Monaten einige Wochen im Haus der Reichenauers Quartier bezogen hatte. So ein Schreiberling, selbst hatte er sich Literat genannt. Wie der geheißen hatte, wusste Burgi nicht mehr.

Und weil die Magda jeden Sommer auf der Alm war, war sie es auch jetzt, obwohl ihr der Arzt und auch Alma mit Nachdruck davon abgeraten hatten, hochschwanger auf den Berg zu gehen. »Die Arbeit macht sich doch nicht von allein«, hatte sie gesagt und den Almauftrieb der zehn Milchkühe und acht Jungtiere gemeinsam mit dem Knecht Hansi und einer Magd durchgezogen. Und nun saß sie mit Wehen auf dem Berg. Zum Glück hatte die Wirtin von der nicht weit entfernten Breitenberghütte ein Auge auf sie gehabt und nach Maria schicken lassen.

Maria nahm den Koffer wieder auf und stolperte Valentin schnaufend hinterher. Nicht nur ihre fehlende Kondition war ein Problem, sondern bedauerlicherweise auch ihre neuen Bergschuhe. Es würde noch ein Weilchen dauern, bis sie von ihnen keine Blasen mehr bekam.

Nachdem sie die Kurve passiert hatte, sah Maria den Knecht bereits um die nächste Biegung verschwinden. Er bewältigte die gesamte Strecke offenbar mühelos im Hopserlauf. Es war immerhin eine recht gut ausgebaute Forststraße, die den Berg hinaufführte. Am Wegesrand lagen immer wieder Holzstämme, die auf den Abtransport ins Tal warteten. Dort würden sie in einem der zahlreichen Sägewerke verarbeitet werden.

Maria erreichte die Wegbiegung, blieb erschöpft stehen und ließ ihren Blick ins Tal hinabschweifen.

*Wie schön meine Heimat doch ist*, kam ihr in den Sinn. Der Inn wand sich wie ein grünes Band durch die idyllische Landschaft, die Bauernhöfe und Häuser Brannenburgs sahen von hier oben wie Spielzeuge aus. Schon als Kind hatte sie es geliebt, ihre Heimat aus der Höhe zu betrachten. *Damals bin ich noch besser zu Fuß gewesen*, musste sie sich allerdings eingestehen. *Wo ist nur das patente kleine Bergmadl hinverschwunden, das wie eine Gämse klettern konnte*? Während ihrer Zeit in München war sie lauffaul geworden. Ihr Blick wanderte den Forstweg nach oben. Valentin war nirgends mehr zu sehen. Sie tat einen tiefen Atemzug und murmelte: »Ich werde mich doch von so einem dummen Berg nicht unterkriegen lassen. Wo kommen wir denn da hin, neue Schuhe hin oder her.« Dann straffte sie die Schultern und ging weiter.

Als nach einer Weile die Breitenberghütte in Sicht kam, war sie heilfroh. Sie brauchte dringend eine Pause. Die Alm zu sehen fühlte sich in diesem Augenblick immerhin wie ein Etappensieg an. Auch das vertraute Geräusch der Kuhglocken sorgte dafür, dass es Maria gleich besser ging, und auf dem Weg zur Hütte umrundete sie einige mitten auf dem Weg liegende Milchkühe. Auf der Bank vor der urigen Alm mit den Holzschindeln saß Valentin mit einer Limonade vor sich.

»Da bist ja endlich. Langsam hab ich angefangen, mir Sorgen zu machen. Also ich hätte mir nicht denkt, dass du so langsam bist«, nahm sie der Blondschopf mit einem breiten Grinsen in Empfang.

Maria gab ein »Grmpf« von sich und sank neben ihm auf die Bank. Sehnsuchtsvoll blieb ihr Blick an der Limonade hängen.

»Hast für mich auch ein Kracherl?«, fragte sie.

»Freilich«, antwortete der Bub, sprang von der Bank und verschwand in der Hütte. Nur zwei Minuten später kam er in Begleitung der Hüttenwirtin, Grete Wallner, zurück, die Maria freudig begrüßte und einen Steingutkrug mit einem Glas vor ihr auf den Tisch stellte. »Das ist eine Pfefferminzlimo, die Minze wächst hinter der Hütten.«

Maria trank gierig von dem kühlen Getränk und streckte kurz die Beine aus.

»Diese verdammten Schuhe bringen mich noch um. Ich hab ganz vergessen, wie schlimm neue Bergschuhe sein können.«

»Ja, dauert immer bisserl, bis sie eingelaufen sind«, antwortete Grete. Die Mittvierzigerin hatte ihr rotes lockiges Haar mit einem blau-weiß karierten Tuch gebändigt. »Aber das wird schon werden. Ich möchte ja nicht drängen, aber eine lange Pause kannst hier nicht machen, sonst bringt die Magda da droben das Kind noch allein zur Welt. Es ist ja noch ein ganzes Stück zu laufen, wenn auch nicht mehr ganz so steil. Ich würde dich ja begleiten, um zu helfen, aber ausgerechnet heute kann ich nicht, weil der Hermann nachher kommt und mir die neuen Gerätschaften zur Käseherstellung bringt.«

»Ich schaff das schon allein«, antwortete Maria.

»Dann viel Glück. Und du Bub«, wandte sie sich Valentin zu, »siehst zu, dass du den Stall ausmistest. Jetzt ist Schluss mit der Faulenzerei.«

Valentin fügte sich und verschwand hinter der Hausecke. Maria verabschiedete sich ebenfalls.

Es dauerte nun nicht mehr lange, bis sie das Almgelände unterhalb der Lechneralm erreichte. Hier ging der komfortable Forstweg in einen Karrenweg über, und sie musste achtgeben, nicht in einen der Kuhfladen zu treten. Auf dieser Höhe gab es keinen dichten Bergwald mehr, nur noch vereinzelte Nadelbäume standen auf den Almwiesen. Maria erreichte die Lechneralm mit großer Erleichterung. Sie hatte es geschafft, nun galt es, zu hoffen, dass sie noch rechtzeitig gekommen und kein Unglück geschehen war.

Sie lief die hölzernen Stufen zur Eingangstür hinauf und öffnete diese, ohne anzuklopfen. Höflichkeiten hielten jetzt nur auf. Im Inneren empfingen sie dämmriges Licht und der Geruch von Holzrauch. Die Hütte war einfach, aber doch gemütlich eingerichtet. Die Tür zu der neben der Wohnstube liegenden Schlafkammer stand offen. Das Einzelbett war leer. Maria öffnete die hintere, in den Stall führende Tür. Auch im Stall fanden sich weder Kuh noch Mensch, stattdessen zog ihr der strenge Geruch der Tiere in die Nase.

»Wo steckt sie nur?«, fragte sie sich laut und lief durch den Stall und zum hinteren Tor hinaus auf die Weide, wo sie von zwei am Zaun stehenden Milchkühen neugierig beäugt wurden.

»Na, ihr beiden. Ihr habt nicht zufällig eure Sennerin gesehen?«

Es war ein gellender Schrei, der Maria aufblicken ließ. Er kam vom hinteren Ende der Almwiese. »Nicht doch«, stöhnte Maria und setzte sich flotten Schrittes in Bewegung. »Dieses dumme Madl, jetzt rennt sie hier auch noch durch die Gegend.« Sie stapfte über die Almwiese, so schnell sie konnte, und versuchte, ihre schmerzenden Füße zu ignorieren. Herrgott, was tat sie sich hier eigentlich an? Sie begann laut nach Magda zu rufen und erhielt prompt eine Antwort:

»Hier bin ich. Hierher!«

Maria lief der Stimme nach einen Hügel hinauf. Dahinter war das Gelände wieder abschüssig, und sie entdeckte die Sennerin. Sie saß neben einer kleinen Gruppe Tannen auf dem Boden, neben ihr stand eine Kuh.

»Hier unten. Schnell! Ich glaub, das Kind kommt«, rief Magda und stieß erneut einen erstickten Schrei aus.

Maria eilte sogleich zu ihr. Du liebe Güte. Sie konnten das Kleine doch nicht auf einer Kuhweide zur Welt bringen. Als sie die Sennerin erreicht hatte, sah sie die Erleichterung in den Augen der Frau.

»Maria, dank dem Gott im Himmel, dass du gekommen bist.«

»Natürlich bin ich das. Aber was machst du denn hier unten?«

Magda blickte sie an, als habe sie selten eine absurdere Frage gehört. »Na, die Kuh hat sich verstiegen und steckt mit dem Huf zwischen den zwei Felsen fest. Ein Wanderer hat es mir vor einer Weile gesagt, und ich hab denkt, ich krieg das noch hin. Das ist die Netti, der passiert ständig so was. Eine Kuh ist immer ein Unglückstier, das kann ich dir sagen. Oh, verflixt, es geht wieder los. Verdammt noch eins, es drückt schon nach unten.«

Sie begann zu pressen, und Maria sah einen Moment lang wie gelähmt dabei zu. Hier gab es kein Bett, keinen Platz für die vertraute Routine und Hygiene. Und als hätte Netti ihre Gedanken gelesen, ließ sie in diesem Augenblick einen Kuhfladen fallen. Die Situation war so skurril, dass Maria sich beherrschen musste, nicht in irres Gelächter auszubrechen. Doch dann fing sie sich wieder. Hier kam ein Kind auf die Welt, und sie hatte sich zu kümmern. Dann musste es eben unkonventionell gehen.

»Netti, das hätte es jetzt nicht auch noch gebraucht, du depperte Kuh«, schimpfte Magda und spreizte nun die Beine. »Ich glaub, ich spür den Kopf«, brachte sie heraus. Flott hob Maria ihr den Rock in die Höhe und verkündete, dass sie das Köpfchen tatsächlich schon sehen konnte. »Noch einmal ganz fest pressen, dann müsste der Kopf draußen sein«, wies sie Magda an, während sie fahrig kleine Äste und Steine vom Erdboden zwischen Magdas Beinen beiseiteschob.

Magda nickte und presste bei der nächsten Wehe mit aller Kraft.

»Ja, so ist es gut«, lobte Maria, wischte die Erde an ihren Händen schnell an ihrem Rock ab und umfing vorsichtig den Kopf. Die Wehe ebbte ab, und Magda sackte ins Gras. Schweiß rann ihre Stirn hinab, und ihre Wangen waren von der Anstrengung gerötet. Ihr blondes Haar, sie hatte es zu einem Zopf gebunden, war zerzaust. Ein Blatt hatte sich darin verfangen.

»Bei der nächsten Wehe schiebst du nur noch ein bisschen«, wies Maria sie an, in ihren Händen lag der Kopf des Kleinen, innerlich bebte sie vor Aufregung. Die Wehe kam und mit geübtem Griff drehte Maria die Schultern heraus und das Kleine rutschte auf den weichen Almboden. Es war ein Mädchen, und es begann sogleich zu schreien.

»Grüß dich, Kleines«, sagte Maria erleichtert. In diesem Augenblick überwältigten sie ihre Gefühle, und Tränen schossen in ihre Augen. »Sie ist ganz bezaubernd«, brachte sie heraus.

Magda richtete sich auf und blickte zwischen ihre Beine. Mit großen Augen sah sie das kleine Wunder an. Die niedliche Maus hatte die Augen geöffnet, und in diesem Moment kam es Maria so vor, als hätte ihr Blick etwas Vorwurfsvolles an sich.

Magda nahm ihre Tochter auf, und wickelte sie behutsam in

ihre Schürze. Auch in ihren Augen standen nun Tränen, all der Schmerz von eben schien mit einem Schlag vergessen zu sein. Die erschöpfte Mutter hatte in diesem Augenblick nur noch Augen für ihr kleines Mädchen. Einen Augenblick lang betrachtete Maria selig das kleine Glück. Dann schlug sie jedoch schlagartig wieder in der Realität auf, denn die noch immer in der Steinspalte gefangene Kuh begann, lautstark zu brüllen. Maria und Magda zuckten zusammen.

»Ist ja gut, Netti«, suchte die Sennerin das Tier zu beruhigen. »Wir sind gleich bei dir. Du hilfst mir doch, die Netti zu befreien?«, fragte sie dann und sah Maria an.

Maria war von der Frage so überrumpelt, dass ihr einen Augenblick lang die Worte fehlten. Aber was half es schon? Sie waren weit und breit die Einzigen, die Netti aus ihrer misslichen Lage befreien konnten, und Magda hatte eben ein Kind bekommen.

»Selbstverständlich«, versicherte sie. »Aber ein bisschen Geduld wirst du mit uns noch haben müssen, liebe Netti. Ich bringe deine Herrin und ihr Kleines rasch zur Hütte, dann sehen wir weiter.« Sie tätschelte Netti den Hals, und das Tier hörte tatsächlich auf zu brüllen, als hätte es Marias Worte verstanden.

Maria öffnete ihren Hebammenkoffer und klemmte die Nabelschnur ab. Magda verriet ihr, dass das Mädchen nach seiner Großmutter, Veronika, benannt wurde.

»Das ist ein hübscher Name«, konstatierte Maria lächelnd, und da sie nicht so recht wusste, was sie sonst damit tun sollte, beförderte sie nach getaner Arbeit die Nachgeburt zwischen die Tannen. *Besser als der Pfisterbach ist es allemal*, fügte sie in Gedanken hinzu.

Sie schloss ihren Hebammenkoffer und half Magda beim Aufstehen. Langsam liefen sie zur Hütte zurück, die im hellen Licht der Nachmittagssonne so wunderbar idyllisch und friedlich aussah, dass einem das Herz aufging. Dieser Anblick entschädigte etwas für all die Strapazen der letzten Stunden, und in diesem Moment schmerzten selbst ihre Füße kaum noch.

Eine Weile später saßen die beiden Frauen selig vor Glück in der Abendsonne auf der Hausbank, vor ihnen auf dem Tisch befand sich eine deftige Brotzeit. Für Magdas Bequemlichkeit hatte Maria ein Kissen als Unterlage besorgt. Die kleine Veronika lag friedlich schlafend in einem Weidenkörbchen neben ihnen. Maria hatte ihre Schuhe und Strümpfe ausgezogen, leider sahen ihre Füße doch recht zerschunden aus, sie hatte einige Rötungen und Wasserblasen davongetragen, für die Magda glücklicherweise eine Kräutersalbe dahatte.

Zu ihrem Glück waren kurz nach ihrer Rückkehr zur Hütte zwei Almhirten aufgetaucht, die sich auf dem Weg zur Rampoldhütte befanden. Die beiden Männer hatten Maria sogleich mit Netti geholfen und die Kuh ruckzuck wieder frei bekommen. Sie schien keinen Schaden davongetragen zu haben und graste nun friedlich gemeinsam mit einer anderen Kuh nur wenige Meter vom Haus entfernt.

»Die Geschichte werd ich der Vroni irgendwann einmal erzählen«, sagte Magda müde lächelnd. »Sie wird es mir kaum glauben. Kommen ja selten Kinder auf Almwiesen neben einer feststeckenden Kuh zur Welt.«

»Die auch noch nichts Besseres zu tun hat, als einen dicken Fladen zu produzieren«, fügte Maria lachend hinzu. »Meine Ausbilderin in der Gebäranstalt wäre vor Schreck tot umgefallen. Hygiene, Hygiene, hat sie immer gesagt. Sauberkeit ist das Wichtigste, denkt immer daran. Und dann so etwas.«

»Sie kam nicht vom Dorf, oder?«

»Wo denkst du hin«, antwortete Maria und schenkte sich noch etwas Bier nach. »Sie war ein Stadtkind durch und durch. Obwohl es in München auch an allen Ecken zum Himmel stinkt. Da ist es oftmals schlimmer als hier auf dem Land.«

»Für mich wäre so eine große Stadt gar nichts«, meinte Magda. »Auf der Alm hab ich es am liebsten. Wenn es nach mir ginge, würde ich das ganze Jahr hier oben bleiben. Aber das geht leider nicht. Wenn wir unseren patenten Knecht nicht hätten, könnte ich gar nicht hier rauf und müsste sowieso unten auf dem Hof bleiben. Ach, es ist alles nicht so einfach.« Sie winkte ab.

Maria ahnte, was sie andeuten wollte, hakte aber nicht weiter nach. Sie richtete ihren Blick auf den rotgoldenen Abendhimmel, die Sonne war inzwischen hinter den Hügeln verschwunden, die Mondsichel und der Abendstern waren bereits zu sehen. Außer den Kuhglocken war nichts zu hören, in der Luft hing der vertraute ländliche Geruch. Plötzlich konnte Maria Magda verstehen. Hier oben war die Welt so wunderbar still und friedlich, und all ihre Sorgen schienen weit fort zu sein, irgendwo dort unten im Tal. Die Alma, der Pfarrer und die bösen Zungen der Tratschweiber. Bis morgen früh würde Maria sie noch getrost ausblenden, denn heute Nacht würde sie in der Friedlichkeit der Bergwelt bei Magda, der kleinen Veronika und ihren Kühen bleiben.

Just in diesem Moment war das zaghafte Stimmchen eines Säuglings zu hören, und die beiden Frauen richteten ihre Blicke auf das kleine Menschlein in dem Weidenkörbchen.

## 12. Kapitel

*9. Juni 1893*

»Also heute ist es schon arg frisch«, mäkelte Burgi. »Sogar Frost hat es letzte Nacht wieder gegeben. Dieses Jahr macht die Schafskälte ihrem Namen wirklich alle Ehre. Also ich könnt auf die Kälte im Juni gern verzichten, auf Kälte allgemein, wenn ich es genau nehme. Die zieht mir immer so arg in die Knochen. Alt werden ist halt nix für Feiglinge.« Sie legte einen Stapel saubere Leinentücher auf eine Kommode und blickte sich in dem neu eingerichteten Hebammen-Sprechzimmer um.

Maria musste schmunzeln, während sie Burgi beim Herumwettern zuhörte. Sie beschwerte sich viel, aber war eine unersetzliche Hilfe mit einem guten Herzen. In den letzten Tagen hatten sie sich die Kammer im Erdgeschoss vorgeknöpft, sie entrümpelt und aufgehübscht. Es befand sich nun alles darin, was eine Hebamme für ihre Sprechstunden benötigte: eine Untersuchungsliege, die hatte ihnen Doktor Danzinger organisiert, ein Arzneimittelschrank, in dem sich Marias Desinfektionsmittel, Kräutertinkturen, Salben, Schmerzmittel und weitere Utensilien befanden. Am Fenster stand ihr kleiner Schreibtisch aus Eichenholz, daneben ein Aktenschrank. Burgi hatte sich um etwas Freundlichkeit im Raum gekümmert und rote Vorhänge aufgehängt. Eine gehäkelte Scheibengardine hielt neugierige Blicke von draußen fern, und auf dem alten Dielenboden lag ein bunter Flickenteppich. An der Wand über der Untersuchungsliege hing ein hübsches Bild vom Schloss Brannenburg, das irgendein erfolgloser Maler vor einigen Jahren angefertigt und in der Schlosswirtschaft vergessen hatte.

»Und du denkst wirklich, dass die Frauen hierherkommen werden?«, fragte sie Maria zum wiederholten Male mit skeptischem Blick. »Also die Alma ist immer zu ihnen gegangen, wenn es Probleme gab.«

»Ich bin aber nicht die Alma, und ich finde, es ist endlich an der Zeit, dass die Frauen der Gegend zu einer festen Zeit eine Ansprechpartnerin rund ums Kinderkriegen und die Säuglingspflege finden. Die Stadthebamme in München hatte auch eine Sprechstunde, und die war gut besucht.«

»Und was ist, wenn ein Butzerl ausgerechnet zur Sprechstundenzeit auf die Welt kommt?«, hakte Burgi nach und rückte die weiße Porzellanwaschschüssel auf der Kommode ein Stück nach links.

»Dann wirst du den Frauen mitteilen, dass ausnahmsweise geschlossen ist, wirst den Namen notieren und mir nach meiner Rückkehr mitteilen, wer es ist. Dann kümmere ich mich darum.«

»Und wenn ich auch nicht da bin?«

»Burgi«, mahnte Maria. »Das hatten wir doch besprochen. Du bist nicht nur meine Hilfskraft für den Haushalt, sondern auch eine Art Sprechstundenhilfe.«

»Besprochen haben wird da gar nix«, erwiderte Burgi und verschränkte die Arme vor der Brust, ihr Blick war plötzlich trotzig. »Du hast das einfach so bestimmt. Was ist denn, wenn ich gar nicht so eine Sprechstundenhilfe sein mag? Das klingt auch so neumodisch. Am End mach ich was falsch, und dann haben wir den Salat. Schließlich weiß ich nicht, wie man ein

Kind auf die Welt holt, und wenn ich Blut seh, dann wird's mir immer ganz schwummrig.«

»Das musst du auch gar nicht«, beschwichtigte Maria und suchte ihre innerlich aufsteigende Ungeduld zu beruhigen. »Dafür bin ja ich da. Nun hab dich nicht so. Unsere Zusammenarbeit wird bestimmt großartig werden. Außerdem bist du bei den Frauen beliebt, und du ratschst gern. So kommt wenigstens bisserl Leben ins Haus, sonst sitzt doch, während ich unterwegs bin, auch bloß in der Gegend rum.«

»Hast ja recht«, lenkte Burgi ein. »Vorausgesetzt, es kommt jemand zum Ratschen. Also ich glaub, du wirst für deine Sprechstunden einen langen Atem brauchen. Wenn es ganz blöde läuft, werden wir jetzt jeden Donnerstagnachmittag hier allein sitzen und dumm aus der Wäsche schauen.«

»Das glaub ich eher weniger«, antwortete Maria und deutete nach draußen. Sie hatte eine weibliche Gestalt erspäht, die sich ihrem Haus näherte. »Da kommt bereits die erste Patientin. Also haben unser Aushang in der Arztpraxis und die Anzeige in der Zeitung schon Früchte getragen.«

»Oder der allgemeine Tratsch«, fügte Burgi hinzu. »Das ist die junge Winklerin. Die hat vor einem Jahr geheiratet. Was die hier will, frag ich mich schon. Schwanger schaut sie nicht aus. Dann geh ich ihr mal die Tür aufmachen.«

Burgi ging in den Flur.

»Grüß Gott, Kathi«, begrüßte sie die junge Frau an der Tür. »Was treibt dich denn zu uns? Schaust gar nicht so aus, als würdest ein Kind erwarten.«

*Na bravo*, dachte Maria und unterdrückte ein Augenrollen.

Katharina sah Burgi irritiert an. »Also ich denke, ich meine, ich weiß nicht recht …«, stammelte sie, und ihr Blick wanderte hilfesuchend zu Maria.

»Ab hier übernehme dann ich«, sagte Maria und schenkte der Frau ein Lächeln. »Ich freu mich, dass du gekommen bist, Kathi. Komm ruhig hier rein.« Sie deutete ins Sprechzimmer. »Dort können wir uns in aller Ruhe unterhalten.«

Kathis Miene entspannte sich, und sie ging ins Sprechzimmer. Bevor Maria ihr folgte, schenkte sie Burgi einen strafenden Blick, und Burgis Miene wurde schuldbewusst. Immerhin schien sie zu wissen, dass sie etwas falsch gemacht hatte.

Maria schloss die Tür, und Kathi setzte sich auf die Untersuchungsliege. Sie selbst nahm ihr gegenüber auf einem Stuhl Platz.

»Schön hast du es hier«, begann Kathi das Gespräch mit allgemeinem Gerede. »Es sieht fast aus wie beim Danzinger. Bei dem ist das Zimmer bloß ein bisserl größer, und es ist auch schicker, der hat ein richtiges Waschbecken und so Sachen halt.« Ihre Stimme klang unsicher. Maria versuchte, durch einen munteren Tonfall das Eis zu brechen.

»Was führt dich denn heute zu mir, Kathi? Du bist doch nicht bloß gekommen, um mir zu sagen, wie schön ich es hier habe, oder?«

»Nein, das bin ich nicht«, antwortete Kathi. »Ich bin hier, weil ich mal wieder die Hoffnung habe, ein Kind zu erwarten.«

»Mal wieder«, wiederholte Maria, und die Miene von Kathi trübte sich schlagartig ein.

»Es will halt nicht so recht funktionieren, obwohl der Basti und ich uns schon alle Mühe geben, wenn du verstehst, was ich mein.« Sie senkte ihren Blick, und ihre Wangen röteten sich.

Maria nickte. »Aber Monat für Monat kommt dann immer wieder die Enttäuschung, und dem Basti seine Mutter, die fragt halt auch andauernd, wann es so weit ist. Letztens hab ich sie sogar reden hören, dass ich wegsoll, wenn ich kein Kind zusammenbringen würd, weil sie bräuchten doch einen Erben für den Hof. Mei, der Basti ist halt der einzige von den Buben, der noch am Leben ist. Letztes Jahr ist sein Bruder, der Alois, beim Holzmachen umkommen, und seine Schwester, die Anna, hat doch vor drei Jahren nach Flintsbach geheiratet. Die hat natürlich schon nach zwei Monaten das erste Kindchen unterm Herzen tragen und ist inzwischen schon mit dem dritten schwanger. Der ihre Fruchtbarkeit krieg ich ständig vorgehalten. Ich sollt mir an der Anna ein Beispiel nehmen. Aber wie soll ich das denn machen? Macht die die Beine anders breit als ich?«

»Also ich kann dir versichern, dass die Fruchtbarkeit einer Frau nichts mit der Art und Weise zu tun hat, wie sie die Beine breit macht«, antwortete Maria. »Manches Mal geht es eben schneller, und hin und wieder dauert es etwas länger. Das wird schon werden. Du bist doch eine gesunde junge Frau. Ich sehe keinen Grund dafür, wieso du nicht bald guter Hoffnung sein könntest. Und vielleicht hat es ja jetzt bereits geklappt. Wie lange bist du denn über der Zeit?«

»So drei, vier Tage«, antwortete Kathi. »Ich weiß, das ist noch nicht viel, aber vielleicht kannst du schon was feststellen.«

»Das ist tatsächlich nicht viel«, meinte Maria. »Aber nachsehen kann ich auf jeden Fall. Und vielleicht haben wir Glück, und es hat dieses Mal funktioniert.«

»Das ist lieb von dir«, erwiderte Kathi, ihre Erleichterung war ihr anzusehen. »Da war es doch gut, dass ich herkommen bin. Die Annemarie hat mir geraten, zu dir zu gehen. Sie hat gesagt, du hast eine moderne Ausbildung an so einer Anstalt erhalten und würdest dich viel besser auskennen als die alte Alma. Aber zu der wäre ich sowieso nicht mit diesem Problem gegangen. Mir grauts schon vor dem Gedanken, von der alten Hexe angefasst zu werden. Ich bin echt froh darüber, dass du jetzt bei uns bist.« Sie schenkte Maria ein Lächeln.

Kathi hatte sicher keine Vorstellung, wie gut Maria ihre Worte taten, denn sie haderte, auch wenn sie sich inzwischen etwas eingelebt hatte, noch immer mit sich und ihrem Leben in Brannenburg. Alma war weiterhin als Hebamme tätig, und viele Frauen, meist die erfahrenen Mütter, ließen nach wie vor nach ihr schicken. All ihre Kinder hatte Alma auf die Welt geholt, manch einer in ihrer schwersten Stunde beigestanden. Da war es nicht leicht, sich zu lösen. Und so spaltete sich der Ort in zwei Hebammen-Lager, und die Gefahr, dass eine der Frauen durch Almas eingefahrene Verhaltensweisen am Kindbettfieber starb, bestand weiterhin. Maria fürchtete sich aber auch vor dem Moment des eigenen Versagens. Und der würde unweigerlich kommen, das wusste sie. Nicht jede Geburt lief glatt, nicht jedes Kind, jede Mutter konnte sie retten. Würde sie stark genug dafür sein? Würde sie den Kummer und den Schmerz ertragen? Die Blicke der anderen?

Maria schob die zweifelnden Gedanken zur Seite. Jetzt war nicht die Zeit für Grübeleien. Sie hatte sich zu kümmern.

»Danke, das höre ich gern«, antwortete sie lächelnd. »Dann werden wir als Erstes mal sehen, wie die Lage ist. Wenn wir Glück haben, kann ich eine Schwangerschaft feststellen. Und sollte es dieses Mal nicht geklappt haben, dann nicht verzagen.

Ich kann dir gerne zur Unterstützung der Fruchtbarkeit einen Tee aus Frauenmantel und Himbeerblättern mitgeben. Aber jetzt untersuche ich dich erst einmal.«

Kathi nickte und befolgte Marias Anweisungen. Sie legte sich auf die Untersuchungsliege und hob ihre Röcke. Zu Marias Bedauern entdeckte sie, noch bevor sie überhaupt mit der Untersuchung begonnen hatte, einen frischen Blutfleck auf Marias Unterwäsche, der nur eines bedeuten konnte: Es hatte auch dieses Mal nicht funktioniert. Mit betroffener Miene teilte sie Kathi mit, was sie eben bemerkt hatte.

»Es tut mir schrecklich leid,«, sagte sie und sah Kathi mitfühlend an. »Du wirst dich weiterhin gedulden müssen. Wenn du magst, gebe ich dir gerne von dem Tee mit. Er wird die Angelegenheit bestimmt positiv beeinflussen.«

»Wer es glaubt«, entgegnete Kathi mit enttäuschter Miene. Sie setzte sich auf und richtete ihren Rock. »Ich will gar nicht daran denken, was geschehen wird, wenn ich nicht bald ein Kind erwarte. Noch ist der Basti geduldig und lieb und nett zu mir, aber bestimmt wird auch er bald mosern. Beim letzten Mal, als die Zeit kam, hat er ganz traurig dreingeschaut. Am Ende tauscht er mich gegen eine andere aus. Aber ich hab ihn doch so gern. Das würde ich nicht verkraften.« In ihren Augen schimmerten Tränen, und Maria fühlte sich überfordert. Sie überlegte kurz, was sie antworten sollte, und kam zu dem Schluss, Kathi zu einer Untersuchung bei Doktor Danzinger zu raten. Ihr Vorschlag kam nicht sonderlich gut an.

»Meinst, der kann mir helfen? Wird es nicht Gerede geben, wenn ich wegen so was zu dem geh? Dann schäm ich mich ja gleich noch viel mehr.«

»Doktor Danzinger unterliegt als Mediziner genauso wie ich als Hebamme einer Schweigepflicht. Es wird niemand erfahren, weshalb du bei ihm gewesen bist, und unser heutiges Gespräch bleibt natürlich auch unter uns. Das verspreche ich dir. Und wenn der Doktor nach der Untersuchung sagt, dass alles in Ordnung ist, wovon ich fest überzeugt bin, dann kannst du guten Mutes nach Hause gehen, und bestimmt wird sich dann bald auch eine Schwangerschaft einstellen. Aber den Tee gebe ich dir trotzdem schon mal mit. Schaden kann er auf gar keinen Fall.«

»Danke dir«, antwortete Kathi und wischte sich über die Augen. »Fürs Zuhören und das Verständnis. Ich verspreche, ich geh zum Danzinger. Aber der Ursel sag ich den richtigen Grund nicht, weil die ist eine schlimme Ratschkattel. Von so was wie einer ärztlichen Schweigepflicht hält die gar nix.«

»Dann ist ein kleiner Schwindel bestimmt eine gute Idee«, antwortete Maria und zwinkerte ihr lächelnd zu. Aus dem Augenwinkel nahm sie bereits die nächste sich dem Haus nähernde Patientin wahr, dieses Mal eine schwangere Frau, wie an ihrem Watschelgang und ihrem Bauchumfang unschwer zu erkennen war. Sie beendete das Gespräch mit Kathi und wünschte ihr viel Glück.

Nachdem Kathi das Haus verlassen hatte, betrat die Hochschwangere das Sprechzimmer. Ihr Name war Iris Zaisserer, und sie war die Frau des Steinmetzen Hans Zaisserer aus Degerndorf, der mit Maria zur Schule gegangen war. Iris Zaisserer stammte aus Flintsbach, und das Paar hatte nach Marias Weggang geheiratet, weshalb sie die Frau nicht kannte.

»Grüß Gott«, grüßte sie lächelnd. »Schön, dass Sie gekommen sind. Nehmens doch Platz.« Sie schob einen Stuhl zurecht, und Iris Zaisserer plumpste stöhnend darauf. Maria musterte sie nun genauer, und ihr Blick wurde sorgenvoll. Iris Zaisserer sah gar nicht gut aus. Ihr Gesicht war gerötet, Schweißperlen standen auf ihrer Stirn, und sie atmete schwer.

»Ihnen geht es nicht gut«, sagte Maria ohne Umschweife und legte ihre Hand auf die Stirn der Schwangeren. Sie war glühend heiß. Alarmiert wich Maria zurück. »Sie haben hohes Fieber. Seit wann ist das so?«

»Es fing so vor drei Tagen an. Ich hab eigentlich deshalb zur Alma gehen wollen, die hat auch meinen Buben gesund auf die Welt geholt, aber sie ist nicht da. Da hab ich denkt, komm ich halt hierher.«

»Seit drei Tagen«, wiederholte Maria entsetzt. »Andere Probleme?«

»Ja, es brennt beim Wasserlassen, allgemein fühlt es sich an, als wäre ich wund. Und heute früh war die Wäsche blutig. Da ist mir dann doch bisserl komisch geworden. Beim August war das nicht so, also mit dem Blut.«

»Verstehe«, antwortete Maria und versuchte ruhig zu bleiben. Sie musste dieses Gespräch sachlich führen, ahnte jedoch bereits, wer für den Zustand der Frau die Verantwortung trug. »Gab es zuvor bereits Blutungen?«, fragte sie.

»Ja, letzte Woche. Da war dann die Alma da, und sie hat nachgeschaut. Sie hat nach der Untersuchung gemeint, dass alles in Ordnung wäre und ich mir keine Gedanken machen müsste. Ich sollt nur bisserl langsamer machen und keine schweren Sachen mehr heben.«

»Verstehe«, antwortete Maria und sah den Ablauf der Untersuchung vor Augen. Ans Händedesinfizieren hatte Alma gewiss nicht gedacht. Verdammt noch eins. Nun galt es, rasch zu handeln. Hier waren Mutter und Kind stark gefährdet. Sie brauchte Doktor Danzinger, und zwar sofort. So ruhig wie möglich erklärte sie ihrer Patientin, was sie nun tun würde, und bat Burgi sogleich nach dem Arzt zu schicken, was diese sofort tat. Die Wartezeit nutzte Maria, die Patientin eingehend zu untersuchen. Sie tastete den Bauch ab und stellte erfreut fest, dass das Kind bereits in der richtigen Position für die Geburt lag.

»So wollen wir es haben«, sagte sie, nahm ihr Hebammen-Stethoskop zur Hand und machte sich an der vermuteten Stelle auf die Suche nach dem Herzschlag des Kindes. Zum Glück fand sie ihn, was sie erleichtert aufatmen ließ. Er könnte zwar kräftiger sein, aber immerhin war er noch da. »Das Herz schlägt auch«, sagte sie laut, ohne ihre Bedenken hinsichtlich der Stärke zu äußern. »Dem Kleinen scheint es so weit gut zu gehen. Vermutlich ist der Grund für das Fieber eine Infektion. Es ist gut, dass Sie zu mir gekommen sind und nicht weiter abgewartet haben. Doktor Danzinger wird gleich hier sein. Bestimmt wird alles gut werden.«

Es dauerte noch eine gefühlte Ewigkeit, bis der Arzt endlich erschien und Iris untersuchte. Er stellte eine starke bakterielle Infektion fest und empfahl eine sofortige Einweisung ins Rosenheimer Krankenhaus.

»Ich werde den Krankentransport gleich selbst veranlassen«, sagte er mit besorgter Miene. »Bis dahin verabreiche ich Ihnen fürs Erste ein fiebersenkendes und entzündungshemmendes Mittel. Dadurch wird es Ihnen gleich etwas besser gehen. Sie müssen keine Sorge haben. Bei meinen Kollegen im Krankenhaus werden Sie in den besten Händen sein.«

Sein Blick wanderte kurz zu Maria, und sie wusste, was er vermutete und nicht laut aussprach. Sie deutete ein Nicken an, und er seufzte kaum hörbar. Wenn Iris und ihr Kind sterben würden, dann hätte höchstwahrscheinlich Alma sie durch ihren Starrsinn und ihre Unachtsamkeit auf dem Gewissen. Und sollte dies geschehen, dann würde Maria nicht ruhen, bis sie dafür zur Rechenschaft gezogen wurde.

# 13. Kapitel

*21. Juni 1893*

Maria saß mit einem kleinen und in eine warme Decke gewickelten Bündel Mensch auf dem Arm auf der Hausbank des Öllerer-Hofs in dem winzigen Ortsteil Irlach und sah erschöpft der Sonne beim Aufgehen zu. Sie wanderte über die Berggipfel und sandte ihre goldenen Strahlen über die Bergwiesen, Viehweiden und Felder im Tal. Der Tag startete mild, die Schafskälte hatte sich verzogen, und warmes Sommerwetter hatte Einzug gehalten, was für freundliche Gemüter sorgte. Auch der heutige Tag würde, so sah es im Moment jedenfalls aus, wieder ein schöner werden. Zu dieser Stunde war die Luft noch kühl, doch lange würde es nicht mehr dauern, bis die zu dieser Jahreszeit hoch stehende Sonne sie erwärmen würde.

Die alte Bäuerin Jule gesellte sich zu Maria und stellte zwei dampfende Kaffeehaferl vor sie auf den Tisch. »Die Brotzeit richtet noch die Magd«, sagte sie und blickte kurz auf den schlafenden Buben in Marias Arm.

»Er schaut aus wie sein Großvater selig.« Sie lächelte milde. »Nach ihm soll er auch benannt werden. Jakob. Mei, er wär gleich ganz verschossen in ihn gewesen. Das hast gut gemacht, Madl. Ich muss mich auch bei dir entschuldigen, weil ich so abweisend zu dir gewesen bin. Aber das musst halt auch bisserl verstehen. Bisher hat die Alma all die Kinder in der

Gegend zur Welt gebracht, und du bist halt auch noch recht jung. Obwohl ich mich auch noch daran erinnern kann, wie die Alma jung gewesen ist und damals als Lehrhebamme mit der alten Resi rumgelaufen ist. Das war eine vom ganz alten Schlag. Grob ist die gewesen, das kann ich dir sagen.« Sie winkte ab.

»Ist schon gut«, antwortete Maria, die sich über die Entschuldigung der alten Bäuerin freute. »Es ist nie leicht, sich an Neuerungen zu gewöhnen. Und bei der Geburt hab ich nur geholfen, die Arbeit hat die Lene gemacht. Sie war sehr tapfer. Es ist schwierig, wenn das Kind falsch herum liegt. Zum Glück ließ es sich drehen.« *Dem Herrn im Himmel sei Dank*, fügte Maria in Gedanken hinzu.

Als sie bei Lene am späten Nachmittag des Vortags eingetroffen war, war die Fruchtblase schon geplatzt, und es hatten auch bereits die ersten Wehen eingesetzt. Bedauerlicherweise hatte sich herausgestellt, dass ihr Kind quer im Bauch lag. Dieser Umstand hatte dazu geführt, dass Maria zum ersten Mal in ihrem Leben eine äußere Wendung bei einer Schwangeren hatte durchführen müssen. Sie hatte während ihrer Ausbildung zweimal dabei zugesehen, und selbstverständlich hatte sie zu der Thematik eine Vorlesung gehabt. Aber eine solche Wendung allein und ohne Anleitung durchzuführen war doch etwas ganz anderes, und ihre Hände hatten arg gezittert. Zum Glück war alles nach Plan verlaufen, und der kleine Mann hatte sich dazu bewegen lassen, sich in die richtige Geburtsposition zu begeben. Gelang dies nicht, musste man bei einer Querlage den Transport ins Krankenhaus veranlassen und auf das Beste hoffen.

Es hatte nach der geglückten Wendung noch die gesamte Nacht gedauert, bis der kleine Jakob das Licht der Welt erblickte. Er war arg blau gewesen, denn die Nabelschnur war um seinen Hals gewickelt gewesen. Maria hatte sie sogleich entfernt, die Atemwege befreit, ihm den Klaps auf den Po gegeben und ihm, vor Aufregung bebend, seinen kleinen Rücken gerieben, damit die Lungenfunktion einsetzte. *Bitte atme, so atme doch*, hatte sie in Gedanken immer wieder wiederholt. Lene hatte ihr Tun mit großen Augen beobachtet und andauernd gefragt, weshalb er nicht schrie. Doch dann war zum Glück Leben in den kleinen Körper gekommen, und Jakob hatte zu greinen begonnen, die blaue Färbung verschwand, und seine Haut wurde rosig.

Die Erleichterung war nicht in Worte zu fassen gewesen, mit tränennassen Wangen hatte Lene ihren Sohn kurz darauf im Arm gehalten und zum ersten Mal betrachtet und bewundert. Nun lag sie schlafend in der Kammer, diese Pause hatte sich die frischgebackene Mutter wahrlich verdient.

»Dann wollen wir mal hoffen, dass der Bub gesund bleibt«, sagte Jule und seufzte. »Ich mein, so eine Geburt ist immer ein Segen, aber die Freud kann einem manchmal schneller genommen werden, als einem lieb ist. Ich hab das Gefühl, dass der Boandlkramer gerade bei den ganz Kleinen besonders oft seine Freude daran hat, sie mitzunehmen.«

Maria wusste, dass die alte Jule in diesem Moment ihre eigenen verlorenen Kinder betrauerte – den schrecklichen Verlust, über den eine Mutter niemals hinwegkommen würde. Und sie hatte schon recht mit dem, was sie sagte. Viele Kinder schafften nicht einmal das erste Lebensjahr. Deshalb hatten sie als Hebammen nicht nur Geburtshilfe gelernt, sondern verstanden sich auch auf die Unterstützung der Mütter mit den Säuglingen.

Jede Mutter, die Maria entband, besuchte sie mehrmals nach der Geburt. Sie wog und begutachtete die Kleinen, besprach Probleme vor Ort und wies immer wieder auf die notwendige Hygiene hin, hatte ein offenes Ohr und hörte zu. Immer wieder erwähnte sie auch ihre Sprechstunde. Es galt zu hoffen, dass sie durch dieses neue Vorgehen das eine oder andere kleine Leben würde retten können. Auch war Maria fest entschlossen, regelmäßig die vorgeschriebenen Fortbildungsangebote zu besuchen, denn Geburtshilfe und Säuglingspflege entwickelten sich immer weiter, und sie wollte nicht irgendwann wie Alma glauben, allwissend zu sein. Selbstüberschätzung hatte noch nie jemanden etwas gebracht. Sie holten neues Leben in die Welt, da galt es, demütig zu bleiben. Und vielleicht, eines schönen Tages, würde der ständige Fortschritt Früchte tragen, und es würden nicht mehr so viele Mütter ihre Säuglinge an Gräbern beweinen müssen. Bei Jule waren es fünf gewesen, drei Buben und zwei Mädchen, keines der Kinder hatte das zweite Lebensjahr erreicht.

Schweigend saßen die beiden eine Weile da und lauschten der um sie herum erwachenden Welt. Das Krähen eines Hahns war zu hören, auf dem Hof liefen zwei weiße Gänse herum, die neugierig im Kies nach etwas Essbarem suchten. Über den Berggipfeln hingen noch einige weiße Wolken. Der Duft von frisch geschnittenem Gras hing in der Luft, erst am Vortag war die Wiese nebenan gemäht worden. Im hellen Sonnenschein würde das Gras rasch trocknen. Maria hatte diesen ländlichen

Geruch schon immer geliebt und in München oftmals schmerzlich vermisst.

»Heut ist ja Sonnwend«, war es Jule, die irgendwann die friedliche Stille brach. »Das ist bestimmt ein gutes Omen für den Buben.«

»Ja, das ist es mit Sicherheit«, antwortete Maria, der erst jetzt bewusst wurde, welches Datum sie hatten. Die letzten Tage waren anstrengend gewesen, sie hatte drei Kindern auf die Welt geholfen, einem davon auf dem Berggasthof Hohe Asten, zum Glück war sie im Tal von einem der Knechte mit einem Pferdekarren abgeholt worden und hatte den beschwerlichen Aufstieg dadurch nicht zu Fuß bewältigen müssen. Hinab war es nach der Geburt dann doch bedeutend leichter gegangen.

Inzwischen war sie dazu übergegangen, sich bei weiteren Wegen ihren Hebammenkoffer auf den Rücken zu schnallen, so war es beim Laufen bequemer. Auch dachte sie darüber nach, sich für ihre Hausbesuche im Tal ein Fahrrad zuzulegen. Wenn es nicht gerade den Berg hinaufging, konnte sie damit die Wege bedeutend schneller bewältigen. Wo sie den Drahtesel herbekommen und wer ihn bezahlen sollte, wusste sie jedoch nicht. Auch gab es zusätzlich noch ein Hindernis, das sie jedoch mit Fleiß und Disziplin bestimmt bewältigen würde: Sie konnte nicht Fahrrad fahren. Aber wenn das selbst Kinder und alte Leute hinbekamen, konnte es ja nicht so schwer sein.

»Gehst denn heute zu einem der Johannifeuer?«, fragte Jule. Verdutzt sah Maria sie an. Darüber hatte sie noch gar nicht nachgedacht.

»Ich weiß noch gar nicht so recht«, antwortete sie ehrlich. »Aber vermutlich schon. Es gehen ja alle zum Feuer. Findet es noch in St. Margarethen statt?«

»Freilich. Wieso sollte sich das geändert haben? Es wird auch wieder zünftig die Musi aufspielen, und der Wirt sorgt bestimmt für eine deftige Brotzeit. Aber für mich altes Weiberl ist so eine Veranstaltung nix mehr. Da bleib ich lieber daheim und kümmere mich um die Lene und den Buben.«

Maria wollte etwas antworten, kam jedoch nicht dazu, denn der Vater des Neugeborenen erschien. Hubert Kraxenbichler arbeitete als Förster, und er war heute Nacht auf der Jagd nach Wilderern gewesen, die aktuell mal wieder in den Bergwäldern rund um Brannenburg für Unruhe sorgten. Als er Maria erblickte, blieb er wie vom Donner gerührt stehen und starrte sie mit großen Augen an.

»Musst nicht so deppert dreinschauen«, meldete sich Jule als Erste zu Wort. »Das Bündel Mensch auf dem Arm der Maria ist dein Erstgeborener.«

»Es ist ein Bub«, sagte er und seine Augen wurden noch größer.

»Ja, ist es. Das habt ihr fein gemacht. Dass du als Büchsenmacher verschrien wirst, kann dir jetzt schon mal nicht passieren«, erwiderte Jule. »Komm und schau dir den kleinen Jakob an. Also ich find, er ist deinem Vater wie aus dem Gesicht geschnitten.«

Hubert Kraxenbichler trat näher und betrachtete ungläubig seinen Sohn. Maria befand, dass er ihn ruhig mal halten könnte. Also übergab sie ihm den Säugling, und er sank neben Jule auf die Hausbank.

»Du hast recht«, sagte er. »Er sieht wirklich aus wie sein Opa. Genau dasselbe Gesicht.«

»Wenn ich es doch sag. Mei, der hätte eine Freud gehabt mit dem Buben.« In Jules Worten schwang Wehmut mit.

Maria betrachtete das familiäre Idyll einen Moment lang lächelnd, dann entschied sie, dass es Zeit zum Heimgehen war. Wenn sie Glück hatte, vergönnten ihr die Brannenburger Kinder eine kleine Verschnaufpause, und sie konnte noch ein Nickerchen halten. Heute Abend musste sie schließlich fit sein. Das Johannifeuer wollte sie sich auf keinen Fall entgehen lassen. Böse Geister zu vertreiben war schließlich immer eine gute Idee.

Wenig später hatte Maria die wenigen Höfe von Irlach hinter sich gelassen und lief am Grießenbach entlang, dessen Wasser herrlich im hellen Licht der Morgensonne funkelte. Um sie herum zwitscherten Vögel, eine Wasseramsel saß auf einem Stein am Bachufer und hielt nach ihrem Frühstück Ausschau. Unweit von ihr standen friedlich grasende Kühe auf einer Weide, ihnen leisteten einige Hühner Gesellschaft.

Ein Stück weiter bog sie nach rechts ab und überquerte den Bach über eine kleine Holzbrücke. Dahinter lag Milbing, der Weiler, in dem sie aufgewachsen war. Sie lief an den vertrauten Höfen vorüber, die Balkone waren mit Geranien und anderen Blumen geschmückt. Auf einer Wäscheleine hingen weiße Leintücher neben langen Unterhosen zum Trocknen. In einem der Bauerngärten summten hunderte Bienen um vier Bienenkästen, der alte Bauer war gerade dabei, den Honig zu ernten. Maria kannte ihn, blieb jedoch nicht stehen, um ihn zu grüßen, sondern setzte ihren Weg fort. Er hatte sie ohnehin nicht gesehen. An einer Weggabelung blieb sie stehen und blickte die abzweigende Biberstraße hinunter, in der ihr ehemaliges Zuhause lag. Ein mulmiges Gefühl breitete sich in ihrem Inneren aus. Sollte sie wirklich diesen Weg einschlagen und einen Blick auf die Vergangenheit werfen? Nach kurzer Überlegung entschloss sie sich dazu.

Es dauerte nicht lange, bis der Hof aus ihrer Kindheit in Sicht kam. Sie blieb auf der Straße stehen und betrachtete ihn. Der alte Dammerhof, Anfang des achtzehnten Jahrhunderts erbaut, lag still da und sah verwahrlost aus. Maria wusste von Max, dass er bereits seit einigen Jahren leer stand und vermutlich bald abgerissen würde. Voriges Frühjahr hatte es ein Feuer gegeben, dem die Hälfte des aus Holzschindeln bestehenden Daches zum Opfer gefallen war, eine Sanierung lohnte nicht mehr.

Der Anblick des müde aussehenden Bauernhauses ließ in Maria Wehmut aufsteigen. Die Ruhe fühlte sich nicht richtig an. Früher war dieser Ort von so viel Leben und Kinderlachen erfüllt gewesen. Stille hatte es nur zu später Stunde gegeben, wenn sie endlich alle in ihren Betten gelegen hatten, und selbst dann hatten sie oftmals noch lange heimlich geflüstert und gekichert.

Sie ging durch das hohe Gras auf das Haus zu. Um sie herum flatterten einige Schmetterlinge, und eine dicke Hummel umkreiste sie für einen kurzen Augenblick, als nähme sie neugierig die neue Besucherin in Augenschein. Die große Hausbank gab es noch, nur war die Platte des davorstehenden Tisches beschädigt. Maria strich mit den Fingern über einen Riss im

Holz, während ihr Blick zu der nur angelehnten Eingangstür aus Eichenholz wanderte. Würde sie es ertragen, dieses Haus zu betreten und seinen Verlust zu spüren? Es hatte so viel Leben beherbergt, Glück, kindliche Freude und Fröhlichkeit, aber auch Tränen, Kummer und Schmerz. Nun würde es bald verschwunden sein, und irgendwann würde sich im Ort niemand mehr an ihn erinnern, genauso wenig wie an die alte Gertie. Ihre liebste Gertie, die beste Ziehmutter auf der ganzen Welt, die sich um die ungeliebten Findelkinder gekümmert und dennoch einen stets tadellosen Ruf im Dorf genossen hatte.

Maria entschloss sich, ins Haus zu gehen, und schob die Tür auf. Im Inneren empfingen sie dämmriges Licht und abgestandene, staubige Luft. Sie betrat die Wohnstube. Es fehlten sämtliche Möbel, und Spinnweben hingen in den Ecken und an dem dunkelgrün gefliesten Kachelofen, auf dem ihnen Gertie immer ihren Tee in großen Kannen warm gehalten hatte. Der alte Dielenboden knarrte unter ihren Füßen, die Fenster waren so verdreckt, man konnte kaum hindurchsehen. Gegen eines von ihnen flog ausdauernd eine Stubenfliege. An den vergilbten Wänden sah man noch die Umrisse der alten Möbel, des Schranks und der Regale. Auch der Abdruck des Jesuskreuzes war sichtbar.

Maria beschloss, der Stubenfliege die Freiheit zu schenken, und öffnete das Fenster. Es quietschte in den Angeln, und es dauerte einen Moment, bis das Insekt den Weg nach draußen gefunden hatte. Als sie gerade das Fenster schloss, hörte sie hinter sich Schritte und wandte sich erschrocken um. Es war Max, der den Raum betrat.

»Ach, du bist es nur«, sagte sie erleichtert. »Was führt dich denn hierher?« Seine unerwartete Gegenwart sorgte dafür, dass sich ihr Herzschlag beschleunigte, und in ihrem Magen breitete sich ein Kribbeln aus, das eine zuvor nicht gekannte Unruhe in ihr auslöste. Wieso brachte er sie nur so durcheinander? Es war doch nur Max, ihr Brüderchen aus Kindertagen.

»Ich bin zufällig vorbeigekommen und habe die offene Tür gesehen. Da wollte ich mal nach dem Rechten sehen. Du bist also hier.«

»Ja, das bin ich«, antwortete Maria. Die beiden standen mitten im Raum voreinander, und Maria glaubte, er müsste ihr wummerndes Herz hören können. Sie versuchte, sich durch Reden zu beruhigen.

»Ich war in Irlach bei den Kraxenbichlers. Lene hat einen gesunden Sohn geboren.«

»Wie schön«, antwortete er. »Dann werde ich der jungen Familie bald einen Besuch abstatten und ihnen zum Nachwuchs gratulieren. Die Ankunft eines kleinen Erdenbürgers ist doch immer wieder eine Freude.«

»Unter diesen Umständen schon«, antwortete Maria und biss sich sogleich auf die Lippen. »Ich meine …«, sagte sie und spürte den Drang, sich zu erklären »… ich hab bisher zumeist ungewollte Kinder auf diese Welt geholt. Von einer Freude war da nur selten die Rede. Die Kinder dieser Frauen werden vermutlich niemals das Glück haben und an einem Ort wie diesem hier aufwachsen. Erst im Nachhinein weiß man die guten Dinge vermutlich zu schätzen. Unsere Gertie war ein wahrer Segen, für uns Kinder war sie ein Engel auf Erden.«

»Ja, der war sie«, erwiderte er und lächelte. »Selbst für mich. Ich bin ja auch irgendwie hier gestrandet, obwohl an mir nicht der Makel des Bankerts klebte. Aber sie hat verstanden, was ich brauchte und was mir meine alte, vom Leben verbitterte Tante niemals hat geben können. Sie hat sich so großartig darauf verstanden, einem kleinen Menschen das zu geben, was er in dieser Welt am aller meisten benötigt: Geborgenheit und Zuwendung.« Er schaute zur Decke und stieß einen tiefen Seufzer aus. »Ich vermisse sie sehr, und ich wünschte, es gäbe jemanden, der ihr Erbe weiterführen könnte. Aber wie du weißt, hat die Gemeinde nach ihrem Tod beschlossen, kein Findelhaus in Brannenburg mehr zu betreiben. Unehelich geborene Kinder kommen jetzt nach Rosenheim ins Waisenhaus. Sollten sie hier überhaupt geboren werden, was eher selten vorkommt, denn meist gehen die werdenden Mütter bereits fort.«

Maria nickte. Einen Moment lang sagte keiner von beiden etwas, und das kribbelige Gefühl in ihrem Magen verstärkte sich. Sie hatte plötzlich das Bedürfnis, ihn berühren zu wollen, wünschte sich, er würde näher an sie herantreten und sie in seine Arme schließen. Aber das war doch verrückt. Wo dachte sie nur hin? Erneut suchte sie Zuflucht in Worten, und weil sie ihre Hände nicht still halten konnte, begann sie, den Staub von der Fensterbank zu wischen.

»Heute ist Sommersonnenwende«, wechselte sie das Thema, während dicke graue Flocken auf den Boden segelten. »Ich nehme an, du gehst zum Johannifeuer.«

»Selbstverständlich«, antwortete er. »Und du?« Er sah sie fragend an.

»Schon. Burgi freut sich bestimmt darauf. Ich werde vorher

nur noch ein Nickerchen halten müssen, denn sonst verschlaf ich am Ende noch das Ereignis. Und hoffentlich kommt mir kein Kindchen dazwischen, das auf die Welt möchte. Das fände ich sehr schade.« Sie lächelte nun, und er tat es ebenso. Er hatte ein sehr schönes Lächeln, fiel Maria auf. In seinem Blick lag dabei eine ganz besondere Wärme.

»Ja, das fände ich auch«, antwortete er und trat näher an sie heran, nahm sogar ihre Hand. »Ich glaube, ich hab es seit deiner Ankunft in Brannenburg noch nie gesagt: Ich bin so froh, dich wieder hier zu haben. In meiner Nähe, mein Schwesterchen.«

Rasch gab er ihr einen Kuss auf die Wange, so wie er es früher auch getan hatte, als sie noch Kinder gewesen waren. Die Stelle, an der seine Lippen ihre Haut berührt hatten, glühte regelrecht. Maria wurde es gleichzeitig heiß und kalt, und ihr fehlten die Worte für eine passende Antwort. In diesem Moment knarrte die Tür erneut.

Sie wandten sich um. Vor ihnen stand ein abgerissen aussehender alter Mann, ein Kleiderbündel über der Schulter. Er sah sie mit großen Augen an und begann zu fluchen. »Verdammt noch eins. Das war es dann wohl mit dem perfekten Schlafplatz.« Er machte auf dem Absatz kehrt und verließ das Haus. Verdutzt sahen Max und Maria ihm nach.

»Landstreicher«, sagte Max und schüttelte den Kopf. »Der Mann sah nicht gut aus. Ich geh ihm nach und rede mit ihm. Vielleicht findet sich eine vorübergehende Unterbringung. Wir sehen uns später?« Er sah Maria fragend an, und sie nickte.

Nachdem sich die Tür hinter ihm geschlossen hatte, atmete sie tief durch, doch ihr Innerstes beruhigte sich nur langsam.

Maria hatte solche Gefühle nie zuvor empfunden, wusste aber von Erzählungen anderer, was sie bedeuteten. Von einer tiefen Hilflosigkeit ergriffen, begann sie in dem leeren Zimmer auf und ab zu gehen und sich selbst zu schelten: »Nein, du darfst so nicht fühlen. Er ist dein Brüderchen, dein bester Freund. Er ist verheiratet und wird Vater. Er liebt Annemarie, das hat er dir gesagt. Reiß dich zusammen und hör damit auf. Hörst du, dummes Herz: Hör damit auf!«

# 14. Kapitel

*2. Juli 1893*

Maria ging mit wippenden Schritten in der Kammer umher, tätschelte dem kleinen Bündel auf ihrem Arm liebevoll den Rücken und sagte beruhigend: »Ist ja schon gut, Schätzchen. Ich weiß, der dumme Bauch ist doof. Aber ich verspreche dir, es wird dir bald besser gehen.«

Der kleine Schreihals auf ihrem Arm war Johannes, der Sohn von Iris Zaisserer. Er hatte vor zwei Wochen im Rosenheimer Krankenhaus das Licht der Welt erblickt, und leider plagten den Buben abscheuliche Koliken, wie sie in den ersten drei Lebensmonaten bei Säuglingen häufiger vorkamen. Bedauerlicherweise gab es nicht viele Hilfsmittel, um die Beschwerden einzudämmen. Kamillen- oder Fencheltee konnten gegeben werden, eine Massage mit Kümmelöl brachte mitunter Erleichterung, funktionierte jedoch nicht immer. Auch bei Johannes hatte die Anwendung des Öls bisher nicht für Besserung gesorgt, und er weinte bitterlich.

Maria blieb am Fenster stehen, sah nach draußen und dachte darüber nach, mit dem Jungen in den Garten zu gehen, denn es war ein schöner und warmer Sommertag. Und vielleicht lenkte ihn die andere Umgebung etwas von seinem Schmerz ab. Ihr Blick wanderte zu der alten Standuhr, und sie stieß einen Seufzer aus. Eigentlich hatte sie nur kurz nach Iris sehen wollen, um nachzuschauen, wie sie sich von der Infektion erholt hatte.

Zum Glück hatte im Rosenheimer Krankenhaus das Schlimmste verhindert werden können. »Zu Almas Glück«, wie es Burgi in Worte gefasst hatte, nachdem sie die guten Nachrichten aus Rosenheim erfahren hatten. Nun gab es jedoch andere Sorgen im Hause Zaisserer, die sie nun bereits seit drei Stunden mit dem unzufriedenen Menschlein auf dem Arm im Kreis laufen ließen.

Iris saß derweil oben in der Kammer am Bett von Hans' Großmutter, der Käthe, denn es ging zu Ende mit ihr. Seit einigen Tagen hatte die Siebenundachtzigjähre kaum noch etwas zu sich nehmen wollen, und auch das Trinken hatte sie inzwischen vollkommen eingestellt. Vorhin war Maria kurz bei ihr gewesen und hatte die alte Frau wehmütig betrachtet. Ausgemergelt war ihr schmaler Körper, sie sah so zerbrechlich aus, das lange und harte Leben hatte sie müde werden lassen. Maria wusste, dass sie zwölf Kindern das Leben geschenkt hatte, drei davon lebten heute noch, Töchter, die allesamt in die Dörfer der Umgebung geheiratet hatten. Die Mutter vom Hans lebte schon viele Jahre nicht mehr, sie war tragischerweise kurz nach seiner Geburt auf dem freien Feld vom Blitz erschlagen worden. Eben war der Pfarrer gekommen, um der Sterbenden die Letzte Ölung zu geben.

Es fehlte Iris' Mann. Sie hatte vorhin gesagt, dass er aus dem Steinbruch heute nicht wegkönnte. Aktuell gab es wieder vermehrt Sprengungen. In den vergangenen Tagen war es häufig laut geworden, und auch in den letzten drei Stunden hatte das nicht weit vom Steinbruch entfernte Haus mehrfach gebebt. Das Leben schritt voran und nahm keine Rücksicht auf diejenigen, die sich verabschiedeten.

Maria ging mit dem kleinen Mann an ihrer Schulter in den Garten, wo sie heller Sonnenschein und schwülwarme Luft empfingen. Sie blinzelte im grellen Sonnenlicht und hielt sich ihre freie Hand schützend über die Augen. Ihr Blick fiel auf die nahen Berggipfel. Dicke Quellwolken hatten sich über ihnen gebildet, es könnte sein, dass sie heute noch ein Gewitter bekamen.

»Dann rumpelt und pumpelt es«, sagte sie zu dem Kleinen auf ihrem Arm und tätschelte ihm erneut den winzigen Po. Sie lief ums Haus herum. In dem großen Bauerngarten wuchsen Salat und die unterschiedlichsten Gemüsesorten. Auf der Wiese davor gab es viele Obstbäume, die meisten von ihnen trugen Zwetschgen, aber auch Birnen und Äpfel waren dabei.

Unter einem der Apfelbäume saß eine Frau mittleren Alters auf einer schiefen Bank. Maria benötigte einen Moment, um sie zu erkennen. Es war eine von Käthes Töchtern, Marie oder Therese. Sie glaubte Letztere von beiden zu erkennen und näherte sich ihr. Zum Glück schien der Wechsel ins Freie bei dem kleinen Johannes Wunder gewirkt zu haben, denn er hatte zu schreien aufgehört. Allerdings würde die Stille nicht lange anhalten, denn Maria vernahm schmatzende Geräusche, die darauf hindeuteten, dass er bald aus einem ganz anderen Grund laut werden würde.

»Grüß Gott«, sagte Maria, als sie die Bank erreichte, und erkannte aus der Nähe, dass sie tatsächlich Therese vor sich hatte.

Die erwiderte den Gruß. »Die Maria. Ich hab schon gehört, dass du jetzt hier am Ort die Hebamme bist. Hast es gut gemacht mit unserer Iris.« Ihr Blick fiel auf den Säugling, und ein Lächeln umspielte ihre Lippen.

»Er schmatzt so laut. Bestimmt hat er Hunger.«

»Ja, sieht so aus«, antwortete Maria, und sie überlegte, ob sie die Frage stellen sollte, die ihr in diesem Moment durch den Kopf ging. Sie entschied sich dafür.

»Wieso sitzt du hier draußen und bist nicht drin bei deiner Mutter?«

»Ach, Madl. Das ist eine lange Geschichte«, antwortete Therese. »Weißt, meine Mutter und ich, wir sind einander schon lang nicht mehr gut gewesen. Vom Hof hat sich mich damals gejagt, weil ich den Sebastian hab heiraten wollen. Sie war kein leichter Mensch, all die Jahre bin ich nicht mehr hier gewesen. Ich hab vom Messerschleifer gehört, dass es zu Ende geht, also hab ich mir denkt, gibst dir einen Ruck und gehst zu ihr. Ich mein, trotz allem, was gewesen ist, ist sie meine Mutter. Aber jetzt sitz ich hier und weiß nicht recht, wieso ich überhaupt herkommen bin. Sie war so bös mit mir, ich glaub nicht, dass sie mich an ihrem Sterbebett haben will.«

Maria setzte sich neben sie und überlegte, was sie antworten sollte. Spontan sprach sie laut aus, was ihr durch den Kopf ging.

»Weißt, mit dem Tod von der eigenen Mutter kenne ich mich nicht aus. Ich hab ja nie erlebt, wie es ist, eine zu haben. Wie es ist, von ihr geliebt zu werden oder von ihr gehasst. Ich hab nicht einmal mit ihr streiten können. Und ich werde niemals an ihrem Sterbebett sitzen. Ich würd's machen, auch wenn ich sie eigentlich gar nicht kenn. Ich mein, sie ist meine Mama. Was auch immer war, sie hat mir das Leben geschenkt. Da kann ich ihr doch auch in ihrer letzten Stunde beistehen, oder?« Sie sah Therese an, und einen Moment lang hielt diese Marias Blick fest.

»Meinst also, ich soll zu ihr gehen?«, fragte Therese.

»Ja, das meine ich«, antwortete Maria. »Deshalb bist doch kommen, oder? Unterm Apfelbaum hättest woanders auch sitzen können.«

»Das stimmt«, erwiderte Therese, stand auf und strich sich ihre Schürze glatt. »Danke dir. Fürs Zuhören und die richtigen Worte. Für so ein junges Madl bist schon ganz schön gescheit.«

Das etwas holprig klingende Kompliment brachte Maria zum Lächeln. Es hielt jedoch nicht lange an, denn im nächsten Moment beendete der kleine Johannes an ihrer Schulter sein Schmatzen und begann erneut zu schreien.

»Ich schick die Iris raus«, meinte Therese. »Milch haben wir beide keine, und du als Hebamme hast bestimmt noch mehr zu tun, als unseren Johannes wegen einer sterbenden alten Frau die ganze Zeit durch die Gegend zu tragen.«

Sie ging zum Haus, und Maria wusste in diesem Moment, dass es ein guter Abschied von Mutter und Tochter werden würde. Als nur wenige Augenblicke später Iris erschien, war sie erleichtert. Sosehr sie Säuglinge mochte, war sie doch froh, dem Geschrei entfliehen zu dürfen.

Am späten Nachmittag desselben Tages befand sich Maria auf dem Weg zur Lechneralm, denn sie wollte nach Magda und ihrer kleinen Veronika sehen. Die sture Sennerin dachte gar nicht daran, die erste Zeit mit ihrem Neugeborenen im Tal zu verbringen, weshalb Maria nun bereits zum dritten Mal den Aufstieg in Kauf nahm. Anfangs hatte Magda mit dem Stillen

Probleme gehabt, und bei Marias letztem Besuch vor einigen Tagen waren ihre Brustwarzen entzündet gewesen. Maria hatte extra für dieses Problem am Vorabend noch eine Kräuterpaste hergestellt, die ihr hoffentlich Linderung verschaffen würde. Zu ihrem Glück waren ihre Wanderschuhe inzwischen eingelaufen und verursachten keine Blasen mehr an ihren Füßen. Dafür machte ihr heute das schwüle Wetter zu schaffen, und sie blieb häufig stehen, um zu Atem zu kommen. Auch jetzt hielt sie an einem Bachlauf an, spritzte sich das kühle Nass ins Gesicht und trank von dem Wasser, das herrlich erfrischend schmeckte.

Nach der Verschnaufpause lief sie weiter den steil bergauf führenden Weg durch den Bergwald und war froh, als sich dieser irgendwann öffnete. Sie trat auf die Almwiesen hinaus, und das vertraute Geräusch der Kuhglocken drang an ihr Ohr. Zu ihrem Bedauern hörte sie jedoch auch noch etwas anderes, was sie alarmiert zum Himmel blicken ließ. Es war Donnergrollen. Über dem Berg hatte sich eine bedrohlich dunkle Wand aufgetürmt.

»Ach du je«, sagte sie zu sich selbst. »Wo kommt das denn so schnell her? Vorhin wart ihr doch noch harmlos aussehende Quellwolken.« Nun verschwand auch die Sonne, und es donnerte erneut, dieses Mal kräftiger. »Ich hätte es wissen müssen«, schalt sich Maria selbst. »Gewitter kommen hier immer schnell, besonders wenn es so schwül ist. Das hab ich jetzt davon.«

An ein Umdrehen war nicht mehr zu denken, auch der Rückweg zur Breitenberghütte war nun länger als der Weg zur Lechneralm. Sie würde also rasch ihren Weg fortsetzen und darauf hoffen müssen, die schützende Hütte zu erreichen, bevor das Gewitter losbrach. Flotten Schrittes lief sie weiter, und schon bald setzte ein böiger Wind ein, der an ihren Röcken zerrte.

Die ersten Regentropfen fielen vom Himmel, als die Alm in Sichtweite kam. So froh war Maria lange nicht gewesen, ein schützendes Gebäude zu sehen. Als sie dort eintraf, wich ihre Erleichterung jedoch schnell wieder, denn sie fand in der Hütte nur die kleine Veronika vor, die friedlich schlafend in einem großen Weidenkorb lag. Ihr leistete der graue Hüttenkater Burli Gesellschaft, der es sich auf einem Kissen auf der Ofenbank gemütlich gemacht hatte und Maria aus verschlafenen Augen ansah. Rasch lief sie in den Stall und rief nach Magda, doch sie erhielt keine Antwort.

*Wo steckt sie bloß?*, dachte sie und trat erneut vor die Hütte. Der Wind hatte sich inzwischen zu einem Sturm entwickelt und die rot-weiß karierte Decke vom Tisch vor der Hausbank geweht. Sie hing jetzt am Geländer, und Maria nahm sie rasch an sich. Der Regen hatte sich verstärkt, er wurde von dem Sturm regelrecht über die Felder gepeitscht. Den Kühen wurde es draußen zu ungemütlich, und sie wanderten in Richtung sicherer Stall.

Erneut ertönte ein Donner, der sich dieses Mal nicht mehr wie ein Grollen anhörte, sondern mehr wie ein lauter Schlag, der Maria zusammenzucken ließ. Blitzte zuckten durch die gewittrige Finsternis, und sie begann verzweifelt, Magdas Namen zu rufen. Eine Antwort erhielt sie nicht. Panik breitete sich in ihr aus. Wo war Magda bloß? Sie konnte nicht weit sein, denn die Kleine war hier. Am Ende war ihr etwas zugestoßen? Sie dachte an die die ungewohnte Geburtssituation. Was war, wenn die Sennerin erneut irgendwo eine ihrer Kühe aus einer misslichen Lage retten wollte und selbst in Gefahr geraten war?

»Oh, du dummes, dummes Madl«, begann Maria zu schimpfen. »Wieso musst du auch meinen, als junge Mutter allein auf dieser Alm zu bleiben. Wo steckst du bloß? Du kannst doch das Kind nicht allein lassen.«

Maria ging zurück ins Haus, sank auf die Eckbank und zuckte zusammen, als erneut ein lauter Donner krachte. Der Wind toste und tobte ums Haus, sie war gezwungen, hierzubleiben und darauf zu hoffen, dass mit Magda alles gut sein würde.

»Deine Mama ist eine erfahrene Sennerin«, sagte sie zu dem erstaunlicherweise noch immer selig schlafenden kleinen Mädchen. »Sie wird bestimmt irgendwo Schutz gesucht haben und kommt wieder nach Hause, sobald sich der Sturm gelegt hat.« *Darauf hoffe ich jedenfalls*, fügte Maria in Gedanken hinzu und blickte erneut nach draußen, wo der Sturm noch immer wütete, inzwischen hatte sich sogar Hagel unter den Regen gemischt, und die umliegenden Almwiesen waren in eine undurchsichtige Wolkenwand gehüllt.

Der nächste, äußerst laute Donnerschlag ließ die Wände der Hütte erzittern und sorgte dafür, dass die kleine Veronika erwachte und kräftig zu schreien anfing. Maria nahm sie hoch, legte sie an ihre Schulter und begann sie zu trösten. »Das war bloß der dumme Donner. Du musst keine Angst haben. Ich bin ja da. Scht, meine Kleine. Ich bin bei dir. Du musst keine Angst haben. Ich bleib bei dir. Bald ist alles wieder gut.« Erneut tat es einen fürchterlich lauten Donnerschlag, der die Hütte erzittern ließ, und Veronikas Gebrüll wurde noch lauter. Der Kater hatte sich bereits vor einer Weile unter die Eckbank verzogen, Maria konnte ihn verstehen. Auch sie würde sich jetzt am liebsten irgendwo verkriechen. Dieses Unwetter war ungewöhnlich heftig, und es sah nicht danach aus, als würde es bald enden.

Es war ein würziger und für eine Hebamme nicht unbekannter Geruch, der Maria einige Minuten später aufmerken ließ.

»Kann es sein, dass hier jemand die Windeln voll hat?«, fragte sie, hob das kleine Fräulein an und roch kontrollierend an ihrem Hinterteil. Sogleich rümpfte sie die Nase. »Gut geraten«, meinte sie. »Na, dann wollen wir dich mal sauber machen, meine Liebe. Lass mich nur rasch nachsehen, wo Magda die Windeln aufbewahrt.«

Die Stoffwindeln fanden sich in einer Kommode in der Schlafkammer. Rasch entzündete Maria die über dem Tisch hängende Petroleumlampe in der Stube und legte flink noch ein Holzscheit in den Ofen.

»Wir wollen es ja schließlich schön warm haben«, sagte sie zu dem kleinen Mädchen, das sein Schreien wieder eingestellt hatte, sie mit großen Augen ansah und kräftig Arme und Beine bewegte. Maria füllte etwas Wasser in eine Schüssel, Seife fand sich in ihrem Hebammenkoffer. Auf dem Tisch landete eine weiche Decke als Unterlage.

»So, mein Fräulein. Dann wollen wir mal.« Sie machte sich daran, den Säugling zu wickeln. Mit geübtem Griff entfernte sie die schmutzige Stoffwindel und legte sie zur Seite. Flott war das Mädchen gereinigt, sorgsam trocknete sie den kleinen Po ab, denn zurückbleibende Feuchtigkeit konnte bei einem Säugling schnell zu Hautreizungen führen. Während sie die frische Stoffwindel anlegte, musste Maria an ihre Zeit in München denken, und plötzlich hatte sie die sonor klingende Stimme der alten Krankenschwester im Ohr, die ihnen während ihrer Ausbildung alles Wissenswerte zur Säuglingspflege beigebracht hatte und äußerst streng gewesen war. Einmal hatte sie eine Windel zehnmal neu falten müssen, bis die Schwester ihr Werk endlich für gut befunden hatte.

»Du hättest die alte Schnepfe auch nicht gemocht«, sagte Maria und krabbelte Veronika am Bauch. Die zappelte kräftig mit den Ärmchen, und Maria glaubte ein kleines Lächeln auf ihren Lippen zu erkennen, was Unsinn war, wie sie durch ihre Ausbildung wusste. Kinder lächelten nicht in diesem Alter, es sich einzubilden machte aber trotzdem Freude. Veronikas Anflug von Freundlichkeit verschwand jedoch rasch wieder, und sie verzog das Gesicht und begann erneut zu greinen.

»Was ist denn jetzt wieder?«, fragte Maria verdutzt. »Es hat doch gar nicht laut gedonnert, und die Windel ist auch sauber.« Veronika wurde noch lauter, und Maria ahnte, welches Problem das kleine Fräulein plagte. Sie hatte Hunger.

»Tja«, sagte sie und zuckte die Schultern. »Mit Muttermilch kann ich nicht dienen. Tut mir leid.«

Veronika krähte noch lauter, als hätte sie Marias Aussage verstanden. Richtig rot färbte sich nun ihr Gesicht, und sie ballte ihre winzigen Fäuste.

»Ich finde eine Lösung«, beschwichtigte Maria und sah sich in der Küche um. »Wir sind hier ja schließlich auf einer Alm. Also gibt es hier mit Sicherheit irgendwo Milch.« Sie fand welche in der Speisekammer und machte sich daran, sie abzukochen. Dann verdünnte sie die Milch mit Wasser, damit sie für das kleine Fräulein bekömmlicher war. Zum Glück befand sich in ihrem Hebammenkoffer ein kleines Fläschchen. Sie holte es heraus, füllte die Milch hinein und hoffte, dass Veronika sie akzeptieren und vertragen würde. Zu ihrem Glück trank sie die improvisierte Milch gierig aus, und als sie fertig war, nuckelte sie noch friedlich an dem Gummisauger, bis sie wieder einschlief.

Maria atmete erleichtert auf, immerhin, das Geschrei hatte somit ein Ende. Ihr Blick wanderte aus dem Fenster. Noch immer schüttete es wie aus Kübeln, und es wehte auch noch ein kräftiger Wind. Zum Glück hatten die lauten Donnerschläge nachgelassen, stattdessen grummelte es nur noch etwas in der Ferne. Daran, die Hütte zu verlassen, war jedoch noch immer nicht zu denken. Aber vielleicht würde es Magda nun wagen und zur Alm zurückkehren. Die Versorgung des Mädchens hatte Maria etwas von der Sorge um die Sennerin abgelenkt, doch jetzt kehrte sie wieder, und ein mulmiges Gefühl breitete sich in ihr aus. Es musste etwas geschehen sein, sonst wäre Magda mit Sicherheit längst zurückgekehrt. *Aber vielleicht passiert das gleich noch. Vielleicht wartet sie nur noch ab, bis der Regen weiter nachlässt*, dachte Maria und betrachtete den schlafenden Säugling in ihrem Arm. Veronika hatte seit ihrer Geburt bereits an Gewicht zugelegt, und ihre Backen waren runder geworden.

Das Kind in Marias Armen sorgte dafür, dass sie ruhiger wurde. So war es schon immer gewesen. Die Kleinen waren wie Wunder, die sie den ganzen Tag einfach nur betrachten könnte und die ihre Seele streichelten. »Menschlein wie dich auf diese Welt zu holen ist mein größtes Glück«, murmelte sie leise und berührte sanft Veronikas kleines Händchen.

Irgendwann legte Maria Veronika behutsam zurück in ihren

Korb, und ihr knurrender Magen trieb sie dazu, sich selbst etwas zu essen zuzubereiten. Sie fand Eier, Schinken und Brot in der Speisekammer und zauberte sich daraus eine deftige Brotzeit. Der Kater bekam ein Schälchen verdünnte Milch und schleckte sie gierig auf. So verging die Zeit, der Regen wurde nicht schwächer und prasselte auf das Hüttendach. Die Bergwelt versank in der nächtlichen Dunkelheit, und Maria nickte auf der Ofenbank ein. Daran, sich in Magdas Bett zu legen, dachte sie nicht.

Am nächsten Morgen wurde sie jäh aus dem Schlaf gerissen, als jemand die Hüttentür aufriss. Es war ein junger Mann, der vor Maria stand und sie mit großen Augen ansah.

Erschrocken sah sie ihn an.

»Wer bist du denn?«, fragte sie perplex.

»Der Moosgruber Sepp. Die Wirtin von der Breitenberghütte schickt mich, ich soll das Kind holen. Seine Mutter lebt nicht mehr, genauso wie die beiden Wanderer, denen sie anscheinend hat helfen wollen.«

Fassungslos sah Maria ihn an.

Im nächsten Moment begann Veronika zu schreien.

# 15. Kapitel

*9. Juli 1893*

Du wirst was?«, hakte Maria verdutzt nach.

»Heiraten, werde ich«, wiederholte Evi.

»Ja, aber wen denn?« Maria hörte in diesem Moment zum ersten Mal davon, dass es in Evis Leben einen Mann gab, den sie gernhatte.

Die beiden Frauen hatten sich an diesem angenehm warmen Sommernachmittag an einem ihrer Lieblingsplätze, der Bank unter einer alten Linde am Kirchbach, zum Ratschen getroffen. Der herrlich süße Duft der Lindenblüten lag über allem. Maria liebte ihn ganz besonders und konnte gar nicht genug davon bekommen.

»Na, den Toni Obermaier«, antwortete Evi. »Er kommt vom Samerberg, arbeitet in der Sägemühle vom Grassauer und macht mir schon länger schöne Augen. Vor zwei Wochen sind wir uns beim Tanz beim Schlosswirt nähergekommen. Trotzdem hätte ich mir nie denkt, dass er mehr von mir möchte als ein bisserl tändeln. Als einfache Bauersmagd ist das mit dem Heiraten ja immer so eine Sache. Ohne eine anständige Mitgift nimmt einen doch kein gescheites Mannsbild.« Zufrieden zuckte Evi mit den Schultern. »Aber dem Toni ist das mit der Mitgift egal, weil er mich so richtig lieb gewonnen hat und sich ein Leben ohne mich nicht mehr vorstellen möchte. Und dann hat er mir auch noch einen Kuss gegeben. Mei, Maria. Ich sag dir. Ich hab denkt, ich könnte fliegen. Und gekribbelt hat das in meinem Bauch. So was hab ich überhaupt noch nie gespürt.« Sie lächelte selig.

Evis Beschreibung erinnerten Maria an den Moment, als ihr Max in dem alten Haus gegenübergestanden hatte. Das Gefühl zu fliegen hatte es jedoch nicht gegeben, sie hatte eher davonlaufen wollen.

»Und ein neues Zuhause haben wir auch schon«, plapperte Evi munter weiter. »Der Grassauer hält große Stücke auf den Toni und hat ihm versprochen, dass wir in das Zuhäusl bei ihm auf dem Gelände einziehen dürfen. Das ist zwar runtergekommen, aber wir werden es uns schon hübsch machen, der Toni denkt auch über einen Anbau nach, weil er will ganz viele Kinder haben. Heute Abend ist Verlobungsfeier beim Schlosswirt. Du kommst doch, oder?« Sanft stupste sie ihre Freundin an und senkte etwas die Stimme. »Das bringt dich auch wegen der traurigen Sache von neulich wieder auf andere Gedanken. Mei, die arme Magda, solch eine Ende hat sie nicht verdient. Weißt du da eigentlich inzwischen Genaueres drüber? Im Dorf wird so viel geredet. Die alte Frieda, das üble Schandmaul, hat neulich im Laden sogar gemeint, dass sie da droben auf der Alm einen Liebhaber hatte und der was mit ihrem Tod zu tun gehabt hat.«

»Nicht viel mehr als die anderen«, antwortete Maria und seufzte. »Sie hat anscheinend zwei Wanderern geholfen, die in Not geraten sind. Was genau in jener Nacht geschehen ist, werden wir wohl nie erfahren. Einen Liebhaber hatte sie bestimmt nicht auf der Alm gehabt. Das wäre mir aufgefallen, und die Veronika ist ihrem Vater wie aus dem Gesicht geschnitten. Ach, es ist so traurig. Ich frag mich die ganze Zeit, ob ich das Unglück verhindern hätte können, wenn ich nur bisserl früher auf dem Berg gewesen wäre.«

»Aber du warst doch vorher noch bei den Zaisserers und konntest nicht einfach so weg, weil die alte Käthe im Sterben lag.«

»Ja, so war es. Kurz nachdem ich den Hof verlassen hab, ist sie für immer eingeschlafen. Der Boandlkramer hatte einen guten Tag. Mir tut es halt für die Veronika so leid. Sie muss jetzt ohne ihre Mama aufwachsen.«

»Ja, das ist bedauerlich. Vor allen Dingen deshalb, weil sich ihr Vater bestimmt nicht viel um sie kümmern wird. Der hat ja mehr das Wirtshaus im Sinn als alles andere.« Evi stieß einen Seufzer aus, und Maria stimmte mit einem Nicken zu.

Einen Moment schwiegen beide, und Maria versuchte, die Erinnerungen an die abscheuliche Gewitternacht in den Bergen zu verdrängen, die in diesem Moment wieder Raum gewinnen wollten.

Es war einer der Knechte vom Schneiderhof, der die beklemmende Stille brach. Er fuhr mit einem Fuhrwerk an ihnen vorüber, lüpfte seinen Hut, grüßte fröhlich und rief Evi zu: »Wir sehen uns später beim Wirt. Da stoßen wir auf euch an. Meine Susi kommt auch mit.«

»Womit wir wieder beim guten Gesprächsthema des Tages angekommen wären«, sagte Evi und fragte Maria erneut, ob sie zur Verlobungsfeier kommen wollte. »Du kannst auch die Burgi mitbringen. Sie tanzt doch so gerne. Ich glaub ja, der Wastl hat ein Auge auf sie geworfen. Der alte Weiberheld.« Sie stieß Maria in die Seite und grinste.

»Na, dann lass ich sie lieber daheim«, entgegnete Maria in einem scherzhaften Tonfall. »Sonst heiratet mir der Wastl meine außerordentlich patente und liebe Hilfskraft noch weg. Das mit dem Verloben scheint in der Gegend ja neuerdings recht flott zu gehen. Ich sag es dir jetzt im Guten, meine Liebe: Halt bis zur Hochzeit die Beine zusammen. Nicht, dass du schon vor dem Weg zum Altar einen Braten in der Röhre hast.«

»Was wäre so schlimm daran?«, konterte Evi und sah Maria mit einem Blick an, den sie zu deuten wusste.

»Ihr habt doch nicht schon …« Sie vollendete den Satz nicht.

Evi senkte den Kopf und nickte. »Es war neulich Nacht im Heu so schön, da hab ich nicht Nein sagen wollen.«

Maria stieß einen Seufzer aus und antwortete: »Lass das bloß nicht den Pfarrer hören.« Sie hob mahnend den Zeigefinger. »Der reinste Sündenpfuhl, wird er sagen. Wenn du Glück hast, bist noch einmal davongekommen, es passiert ja nicht immer. Aber stell dir vor, dein Toni überlegt es sich doch noch anders und heiratet dich nicht? Solche Geschichten hab ich einige in München erlebt, das kannst du mir glauben. Die Ehe ist den armen Madeln versprochen worden, das Blaue vom Himmel wurde ihnen vorgelogen, und nachdem sie schwanger waren, haben sich diese Halodris aus dem Staub gemacht.«

»Aber mein Toni ist doch kein Halodri!«, entrüstete sich Evi. »Er liebt mich und will mich heiraten. Du glaubst doch nicht etwa, dass ich so dumm bin und nicht weiß, was ich tu. Du redest ja daher, als wäre ich ein leichtes Mädchen, das für jeden Dahergelaufenen die Beine breit macht. Dass du so sein kannst, das hätte ich nicht gedacht. Also wenn du so von mir denkst, dann brauchst du gar nicht erst zu meiner Verlobungsfeier kommen. Und ich hab gedacht, du wärst meine Freundin.« Sie sprang auf und ging flotten Schrittes fort.

Evis plötzlicher Ausbruch überraschte Maria, und sie benötigte einen Moment, um zu reagieren. Sie erhob sich. »Evi, so warte doch! So war das doch gar nicht gemeint«, rief sie ihrer Freundin hinterher. Doch Evi lief in hohem Tempo weiter. Maria folgte ihr ein Stück weit, konnte mit ihr jedoch nicht Schritt halten.

Nachdem Evi hinter einer Wegbiegung verschwunden war, blieb Maria stehen, und ihre Schultern sanken ein Stück nach unten. Einen Augenblick lang fühlte sie sich schuldig, doch dann regte sich Widerstand in ihr, und sie murmelte leise: »Also gut, wenn du so schnell eingeschnappt bist, dann bitte schön. Ich hab es nur gut gemeint. Dann komm ich eben nicht zu deiner dämlichen Verlobungsfeier.« Sie machte auf dem Absatz kehrt und ging, von Wut erfüllt, in die andere Richtung davon.

Wenige Minuten später erreichte sie den Bichlhof. Dort traf sie auf Burgi und Max, die vor ihrem Haus standen.

»Da bist du ja endlich«, sagte Burgi. »Der Max ist eben gekommen. Er macht sich Sorgen um die Annemarie. Der geht es heute gar nicht gut.«

»Was ist los?«, fragte Maria alarmiert und sah Max an.

»Sie klagt über ein Ziehen im Bauch und ist ganz käsig im Gesicht«, antwortete er. »Ich wollt fragen, ob du mal nach ihr schauen kannst.«

»Sofort«, antwortete Maria. »Ich geh nur rasch meinen Koffer holen.«

Als sie wenig später auf dem Hof der Antretters ankamen, fanden sie Annemarie in der Wohnstube auf dem mit dunkelblauem Stoff bezogenen Kanapee vor. Sie war tatsächlich etwas blass um die Nase. Neben ihr stand ein Eimer, in dem sich Erbrochenes befand.

Max' Blick fiel auf den Eimer, und Sorgenfalten traten auf seine Stirn. Sogleich setzte er sich neben Annemarie und nahm ihre Hände in seine. »Liebes, jetzt musstest du auch noch speiben. Was ist nur los?«

»Ich fühle mich so elend«, antwortete Annemarie mit matter Stimme. »Und ich hab solche Angst um unser Kind.«

»Deshalb hab ich die Maria mitgebracht. Sie wird gleich schauen, wie es steht.«

Maria nickte und bat Max, den Raum zu verlassen. Bei der Untersuchung durch eine Hebamme hatte der Ehemann nicht zu stören. Nachdem Max gegangen war, begann sie einige Fragen zu stellen: »Wie lange ist dir schon so übel? Max hat gesagt, du hättest ein Ziehen im Bauch verspürt. Hattest du Blutungen?«

Annemarie war jetzt im fünften Monat. Eine Fehlgeburt könnte gefährlich für sie werden. Doch im Moment hegte Maria eher den Verdacht, dass sie es mit einem Magen-Darm-Infekt zu tun hatten. Die mit matter Stimme gegebenen Antworten von Annemarie erhärteten diesen, doch zur Sicherheit untersuchte Maria die werdende Mutter noch einmal gründlich. Behutsam tastete sie ihren gerundeten Bauch ab. Sie begann, sich mithilfe des Hebammen-Stethoskops auf die Suche nach dem kindlichen Herzschlag zu machen, und fand ihn bereits nach kurzer Zeit.

»Dem Kind geht es prima, sein Herz schlägt kräftig«, sagte sie lächelnd. »Ich höre aber auch andere Geräusche, dein Darm ist sehr in Bewegung, das löst vermutlich das Ziehen aus. Ich kontrolliere zur Sicherheit aber auch noch einmal den Muttermund.« Sie legte das Hörrohr zur Seite, desinfizierte sich erneut die Hände und zog ihre Handschuhe an. Der Befund der Untersuchung beruhigte sie.

»Es ist alles so, wie es sich gehört«, sagte sie und tätschelte Annemaries Arm. »Dem Kind geht es gut. Du hast dir einfach nur eine Bauchgrippe eingefangen. Gegen die Übelkeit kann dir eure Hausmamsell einen Kamillen- oder Fencheltee kochen. Das wird schon wieder werden. So ein Infekt kommt ja meistens schnell und geht auch flott wieder.«

»Danke dir, Maria«, antwortete Annemarie und legte die Hand auf den Bauch. »Das beruhigt mich jetzt. Obwohl ich es eigentlich auch selber hätt wissen können. Ist ja nicht die erste Bauchgrippe, die ich hab. Tut mir leid, dass wir dich jetzt wegen nix geholt haben.«

»Du musst dich deshalb nicht entschuldigen«, antwortete Maria. »Dafür bin ich doch da. Du magst schon öfter eine Bauchgrippe gehabt haben, aber noch nie eine während einer Schwangerschaft. So etwas kann einen schon mal beunruhigen. Ich komme lieber einmal zu oft als zu wenig.« Sie erhob sich und begann, ihre benutzten Utensilien wieder zurück in den Hebammenkoffer zu räumen. »Sollte sich dein Zustand jedoch die Tage nicht bessern, müsste Doktor Danzinger noch einmal nach dir sehen. Aber ich bin mir sicher, dass das nicht notwendig sein wird.« Sie nickte Annemarie aufmunternd zu. »Und fühlt sich in den nächsten Tagen wieder etwas in deinem Bauch seltsam an, dann nicht erschrecken, es ist jetzt an der Zeit, dass du bald die ersten Kindsbewegungen spürst.«

»Ach, das wäre wunderbar«, sagte Annemarie und lächelte nun. »Manchmal wünschte ich mir ja, es gäbe eine Möglichkeit, in den Bauch reinzugucken, um zu sehen, ob es dem Kleinen gut geht und was es macht.«

»Ja, das wünschte ich mir auch«, antwortete Maria lächelnd. »Aber das wird vermutlich niemals möglich sein. Ein bisschen Wunder müssen wir der Natur wohl lassen.« Sie klappte endgültig ihren Koffer zu, wünschte Annemarie gute Besserung und verabschiedete sich.

Vor dem Haus traf sie Max, der sie abwartend ansah und fragte: »Und?«

»Mit dem Kind ist alles in bester Ordnung«, beruhigte Maria ihn. »Annemarie hat eine Bauchgrippe, die ist unschön, vergeht aber bestimmt bald wieder.«

»Das ist gut«, erwiderte Max, und seine Gesichtszüge entspannten sich wieder. »Danke dir, dass du gleich gekommen bist und nach ihr gesehen hast.«

»Dafür bin ich da«, antwortete Maria. Die beiden standen nun direkt voreinander, und in ihr breitete sich erneut das Kribbeln aus, das sie in seiner Gegenwart nicht empfinden sollte. Sie tat einen Schritt rückwärts und schluckte. Doch das Gefühl blieb weiterhin. Max bot ihr an, sie nach Hause zu fahren.

»Das wäre das Mindeste, was ich tun kann«, meinte er. Maria wusste, dass es vernünftiger wäre, sein Angebot abzulehnen. Sie sollte besser allein nach Hause gehen und zusehen, dass sie das dämliche Gefühlswirrwarr in ihrem Inneren wieder unter Kontrolle brachte, doch stattdessen sagte sie zu.

Nur eine Minute später fuhren sie vom Hof, und sie saß innerlich bebend neben ihm auf dem Kutschbock. Fest umklammerte sie ihren Hebammenkoffer, den sie auf dem Schoß behalten hatte.

»Dann werden Annemarie und ich heute also nicht zu der Verlobungsfeier von Evi und Toni zum Schlosswirt gehen«, begann er ein Gespräch. »Ich nehme an, du wirst dort sein? Ihr seid ja eng befreundet.«

Obwohl Max damit einen Nerv getroffen hatte, merkte Maria, wie sie sich entspannte. Immerhin konnten sie sich nun auf ein anderes Thema konzentrieren.

Sie antwortete ehrlich: »Ich glaub eher nicht. Wir hatten vorhin eine Meinungsverschiedenheit. Weißt, mir geht das mit dem Toni bisserl zu schnell. Evi war eingeschnappt deswegen. Es ist nur, ich meine …« Sie kam ins Stocken. Solch private Dinge sollte sie Max nun wirklich nicht erzählen.

»Ich weiß, ich hab auch dumm dreingeschaut, als ich davon gehört hab«, sagte er. »Es geht tatsächlich alles recht flott. Aber wenn die beiden sich gernhaben, dann ist es doch gut. Ist halt nicht bei jedem so wie bei der Annemarie und mir. Ich mein, wir sind uns ja schon unser gesamtes Leben lang versprochen gewesen. Obwohl das auch anders hätte kommen können, oder? Manchmal machen die Kinder nicht das, was die Eltern wollen.« Er warf ihr einen kurzen Seitenblick zu, der Maria durch und durch ging.

Deutete sie seine Worte und diesen Blick richtig, und er empfand am Ende auch etwas für sie? Wäre sie vielleicht der Grund gewesen, um gegen diese geplante Ehe aufzubegehren? Oder interpretierte sie zu viel hinein? Sie musste damit auf der Stelle aufhören. Er hatte gemacht, was sein Vater wollte und Annemarie geheiratet. So war es richtig, an ihre Seite gehörte er, anders hätte es ohnehin niemals funktioniert. Er war der Sohn des Bürgermeisters, sie das Findelkind. Dass sie sein Schwesterchen sein durfte, war bereits ein Privileg. Daran sollte sie sich erfreuen und diese besondere Verbindung nun nicht durch diese neu aufgetretenen Empfindungen aufs Spiel setzen, die sie am Ende noch dazu bringen würden, etwas Dummes zu tun.

Sie fuhren an Almas Haus vorüber. Die alte Hebamme saß auf der Hausbank und sah sie finster an. Neben ihr saß eine der größten Ratschkatteln Brannenburgs, die Moni vom Fischerhof.

Maria sah die beiden Frauen an, und plötzlich hatte sie das Gefühl, die beiden faltigen Weiber würden ihr ansehen, was sie empfand, würden tief in ihr Innerstes blicken und schon bald aller Welt erzählen, welch sündige Gedanken das Findelkind hatte. Der Bankert, der hier nicht hergehörte, der sich aufspielte, der glaubte, eine Hebamme zu sein. Maria richtete den Blick nach vorn und versuchte die unsinnigen Hirngespinste abzuschütteln. Sie war eine Hebamme, und sie gehörte sehr wohl hierher, auch wenn das den alten und von Vorurteilen geprägten Frauen nicht gefiel.

Bald darauf erreichten sie den Bichlhof, und Max half Maria galant vom Wagen. Zum Abschied umarmte er sie sogar und gab ihr, so wie er es früher auch oft getan hatte, ein Küsschen auf die Wange. Dieses Tun sorgte dafür, dass sich Maria versteifte, und sie wich ein Stück vor ihm zurück. Verdutzt sah er sie an und fragte: »Hab ich etwas falsch gemacht?«

»Nein, das hast du nicht«, beschwichtigte sie. »Oder vielleicht doch«, revidierte sie ihre Aussage gleich wieder. »Wir sollten nicht so vertraulich miteinander umgehen. Ich mein, wir sind ja keine Kinder mehr. Die Leut könnten reden. Du bist jetzt ein verheirateter Mann, und da umarmt und küsst man keine andere Frau.«

Er sah sie einem Moment irritiert an, dann nickte er und antwortete: »Hast recht. Ist halt Gewohnheit. Mein Schwesterchen. Ich werde mich in Zukunft zurückhalten. Außer wir sind allein, wenn es dir nichts ausmacht. Es fühlt sich nicht richtig an, dich nicht mehr umarmen zu dürfen.«

Er sah sie jetzt mit einem ganz besonderen Blick an, den sie gut kannte. Ein wenig von unten, so wie er es früher immer getan hatte, wenn er etwas von ihr wollte. Ihr Herzschlag wummerte nun wie verrückt, und das Kribbeln in ihrem Inneren schwoll zur Unendlichkeit an. Wie gut sie einander doch kannten, wie sehr sie ihn doch gernhatte. Sie wollte ihn wegen dieser dummen Gefühle nicht verlieren, sich nicht anders verhalten müssen, nur weil die depperten Leut reden könnten. Sollten sie es doch tun, die dummen Tratschhaferl. Sie wussten es doch besser. Er war ihr Brüderchen, sie sein Schwesterchen. Sie hatten einander lieb, nicht wie Eheleute, anders halt, und das Wummern und Kribbeln würde schon wieder vergehen. Bauchgrippe und Schnupfen taten das ja auch. Da funktionierte das mit Gefühlen bestimmt ebenso. Sie brauchte nur Geduld.

Burgi kam nach draußen.

»Da stehen sie auf dem Hof und glotzen einander wie depperte Kühe an«, sagte sie, ohne zu grüßen. »Was ist denn jetzt mit der Annemarie? Geht es ihr und dem Butzerl im Bauch gut? Drinnen wartet übrigens die Lisa Hofanger im Sprechzimmer. Die spürt immer so ein Ziehen im Bauch und ist sich nicht sicher, ob es jetzt schon losgeht.«

»Ich komme«, antwortete Maria und verabschiedete sich endgültig von Max, dieses Mal nur mit einem Händedruck. Er kletterte auf seinen Karren und fuhr vom Hof.

Einen Augenblick lang sah Maria ihm noch wehmütig nach. Es war nun einmal, wie es war. Im nächsten Moment hörte sie einen lauten Schrei und drehte sich abrupt um. Sie eilte ins Sprechzimmer, wo Lisa Hofanger zusammengekrümmt und mit schmerzverzerrtem Gesicht auf dem Stuhl neben der Untersuchungsliege saß. So wie es aussah, wollte da jemand tatsächlich auf die Welt kommen.

## 16. Kapitel

*18. Juli 1893*

Mei, stell dir vor«, sagte Burgi, die sich mal wieder damit beschäftigte, den Rosenheimer Anzeiger zu lesen. »Beim Duschlbräu ist die Maul- und Klauenseuche ausgebrochen. Über dem sein Anwesen ist jetzt eine polizeiliche Sperre gelegt worden. Na, hoffentlich bleibt die depperte Seuche in Rosenheim und breitet sich nicht auch noch auf die Umgebung aus. Ich weiß noch, wie die mal auf dem Dornerhof gewütet hat, und dann ist ganz Margarethen von der Polizei gesperrt worden, das war damals ein Drama, ich sag es dir. Aber vom Duschlbräu nach Brannenburg ist ein weiter Weg. Das wird dieses Mal bestimmt gut gehen.« Sie blätterte die Seite um und las laut die Stellenanzeige eines Schuhgeschäfts vor. Es war auf der Suche nach einem Lehrmädchen für den Verkauf.

»Das wäre vielleicht was für die Stanzi vom Bachingerhof. Ich hab von der Linde gehört, dass sich das Madl als Magd recht deppert anstellt. So eine Lehre in einem Schuhgeschäft könnte vielleicht passender sein. Was meinst?« Sie sah Maria fragend an.

Maria nickte und unterdrückte ein Gähnen. In Händen hielt sie ein halb volles Kaffeehaferl, und sie fühlte sich wie betäubt. Sie war erst vor einer Stunde von einer äußerst langwierigen Geburt zurückgekehrt. Die Lydia vom Moarhof in St. Margarethen hatte ihr viertes Kind bekommen, und sie hatte angenommen, dass das bestimmt schnell gehen würde. So zeigte es jedenfalls die Erfahrung bei Müttern, die bereits mehrere Kinder geboren hatten. Aber dem war bei Lydia bedauerlicherweise nicht so gewesen, und die Geburt hatte beinahe fünfzehn Stunden gedauert. Wehe um Wehe war gekommen, doch der Muttermund hatte eine Ewigkeit gebraucht, um sich zu öffnen. Da ging es bei so manch Erstgebärender flotter voran.

»Ich schneid die Anzeige aus und bring sie später bei der Stanzi vorbei«, meinte Burgi. »Oder magst du das nicht machen? Wolltest du nicht eh zum Bachingerhof und nach der dortigen Bäuerin und ihrem Würmchen sehen?« Sie sah Maria fragend an. »Mei, die Ärmste tut mir ja so leid. Ich mein, da stirbt ihr Erstgeborenes an einer Lungenentzündung, und eine Woche später bringt sie das nächste Kindchen einen ganzen Monat zu früh zur Welt. Das Würmerl ist bestimmt wegen der ganzen Traurigkeit zu früh gekommen.«

»Wäre möglich«, antwortete Maria und seufzte. »Das mit dem Peterchen ist eine schlimme Sache gewesen, auch Dr. Danzinger hat der Tod des Jungen arg mitgenommen. Er hat alles getan, was in seiner Macht steht, um den Infekt in den Griff zu bekommen, aber am Ende war der kindliche Körper einfach zu schwach. Es bleibt zu hoffen, dass es die kleine Lina schafft. Vier Wochen vor der Zeit könnte Probleme bereiten, gerade mit den Lungen. Obwohl sie recht kräftig zu sein scheinen.« Maria schwenkte nachdenklich ihr Haferl. »Allgemein ist die Kleine in einem guten Zustand. Vielleicht wurde sich ja etwas beim Termin vertan. Kann schon mal vorkommen. Wenn wir Glück haben, übersteht sie den nächsten Winter ohne Probleme. Es wäre ein Segen.«

Burgi nickte, und Maria nippte an ihrem Kaffee, der inzwischen kalt geworden war. Sie verzog das Gesicht und stellte das Haferl ab. An den nächsten Winter wollte sie an einem solch herrlichen Sommertag wie dem heutigen gar nicht denken. Die Sonne schien von einem wolkenlosen Himmel, und um sie herum blühte und grünte es, dass es eine Freude war. Der milde Sommerwind brachte den Duft von frischem Heu mit, den Maria beinahe so sehr liebte wie den Geruch der Lindenblüten. Burgi hatte sich alle Mühe gegeben, ihr kleines Häusl zu einem heimeligen Zuhause zu machen. Den Balkon zierten pinkfarbene Geranien, und bunte Petunien blühten in einem großen Blumenkübel rechter Hand der Eingangstür und in Kästen auf den Fensterbänken. Auf dem Tisch stand eine bauchige Vase mit einem Wildblumenstrauß. In der Wohnstube hatte kitschiger Nippes in der Form von unterschiedlichsten Porzellanfiguren Einzug gehalten, die Burgi leidenschaftlich sammelte und die Maria ganz fürchterlich fand. Sie arrangierte sich damit, verbat sich jedoch, dass eine der kitschigen Figuren in ihrem Sprech- oder Schlafzimmer platziert wurde.

Burgi erhob sich und begann den Tisch abzuräumen. Mit dem gebrauchten Geschirr auf einem Tablett verschwand sie im Haus. Maria folgte ihr nicht, sondern blieb auf der Bank sitzen und erfreute sich an einem Marienkäfer, der auf der Tischplatte krabbelte. Er erreichte den Rand, drehte wieder um und krabbelte zurück.

»Na, du kleiner Kerl«, sagte sie und legte ihm lächelnd ihren Finger in den Weg. »Wo willst du denn hin? Hier gibt es nichts für dich. Komm, ich helfe dir.«

Es dauerte einen Moment, bis der Käfer auf ihren Finger krabbelte. Sie hielt ihn in die Höhe, er kroch bis zur Kuppe, dann flog er fort. »So ist es gut«, lobte Maria. »Auf Wiedersehen, kleiner Freund.« Er verschwand auf der nahen Obstbaumwiese, auf der hauptsächlich Zwetschgenbäume standen, an denen bereits jetzt viele Früchte hingen. Es würde ein gutes Zwetschgenjahr werden.

Eine junger Bursche mit strubbeligen blonden Haaren, nicht älter als neun oder zehn Jahre, in kurzen Lederhosen und einem blau-weiß karierten Hemd kam angelaufen und blieb, nach Luft japsend, vor Maria stehen.

»Bist du die Storchentante?«, fragte er.

Maria bejahte.

»Dann musst mit mir kommen. Da ist eine, die ein Kind bekommt. Richtung Kronbergeralm in einer Scheune, bisserl unterhalb.«

Verdutzt sah Maria den Jungen an.

»In einer Scheune«, wiederholte sie. »Und du bist dir sicher? Das ist ein ungewöhnlicher Ort, um ein Kind zu bekommen.«

»Also ehrlich gesagt, weiß ich gar nicht so recht, ob die Frau dadrin wirklich ein Kind kriegt. Also die jammert und winselt halt immer so rum, und sie ist schon arg dick. Aber das sagt ja nix, ich mein, dicke Weiber gibt es ja so auch. Nur das Annerl hat gemeint, dass die bestimmt ein Kind bekommt, und sie als Madl wird das doch wissen, oder? Obwohl ich ja eigentlich der Ältere von uns beiden bin und der Gescheitere. Mit den Zahlen hat sie es nicht so, deshalb bekommt sie vom Lehrer immer geschimpft.«

»Am besten bringst du mich zu der Scheune, und ich sehe mal nach der Frau«, unterbrach Maria seinen Redefluss und erhob sich. »Warte hier. Ich bin in fünf Minuten zurück.«

Sie ging ins Haus und holte rasch ihre festen Schuhe.

Eine Weile darauf hatten Maria und der Junge, sein Name war Anton Moser, die Kirche St. Margarethen hinter sich gelassen, und es ging steil den Berg hinauf. Inzwischen machten die Anstiege Maria nichts mehr aus, sodass sie es problemlos schaffte, mit dem Jungen Schritt zu halten. Zum Glück war es heute nicht sonderlich schwül, und die Bäume des Bergwalds spendeten Schatten. Der Junge erzählte, dass er und seine Schwester im Sommer viel Zeit auf der Alm bei ihrem Vater verbrachten, beim Käse machen halfen, die zahlreich kommenden Wanderer bewirteten und auf die Ziegen aufpassten, die gerne mal abhauen würden.

»Deshalb haben wir das mit der Frau in der Scheune überhaupt erst mitbekommen«, erklärte er. »Unser Bärli ist nämlich mal wieder davongelaufen.«

»Verstehe«, antwortete Maria, die nun doch etwas ins Schwitzen kam. Sie hoffte, dass sie die Scheune bald erreichten. Sie wusste, dass sich die aus zwei Hütten bestehende Kronbergeralm nördlich des Arzmoos-Wasserfalls befand, und hoffte darauf, dass die Scheune nicht weit davon entfernt lag. Der dichte Wald verschwand alsbald, stattdessen ging es durch sattgrüne Almwiesen, auf denen einige Kühe grasten. Am Wegesrand blühten gelb leuchtende Trollblumen und violetter Süßklee.

Alsbald war das Rauschen des Arzmoos-Wasserfalls zu hören, hier, am Fuß des Jackelberges, stürzte sich das Wasser dreißig

Meter in die Tiefe und bot ein grandioses Naturschauspiel. Ihr Weg führte sie jedoch nicht zu dem Wasserfall, sondern sie bogen ein Stück weit davor links ab, überquerten eine der Wiesen und erreichten bald darauf eine neben einem Fichtenwäldchen gelegene Scheune. Ein junges Mädchen mit braunen Zöpfen in einem dunkelblauen Baumwollkleid kam ihnen aufgeregt winkend entgegengelaufen.

»Da seid ihr ja endlich. Mei, die arme Frau tut mir so leid. Jetzt wimmert sie bloß noch. Ich glaub, die stirbt bald.«

Die Worte des Mädchens alarmierten Maria, und sie eilte zu dem Schuppen und öffnete die nur angelehnte Tür. Im Inneren empfingen sie dämmriges Licht und der Geruch des trockenen Heues. Im Heu lag auf einer Pferdedecke die junge Frau, neben ihr kniete ein Bursche, der sogleich aufsprang und Maria mit großen Augen ansah.

»Wir tun nichts, ehrlich. Wir sind nur auf der Durchreise. Wir verschwinden gleich wieder. Versprochen!« Er sah Maria flehend an. Seine Kleidung war abgerissen, Marias Blick fiel auf zwei Rucksäcke am Boden. Daneben lag Blechgeschirr, in einer Schüssel befand sich etwas Wasser. Sie ahnte, womit sie es zu tun hatte. Die beiden waren vermutlich ein Knecht und eine Magd, die von irgendeinem Hof vertrieben worden waren.

»Grüß Gott«, sagte sie. »Ich tu euch nix, im Gegenteil, ich bin gekommen, um zu helfen. Sie bekommt ein Kind, nicht wahr? Ich bin Hebamme. Die Kinder von der nahen Alm haben mich geholt.«

Der Mann ließ erleichtert die Schultern sinken, während die Anspannung aus seinem Gesicht wich.

»Eine Hebamme, was für ein Segen. Dank Gott, diesen Kindern. Sie müssen schnell nach ihr sehen. Es geht ihr gar nicht gut, schon seit Stunden plagen sie schreckliche Schmerzen. Ich glaube, sie stirbt.« Er holte zittrig Luft. »Sie müssen ihr helfen, sie retten, bitte. Sie und das Kind, ich liebe sie so sehr. Ich darf sie nicht verlieren.«

Maria nickte und antwortete: »Ich werde sehen, was ich tun kann.« Sie trat näher und ging neben der Schwangeren in die Hocke, stellte sich vor und fragte nach ihrem Namen. Antwort gab ihr der Vater des Kindes. »Sie heißt Apollonia. Apollonia Großlechner. Und ich bin der Korbinian.«

»Gut, Apollonia. Kannst du mich hören?«

Die Frau antwortete mit einem Wimmern. Sie lag auf der Seite, und ihr Gesicht war von der Anstrengung der Wehen gerötet, auf ihrer Stirn lagen Schweißperlen. Maria deutete das Wimmern als ein Ja.

»Ich werde mich jetzt um dich und dein Baby kümmern, hörst du! Gemeinsam schaffen wir das. Ihr seid jetzt nicht mehr allein. Ich hab so viele Kinder auf die Welt geholt, deines holen wir jetzt auch. Aber du musst mir ein bisschen dabei helfen, allein werde ich es nicht schaffen. Ich weiß, du bist müde und es tut weh, aber ein wenig deiner Kraft musst du mir und dem Kind noch schenken.«

Die junge Frau schaute sie mit glasigem Blick an.

»Ich kann aber nicht mehr.«

»Doch, du kannst«, antwortete Maria. »Ich weiß das. Ich werde dir dabei helfen und Korbinian ebenfalls.« Sie sah den jungen Mann an, und er nickte kräftig. »Aber natürlich. Ich tu alles.«

»Fein, dann lauf rüber zur Alm und bitte um abgekochtes Wasser. Vielleicht kann auch eine Sennerin oder Magd kommen, die uns beisteht. Es wäre außerdem etwas zu essen gut und starker Kaffee, der belebt die Sinne. Und saubere Laken und Tücher. Die Decke ist dreckig.«

»Aber, wenn ich zur Alm gehe …«

Maria schnitt ihm das Wort ab. »Willst du, dass sie stirbt?«

»Nein, natürlich nicht«, antwortete er erschrocken.

»Dann geh.« Sie deutete zur Tür.

Er nickte und ging rückwärts, stolperte über einen herumliegenden Eimer und fiel beinahe, schaffte es jedoch, sich auf den Beinen zu halten. »Gut, ich geh. Aber ich komm gleich wieder, Apollonia. Ich verspreche es. Ich lass dich nicht allein.«

Nachdem sich die Tür hinter ihm geschlossen hatte, atmete Maria tief durch. Das hier wurde nicht leicht werden. Sie krempelte ihre Ärmel hoch und widmete ihre Aufmerksamkeit der werdenden Mutter. Sie stellte einige gezielte Fragen, die ihr Apollonia zum Glück beantwortete. Die Frau war siebzehn Jahre alt, und es war ihre erste Schwangerschaft. Es müsste nun an der Zeit sein, ganz genau wüsste sie es aber nicht, gab sie an, wobei ihr immer wieder ein Stöhnen entfuhr. Maria wartete, bis die Wehe abebbte, dann begann sie mit der genaueren Untersuchung. Nachdem sie sich die Hände gereinigt und desinfiziert hatte, tastete sie den Bauch ab und stellte fest, dass das Kind mit dem Kopf nach unten lag.

»Es liegt so, wie es soll«, sagte sie erleichtert und begann sich mit ihrem Hebammen-Stethoskop auf die Suche nach dem Herzschlag zu machen, den sie an der vermuteten Stelle fand.

Es schlug kräftig und gleichmäßig, was sie ebenfalls erleichterte.

»So weit scheint mit deinem Kleinen alles bestens zu sein«, sagte sie. »Dann wollen wir mal sehen, wie weit es schon vorangegangen ist.«

Sie hob Apollonias Rock an, spreizte ihre Beine und untersuchte den Muttermund. Bedauerlicherweise war dieser Befund nicht so gut wie erhofft.

»Kaum eröffnet«, meinte sie und reinigte und desinfizierte ihre Hände erneut. »Es wird wohl noch ein Weilchen dauern. Wir brauchen eine etwas kräftigere Wehentätigkeit.«

Maria ahnte den Grund für den langsamen Verlauf der Geburt. Apollonia war noch sehr jung, da konnte es zu einer sogenannten Wehenschwäche kommen, wie sie sie während ihrer Ausbildungszeit in der Klinik bereits einige Male erlebt hatte. Das war nicht lebensbedrohlich für Mutter und Kind, solange die Fruchtblase noch intakt war. Trotzdem galt es, das Procedere zu beschleunigen, denn sonst gingen der Gebärenden irgendwann die Kräfte aus, die sie gerade zum Ende der Geburt dringend zum Pressen benötigte.

Maria redete Apollonia nun gut zu, ermunterte sie, sich aufzurichten und etwas Wasser zu trinken. Auch etwas Bewegung könnte nicht schaden, um die Sache zu beschleunigen. Doch das junge Mädchen wollte nicht aufstehen, wollte liegen bleiben und am liebsten schlafen. Zu Marias Glück erschien bald darauf Korbinian in Begleitung der Sennerin von der Kronbergeralm, die Maria sogleich mit einem kräftigen Händeschütteln begrüßte und sich als Marlene vorstellte. Die mittelalte rundliche Frau stellte einen gut gefüllten Korb neben sich auf den Boden.

»Mei, da kommt in unserer Scheune doch glatt ein Kindchen zur Welt. So was haben wir ja noch nie gehabt. Die jungen Leute aber auch, die hätten doch zu mir in die Alm kommen können. Da wäre es viel bequemer.« Ihr Blick wanderte zu der auf dem Boden liegenden Apollonia.

Maria dankte stumm dem Herrgott im Himmel für diese großartige Frau. Mit ihr gemeinsam würden sie das Kind bestimmt leichter auf die Welt bekommen. Als hätte sie ihre Gedanken gelesen, fuhr die Frau fort: »Wir bekommen das Madl schon wieder aufgerichtet. Ich hab den gewünschten Kaffee mitgebracht und auch eine kleine Brotzeit eingepackt. Damit kommt sie bestimmt flott wieder zu Kräften.«

Maria nickte und schickte den Vater nach draußen. Seine Hilfe war jetzt zum Glück nicht mehr vonnöten. Die Sennerin wies ihn an, ihrem Knecht auf der Alm beim Käsemachen zur Hand zu gehen. »Dass lenkt dich bisserl ab und ist gut für die Nerven«, meinte sie und krempelte die Ärmel ihrer Bluse hoch.

Die beiden wandten ihre Aufmerksamkeit nun voll und ganz Apollonia zu, die mithilfe des Kaffees und der Brotzeit bald wieder etwas zu Kräften kam und sich sogar dazu ermuntern ließ, in der Scheune auf und ab zu laufen. Dadurch verstärkte sich, wie von Maria erhofft, die Wehentätigkeit.

»Jetzt dauert es nicht mehr lange«, verkündete Maria bei einer weiteren Untersuchung des Muttermundes. Wir sollten nun alles so weit für die Ankunft des Kindes vorbereiten.« Sie wies Marlene an, saubere Laken auf der Decke auszubreiten.

»Jetzt drückt es«, verkündete Apollonia und stöhnte auf. »Es drückt so sehr nach unten.« Sie begann zu pressen. Nachdem die Wehe abgeebbt war, platzierten sie die junge Frau auf den Laken, ihren Rücken stützte ein Heuballen. Es war nicht perfekt, *aber besser als eine Geburt neben einer feststeckenden Kuh allemal*, dachte Maria, während sie erneut ihre Hände mit Desinfektionsmittel reinigte. Marlene saß neben Apollonia im Heu, hielt ihre Hand und sprach ihr Mut zu.

»Das wird, Madl. Gleich ist es geschafft. Nur noch ein bisserl durchhalten.«

Es dauerte vier Presswehen, dann war das Kind geboren. Es war ein zierlicher Säugling, ein Mädchen. Maria schätzte, dass das Mädchen weniger als sechs Pfund auf die Waage bringen würde. Doch das war in diesem Augenblick gleichgültig. Es überwog die Erleichterung über die gelungene Geburt.

Sie legte den Säugling Apollonia in die Arme, und die Augen der jungen Frau, die selbst fast noch ein Kind war, begannen beim Anblick ihrer Tochter zu strahlen. Die neben ihr sitzende Marlene heulte und schniefte vor Rührung. Sie fischte ein Stofftaschentuch aus ihrer Schürzentasche, schnäuzte kräftig, seufzte selig und meinte. »Ach, ist das herzig. So ein Püppchen aber auch.«

Mit großen Augen betrat Korbinian wenig später die Scheune und bestaunte seine Tochter. Eine der Mägde hatte ihn über die geglückte Geburt informiert. Gerührt betrachteten Maria und Marlene das familiäre Glück.

»Ach, so ein Kindchen ist doch immer wieder ein Segen«, sagte die Sennerin und wischte sich eine Träne aus dem Augenwinkel.

Ihre Aussage ließ Korbinian aufblicken, seine Miene war

nun ernst, und eine Sorgenfalte hatte sich zwischen seinen buschigen Augenbrauen gebildet.

»Das mag sein, wenn alles seine Ordnung hat«, erwiderte er. »Aber für uns ist die Kleine, so niedlich sie auch sein mag, eine Belastung. Seitdem wir von der Schwangerschaft wissen, ist nichts mehr wie zuvor. Als Apollonia sie damals nicht mehr geheim halten konnte, ist sie vom Hof geworfen worden, und ich bin mit ihr gegangen. Die letzten Monate waren eine Odyssee für uns, nirgendwo wollte uns jemand haben, und weil wir keinen festen Wohnsitz mehr hatten, durften wir auch nicht heiraten. Wir führen ein Dasein wie Landstreicher, und das alles nur, weil wir einander lieben. Wie soll es denn jetzt weitergehen? Auch noch mit dem Kind?«

Maria wusste nicht, was sie antworten sollte. Ähnliche Geschichten kannte sie zur Genüge. Dass der Vater des Kindes zur Frau hielt, war hier jedoch neu. Korbinians Verhalten freute sie.

Marlene antwortete ihm: »Also wenn ihr wollt, könnt ihr gern bei uns bleiben. Sowohl hier oben auf der Alm als auch unten auf dem Hof sind helfende Hände willkommen. Ich muss das natürlich noch mit meinem Gustav besprechen, aber er wird bestimmt nichts einzuwenden haben. Eine Bedingung habe ich aber. Ihr zwei müsst heiraten, und das so schnell wie möglich. Sodom und Gomorrha gibt es bei uns nämlich nicht.«

# 17. Kapitel

*25. Juli 1893*

Maria wusste nicht, was sie der alten Bauersfrau antworten sollte, so sehr schockierten sie ihre Worte.

»Jetzt schau nicht so Madl«, sagte Rosi Stiegelmayer. »Ich mein, ich muss doch mal was unternehmen und mit jemandem über meinen Kummer reden dürfen. Und mit wem sollt ich denn sonst über so etwas sprechen als mit der neuen Storchenfrau, die sich ja angeblich so viel besser auskennt als unsere Alma.«

»Verstehe«, antwortete Maria und ignorierte den Zweifel in Rosis Stimme. Sie schenkte der neben ihrem Schreibtisch sitzenden Rosi ein Lächeln und brachte es nicht fertig, mit der nächsten Frage hinter dem Berg zu halten: »Und weshalb bist du dann zu mir und nicht zur Alma gegangen? Soweit ich weiß, denkt sie noch immer nicht daran, in den Ruhestand zu gehen. Erst gestern hat sie das achte Kind der Bacherin auf die Welt geholt.«

Maria war stets gut darüber informiert, was ihre Konkurrentin im Ort tat. Sie führte sogar eine Liste darüber, welche Frauen in der Gegend von Alma betreut wurden, um ihr vorerst nicht mehr in die Quere zu kommen. Eine von ihnen, Lore Gruber, war vor drei Tagen am Kindbettfieber gestorben. Ihre acht Kinder waren zu Waisen geworden. Danzinger hatte ihr die schlechten Nachrichten überbracht, und in diesem Augenblick hatte sich Maria mal wieder schrecklich hilflos gefühlt. Aber sie hätte nichts tun können, um dieses Unglück zu verhindern. Nachdem sie ihre Anstellung als Hebamme im Ort angetreten hatte, war sie auch bei Lore Gruber vorstellig geworden, doch die hatte sie stur rausgeworfen. Nun war sie tot, und Maria ahnte, woran es gelegen hatte. Mit Sicherheit hatte Alma das vermaledeite Weihwasser benutzt. Morgen wurde Lore Gruber beerdigt.

»Ehrlich gesagt, hab ich schon mit der Alma über das Problem geredet«, gestand Rosi. »Aber sie sagt immer dasselbe. Die Frieda soll sich dem Hansi hingeben, sooft es eben geht, dann wird das schon werden. Und dann hat sie mir so einen Tee mitgegeben, angeblich soll der Fruchtbarkeit fördern. Den hab ich der Frieda auch schon gekocht, aber sie mag ihn nicht trinken, sagt, der schmeckt greislig. Ich will ihr aber auch nicht sagen, dass der gut fürs Kindermachen ist, sonst wird sie noch unruhig. Ich hab mir halt denkt, dass du vielleicht noch andere Tipps hast. Seit bald einem Jahren warte ich jetzt schon auf einen Enkelsohn, und nix passiert. Inzwischen wären mir auch Madln recht, Hauptsache, sie wird überhaupt mal schwanger. Sonst muss sich der Hansi tatsächlich Gedanken über eine Scheidung machen, denn wir brauchen einen Erben für den Hof. Wobei, schade wäre es schon. Ich hab denkt, die Frieda wäre die perfekte Wahl. Sie kommt von einem anständigen Hof, hübsch ist sie, anpacken kann sie auch und bei den Mägden und Knechten durchgreifen. Aber wenn sie als zukünftige Bäuerin nicht bald schwanger wird, dann werden die sie auch nicht mehr respektieren und aufmüpfig werden.«

Sie stieß einen Seufzer aus, und Maria fühlte sich zwischen den Gefühlen von Mitleid und Unverständnis für die alte Frau hin und her gerissen. Sie entschied sich für den diplomatischen Weg. Rosi war mit einem speziellen Anliegen zu ihr gekommen und ersuchte um Rat. Darum galt es, sich zu kümmern. Das andere Gerede sollte sie, auch wenn es schwerfiel, ausblenden.

»Ich würde Frieda noch etwas mehr Zeit geben«, sagte sie also. »Manches Mal dauert es eben etwas länger. Die Idee mit dem Tee von Alma war schon ganz gut. Wenn es in den nächsten Monaten nicht funktioniert, kann Frieda ja mal bei Danzinger zu einer genaueren Untersuchung vorstellig werden. Aber ich bin mir sicher, dass das gar nicht erst notwendig sein wird. Am besten setzt ihr sie nicht unter Druck und wartet ab. Was ist denn drin im Tee von Alma? Ich kann dir gerne noch eine andere Mischung mitgeben. Mit Himbeerblättern und Frauenmantel sind gute Erfahrungen zum Thema Fruchtbarkeit gemacht worden.«

An der säuerlichen Miene von Rosi war zu erkennen, dass ihr Marias Antwort nicht gefiel.

»Also kannst du auch nix anderes sagen als die Alma«, antwortete sie. »Da hätte ich mir den Weg auch sparen können. Der Tee ist auch der gleiche. Und ich hab mir denkt, du wüsstest mehr, weil die da in München jetzt ja alle so modern sind. So kann man sich täuschen. Da fragt man sich schon, weshalb du jetzt überhaupt herkommen hast müssen. Kinder bringt die Alma auch noch anständig auf die Welt.«

Nun riss Maria endgültig der Geduldfaden. Was bildete sich diese Frau ein, sie so offen zu beleidigen und ihre Kompetenz und die fundierte Ausbildung an der Gebäranstalt infrage zu stellen? Die arme Frieda, mit einer solch boshaften Schwiegermutter im Haus würde vermutlich keine Frau schwanger werden.

»Es reicht«, entgegnete sie in einem scharfen Tonfall. »Meine Aufgabe als Hebamme ist es, Kinder auf die Welt zu holen. Für die Fruchtbarkeit von Paaren bin weder ich noch Alma zuständig. Der Herrgott im Himmel allein schenkt neues Leben, nicht wir. Und unsere Ausbildung an der Gebäranstalt folgte den neuesten medizinischen Erkenntnissen. Hüte also deine Zunge, Stiegelmayerin. Es ist besser, wenn du jetzt gehst.« Sie erhob sich und öffnete demonstrativ die Tür.

»Also ich glaub es ja nicht«, echauffierte sich Rosi. »Wie redest du junges Ding denn mit mir? Ich hätte es wissen müssen. Du bist und bleibst ein Bankert. Etwas anderes war von einer wie dir ja nicht zu erwarten.« Schwungvoll stand sie auf und funkelte Maria böse an. »Sollte die Frieda schwanger werden, dann lass ich nach der Alma schicken. Die weiß sich zu benehmen und ist kein so sündiges Weib. Grüß Gott!« Damit rauschte Rosi aus dem Raum und durch die geöffnete Haustür nach draußen. Burgi, die auf der Hausbank mit ihrem Strickzeug saß, sah ihr verdutzt hinterher. Maria trat nun ebenfalls nach draußen und konnte ein Fluchen nicht unterdrücken: »Diese verbohrte Hexe. Soll sie an ihrer eigenen Boshaftigkeit ersticken.«

»Das wäre was«, antwortete Burgi trocken. »Aber den Gefallen wird sie uns bestimmt nicht tun.« Burgi legte ihr Strickzeug zur Seite und stand auf. »Lass dich von der blöden Kuh nicht einschüchtern«, tröstete sie. »Du bist eine ganz großartige Hebamme und wirst bei den Leuten immer beliebter. Und wie du schon gesagt hast: Eine Hebamme ist dafür da, die

Kinder auf die Welt zu holen, für die Zeugung bist du nun wirklich nicht zuständig.« Nach einem irritierten Blick von Maria deutete sie auf das angelehnte Fenster hinter sich. »Ich habe vielleicht ein wenig gelauscht.«

Maria konnte sich ein Grinsen nicht verkneifen. Dann bedankte sie sich und nickte. »Hast ja recht. Aber so ein Gerede setzt mir halt immer noch zu. Auch wäre es besser, wenn Alma endlich in den Ruhestand gehen und nicht mehr gegen mich arbeiten würde.«

»Da sagst du was«, antwortete Burgi und stieß einen Seufzer aus. »Sie ist und bleibt halt stur. Aber verstehen kann ich ihr Tun schon auch irgendwie. Ihr Lebtag lang war sie Hebamme, da fällt das Loslassen bestimmt nicht leicht.«

Sie ging ins Haus, und Maria setzte sich auf die Hausbank. *Ihr Lebtag lang*, wiederholte sie in Gedanken. Alma war über sechzig. Mehr als vierzig Jahre war sie die Storchentante der Gegend gewesen und hatte eine ganze Generation Brannenburger auf die Welt geholt. War es da nicht tatsächlich anmaßend von ihr, einem Madl, bisserl älter als zwanzig, sie zu kritisieren?

Burgi kam mit einem Kaffeehaferl und einem Kuchenteller zurück, als ein kleiner Karren vorfuhr, vor den ein braunes Pony mit einer hellen Mähne gespannt war. Ein junger Knecht saß auf dem Kutschbock, der es wohl nicht für notwendig hielt, abzusteigen, sondern ihnen nur zurief: »Ist eine von euch beiden die neue Hebamme? Die Bäuerin vom Antritthof braucht dringend Hilfe. Es stimmt was nicht. Es ist noch gar nicht an der Zeit. Schnell, du musst helfen.«

Maria sprang sogleich alarmiert auf, eilte ins Haus, holte ihren Hebammenkoffer und kletterte hastig auf den Kutschbock. Die Bäuerin vom Antritthof war Josefa Scherer, und sie war eines von Marias Sorgenkindern. Josefa war fünfunddreißig Jahre alt und hatte bereits vier Kinder, drei Töchter und einen Buben. Der Bub war vor sechs Jahren zur Welt gekommen, seitdem hatte sie zwölf Fehlgeburten erlitten, die letzte hätte sie beinahe umgebracht. Doktor Danzinger hatte sie beschworen, in Keuschheit zu leben, denn eine weitere Schwangerschaft könnte tödlich für sie enden. Doch sie war erneut schwanger geworden und nun am Ende des siebten Monats. Für eine Geburt war das viel zu früh, und das Kind wäre nicht lebensfähig.

Der Knecht trieb das Pony mit der Peitsche zur Eile an, und sie rumpelten über den ungeteerten Weg durch den Ort Brannenburg, wo sie von einigen Passanten neugierig beäugt wurden. Es ging am Bräuhaus vorbei und den Berg hinauf zum Antritt. Als sie vor dem gepflegt aussehenden Hof hielten, kam Wally Scherer, die Schwiegermutter von Josefa, aufgeregt winkend aus dem Haus gelaufen.

»Dem Herrn im Himmel sei Dank, du bist da, Maria. Komm schnell. Solch ein Unglück. Sie macht kaum noch einen Laut.«

Die Worte der alten Bäuerin erschreckten Maria, und sie wies den Knecht an, Danzinger zu holen. Hier brauchte es eindeutig einen Arzt.

Maria folgte Wally ins Haus und eine steile Stiege nach oben. Gegenüber der Treppe befand sich das geräumige elterliche Schlafzimmer. Der Raum war mit prächtigen Bauernmöbeln eingerichtet, die den Wohlstand der Familie zeigten. Geldnot hatte es im Hause Scherer noch nie gegeben. Dafür andere Sorgen, die auch der Reichtum nicht vertreiben konnte.

Josefa lag in gekrümmter Haltung im Bett, ihre Arme hatte sie um ihren Bauch geschlungen, ihr Gesicht war schmerzverzerrt und leichenblass.

»Nein, nein, nein!« rief Maria aus und eilte sogleich zu ihr. Sie zog das karierte Federbett fort, mit dem Josefa bis zur Hälfte zugedeckt worden war und schob Josefas Röcke nach oben. Alles war voller Blut.

»Um Himmels willen!«, hörte sie Wally hinter sich rufen. Die alte Frau bekreuzigte sich.

Maria drückte Josefas Beine auseinander. Der Kopf des Säuglings war bereits geboren.

»Schnell, ein Tuch!«, rief sie. »Das Kind kommt.«

Wally holte rasch ein sauberes Handtuch aus einer Kommode und reichte es Maria.

»Es ist gleich gut, Josefa. Gleich ist es geschafft.«

Sie griff behutsam zu, dreht vorsichtig die Schultern des Kindchens heraus und der restliche Körper rutschte hinterher. Es war ein Mädchen, klein und blutverschmiert, viel zu früh geboren. Doch trotzdem wollte Maria das Kindchen nicht gleich aufgeben. Sie wischte es rasch ab, befreite Nase und Mund vom Schleim und pustete ihm vorsichtig Luft in das winzige Mündchen. Da geschah das Wunder: Der winzige Säugling begann, leise zu greinen.

»Sie lebt«, sagte Maria erleichtert. Das seltene Wunder erfüllte sie mit Glück. Sie sah zu Josefa und sagte: »Hörst du? Deine Tochter lebt.«

Da sah sie, dass Josefas Kopf zur Seite gekippt war, sie war bewusstlos. Ihre Lippen begannen sich blau zu färben.

»Oh, bitte nicht!«, rief Maria und legte das kleine Bündel

Mensch behutsam zur Seite. »Hilf uns, Wally. Klopf ihr auf die Wangen, schüttle sie. Sie muss wach bleiben. Hörst du? Sie muss wach bleiben.«

Die alte Wally tat wie geheißen, sie rüttelte an ihrer Schwiegertochter und beschwor sie aufzuwachen, doch es half nichts. Sie verlor noch immer zu viel Blut. Die Plazenta kam, war jedoch nicht vollständig, was Maria auf den ersten Blick erkannte.

»Komm schon«, flehte sie und versuchte den nicht enden wollenden Blutfluss mit einem Tuch zu stoppen. »Du darfst jetzt nicht aufgeben. Nicht gehen. Es wird bestimmt alles wieder gut werden.«

Im nächsten Moment schob sie jemand zur Seite.

»Ich bin hier«, hörte sie Danziger neben sich sagen. »Sie braucht eine Ausschabung, sofort! Kümmere dich um das Kind.« Er deutete auf den winzigen Säugling, der noch immer leise greinte. Maria nahm das Mädchen an sich und beobachtete gemeinsam mit der alten Wally wie betäubt, wie der Arzt versuchte, Josefa das Leben zu retten.

Es gelang ihm nicht. Sie verlor einfach zu viel Blut. Nach einer gefühlten Ewigkeit gab er auf, ließ die Hände sinken und schüttelte den Kopf.

»Sie ist tot. Verdammt noch eins!« Er schloss die Augen, und im Raum herrschte nun betretene Stille. Wally bekreuzigte sich, Marias Blick war auf das viele Blut auf dem Laken und an Josefas Beinen gerichtet. »Ich hatte es ihr gesagt«, war es Danzinger, der als Erster etwas sagte. »Ich hab es beiden gesagt, ihr und dem Lenz. Ich hab ihnen gesagt, dass sie eine nächste Schwangerschaft nicht überleben wird und sie sich beherrschen sollen. Warum können sie nicht hören? Verdammt noch mal?«

»Mei, sie haben vielleicht denkt, dass das eine Mal schon noch gehen würde«, antwortete Wally. »Die Josefa hat sich so sehr noch ein Madl gewünscht. Das hat sie jetzt ja auch bekommen.« Ihr Blick fiel auf das kleine Bündel Mensch, das Maria im Arm hielt. »Ein winziges Wunder, und sie kann es nicht sehen, nicht auf der Erde begrüßen.« Sie bekreuzigte sich erneut und bat den Arzt, zur Seite zu treten. »Wir müssen sie zurechtmachen. So braucht sie der Lenz nicht zu sehen. Der kommt bestimmt bald vom Heumachen heim. Ich weiß gar nicht, wie ich ihm das sagen soll. Das Blut muss weg. Das Kind, es muss gewaschen werden.«

Maria nickte. Sie mussten jetzt tun, was getan werden musste. Das Unglück war geschehen, nun galt es, sich zu kümmern.

Es erschien eine der Mägde, die bestürzt war, jedoch anpackte. Maria versorgte unterdessen das kleine Mädchen, wusch, vermaß und wog es. Noch immer regte es sich und atmete. Doch Danzinger, der es untersucht hatte, war ebenso skeptisch wie Maria. Es wog gerade einmal tausendsechshundert Gramm, und sein Herzschlag war jetzt schon langsamer, als er sein sollte. So wie es aussah, würde das kleine Mädchen bald seiner Mutter in den Himmel folgen.

Traurig sah auch Doktor Danzinger das noch immer namenlose Kind an und sagte: »Du solltest so schnell wie möglich mit ihr zum Pfarrer gehen und sie taufen lassen. Sie wird die nächsten Stunden vermutlich nicht überleben. Welchen Namen sollte sie denn erhalten?«, fragte er und sah Wally an.

»Susanne, nach ihrer Großmutter mütterlicherseits«, antwortete sie mit betretener Miene, in ihren Händen hielt sie einen blutverschmierten Lappen. Die Magd hatte nun doch zu weinen begonnen und schniefte leise.

»Das ist ein wunderschöner Name, und ich finde, er passt zur ihr«, antwortete Maria, der seltsamerweise nicht nach Weinen zumute war. Sie musste nun Stärke beweisen. Das war sie Josefa und der kleinen Susanne schuldig.

Bald darauf saß sie erneut auf dem Wagen des Knechts, die kleine Susanne hielt sie fest im Arm. Der junge Mann schwieg, seine Miene war betreten. Sie rumpelten den Weg entlang, die tief stehende Abendsonne zauberte ein magisch erscheinendes rotgoldenes Licht auf die Berggipfel. Die Gerüche von Heu und Blumen hingen in der Luft, es war einer dieser Sommertage, die man für immer festhalten wollte. Ein Tag für Maler, die das besondere Alpenglühen jedoch niemals so einfangen können, wie es tatsächlich war. Das kleine Mädchen auf ihrem Arm würde es niemals sehen. Es würde niemals erste Schritte tun, niemals bei der Heuernte helfen, würde keine Schule betreten, nicht wissen, was es bedeutete, zu lieben. *Eigentlich wäre heut ein perfekter Tag zum Auf-die-Welt-Kommen gewesen*, dachte Maria. Einer der hellen Tage, geflutet von Wärme und Licht. Doch es war einfach noch nicht an der Zeit gewesen.

Der Wagen hielt vor dem neben der Kirche stehenden Pfarrhaus, und der Knecht half Maria dabei, vom Wagen zu klettern. Die Tür des Pfarrhauses öffnete sich, und die Haushälterin des Pfarrers, Irmi, trat nach draußen. Sie sah Maria nur an, dann verschwand sie wieder. Wenige Minuten später erschien der

Pfarrer in Alltagskleidung. Er trug eine dunkle Hose, ein Hemd und darüber eine Strickjacke, obwohl es sommerlich warm war.

Maria trat näher.

»Grüß Gott«, sagte sie. »Wir brauchen eine Nottaufe. Schnell. Die Kleine wird nicht mehr lange am Leben bleiben, sie ist zu früh geboren.«

Der alte Pfarrer besah sich das Menschlein in Marias Armen näher, und sein Blick wurde mitleidig.

»Was ist jetzt?«, fragte Maria ungeduldig. »Wir müssen in die Kirche, sofort! Sie soll Susanne heißen.«

»Ich glaub nicht, dass wir das noch müssen«, antwortete er, nahm seine Nickelbrille von der Nase und hielt sie vor das kleine Mündchen des Säuglings. Sie beschlug nicht.

»Nein, bitte nicht«, hauchte Maria und sah den Pfarrer an. Tränen traten in ihre Augen. Er zuckte die Schultern, und seine Worte trafen sie bis ins Mark.

»Hättest du sie im Mutterleib getauft, wäre alles gut gewesen, und sie dürfte ins Familiengrab. Aber du willst ja nicht hören, mein Kind. Es ist deine Schuld, ihre Erbsünde ist auch die deine. Hörst du. Du hast Schuld auf dich geladen, und es wird eine Menge Buße brauchen, um sie wiedergutzumachen.«

## 18. Kapitel

*31. Juli 1893*

Jetzt schau nicht so traurig drein, heute ist ein guter Tag. Du hast ein Liebesglück gestiftet. Das ist doch etwas Großartiges«, versuchte Burgi Maria aufzuheitern, die nach den schrecklichen Erlebnissen auf dem Antritthof noch immer wie betäubt war und es nicht fertigbrachte, zur normalen Tagesordnung überzugehen.

Die anklagenden Worte des Pfarrers wollten ihr nicht aus dem Kopf gehen. Auch wenn sie wusste, dass sie richtig gehandelt hatte, fühlte sie sich schuldig.

»Und geheiratet wird ja auch im Rathaus und nicht in der Kirche, dann musst du dem depperten Pfarrer auch nicht mehr unter die Augen treten. Und das Wetter spielt auch mit. Es wird bestimmt eine schöne Hochzeit. Hach, ich finde, das Verhalten von der Marlene so großartig. Da richtet sie für die beiden jungen Leute auch noch eine Hochzeitsfeier auf dem Hof aus. Also so etwas würde nicht jeder Bauer machen.«

»Ja, das stimmt wohl«, pflichtete Maria Burgi bei. »Hast ja recht. Die Hochzeit ist etwas Gutes. Aber ich weiß trotzdem nicht, ob ich hingehen soll. Im Dorf wird noch immer viel wegen der Josefa geredet, wenig Nettes, wie ich gehört hab. Die meisten Frauen geben wohl dem Pfarrer recht. Wieso nur wollen sie nicht begreifen, dass ich nur das Beste für Mutter und Kind wollte?«

»Weil sie in ihrem alten Denken gefangen sind«, antwortete Burgi, stieß einen Seufzer aus und nippte an ihrem Kaffee.

Die beiden saßen an diesem warmen Sommermorgen auf der Hausbank. Burgi hatte sich alle Mühe gegeben, Maria mit einem feudalen Frühstück aufzuheitern. Es gab die verschiedensten Sorten hausgemachter Marmelade, Butter, feinsten Schinken und hart gekochte Eier. Doch Maria konnte sich nicht daran erfreuen, sie hatte sich noch kein Brot geschmiert und trank nur etwas Milchkaffee. Wieder einmal haderte sie mit sich, ob die Rückkehr in die Heimat tatsächlich richtig gewesen war. Vielleicht sollte sie Alma doch weiterhin das Feld überlassen und nach München zurückgehen. Die Frauen hier wollten keine Neuerungen, keine Verbesserungen, die ihnen vielleicht das Leben retten würden. Sie klammerten sich lieber an Althergebrachtes, an sinnlose Regeln der Kirche. Es war zum Heulen.

»Danzinger sollte sich den Pfarrer mal zur Brust nehmen«, schlug Burgi vor. »Auf so eine ärztliche Autorität hört der alte Dogmatiker vielleicht eher als auf eine junge Hebamme.« Sie nahm sich noch ein Brot und begann eine dicke Schicht Butter darauf zu schmieren, es folgte nicht weniger Marmelade.

»Mit Danzinger habe ich schon geredet«, antwortete Maria. »Ihn haben die Aussagen des Pfarrers schockiert, doch ändern wird er an dessen Handeln nicht viel können, wie er mir erklärte. Er hat schon mehrfach versucht, mit Ströbel zu reden, aber der bleibt stur. Ungetaufte Kinder werden nicht auf seinen Friedhöfen bestattet.«

»Versteh einer die Pfaffen«, sagte Burgi und schüttelte den Kopf. »Ich bin mir sicher, dem Herrgott im Himmel ist das depperte Weihwasser egal.«

»Er wird es uns nicht sagen«, antwortete Maria und seufzte.

Eine Weile redete nun keiner, und die Stille hatte etwas Beklemmendes an sich. Der Tod saß mit am Tisch und war nur schwer zu vertreiben. Burgi meldete sich als Erste wieder zu Wort: »Du solltest jetzt wirklich etwas essen«, meinte sie. »Nicht, dass du uns im Standesamt noch aus den Latschen kippst. Nach Weihrauch stinkt es da ja nicht, aber in dem kleinen Trauzimmer ist es immer so stickig, und bei der heutigen Hitze wird es kaum auszuhalten sein. Also die Hundstage machen ihrem Namen in diesem Jahr mal wieder alle Ehre. Das muss man ihnen lassen. Da werden wir in unseren Sonntagskleidern recht ordentlich schwitzen.«

»Am liebsten würde ich hierbleiben«, antwortete Maria.

»Na, das wäre aber ein schöner Schlamassel, wenn die Trauzeugin nicht kommt. Also ich finde es ja so nett, dass das junge Paar dich gefragt hat. Die wissen eine anständige Hebamme und ihren Einsatz für das Leben halt noch wertzuschätzen.«

Burgis Worte zauberten Maria nun doch ein Lächeln auf die Lippen

»Siehst du, alles halb so schlimm«, sagte Burgi und tätschelte Marias Arm. »Wo Schatten ist, da ist auch Licht, oder so ähnlich. Ach, weißt doch, dass ich es nicht so mit Sprichwörtern hab. Jetzt isst noch ein, zwei Marmeladenbrot und trinkst noch ein Haferl Kaffee, und dann hübschen wir zwei uns auf. Ach, das wird heute bestimmt ein schöner Tag werden. Und hoffentlich hat kein Butzerl die Idee, zur Welt kommen zu wollen. So eine Hebamme braucht auch mal ihre Ruhe.«

»Also gut«, gab sich Maria geschlagen und nahm sich eine Brotscheibe. »Dann esse ich jetzt etwas, und dann machen wir uns fertig. Du hast recht. Heute überwiegt der Sonnenschein, und ich sollte aufhören zu grübeln.«

Am Abend desselben Tages saß Maria auf einer Holzbank im festlich geschmückten Innenhof des Kronbergerhofs und betrachtete lächelnd das sich zur romantischen Musik auf der Tanzfläche drehende Brautpaar.

Apollonia hatte von Marlene ein abgelegtes Sonntagskleid geerbt. Es war schwarz, hochgeschlossen und aus einem schimmernden Stoff gefertigt. Auf ihrem Kopf ruhte ein hübscher Blumenkranz aus Margeriten und Glockenblumen. Sie sah so wunderhübsch aus, wie die perfekte Braut. Noch viel mehr wog jedoch, dass sie eine verliebte Braut war, was nicht allzu oft vorkam. Meist heirateten die jungen Frauen damit sie versorgt waren, Liebesehen wurden, in welchen Kreisen auch immer, nur selten geschlossen.

Marias Blick wanderte auf die andere Seite des Hofes. Dort stand Max mit einer Gruppe Männer beisammen, allesamt hatten sie Bierkrüge in den Händen und lachten gerade über irgendetwas. Sein Anblick sorgte dafür, dass ihr das Herz schwer wurde. In einem anderen Leben hätte sie vielleicht mit ihm ebenso verliebt wie das Brautpaar tanzen, hätte sie an seiner Seite glücklich werden können. Ausgerechnet Annemarie war diejenige, die sie aus ihren Gedanken riss, indem sie sich neben sie setzte und sie ansprach: »Du sitzt hier so allein, Trauzeugin, und schaust so unglücklich drein. Denkst immer noch an die arme Josefa und ihr Kind?«

Maria sah Annemarie mit großen Augen an.

»Ach du je«, sagte diese. »Ich wollte dich nicht erschrecken.«

»Schon gut. Ich war nur gerade in Gedanken«, antwortete Maria und lächelte verbindlich. Annemarie setzte sich neben sie und blickte auf das sich noch immer auf der Tanzfläche drehende Brautpaar, dem einige andere Pärchen Gesellschaft leisteten. Besonders süß war ein altes Ehepaar, der Schmied aus Degerndorf und seine Frau. Beide waren bereits über siebzig Jahre alt. Sie tanzten ebenfalls eng umschlungen, anscheinend war es auch bei ihnen eine Liebesheirat gewesen.

»Ist es nicht schön, die beiden so zu sehen?«, sagte Annemarie und seufzte selig. »Ich wünschte, Max und ich wären ähnlich verliebt wie die beiden.«

Maria schaute Annemarie überrascht an. Diese jedoch zuckte nur gelassen mit den Schultern.

»Ich meine, wir haben einander schon gern. Wie du weißt, kennen wir uns schon unser ganzes Leben lang, und seit ich denken kann, stand fest, dass wir mal heiraten werden. Da muss man einander schon zugetan sein. Aber ich glaub nicht, dass wir so eine Liebe wie die beiden füreinander empfinden. Die zwei haben wirklich großes Glück. Auch dass sie dich hatten. Du warst wie ein rettender Engel für sie.«

»Ach, ich hab doch nur meine Arbeit gemacht«, antwortete Maria und winkte ab. »Jede andere Hebamme hätte in diesem Moment dasselbe getan.«

»Wir wissen beide, dass das nicht stimmt. Alma hätte den Bankert bestimmt nicht auf die Welt geholt.« Annemarie biss sich auf die Lippen. »Entschuldige bitte«, sagte sie. »Ich wollte dir nicht zu nahe treten. Für mich bist du kein Bankert, das warst du auch nie für Max.« Ihr Blick wanderte zu ihrem Ehemann, der gerade laut über irgendetwas lachte und einem der anderen Männer auf die Schulter klopfte. »Für ihn warst du immer etwas Besonderes.«

In ihrer Stimme schwang nun ein seltsamer Unterton mit, der Maria aufmerken ließ, und sie richtete sich ein Stück auf. Was war das hier für ein Gespräch? Immerhin kannten sich Annemarie und sie zwar, jedoch hatten sie noch nie über solch intime Themen gesprochen.

»Ich weiß, es ist unsinnig, aber ich glaube, er liebt dich.« Nun sah Annemarie Maria direkt an, und in ihrem Blick lag Traurigkeit. »Er liebte dich schon immer, das Findelkind, sein Schwesterchen, wie er dich immer nennt.«

Annemarie schwieg, sah Maria aber weiter unverwandt an. Diese spürte, wie sich ihr Herzschlag beschleunigte. Sie ahnte nun, in welche Richtung sich das Gespräch entwickelte. Annemarie holte tief Luft, bevor sie weitersprach.

»Liebst du ihn auch? So wie du ihn gerade angesehen hast, so voller Sehnsucht, denke ich, du tust es.« Tränen sammelten sich in ihren Augen. In ihrer Stimme schwang nun Verzweiflung mit. »Sag es mir. Bitte. Ich muss es wissen.«

Maria fühlte, wie Hilflosigkeit in ihr aufstieg, und ihr Herz klopfte nun wie verrückt. Sie wusste, dass sie in diesem Moment lügen musste, um Annemarie zu beschützen, um sich selbst nicht in Gefahr zu bringen. Oder befand sie sich in dieser nicht längst? Just in diesem Moment sah Max zu ihnen herüber, und sein Blick lag auf ihr, nicht auf seiner Ehefrau. Sie wandte den Kopf bewusst zur Seite, wollte ihn in diesem Moment nicht ansehen. Zu den Problemen des Hebammendaseins gesellten sich nun die privaten hinzu.

Erneut dachte sie ans Fortlaufen. Doch wer würde dann

Frauen wie Apollonia helfen? Annemarie hatte recht, Alma hätte es gewiss nicht getan. Wer würde den Kampf gegen den sturen Pfarrer aufnehmen und ihn vielleicht doch umstimmen, von alten Prinzipien abzuweichen? Wenn sie beharrlich bliebe, würde er vielleicht doch noch einlenken und Verständnis für die neue Vorgehensweise der Hebammen zeigen. Alma würde dafür nicht kämpfen. In München wäre Marias Leben vielleicht einfacher, aber wollte sie das? Sie hatte ohnehin immer kämpfen müssen.

Maria straffte die Schultern. Sie hatte ihre privaten Empfindungen hintanzustellen, Max war ihr Freund, sie durfte ihn nicht lieben. Sie würde ihn nicht lieben, sie liebte ihn nicht.

»Ich liebe ihn nicht«, sagte sie mit fester Stimme und sah Annemarie dabei direkt an. In diesem Moment fühlte sie nur Stärke in sich, nichts anderes. »Wir sind einfach nur Freunde, wie Bruder und Schwester aufgewachsen. Das weißt du doch. Max hat dich mehr als gern. Für ihn war es keine Pflichtehe. Ich weiß das. Er hat mich wegen dir hierhergeholt. Weil er will, dass es dir und eurem Kind gut geht. Ich werde nie eine Konkurrenz für dich sein. Das versichere ich dir.« Nun schluckte Maria, doch sie hielt Annemaries Blick fest. Diese nickte nun, und Maria erkannte die Erleichterung in ihren Augen.

»Danke dir«, antwortete sie. »Ich bin dumm, ich hätte nicht fragen sollen. Es ist der Alkohol. Weißt du. Ich glaube, ich habe zu viel Bier getrunken.«

»Das solltest du nicht tun«, antwortete Maria. »Dem Kleinen zuliebe. Das hat dir Danzinger aber doch bestimmt gesagt. Gegen ein kleines Glas Bier ist sicher nichts einzuwenden, aber zu viel ist nicht gut, der Alkohol geht aufs Kind über.«

»Das hatte ich vergessen«, antwortete Annemarie und legte die Hand auf ihren Bauch. »Aber so schlimm wird es schon nicht sein. Bier wird hier bei uns doch dauernd getrunken, so mancher Säugling kriegt schon den Schaum ins Mündchen geschoben. Bayerische Kinder sind da abgehärtet.«

Ihre Aussage brachte Maria zum Schmunzeln. Wenn es um das Thema Bierkonsum ging, würden sich die Hebammen in Bayern wohl noch lange den Mund fusselig reden.

Burgi gesellte sich zu ihnen. Sie schwankte etwas und kicherte albern. Auch sie hatte eindeutig zu tief ins Glas geguckt, allerdings roch sie nicht nach Bier, sondern nach Schnaps. Sie setzte sich neben Maria und rempelte sie mit der Schulter an. »Der Flori hat mir ein Kompliment gemacht. Er hat gesagt, dass ich die hübscheste Frau auf dem Hof wäre und er mich sofort heiraten tät. Ist das nicht lieb von ihm? Vielleicht mach ich des glatt auf meine alten Tage. Ich mein, so einen Braumeister angelt sich nicht jedes in die Jahre gekommene Weiberl. Was meinst?« Sie sah Maria mit großen Augen an. Die musste grinsen, ebenso wie Annemarie. Es war weithin bekannt, dass der Braumeister Florian Simmerer, sobald er etwas zu tief ins Glas geschaut hatte, jedem Weiberrock nachstieg.

»Ich glaube, es ist Zeit für uns, nach Hause zu gehen«, meinte Maria. »Ist besser, du gehst jetzt deinen Rausch ausschlafen.« Sie erhob sich und zog Burgi auf die Füße. »Es ist ja auch noch ein Stück zu laufen bis daheim. Für heute ist genug.«

»Mei, schade«, lallte Burgi. »Der Flori hätte mit mir bestimmt noch eine Runde getanzt.«

»Das macht der bestimmt auch ein andermal«, antwortete Maria, und ihr Blick fiel auf das sich noch immer auf der Tanzfläche drehende Brautpaar. »Ich glaub, sie nehmen es uns nicht übel, wenn wir uns nicht verabschieden.« Sie schloss Annemarie in die Arme. Dann winkte sie der auf der anderen Seite des Innenhofs stehenden Marlene noch einmal zu und zeigte ihr durch Deuten auf das Hoftor, dass sie die Feier nun verlassen würden. Marlene nickte und winkte fröhlich zurück. Die Bäuerin hatte sichtlich Freude an dem Fest, bis vor Kurzem hatte auch sie noch ausgelassen getanzt.

Wenig später liefen Maria und Burgi durch das im Dunkeln liegende Brannenburg. Burgi hatte ordentlich Schlagseite, und Maria hielt sie lieber an der Hand, damit sie ihr nicht noch abhandenkam. Ihre Hausmamsell sang einen Gassenhauer und hörte trotz mehrfacher Ermahnung von Maria damit nicht auf. Auf der Höhe der Kirche begegnete ihnen einer der Nachtwächter, die jeden Abend patrouillierten. Heute war es Ernst Bachinger, einer der Schlossgärtner.

»Na, ihr beiden. Ihr kommt bestimmt von der Hochzeitsfeier bei den Kronbergers. Hab schon gehört, dass es da recht zünftig zugeht. Ich bitte euch trotzdem, bisserl leiser zu sein. Wir wollen doch die Nachtruhe der Leute nicht stören.«

Er hob mahnend den Zeigefinger, und sein Blick richtete sich dabei auf Burgi, die ihn jedoch nicht ernst nahm und stattdessen einen Lachkrampf bekam.

»Ich sehe zu, dass ich sie rasch heimbring«, versicherte Maria. »Es war ein Glas zu viel.«

»Eher zwei oder drei«, merkte Bachinger an und schüttelte den Kopf. »Dann schauts zu, dass ihr weiterkommts, und du, Burgi, schläfst mal lieber deinen Rausch aus. Gute Nachtruhe wünsche ich.« Er tippte an seinen Hut und ging seines Weges.

Maria und Burgi liefen weiter, und Burgi tat Maria den Gefallen und sang nicht mehr lautstark. Sie verkündete nun jedoch, dass ihr schlecht wäre und sich alles drehen würde. Im nächsten Moment blieb sie am Wegesrand stehen und meinte, gleich speiben zu müssen. Keine Minute später erbrach sich Burgi in die Wiese.

»Jetzt ist es wenigstens raus«, kommentierte Maria ohne Mitleid. Mit dem übermäßigen Konsum von Alkohol hatte sie noch nie etwas anfangen können. Erst ein Mal in ihrem Leben hatte sie etwas zu viel Schnaps getrunken, und da war es ihr äußerst schlecht gegangen. Seitdem rührte sie dieses Teufelszeug nicht mehr an, und auch Bier oder Wein trank sie nur in Maßen. Als Hebamme galt es sowieso, einen klaren Kopf zu behalten, schließlich war sie ja praktisch immer im Einsatz. Einen Rausch konnte sie da nicht gebrauchen.

Es war ein typisches Geräusch, das sie aufmerken ließ. Es kam von dem nahe gelegenen Ledererhof. In einem der Fenster brannte noch Licht, und sie sah die Umrisse einer Frau mit einem Säugling auf dem Arm. Sie wusste, wer die Frau war. Marille Kramer, die Schwiegertochter des Kramerbauern, die vor vier Wochen ihr erstes Kind bekommen hatte und mit dessen Versorgung etwas überfordert war. Sie brachte es einfach nicht fertig, dem Säugling einen geregelten Rhythmus anzugewöhnen. In diesem Augenblick wünschte sich Maria, sie könnte spontan zu ihr gehen und ihr helfen, doch sie konnte Burgi in ihrem Zustand nicht unbeaufsichtigt lassen. Ihre Hausmamsell richtete sich gerade wieder auf, stöhnte und sagte: »Ich glaub, jetzt geht es mir besser.«

»Fein«, antwortete Maria, die nun ungeduldig mit dem Fuß

auftippte. »Dann lass uns rasch weitergehen, damit du deinen Rausch ausschlafen kannst. Musst dich morgen auch nicht ums Frühstück kümmern. Ich komm schon zurecht.«

Just in diesem Moment hörte sie das Klappern von Hufen, und sie wandte sich um. Ein Karren hielt neben ihnen, und zu Marias Erleichterung erkannte sie den Sohn des Bichlbauern, Matthias, und seine Verlobte, die Christel.

»Guten Abend, ihr beiden. Eine Mitfahrgelegenheit gefällig?«, fragte Christel, die in ihrem Trachtenkleid und mit den geflochtenen Haaren ganz entzückend aussah.

Maria brachte das Angebot der beiden auf eine Idee, und sie fragte, ob sie so nett wären, Burgi heim und ins Bett zu bringen. Weshalb sie darum bat, erklärte sie mit wenigen Worten und deutete auf den Ledererhof.

»Aber gern«, antwortete Christel. »So eine Hebamme ist eben Tag und Nacht im Einsatz.« Sie sprang vom Kutschbock. »Komm, Burgi. Ich helf dir auf den Wagen.«

Nachdem Burgi aufgestiegen war, setzte sich der Karren rumpelnd in Bewegung, und Maria winkte ihm erleichtert nach. »Die bin ich los«, murmelte sie und kam nicht umhin, auf dem kurzen Weg zum Ledererhof zu schmunzeln. Ihr war die Gesellschaft eines brüllenden Säuglings und seiner überforderten Mutter lieber als die ihrer betrunkenen Hausmamsell. Der Anflug des guten Gefühls verschwand jedoch rasch wieder. Auf ihr Klopfen hin öffnete ihr nicht die junge Marille, sondern ihre Schwiegermutter, und die sah Maria grimmig an und sagte ohne ein Grußwort: »Was willst du denn hier? Sieh zu, dass du fortkommst. Mit dir gottlosen Frau will hier keiner etwas zu tun haben.«

Maria wich erschrocken zurück, noch ehe sie Antwort geben konnte, schloss sich die Tür wieder. In ihr stieg erneut die Hilflosigkeit auf, die sie schon am Morgen gespürt hatte. Sie schaute einen Moment wie erstarrt auf die geschlossene Tür, das Gebrüll des Säuglings war bis nach draußen zu hören. Sie sah erneut Josefa vor Augen, sah das viele Blut, sah den bösen Blick des Pfarrers, seine voller Hass ausgesprochenen Worte hallten in ihrem Kopf wider. Sie atmete tief durch, um sich zu beruhigen. Eigentlich hatte sie sich doch vorgenommen, sich nicht mehr so leicht fortjagen zu lassen. Doch was sollte sie machen? Schließlich konnte sie schlecht die Tür aufbrechen und sich so über das alte Weib hinwegsetzen.

Sie beschloss, es bei Gelegenheit noch einmal bei Marille zu versuchen. Eine Antwort wollte sie sich dennoch nicht verkneifen, und so hob sie die Stimme: »Jag mich ruhig fort«, sagte sie. »Aber nicht ich bin hier diejenige, die gottlos ist und Sünde auf sich geladen hat. Und es wird der Tag kommen, an dem auch ihr das begreifen werdet.«

## 19. Kapitel

*4. August 1893*

Marias Blick wanderte aus dem Fenster. Im Osten graute der Morgen. Noch stand der Mond am Himmel, doch schon bald würde er untergehen, und es würde vermutlich erneut ein schöner Sommertag werden. Der Geburtstag des kleinen Menschen, der in wenigen Minuten das Licht der Welt erblicken würde.

Sie saß auf dem Bett von Annamirl Gruber, die Schritte ihres Mannes waren zu hören, er lief nervös vor der Tür auf und ab. Er war extra aus dem Steinbruch hergeeilt, als ihm zu Ohren gekommen war, dass es losging. Dabei musste er gar nicht so aufgeregt sein. Es war eine normale Geburt, das zweite Kind, alles lief so, wie Maria es gerne hatte. Der Säugling lag im Mutterleib richtig, die Schwangerschaft war problemlos verlaufen. Annamirl war eine dieser beneidenswerten Frauen gewesen, die während dieser so besonderen Zeit noch schöner geworden war. Seidige Haut und volles Haar hatten ihr die Hormone beschert. Übelkeit hatte sie keine geplagt, und sie hatte trotz der Wärme kaum Wasser in den Beinen eingelagert. Ihr erstes Kind war ein Bub gewesen, Theodor, der ganze Stolz des Vaters. Er war jetzt vierzehn Monate alt und wurde von der Oma im Erdgeschoss gehütet.

Erneut setzte eine der Wehen ein, und Annamirl begann zu pressen.

»So ist es gut«, lobte Maria sie. »Weiter, schieben, weiter. Ich kann den Kopf schon sehen. Ein Stück geht noch. Du machst das großartig.«

Die Wehe ebbte ab, und Annamirl sank zurück in die Kissen. Maria hatte eine Menge davon in ihrem Rücken aufgestapelt, damit sie es bequem, aber auch eine besser Ausgangsposition zum Pressen hatte.

Annamirls Gesicht war von der Anstrengung gerötet, ihr blondes Haar klebte, vom Schweiß feucht, an ihrer Stirn. Auch das Nachthemd, das sie trug, war durchgeschwitzt.

»Gleich ist es geschafft«, sagte Maria und tätschelte Annamirls Oberschenkel. »Du machst das großartig. Nur noch wenige Male pressen, dann werden wir sehen, ob du recht hattest, und es dieses Mal ein Mädchen ist.«

»Mit Sicherheit ist es das«, antwortete Annamirl mit einem zaghaften Lächeln. »Bei dem Buben lag ich auch richtig. Wir werden sie Lena nach ihrer Großmutter taufen. Es geht wieder los.« Sie begann erneut zu pressen, während Maria ihre Finger auf den Damm legte, damit dieser nicht riss.

»Der Kopf ist da«, verkündete sie zu ihrer eigenen Überraschung schon im nächsten Moment mit klopfenden Herzen. Der Moment der eigentlichen Geburt euphorisierte sie jedes Mal aufs Neue. Sie war nur noch eine letzte Wehe davon entfernt, neues Leben auf dieser Welt zu begrüßen und wieder einmal dieses wunderbare Glücksgefühl zu erleben, nach dem sie süchtig war und das all die sie umgebenden Schwierigkeiten für einen Moment in den Schatten stellte. Sie bat Annamirl, nun weniger zu pressen, und half mit geübtem Griff dem Kind endgültig auf die Welt. Es war tatsächlich ein Mädchen, das nur wenige Sekunden später zwischen den Beinen seiner Mutter lag und Maria mit großen Augen ansah. Das Kind erweckte einen kräftigen Eindruck, und es war kaum noch Käseschmiere an seinem Körper. Besser konnte es nicht sein.

»Grüß Gott, mein Kleines«, begrüßte Maria den Säugling lächelnd und beantwortete Annamirl sogleich die Frage nach dem Geschlecht. »Du hast eine bezaubernde kleine Tochter. Du hattest recht.«

Sie durchtrennte die Nabelschnur, wickelte das Neugeborene in ein Handtuch und legte es in die Arme seiner Mutter.

Mit strahlenden Augen begrüßte Annamirl ihre Tochter.

»Was bist du wunderschön, meine Lena. Sie sieht aus wie ihr Papa. Findest du nicht auch?« Annamirl blickte zu Maria.

»Ja, das tut sie«, antwortete sie. »Und den soll sie gleich mal kennenlernen. Aber bisschen was gibt es bis zum Augenblick der Familienzusammenführung noch zu tun.« Sie zwinkerte Annamirl zu und nahm ihr die kleine Lena fürs Erste wieder aus den Armen.

Die warmen Strahlen der Augustsonne fluteten das elterliche Schlafzimmer, als Maria wenig später die Fenster weit öffnete. Annamirl sah bezaubernd aus, wie sie da mit der kleinen Lena im Bett saß. Sie trug ein rosa Nachthemd und darüber einen hellblauen Morgenmantel. Ihr langes blondes Haar hatte Maria zu einem Zopf geflochten.

»Bereit?«, versicherte sich Maria noch einmal, und Annamirl nickte.

Als Maria die Tür öffnete, betrat Johann Gruber, ein bulliger Mann mit dunkelbraunem Haar, dichten Augenbrauen und einem buschigen Oberlippenbart, den Raum. Mit großen

Augen und schüchternem Blick näherte er sich seiner Frau, die ihm strahlend verkündete, dass sie eine kleine Tochter hätten. Johann Gruber schluchzte auf und berührte vorsichtig die kleine Hand des Neugeborenen. Nun erschien auch die Großmutter, auf dem Arm hatte sie den großen Bruder, der schon einen recht munteren Eindruck machte. Eine Weile beobachtete Maria das Familienglück, dann zog sie sich zurück.

Johann Gruber bedankte sich zum Abschied noch einmal überschwänglich bei ihr und schüttelte ihr so kräftig die Hand, dass sie glaubte, er würde ihr den Arm abreißen. Die Großmutter ließ sie nicht das Haus verlassen, ohne ihr zum Dank einige Gläser selbst gemachte Marmelade mitzugeben. Maria war ganz gerührt. Solch ein liebevoller Abschied heilte ihre Seele und dämpfte die Zweifel, die sie nach Josefas Tod noch immer hin und wieder plagten. Sie versicherte, am Abend noch einmal vorbeizukommen, um nach Mutter und Tochter zu sehen.

Beschwingt von der gelungenen Geburt, machte sie sich im hellen Sonnenschein auf den Heimweg und schlenderte durch den Ortskern von Brannenburg, vorbei am Kramladen der Kohlaufs. Gundel rollte gerade einen Ständer mit Ansichtskarten nach draußen, grüßte freundlich und erkundigte sich sogleich neugierig, ob irgendwo ein neues Kindchen zur Welt gekommen sei. Maria sah keinen Grund, die frohe Kunde zu verheimlichen, denn im Ort wusste sowieso jeder, dass Annamirl hochschwanger gewesen war.

»Dann werde ich nachher gleich hochlaufen und gratulieren«, freute sich Gundel.

Maria setzte beschwingt ihren Weg fort. Die Tatsache, dass Gundel sich ihr gegenüber freundlich und nicht abweisend verhielt, erfreute sie in diesem Moment. Aber die gute Gundel war auch früher schon nett zu ihr gewesen und hatte sie nie spüren lassen, dass sie ein Bankert war. Auch gab sie viel auf die Meinung von Doktor Danzinger, in den sie, mochte man Burgis Geschwätz glauben, sogar ein wenig verliebt war. Maria hatte da ihre Zweifel. Die alte Kramerin, was für ein Unsinn.

Ein Stück weiter saß eine junge Frau auf einer Bank am Wegesrand und weinte. Maria kannte die Frau gut, ihr Name war Marianne Hinterberger, gerufen wurde sie von allen aber Nannerl. Sie hatte die rothaarige Frau vor einigen Wochen von ihrem fünften Kind, einem gesunden Knaben, entbunden. Maria blieb neben ihr stehen.

»Grüß dich Gott, Nannerl. Wieso sitzt du hier denn zu solch früher Stunde weinend? Ist etwas geschehen?«

Nannerl hob den Kopf und sah Maria an.

»Grüß dich, Maria«, erwiderte sie den Gruß, zog die Nase hoch und wischte sich die Tränen von den Wangen. »Nein, es ist nix geschehen. Es ist nur, also weißt …« Sie kam ins Stocken und sagte dann: »Ach, es ist so dumm von mir.«

»Wenn es dich zum Weinen bringt, kann es gar nicht dumm sein«, antwortete Maria, setzte sich neben sie und fragte: »Magst darüber reden?«

»Ich weiß nicht recht, ob du verstehen kannst, was ich meine«, antwortete sie. »Ich mein, du bist zwar eine Hebamme, aber halt keine Mutter. Also weißt auch nicht, wie sich diese Demütigung anfühlt.«

»Welche Demütigung?«, hakte Maria nach.

»Na, die Aussegnung in der Kirche. Kannst es auch den Erhalt des Muttersegens nennen. Die Geburt ist jetzt sechs Wochen her. Der Pfarrer hat mich einbestellt, und ich fürchte mich davor, zu ihm zu gehen. Mir schlottern so sehr die Knie, ich hab das Gefühl, ich kann nicht mehr weiterlaufen.«

»Darum geht es also«, antwortete Maria. Davon, dass der Muttersegen für die Frauen unschön sein konnte, hörte sie heute zum ersten Mal. »Ich weiß, ich bin keine Mutter, aber vielleicht magst mir erzählen, was du als demütigend empfindest. Wenn man über Dinge redet, werden sie manchmal erträglicher.«

»Das wird es bestimmt nicht«, antwortete Nannerl und zog erneut die Nase hoch. »Aber schaden tut es auch nicht. Dann weißt wenigstens schon, was auf dich zukommt, solltest du jemals Mutter werden. Die Sache mit der Sünde, weißt, weil du dich deinem Mann hingegeben hast, um ein Kind zu empfangen. Ich versteh das nicht. Warum sollen wir Frauen sündig sein, weil wir tun, was wir tun müssen, und die Mannsbilder sind es nicht? Die müssen nicht auf Knien zum Altar kriechen und sich von dem alten Pfarrer lateinische Gebete anhören oder sagen lassen, dass sie so schnell wie möglich noch ein Kind kriegen sollen. Versteh das einer. Da bezeichnen sie das Beieinanderliegen als Sünde, aber wir sollen es trotzdem tun, weil wir ja Kinder bekommen müssen.« Nannerl schluchzte nun heftig. »Und dann schaut einen der Herr Pfarrer auch immer so strafend an, während er die Gebete spricht, als wäre man der letzte Dreck. Am schlimmsten finde ich es aber, auf Knien in den Altarraum rutschen zu müssen. Oder bin ich kindisch? Vielleicht auch dumm, weil ich mir solche Fragen stelle oder weil ich solch eine Angst davor hab. Ach, ich wünschte, ich müsste keine Kinder mehr bekommen, aber das geht ja auch nicht. Bei der Anni ist der Pfarrer neulich zu Hause aufgetaucht, weil sie seit drei Jahren kein Kind mehr gekriegt hat. Er hat sie ins Gebet genommen, damit sie ihren Mutterpflichten nachkommt. Verstehe einer die Kirche. Was ist das Kinderkriegen denn nun? Eine Sünde oder eine Pflicht? Wenn es nach den bösen Blicken meiner Schwiegermutter geht, eher eine Sünde. Die schaut immer total grantig, wenn sie annimmt, dass wir es getan haben. Dann fühle ich mich immer ganz besonders schmutzig.«

Maria wusste im ersten Moment nicht, was sie auf den Redeschwall von Nannerl antworten sollte. Sie musste sich eingestehen, wenig über den Brauch der Aussegnung nach der Wochenbettzeit zu wissen. Dass die Frauen dabei zum Altar auf Knien rutschen mussten, hörte sie heute auch zum ersten Mal. Es klang tatsächlich nach einer Demütigung, und weshalb die Männer diese nicht auch erfuhren, verstand sie ebenfalls nicht. Immerhin gaben sie sich ja auch der Fleischeslust hin. Aber wenn es um die Geschlechter ging, wurde ja immer mit zweierlei Maß gemessen. So war es, und so würde es vermutlich für immer bleiben.

Sie merkte, dass ihr vor Bestürzung die Worte fehlten. Eine passende Erwiderung wollte ihr nicht einfallen. Am liebsten würde sie jetzt in die Kirche laufen und den Pfarrer anschreien, mit dieser Ungerechtigkeit aufzuhören. Die Geburt eines Kindes war keine Sünde und die Mutter keine Sünderin. Neues Leben zu empfangen, auszutragen und zur Welt zu bringen war ein Wunder, die Frauen, die Geburten durchstanden, waren in Marias Augen Heldinnen, sie sollten nicht auf solche Weise vor Gott gedemütigt werden. Maria war sich sicher, dass der Herrgott das auch nicht wollte. Gerade in der Entstehung neuen Lebens lag doch seine Allmacht. Doch Maria wusste auch, dass ihre Meinung nichts zählen würde. Es reichte schon, dass sie den Kampf um die Taufe im Mutterleib mit dem Pfarrer ausfocht. Sollte sie sich nun zusätzlich gegen den Ritus der Aussegnung stellen, könnte sie im Dorf auch noch die letzten Fürsprecher verlieren. Maria überlegte kurz und kam zu dem Schluss, das Problem pragmatisch anzugehen. Nannerl musste die Aussegnung wohl oder übel über sich ergehen lassen, aber vielleicht fühlte sie sich dabei schon etwas besser, wenn sie sich die Sache nicht so sehr zu Herzen nahm.

»Weißt du noch damals, in der Schule, wenn wir den strengen Lehrer Lindner hatten? Der, der immer so böse geguckt hat und schnell mit dem Rohrstock zur Hand war. Vor dem haben wir uns alle gefürchtet.«

»Ja, das war ein böser alter Kauz«, antwortete Nannerl mit verwundertem Blick.

»Damit ich nicht so viel Angst vor ihm hab, hab ich mir immer vorgestellt, dass er einen Kuhfladen auf dem Kopf hat.«

»Du hast was?«, hakte Nannerl verdutzt nach. Marias Erzählung entlockte ihr nun doch ein Lächeln.

Maria wiederholte ihre Aussage. »Das hat mir unsere Gertie damals vorgeschlagen, als ich wegen ihm mal wieder geweint und verkündet hab, mich so sehr vor ihm zu fürchten, dass ich nicht mehr in die Schule gehen könnt.«

»Auf so eine Idee konnte auch bloß die Gertie kommen«, antwortete Nannerl und schüttelte den Kopf.

»Ich hab es mir vorgestellt, und es hat geholfen. Ich habe mich nicht mehr vor ihm gefürchtet. Vielleicht solltest du es beim Pfarrer während der Aussegnung auch einfach so machen. Denk dir, er hat einen Kuhfladen auf dem Kopf. Dann ist das alles bestimmt gar nicht mehr so schlimm.«

»Aber das kann ich doch nicht machen«, entgegnete Nannerl. »Er ist doch der Pfarrer, also eine Respektsperson.«

»Aber er weiß ja nicht, dass du dir das denkst. Außerdem behandelt er dich doch nicht richtig, wie du mir gerade gesagt hast. Er lässt dich auf Knien in den Altarraum rutschen, das ist für die Aussegnung bestimmt nicht notwendig. Das macht er bloß deshalb, weil er eine Freude daran hat, andere Leute zu schikanieren. Nur weil einer ein Hochwürden ist, heißt es noch lange nicht, dass er ein freundlicher Zeitgenosse sein muss.«

»Da ist was dran«, räumte Nannerl ein. »Weißt du was, ich mach das so. Das hilft bestimmt. Dann hat er eben für mich heute einen Kuhfladen auf dem Kopf. Aber ich hätte trotzdem noch eine Bitte, nur zur Sicherheit, sollte ich doch wieder Angst bekommen. Könntest du vielleicht bis zur Kirche mitgehen und vor der Tür auf mich warten? Mit rein wirst bestimmt nicht dürfen, aber wenn ich wüsste, dass du draußen bist und an mich denkst, dann würde das schon helfen.«

»Das mache ich gern«, antwortete Maria.

»Du bist ein Schatz. Danke dir. Fürs Zuhören und Mutmachen. So etwas hätte die Alma niemals gemacht.«

»Da bin ich mir sicher. Alma und Kuhfladen auf Köpfen von sich wichtigmachenden Mannsbildern, das passt nicht zusammen«, erwiderte Maria, zwinkerte Nannerl zu, und die beiden erhoben sich von der Bank. Hand in Hand gingen sie zur Kirche St. Margarethen, wo die Aussegnung stattfand.

Damit der Pfarrer nicht gleich missgestimmt war, blieb Maria lieber hinter einer Ecke stehen und trat erst, nachdem Nannerl im Gotteshaus verschwunden war, auf den Friedhof. Dort beschloss sie, spontan das Grab von der guten Gertie zu besuchen. Es befand sich im hinteren Bereich des idyllisch wirkenden Friedhofs mit seinen oftmals kunstvoll geschmiedeten Grabkreuzen. Das Familiengrab der Maurers lag direkt an der weiß getünchten Mauer. Es lag eine Steinplatte auf dem Grab, die Blumen in der darauf stehenden Vase waren vertrocknet. Maria nahm sich vor, sobald wie möglich frische zu bringen. Gerties Name stand ganz unten auf dem aus Granit gefertigten Grabstein. Eine Weile blickte sie stumm darauf und versuchte sich zu erinnern, wie der Klang von Gerties Stimme gewesen war. Es wollte ihr nicht mehr einfallen, was sie traurig stimmte.

»Aber an dein Lachen kann ich mich noch erinnern«, sagte sie irgendwann leise. »Es war laut, und du hast dabei oftmals wie ein Schweinchen gegrunzt. Wir fanden das immer lustig. Heute muss ich dir danken, weißt du. Für den Vorschlag mit dem Kuhfladen. Du hast mir und hoffentlich auch dem Nannerl damit geholfen. Manchmal heiligt der Zweck die Mittel. Das hast du auch immer gesagt. Ach, wie sehr ich dich doch vermisse. Gerade jetzt könnte ich dich gut gebrauchen.« Sie verstummte und wischte sich eine Träne aus dem Augenwinkel.

In diesem Moment hörte sie, wie sich Schritte näherten, und sie wandte sich um. Es war Nannerl, die auf sie zukam und sie anlächelte. Freudig fiel sie Maria um den Hals, drückte sie fest an sich und sagte: »Hab vielen Dank, Maria. Das mit dem Kuhfladen hat großartig funktioniert. Jetzt werde ich mich niemals wieder vor der Aussegnung fürchten. Ich muss nur achtgeben, nicht laut loszulachen. Vorhin hatte ich Schwierigkeiten, ernst zu bleiben. Es ist aber auch eine zu komische Vorstellung.«

»Ja, das ist es«, antwortete Maria, und die beiden verließen kichernd wie kleine Mädchen den Friedhof. In diesem Moment fühlte sich Maria so glücklich wie lange nicht. Sie hatte einen kleinen Menschen gesund auf die Welt geholt und Nannerl die Angst nehmen können. Dazu schien die Sonne vom blauen Himmel, dass es eine Freude war. Perfekter konnte ein Tag nicht beginnen.

## 20. Kapitel

*8. August 1893*

»Also so kalt und greislig hätte es jetzt auch nicht gleich werden müssen«, kommentierte Burgi das Wetter, während sie zurück in die Stube trat, in den Händen einen gut gefüllten Einkaufskorb. »Es fühlt sich schon richtig herbstlich an.«

»Ja, das stimmt«, antwortete Maria, die sich gerade damit beschäftigte, Kaffee aufzubrühen. »Noch dazu hat es letzte Nacht fürchterlich geschüttet, zum Glück musste ich nicht zu einer Geburt, da wäre ich trotz Regenmantel und Schirm bestimmt wie eine getaufte Maus angekommen.«

Burgi stellte den Einkaufskorb auf dem Tisch ab. Er enthielt Nudeln, zwei Päckchen Mehl, Wurst und Käse, dazu noch eine Packung Kernseife und die von Maria geliebten Himbeerbonbons. Während Burgi die Lebensmittel auszuräumen begann, teilte sie Maria den neuesten Tratsch aus dem Kramerladen mit.

»Die Trudi ist sich ganz sicher, dass die Schlossherrin erneut ein Kind erwartet. Sie hat es von einem der Zimmermädchen. Angeblich kämpft sie mit schlimmer Übelkeit und muss sich mehrfach am Tag übergeben. Findest du es nicht auch seltsam, dass sie sich noch nicht bei uns gemeldet hat?«

»Eigentlich nicht«, antwortete Maria und zuckte die Schultern. »Gegen die Übelkeit kann ich nicht viel tun außer ein paar Tipps geben. Manchmal lindert das Kauen von Sonnenblumenkernen die Beschwerden, anderen Frauen hilft Kamillen- oder Ingwertee. Zum Glück stellt sich die Übelkeit meistens nach den ersten drei Monaten. Ich kann mir vorstellen, dass sie Hilfe bei Doktor Danzinger gesucht hat. Aber vielleicht hat die Übelkeit ja auch andere Ursachen, es könnte ebenso ein Infekt sein. Im Sommer gehen gerne mal Bauchgrippen rum. Auf dem Fachingerhof haben erst neulich alle gebrochen.«

»Wir werden es sehen«, antwortete Burgi und zuckte die Schultern. »So eine Schwangerschaft fällt ja irgendwann auf. Jetzt lass uns erst einmal frühstücken. Dann schauen wir mal, was der Tag so bringt.« Sie streckte sich und gähnte.

Aus dem Augenwinkel nahm Maria wahr, wie sich dem Haus eine weibliche Gestalt näherte.

»Anscheinend eine Patientin«, sagte sie. Im nächsten Moment öffnete sich die Tür. Es war ihre Freundin Evi, die in den Flur trat und ihren Regenschirm in den Ständer beförderte. »Guten Morgen zusammen«, grüßte sie mit ernster Miene.

Maria fragte sich, was ihre Freundin zu so früher Stunde von ihr wollte. Nach ihrer Auseinandersetzung wegen der frühen Verlobung hatten sie keinen Kontakt mehr gehabt. Im nächsten Moment brach Evi in Tränen aus, und Maria und Burgi sahen sie erschrocken an. Burgi war die Erste, die sich wieder fing und sogleich einen Tröstungsversuch startete: »Aber, aber. Wer wird denn gleich so weinen«, sagte sie, trat näher und legte den Arm um Evis Taille. »So schlimm wird es doch nicht sein.«

»Doch, es ist schlimm«, brachte Evi zwischen zwei Schluchzern hervor. »Du hattest so recht, Maria. Das hab ich jetzt davon. Ich bin ein solches Dummerchen.«

Maria ahnte, woher der Wind wehte, und antwortete: »Nein, sag nicht …«

»Doch, ich glaube, ich bin schwanger. Und der Toni will mich jetzt nicht mehr heiraten, weil sein Vater was dagegen hat und ihn enterbt, wenn er mich zur Frau nimmt. Er ist auf und davon. Mei, ich hätte auf dich hören sollen, Maria. Das hab ich jetzt davon. Was mach ich denn jetzt? Als ledige Schwangere bin ich doch eine Schande. Wenn das die Bäuerin rausfindet, dann wirft sie mich bestimmt raus. Wo soll ich denn dann hin?« Evi sank auf die Eckbank und schluchzte auf.

Maria schloss für einen Moment die Augen und atmete tief durch. Es kamen ihr Sätze in den Sinn, die sie jetzt auf keinen Fall aussprechen sollte. *Ich habe es dir doch gesagt.* Aber Vorwürfe würden es jetzt auch nicht besser machen. Es galt, praktisch zu denken.

»So ein Depp«, schimpfte sie erst einmal auf den schändlichen Toni und fischte ein sauberes Taschentuch aus der Schublade einer Kommode. Sie reichte es Evi und setzte sich neben sie auf einen Stuhl. Evi nahm das Taschentuch entgegen, wischte sich die Tränen von den Wangen und schnäuzte kräftig.

»Ja, so manche Mannsbilder kannst wirklich in der Pfeife rauchen«, meinte Burgi und schüttelte den Kopf. »Derweil war die Verlobungsfeier beim Schlosswirt doch so schön, und ihr seid so ein hübsches Paar gewesen. Wegen dem Vater. Das glaubst doch selber nicht. Am Ende hat der irgendwo anders ein Liebchen. Ganz bestimmt hat er das. So ein Halodri! Magst einen Kaffee? Der beruhigt bisserl die Nerven. Dazu ein Marmeladbrot? Oder ist dir von dem Kindchen im Bauch schon schlecht?«

»Gern beides«, antwortete Evi. »Mir ist nicht übel.«

»Wie lange bist du denn schon über die Zeit?«, fragte Maria, während Burgi Kaffee in ein Haferl beförderte, einen Schuss Milch hineingab und, ohne zu fragen, zwei Zuckerwürfel hinterherwarf.

»Süß ist gut für die Seele«, kommentierte sie ihr Tun und stellte das Haferl vor Evi. »Erdbeer- oder Quittenmarmelade?«

»Erdbeere«, anwortete Evi und wandte sie sich an Maria: »So zwei Wochen bestimmt schon.« In ihre Augen traten nun Tränen. »Also ich glaub, es sind zwei Wochen, ganz sicher bin ich mir nicht. Es könnten auch weniger Tage sein. Ich achte da nicht ganz so genau drauf.«

»Verstehe«, antwortete Maria. »Es könnte also auch gar keine Schwangerschaft bestehen, sondern einfach nur ein Rechenfehler sein. Übel ist dir auch nicht. Merkst du sonst was? Bist du schnell müde? Musst du häufiger zum Abort als sonst?«

Evi verneinte beides, und Maria schöpfte Hoffnung.

»Ich sollte dich untersuchen. Wenn wir Glück haben, kann ich Entwarnung geben, obwohl es natürlich noch sehr früh ist, und ich bin keine Ärztin. Komm. Es ist keine große Sache und schnell vorüber. Das verspreche ich dir.«

Die beiden gingen ins Behandlungszimmer, und Maria schloss die Tür hinter ihnen. Evi nahm auf der Untersuchungsliege Platz, dann wurde ihr Blick plötzlich reumütig.

»Du bist so lieb zu mir, Maria, obwohl ich so gemein zu dir gewesen bin und dich angeschrien hab. Dafür entschuldige ich mich. Ich hätte auf dich hören sollen. So wie früher auch schon. Schon damals hast meistens du recht gehabt.«

»Ach, das stimmt doch gar nicht«, antwortete Maria. »Ich hab ebenso viel Unsinn angestellt, und ich wünschte, dieses

Mal hätte ich falschgelegen und du wärst mit Toni glücklich geworden. Eure Pläne haben sich perfekt angehört.«

»Ja, das haben sie«, antwortete Evi, und in ihren Augen schwammen erneut Tränen. »Aber jetzt ist es eben, wie es ist, und ich muss sehen, wie es ohne ihn weitergeht. Weißt du, inzwischen glaub ich, dass ich ihn gar nicht richtig lieb gehabt hab. Ich denk, ich hab eher die Vorstellung gemocht, eine richtige Ehefrau zu sein und einen Mann zu haben. So dazuzugehören. Du verstehst, was ich meine, oder?«

Maria nickte. Sie kannte das Bedürfnis, einfach nur ein normaler Teil der Gesellschaft sein zu wollen, nur zu gut.

»Du musst diesen Wunsch nicht aufgeben«, meinte sie. »Vielleicht wirst du irgendwann Teil einer perfekten Familie sein. Sag niemals nie. Bestimmt kommt bald der nächste Verehrer und macht dir den Hof.«

»Wir wissen beide, dass das nicht so schnell passieren wird«, entgegnete Evi. »Und jetzt schon gar nicht mehr. Alle wissen doch, dass mich der Toni sitzen gelassen hat.« Sie legte ihre rechte Hand auf den Bauch. »Und als ledige Mutter will einen doch eh keiner haben.«

»Falls du eine ledige Mutter wirst«, entgegnete Maria. »Das steht noch nicht fest. Lass mich dich untersuchen, dann sehen wir weiter. Am Ende bist du gar nicht schwanger, und es ist wenigstens in dieser Hinsicht alles gut.«

Evi nickte und befolgte nun Marias Anweisungen. Sie legte sich nach hinten, schob ihren Rock nach oben und spreizte die Beine. Maria reinigte und desinfizierte sich die Hände. Behutsam drang sie in das Innere ihrer Freundin ein. Das, was sie tastete, ließ sie aufatmen. Der Muttermund war leicht geöffnet, was – so hatte sie es in einer ihrer Vorlesungen gelernt – darauf hindeutete, dass keine Schwangerschaft vorlag.

»Also hundertprozentig kann ich es nicht sagen«, meinte sie und zog die Hand zurück. »Aber nach meiner Einschätzung bist du nicht schwanger. Sicherheitshalber könnte Danzinger auch noch einmal draufschauen. Ich würde jedoch sagen, dass du vermutlich noch heute oder morgen deine Zeit bekommen wirst.«

»Tatsächlich?«, antwortete Evi, verdutzt dreinschauend. »Aber das wäre ja großartig. Dann erwarte ich also kein Kind? Ach, was für ein Glück.« Sie sprang freudig von der Untersuchungsliege und umarmte Maria überschwänglich. »Dem Herrn im Himmel sei Dank. Du bist ein Schatz.« Sie drückte Maria sogar einen Kuss auf die Wange.

»Ich sagte, ganz sicher bin ich mir nicht«, bremste Maria die Euphorie. »Erst wenn deine Periode eintritt, können wir eine Schwangerschaft endgültig ausschließen. Sollte sie in einer Woche nicht da sein, kommst du bitte wieder oder wirst bei Danzinger vorstellig.«

»Sie wird bestimmt kommen, dessen bin ich mir jetzt ganz sicher. Und wenn ich nun so genau darüber nachdenke: Vielleicht waren es doch gar nicht so viele Tage drüber. Eher so drei oder vier. Und schlecht ist mir auch gar nicht. Ach, soll der dumme Toni hingehen, wo der Pfeffer wächst.«

»Das kann er gerne tun«, pflichtete Maria ihr lächelnd bei. »Du beherzigst trotzdem, was ich dir gesagt habe?« Sie sah Evi mahnend an.

»Ja, das werde ich. Danke dir. Oh, was bin ich froh, dass du wieder bei uns bist und dass du, trotzdem, dass ich so eine doofe Kuh gewesen bin, weiterhin meine Freundin sein willst. Die bist du doch noch, oder?«

»Was fragst du überhaupt?«, erwiderte Maria mit gespielter Empörung. »Wir sind alle mal doofe Kühe, deswegen wirft man doch eine Freundschaft nicht fort.«

»Und du wirst auch nicht mehr fortgehen, oder? Ich meine wegen dem Pfarrer und den ganzen Vorurteilen im Dorf und der Alma, der depperten Blunze.«

»Nein, natürlich geh ich nicht mehr fort«, versicherte Maria, schob dann allerdings nach: »Obwohl ich schon darüber nachgedacht habe. Das muss ich zugeben. Aber in München wäre es für mich jetzt auch nicht leichter. Die Hilde, bei der ich nach der Ausbildung gearbeitet habe, hat bestimmt schon eine andere Hilfskraft eingestellt, und Anstellungen als Hebamme fallen nicht gerade vom Himmel. Außerdem ist in der Stadt auch nicht alles Gold, was glänzt. Das kann ich dir sagen.« Sie winkte ab. »Weißt, hier kenne ich meine Gegner, in München sind sie mir vielleicht fremd.«

Evi wollte Antwort geben, wurde jedoch durch ein Klopfen an der Tür daran gehindert. Maria öffnete.

Burgi stand in Begleitung einer jungen Magd davor, die Maria kannte. Ihr wollte auf die Schnelle jedoch nicht einfallen, von welchem Hof sie stammte oder wie ihr Name war.

»Tut mir leid, dass ich stören muss«, entschuldigte sich Burgi, »aber es scheint auf dem Pflunzner Hof einen Notfall zu geben. Der jungen Bäuerin geht es anscheinend sehr schlecht.« Sie schaute zu der Magd, die jetzt aufgeregt losplapperte.

»Unsere junge Bäuerin, die Elli, hat vor drei Tagen das Kind bekommen, und jetzt hat sie plötzlich ganz hohes Fieber bekommen und Schüttelfrost«, erklärte sie. »Die alte Bäuerin hat mich losgeschickt, die Alma zu holen, weil die hat ja das Kind auch auf die Welt geholt, und sie hat gesagt, dass die Alma bestimmt helfen könnte. Aber die ist nicht da und der Danzinger auch nicht. Da hab ich mir gedacht, komm ich halt hierher und bitte um Hilfe. Du kommst doch mit, Maria, oder? Auch wenn du das Kind nicht geholt hast.«

»Das hört sich gar nicht gut an«, antwortete Maria mit ernster Miene. »Natürlich komme ich und helfe. Lass mich nur schnell noch ein paar Sachen zusammenpacken.«

Sie machte sich daran, den Inhalt ihres Koffers zu kontrollieren, und fügte noch ein fiebersenkendes Mittel hinzu. Desinfektionsmittel hatte sie noch ausreichend. Kamillenblüten könnten ebenfalls hilfreich sein. Sie holte welche aus ihrem Medizinschrank, verstaute den Beutel in ihrem Koffer, verschloss ihn und schlüpfte in ihren Mantel.

Schnellen Schrittes verließen sie und die junge Magd das Haus. Zum Glück hatte es inzwischen zu regnen aufgehört, denn zum Pflunzner Hof lief man über eine halbe Stunde. Sie hatten die Hälfte des Weges zurückgelegt, als ein Pferdekarren neben ihnen hielt. Auf dem Kutschbock saß zu ihrem Glück einer der Knechte des Pflunzner Hofs.

»Braucht ihr zwei Hübschen eine Mitfahrgelegenheit?«, fragte er grinsend.

»Bertl, dich schickt der Himmel«, sagte die Magd. Maria war ihr Name jetzt wieder eingefallen, sie hieß Lotti Berger und war drei Jahre jünger als sie. »Wir müssen die Hebamme rasch zur Elli bringen. Die ist schlimm krank geworden.« Die beiden kletterten auf den Kutschbock, und der Knecht trieb sogleich die Pferde an.

Als sie am Pflunzner Hof im Ortsteil Mooseck eintrafen, riss die Wolkendecke auf, und die Sonne tauchte das ländliche Idyll in warmes Licht. Der Pflunzner Hof war ein großer, gepflegter Vierkanthof. Die dort seit zweihundert Jahren ansässige Bauernfamilie Donnecker konnte man durchaus als wohlhabend bezeichnen. Sie besaß eine der größeren Sägemühlen im Ort, bewirtschaftete drei umliegende Almen. Außerdem gehörten ihr große Waldgebiete. Besonders damit ließen sich gute Geschäfte machen. Maria war mit dreien der Donnecker-Kinder zur Schule gegangen, hatte jedoch keinen näheren Kontakt zu ihnen gehabt.

Das Fuhrwerk hielt vor dem Hoftor, dahinter kam ihnen die alte Bäuerin winkend entgegengelaufen. Als sie jedoch erkannte, wer vom Wagen stieg, verdüsterte sich ihre Miene.

»Wen hast du denn da angeschleppt?«, herrschte sie Lotti an. »Ich hab dir gesagt, du sollst die Alma holen, zur Not den Arzt. Aber doch nicht dieses gottlose Weibsbild, diesen Bankert.«

Maria trafen die harschen Worte der Bäuerin, und sie zuckte zurück. Doch dann regte sich sogleich der Widerstand in ihr, den sie in letzter Zeit immer schneller heraufbeschwören konnte. Es ging hier nicht um den Sturkopf einer alten Frau, sondern um das Leben einer jungen Mutter. Die Magd wollte Antwort geben, doch Maria kam ihr zuvor: »Lotti hat richtig gehandelt und kompetente Hilfe geholt. Alma war nicht verfügbar, ebenso wenig Doktor Danzinger. Soweit ich weiß, weilt er in München auf einem Kongress. Es bleiben jetzt zwei Möglichkeiten: Entweder du wartest für unbestimmte Zeit auf Alma, oder du lässt mich zu der Patientin, und ich versuche zu helfen.« Sie sah die alte Bäuerin herausfordernd an und fühlte sich in diesem Augenblick so stark wie lange nicht.

Wütend funkelte die Alte Maria an. Sie sah, wie sie mit sich rang, doch dann gab sie zu Marias Erleichterung nach.

»Meinetwegen. Dann geh und schau nach ihr.« Sie trat zur Seite.

Maria stürzte in den Innenhof und betrat nur wenige Augenblicke später das eheliche Schlafgemach, in dem sie stickige und übel riechende Luft empfing. Das Neugeborene lag in einer Holzwiege neben dem Bett und schlief selig. Ein kurzer Blick auf den Säugling genügte Maria, um wenigstens in dieser Hinsicht beruhigt zu sein. Seine runden Wagen waren gerötet, das Mündchen zuckte leicht im Schlaf. Dem Kind schien es gut zu gehen. Bei seiner Mutter sah das jedoch ganz anders aus. Elli lag seitlich auf dem Bett unter einem dicken Federbett und wimmerte leise. Ihr Gesicht war leichenblass, es glänzte vom Schweiß. Ihr dunkelbraunes Haar war zu einem Zopf geflochten, einzelne Strähnen hatten sich gelöst und klebten an ihrer Stirn. Maria stellte ihren Koffer ab und trat näher.

»Grüß dich Gott, Elli. Ich bin es, die Maria«, sprach sie die Frau mit leiser Stimme an. »Ich werde mich jetzt um dich kümmern. Es wird bestimmt alles wieder gut werden.«

Elli antwortete mit einem Wimmern und streckte die Hand aus. Maria ergriff sie und drückte sie sanft. »Ich bin ja jetzt da.«

Sie ließ Ellis Hand los, atmete tief durch und sah kurz zu Lotti, die in diesem Moment den Raum betreten hatte.

»Es war gut, dass du mich geholt hast. Bring bitte den Kleinen raus und kümmere dich um ihn. Elli ist dazu im Moment nicht in der Lage. Wenn er Hunger hat, könnt ihr ihm etwas verdünnte und abgekochte Kuhmilch geben. Ich nehme an, die alte Bäuerin kennt sich damit aus. Und ich brauche heißes Wasser und saubere Tücher, frische Laken und saubere Bettwäsche«, fügte sie hinzu.

Lotti tat wie angewiesen, nahm den Säugling aus der Wiege und verließ den Raum. Nachdem die Tür hinter ihr ins Schloss gefallen war, machte sich Maria an die Arbeit. Sie half Elli, sich auf den Rücken zu drehen, und entfernte das dicke Federbett. Ellis weißes Nachthemd war komplett nass geschwitzt, und sie zitterte erbärmlich. Während Maria den feuchten Stoff nach oben zog und ihre Beine auseinanderschob, redete sie beruhigend auf die Schwangere ein. Das Laken war verschmutzt, es roch süßlich, und es hatte sich ein hässlicher roter Ausschlag auf Ellis Genitalien gebildet. Wie von Maria vermutet, hatte sie eine schwere bakterielle Infektion.

»Diese starrsinnige alte Frau«, grummelte sie und atmete tief durch, um ihre aufsteigende Wut in den Griff zu bekommen. Jetzt galt es, einen klaren Kopf zu bewahren und sich zu kümmern. Es stand nicht mehr und nicht weniger als Ellis Leben auf dem Spiel, und sie würde alles tun, um sie zu retten.

Lotti und eine weitere Magd erschienen mit den von ihr gewünschten Sachen. Am liebsten hätte Maria die beiden jungen Frauen jetzt fortgeschickt, doch sie würde ihre Hilfe benötigen. Gemeinsam packten sie an, und nach einer gefühlten Ewigkeit und vielen Anstrengungen war alles Notwendige getan. Elli hatte ein sauberes Nachthemd erhalten, das Bett war frisch bezogen, ein extra Laken auf die Mitte gelegt worden. Akribisch hatte Maria Elli gereinigt und die Entzündungen desinfiziert. Auch ein Kamillensud war zum Einsatz gekommen. Die junge

Bäuerin war mit dem fiebersenkenden Mittel versorgt worden, und sie hatte auch etwas Wasser getrunken. Erschöpft von der Behandlung, lag sie nun in einem sauberen Bett, die Fenster waren geöffnet, um frische Luft in den Raum zu lassen.

Maria betrachtete ihre Patientin mit sorgenvoller Miene. Elli schlief, auf ihrer Stirn befanden sich keine Schweißperlen. Über den Berg war sie trotz Marias Bemühungen jedoch noch lange nicht. Aber es war ein guter Anfang. Nun trat auch die alte Bäuerin ein. In ihren Armen lag das Neugeborene, ein kleiner Junge. Sie ließ ihren Blick schweigend durch den Raum schweifen.

Marias Herzschlag beschleunigte sich, gleichzeitig begannen ihre Hände zu zittern. Sie hasste sich selbst für diese Empfindungen der Schwäche. Neben ihr stand doch nur eine von Vorurteilen geprägte alte Frau. Wieso nur reagierte sie so? Die Worte, die die alte Bäuerin nun jedoch aussprach, sorgten bei ihr für Verwunderung:

»Ich muss mich bei dir entschuldigen, Maria«, sagte sie, und ihre Stimme klang nun nicht mehr harsch. »Das mit der Alma stimmt wohl doch, also dass sie langsam zu alt wird für die Arbeit. Sie ist halt so ein Sturkopf und denkt, es geht immer so weiter. Ich mein, es ist schon nix Schlechtes, wenn man an Althergebrachtem festhält, aber so Neuerungen sind auch gut. Sind schließlich viele Frauen in den letzten Jahren nach einer Geburt so krank wie unsere Elli geworden und gestorben. Die Alma hat ihnen nie helfen können, und der alte Bader auch nicht, aber der war ja auch mehr ein Metzger. Wir haben es hingenommen, der Tod gehörte im Kindbett halt dazu.« Sie stieß einen Seufzer aus und winkte ab. »Da ist der Danzinger mit seiner Freundlichkeit und seinen moderneren Methoden schon ein Segen, auch wenn er ein bisserl großkopfert daherkommt. Und du bist auch ein großes Glück, Madl. Kümmerst dich, obwohl ich so unfreundlich zu dir gewesen bin. Vergelts Gott. Niemals wieder werde ich dich als Bankert beschimpfen, ich verspreche es.«

Maria ahnte, wie schwer es für die Bäuerin war, ihr Fehlverhalten zuzugeben. In diesem Augenblick verspürte sie keine Genugtuung, sondern Erleichterung.

»Danke für deine Worte. Es ist meine Aufgabe, so gut es geht, zu helfen«, antwortete sie mit einem warmen Lächeln. »Und die Sache mit der Alma muss nicht ich klären, sondern der Gemeinderat, ein für alle Mal. Morgen ist Danzinger wieder aus München zurück. Er wird bestimmt gleich nach Elli sehen, und dann kann er intervenieren. Du hast recht: So kann es nicht mehr weitergehen. Ich danke dir jedenfalls für dein Vertrauen. Heute Abend komme ich noch einmal vorbei und sehe nach Elli. Bitte gebt ihr in drei Stunden das fiebersenkende Mittel und lüftet häufig.«

Nun meldete sich der Kleine auf dem Arm der Bäuerin zu Wort und greinte etwas. Maria streichelte ihm liebevoll über seinen dunklen Schopf.

»Deine Mama wird ganz bald wieder gesund sein. Da glaube ich fest dran, mein Schätzchen.«

## 21. Kapitel

*14. September 1893*

Ich muss Ihnen leider sagen, dass es noch ein wenig dauern wird«, sagte Maria zu der jungen blonden Frau, die für eine Schwangere im neunten Monat arg zierlich war. »Es waren wohl nur Senkwehen.«

»Was ein Jammer«, antwortete die Schwangere, die nicht aus Brannenburg kam, sondern sich mit ihrem Mann, einem angeblich berühmten Künstler, auf der Durchreise befand.

Die beiden wollten nach Mailand, wo eine Ausstellung mit anderen Kollegen stattfinden sollte. In Brannenburg waren sie zu Besuch bei einem seiner Kollegen, dem Maler Caspar Samer, der vor einigen Jahren eines der alten Bauernhäuser erworben hatte und darin eine Künstlerkolonie betrieb. Burgi vermutete in dem etwas abgelegen am Ortsrand gelegenen Gebäude allerdings eher Sodom und Gomorrha. Ihr Verhältnis zu Künstlern aller Art war von Vorurteilen geprägt. Die meisten Maler und Literaten waren ihrer Meinung nach Taugenichtse, die auf Kosten anderer in den Tag hineinlebten. Die einzigen Künstler, die bei ihr in einem besseren Licht dastanden waren die Dientzenhofers, aber die waren keine Maler oder Schreiberlinge gewesen, sondern Baumeister. Das war ja auch etwas ganz anderes. Außerdem gab es in ganz Brannenburg niemanden, der das Andenken an die Dientzenhofers nicht ehrte, der letzte Sohn der berühmten Familie war Mitte des achtzehnten Jahrhunderts gestorben.

»Ich hatte darauf gehofft, dass es jetzt endlich losgeht und wir die Geburt vor unserer Weiterreise nach Mailand noch hinter uns bringen könnten. So wie es aussieht, wird das jetzt wohl nichts. Morgen früh wollen wir wieder los.«

»Also ich würde dazu nicht raten«, merkte Maria an, die sich gerade die Hände in einer mit hübschen blauen Streublümchen verzierten Porzellanwaschschüssel wusch. »Trotz des aktuellen Fehlalarms könnte es jederzeit losgehen, und Sie möchten das Kind doch nicht in einem Zugabteil zur Welt bringen.«

Die beiden befanden sich in einem der Gästezimmer der Schlosswirtschaft, die sich in Künstlerkreisen in den letzten Jahrzehnten als Unterbringung einen Namen gemacht hatte. Das im ersten Stock gelegene Zimmer war geräumig und gemütlich eingerichtet. Es gab ein großes Doppelbett, einen hübsch bemalten Bauernschrank und eine Kommode, über der ein Gemälde hing, das ein Bergpanorama zeigte. An den Wänden hängende Gehörne von Gämsen rundeten den ländlichen und zur Region passenden Einrichtungsstil ab. Die warmen Strahlen der Nachmittagssonne fielen durch die beiden Fenster in den Raum und erfüllten ihn mit goldenem Licht.

Marias Mahnung schien der jungen Frau mit dem rundlichen Gesicht so gar nicht zu gefallen. Sie zog eine Schnute, was sie nicht mehr wie eine Neunzehnjährige, sondern vielmehr wie eine beleidigte Dreijährige aussehen ließ.

»Erst heißt es, dass es noch dauern wird, und jetzt könnte das Kind in der Bahn zur Welt kommen. Sie sollten sich mal entscheiden.« Ihre Stimme klang spitz und wollte so gar nicht zu ihrem äußerlichen Erscheinungsbild passen.

»Ich bin nicht diejenige, die den Zeitplan vorgibt«, antwortete Maria gelassen. Sie würde sich nicht provozieren lassen. »Ihr Kind gibt ihn vor. Am Ende bleibt es Ihre Entscheidung, ob Sie weiterreisen möchten oder sicherheitshalber noch einige Tage hierbleiben.« Sie schloss ihren Koffer und stellte ihn neben sich auf den Boden.

»Das Kind, das Kind«, ätzte die junge Frau. »Gewollt hab ich es sowieso nicht. Wissen Sie, ich kann auch zeichnen, richtig gut sogar. Mehr so abstrakte Kunst, nicht so naive Bauernmalerei.« Sie deutete auf das Gemälde an der Wand. »Aber dann ist mir der Leopold dazwischengekommen, und es war um mich geschehen. Das war in einer Künstlerkolonie am Bodensee. Ist er nicht gut aussehend? Und so ein Gentleman. Als ich ihm gesagt hab, dass ich ein Kind erwarte, hat er mich nicht sitzen lassen, wie es vielleicht ein anderer getan hätte. Er hat mich gleich zum Standesamt und in die Kirche geschleppt und mir hoch und heilig versprochen, für das Kind zu sorgen. Er will auch eine Gouvernante einstellen, damit ich weitermalen kann.«

Maria lächelte. Warum regte die Frau sich überhaupt so auf? Ihre Geschichte hatte etwas von einem Märchen, das sich viele Frauen in ihrem Alter ebenfalls wünschten. Sie dachte an die Münchner Gebäranstalt zurück, an die dort Gestrandeten, die niemand zum Standesamt geschleppt und geheiratet hatte. An die Tränen der Mütter, die ein Kind zur Welt brachten, dass sie verabscheuten. Sie schüttelte die düsteren Gedanken ab. Dieses Haus war Vergangenheit. Sie musste damit aufhören, sich die traurigen Schicksale immer wieder ins Gedächtnis zu rufen.

Im nächsten Moment schrie die Blondine erschrocken auf. Sie hatte sich gerade schwerfällig vom Bett erhoben, nun befand sich zwischen ihren Beinen eine Pfütze. Verwundert blickte sie auf den feuchten Fleck.

»Ach du je. Was ist das denn nun? Ich musste doch gar nicht zur Toilette.«

Maria unterdrückte ein Augenrollen. Ihr wäre es zupassgekommen, wenn es bis zur Geburt des Kindes noch gedauert hätte, denn sie war hundemüde. Erst vor drei Stunden hatte sie Zwillingsmädchen auf dem Schererhof in Degerndorf zur Welt gebracht, die Geburt war schwierig gewesen und hatte sich über zwölf Stunden hingezogen. Davor hatte sie nur eine Stunde Ruhe gehabt, immerhin war die Geburt des Zweitgeborenen des Bahnmitarbeiters Fachinger flott vonstattengegangen. Nach nur zwei Stunden hatte die Mutter den bereits recht kräftigen Buben in den Armen gehalten.

Im Moment schien gefühlt jede Schwangere in der Gegend ihr Kind zur Welt bringen zu wollen, und die meisten von ihnen wandten sich, nachdem Maria Elli Donnecker vor dem Tod im Kindbett bewahrt hatte, nun an sie als Hebamme. Auch ihre Sprechstunde am Donnerstag war zuletzt ausgezeichnet besucht gewesen. Hinzu kam die Nachsorge bei den Müttern. Die Tage könnten im Moment durchaus mehr Stunden haben. Maria wusste aber auch, dass, wenn Alma nicht mehr arbeitete, sie noch mehr zu tun haben würde. Es waren nur noch wenige Frauen, die sich an die alte Hebamme wandten, doch es gab sie noch.

Der Gemeinderat hatte sich gegen eine Zwangsbeurlaubung von Alma entschieden, was weder Danzinger noch Maria verstehen konnten. Doch die Mitglieder waren der Meinung gewesen, dass sie den Frauen nicht verbieten konnten, bei Alma

Hilfe zu suchen. Auch sah sich der Gemeinderat für diese Angelegenheit nicht als zuständig an, denn Alma galt offiziell nicht mehr als Gemeindehebamme und erhielt keine Vergütung mehr. Sie wurde in der Regel von den Frauen selbst bezahlt. Es galt also auch weiterhin das Prinzip Hoffnung, so hatte es Danzinger mit ernster Miene ausgedrückt. Er und auch Maria wussten, dass nach einer unsauberen Behandlung von Alma jederzeit passieren konnte, dass sie Mutter und Kind im schlimmsten Fall nicht mehr würden retten können.

»Ihnen ist die Fruchtblase geplatzt«, erklärte Maria. »Das bedeutet, dass das Kind nun doch auf die Welt kommen möchte und ganz sicher nicht in einem Zugabteil, sondern in den nächsten Stunden hier in diesem Raum geboren wird.«

»Na, Sie sind mir ja eine Fachfrau«, entgegnete die junge Frau. »Vorhin so, jetzt wieder anders. Sind Sie überhaupt eine richtige Hebamme? Gibt es hier im Ort nicht noch eine?«

Maria geriet kurz in Versuchung, die anstrengende Frau tatsächlich an Alma abzuschieben, doch dann riss sie sich zusammen. Sie hatte ihre Arbeit zu tun und ein Kind auf die Welt zu holen. Ihre persönlichen Befindlichkeiten waren jetzt Nebensache.

Im nächsten Moment griff sich die Frau an den Bauch und begann zu stöhnen.

»Was ist das denn nun?«, fragte sie.

»Eine Wehe«, antwortete Maria. »Davon kommen noch einige mehr.« Sie öffnete ihren Hebammenkoffer wieder und fügte hinzu: »Ab jetzt gibt es kein wieder anders. Das Kind will auf die Welt kommen. Und glauben Sie mir, ich verstehe mein Handwerk.«

Es war spät am Abend, als ihre Arbeit getan war und Maria die Treppe ins Erdgeschoss der Schlosswirtschaft hinunterlief. Die junge Frau hatte ein zartes, aber putzmunteres Mädchen zur Welt gebracht, der Vater war ganz verzückt von seiner kleinen Tochter gewesen, alles war normal verlaufen. Im unteren Flur traf Maria auf den korpulenten Wirt, der sie mitleidig ansah.

»Schaust recht mitgenommen aus, Madl«, merkte er an. »Magst noch was Essen? Ich hätte noch einen Schweinsbraten mit Knödel im Angebot. Die Frau droben hat eh nix gegessen, da geht es bestimmt in Ordnung, wenn du den bekommst. Was meinst? Dazu ein Bier, das richtet dich wieder bisserl auf.« Er sah sie abwartend an.

Maria fühlte sich so erschöpft, sie hätte am liebsten abgelehnt, doch just in diesem Moment knurrte ihr Magen so laut, dass es sogar der Wirt hörte.

»Na, da hat aber jemand wirklich einen großen Hunger. Dann komm mit. Nachspeise gibt es auch noch. Wenn du magst, zaubert dir der Lucky noch einen Kaiserschmarrn mit Preiselbeeren.« Er wartete die Antwort von Maria nicht ab, legte stattdessen seinen Arm über ihre Schulter und führte sie in die Gaststube, in der sich zu dieser späten Stunde nur noch ein einziger Gast befand.

Zu Marias Erstaunen war es Max, der an einem in einer Nische gelegene Tisch vor einem Bierkrug saß. Maria trat näher und grüßte schüchtern. Er sah sie verdutzt an.

»Maria«, sagte er. »Was tust du denn so spät noch hier?«

»Rate mal«, antwortete Maria.

»Verstehe«, antwortete er.

Maria nahm ihm gegenüber Platz. »Die Frau eines durchreisenden Malers, sie hat ein gesundes Madl bekommen.«

»Wie schön«, erwiderte er. »Dann hatte wenigstens einer von uns beiden einen guten Abend.« Er stieß einen Seufzer aus. Erst jetzt fiel Maria auf, wie angespannt er aussah, zwischen seinen Augenbrauen hatte sich eine steile Falte gebildet.

»Dein Abend verlief anscheinend nicht so gut«, mutmaßte sie.

»Das kann man wohl sagen. Ich war nach der Gemeinderatssitzung noch einmal beim Pfarrer, um mit ihm die Problematik mit der Taufe im Mutterleib erneut zu besprechen. Im Gemeinderat ist dazu heute Danzinger angehört worden, und einstimmig wurde vereinbart, dass jemand mit dem Pfarrer reden sollte. Ausgewählt wurde am Ende ich.«

»Ich kann mir denken, wie es gelaufen ist«, antwortete Maria.

Max nickte, leerte sein Glas und bestellte beim Wirt, der just in diesem Moment Marias Essen und Getränk brachte, ein weiteres Bier. Nachdem sich der Wirt wieder vom Tisch entfernt hatte, setzte Max seine Rede fort: »Er ist richtig laut geworden, hat gesagt, dass auf seinem Friedhof niemals ein ungetauftes Kind beerdigt würde und wir froh sein könnten, dass er die im Kindbett vor der Aussegnung verstorbenen Mütter überhaupt in heiliger Erde bestatte. Andernorts gäbe es so ein sündiges Gehabe nicht. Er ist so sehr in seinem Denken gefangen, es lässt sich überhaupt nicht vernünftig mit ihm reden.« Er hielt kurz inne und schüttelte ungläubig den Kopf, bevor er weitersprach. »Er hat mich rausgeworfen und gesagt, ich solle gefälligst zur Beichte erscheinen. Er meinte auch, dass das alles nur an dir liegen würde und du ein verdorbenes Weib wärst, eben ein Bankert, von dem nichts anderes zu erwarten war. Solange er Pfarrer ist, wird sich nie etwas ändern.« Max seufzte schwer.

Maria nickte mit betretener Miene. Max' Bericht hatte dafür gesorgt, dass ihr der Appetit vergangen war. Ihr Magen fühlte sich nun wie zugeschnürt an.

»Du willst es also dabei belassen?«, fragte sie schließlich.

»Was soll ich denn noch machen? Der Gemeinderat hat sich für die Beerdigung von tot geborenen Kindern auf dem Friedhof ausgesprochen, mein Vater ebenso. Aber der Pfarrer ist der Pfarrer, über den Friedhof gebietet nun einmal er.«

»Und was ist, wenn es dein Kind ist?«, fragte Maria und biss sich auf die Zunge. Verdammt noch eins. Das hätte sie nicht tun sollen. Doch nun war die Frage ausgesprochen, und sie ließ sich nicht mehr zurücknehmen. Sie ging noch weiter: »Was ist, wenn es dein Sohn ist, der keinen Platz im Familiengrab auf geweihtem Boden erhält?« Sie sah Max direkt an, in seinem Blick lag Überraschung.

Nun herrschte Schweigen, ihm schienen die Worte zu fehlen.

»Daran will ich gar nicht erst denken«, antwortete er irgendwann, seine Stimme klang nun zerbrechlich. Maria tat ihr Vorpreschen in diesem Augenblick schon wieder leid. Als Hebamme hatte sie kein Unglück heraufzubeschwören. Sie streckte die Hand aus und nahm die seine. Er ließ die vertrauliche Berührung zu.

»Entschuldige bitte. Ich wollte nicht, dass du dich sorgst. Annemarie ist eine gesunde und glückliche werdende Mutter. Es wird bestimmt alles gut gehen.«

»Das hoffe ich«, antwortete er und hielt weiterhin ihre Hand fest, worüber sich Maria freute. »Trotzdem hast du recht. Es könnte passieren. Ich spreche mit meinem Vater, er soll dem Pfarrer noch einmal ins Gewissen reden, zur Not bestellen wir ihn zu einer der Sitzungen des Gemeinderates. Er muss von seinem Standpunkt abrücken, das ist er den Frauen und den kleinen Seelen schuldig.«

Maria nickte und atmete tief durch. Noch immer hielten sich die beiden an den Händen. Auch ihre Blicke fanden sich nun, und Maria verspürte in diesem Moment wieder dieses kribbelige Gefühl in ihrem Inneren, das sie nicht fühlen durfte. Doch sie wollte es in diesem Augenblick nicht vertreiben, wollte für einen Moment die Vertrautheit zwischen ihnen spüren.

Es war eine eintretende Person, die dafür sorgte, dass sie die Hand dann doch rasch wieder wegzog.

Alma.

## 22. Kapitel

*21. September 1893*

Heute werden bestimmt keine Patientinnen kommen«, meinte Burgi und biss in ihr Marmeladebrot. »Es finden gleich fünf Almabtriebe in der Gegend statt, und beim Schlosswirt gibt es deswegen heute Abend auch noch einen Tanzabend.«

»Also nach meiner Erfahrung sind Kindern, die auf die Welt kommen möchten, Almabtriebe und Tanzabende vollkommen egal«, antwortete Maria, nippte an ihrem Kaffee und verzog das Gesicht. »Puh, der ist aber bitter. Du sollst ihn doch nicht immer so stark machen. Davon krieg ja sogar ich Herzrasen.«

Es war bereits später Vormittag, und für die stets früh aufstehende Burgi war es das zweite Frühstück. Sie geisterte jeden Morgen schon ab fünf Uhr durchs Haus. Wie ein Mensch es fertigbrachte, bis um zehn Uhr oder sogar noch länger im Bett liegen zu bleiben, würde für sie nach eigener Aussage auf immer ein Rätsel bleiben. Da verschlief man ja quasi den ganzen Tag und verpasste alles. Wenn man allerdings wie Maria erst um drei Uhr morgens nach einer nicht enden wollenden Geburt vollkommen übermüdet ins Bett fiel, war es einem gleichgültig, was man um sechs Uhr morgens verpasste.

Bedauerlicherweise hatte Maria das Krähen der drei auf dem Hof wohnenden Gockel nicht verpasst. Seit Sonnenaufgang krakeelten diese fröhlich um die Wette, wobei einer von ihnen sich wie eine scheppernde Blechtrommel anhörte. Erholsamer

Schlaf sah anders aus, weshalb sie sich noch immer wie erschlagen fühlte.

Die letzten Tage waren anstrengend gewesen, gleich vier Kinder hatten auf die Welt kommen wollen, eines davon auf einer höher gelegenen Alm. Der Aufstieg dorthin hatte sich aufgrund eines unvorhergesehenen Gewitters zum reinsten Abenteuer entwickelt. Zum Glück hatte sie Zuflucht in einer Scheune suchen können. Wenn es nach ihr ginge, sollte es verboten werden, dass Sennerinnen hochschwanger auf den Berg hinaufgingen. Doch darauf würde sie vermutlich lange warten können.

Immerhin zeigte sich dieser Septembertag von seiner besonders schönen Seite. Es war angenehm mild, und die Sonne schien von einem wolkenlosen Himmel. Besseres Wetter konnten sie für die Almabtriebe gar nicht bekommen.

»Kann es sein, dass du heute bisserl grantig bist?«, fragte Burgi und wischte sich Marmelade aus dem rechten Mundwinkel. Sie hatte ihr Brot mal wieder arg dick beschmiert. »Ich gebe zu, die letzten Tage war eine Menge Betrieb, aber so was musst du als Hebamme schon vertragen können. Außerdem waren alle Kinder gesund und lustig, die du auf die Welt geholt hast. Das ist doch was Gutes.«

Burgis Rede brachte Maria zum Schmunzeln. »Also sie waren gesund, ob sie lustig waren, kann ich dir nicht beantworten.« Sie nahm sich eine Scheibe Brot.

»Du immer mit deiner Wortklauberei«, mäkelte Burgi und schenkte sich Kaffee nach, deutete nach vorn und sagte: »Da kommt wer. Hoffentlich nicht wieder eine Geburt. Bisserl Ruhe wäre jetzt schon mal ganz nett.«

Es war Evi, die näher trat. Anders als sonst trug sie nicht ihr normales Arbeitskleid, sondern einen dunkelblauen Baumwollrock und dazu eine helle, im Brustbereich mit Stickereien verzierte Bluse. Ihr blondes Haar hatte sie geflochten und am Hinterkopf kunstvoll hochgesteckt. Sie strahlte über das ganze Gesicht und sah so glücklich aus wie lange nicht. Das Zerbrechen ihrer Verlobung hatte sie zu Marias Erstaunen schnell verarbeitet, und schwanger war sie zum Glück auch nicht gewesen.

»Guten Morgen, ihr beiden«, grüßte Evi. »Na, ihr habt es ja gemütlich. Mit dem Frühstück seid ihr heute aber spät dran. Ich kann mir schon denken, woran es liegt. Bub oder Madl?« Sie sah Maria fragend an.

»Bub«, antwortete diese. »Ludwig heißt er und hat schon stolze acht Pfund auf die Waage gebracht. Aber die Meierin hat gemeint, dass alle ihre Kinder, es sind immerhin schon neun Stück, so schwer gewesen wären. Das liegt bei denen in der Familie. Ihr Erstgeborener hat sogar neun Pfund gewogen.«

»Großer Gott«, antwortete Evi.

»Aber du bist bestimmt nicht zu uns gekommen, um über neugeborene Kinder zu ratschen«, meinte Burgi.

»Nein, das bin ich nicht«, gab Evi zu. »Ich hab heute meinen freien Tag, und da wollte ich Maria fragen, ob sie mit zum Almabtrieb von der Wirtsalm kommen mag. Es geht um zwölf los, und der Bachinger Sepp könnte uns im Wagen mit raufnehmen. Dann müssten wir nicht hochlaufen. Er holt den fertigen Käse und die restliche Milch ab. Weißt schon, für seinen Kolonialwarenladen. Was meinst, Maria? Das wird bestimmt nett werden und wäre mal eine Abwechslung zum üblichen Alltag.« Sie sah Maria hoffnungsfroh an.

»Das klingt wirklich nett«, antwortete sie. Trotz ihrer Müdigkeit brachte sie es einfach nicht fertig, abzusagen. »Und du hast recht. So ein Almabtrieb ist mal was fürs Gemüt. Dann verschieben wir unsere allgemeine Sprechstunde ausnahmsweise auf morgen. Das wird schon gehen, oder, Burgi?«

»Aber sicher geht das«, antwortete diese. »Mir passt das auch ganz gut in den Kram, denn die Trudi hat mich vorhin gefragt, ob ich ihr beim Einmachen vom Holler helfen könnt. Die Büsche haben dieses Jahr reichlich getragen, da ist jede helfende Hand erwünscht. Wenn wir Glück haben, fallen für uns ein paar Marmeladengläser ab.«

»Dann ist es abgemacht«, freute sich Evi. »Wie schön. Du müsstest dich jetzt aber auch gleich fertigmachen, denn der Sepp fährt in zwanzig Minuten los, und wir müssen ja noch zu ihm auf den Hof laufen.«

»Ich beeil mich«, antwortete Maria, leerte flott ihr Kaffeehaferl und verschwand im Haus.

Eine Weile darauf erreichten die beiden Frauen gemeinsam mit dem Bachinger Sepp die Wirtsalm, auf der rege Betriebsamkeit herrschte. Es tummelte sich dort ein buntes Gemisch aus Einheimischen und Touristen, die dem alljährlich im September stattfindenden Ereignis, dem Abtrieb der Kühe von der Alm ins Tal, beiwohnen wollten. Die Alm wurde aktuell von der Bauernfamilie Mahler bewirtschaftet, die auf dem Salzhuber Hof beheimatet war. Im Gegensatz zu vielen anderen Almen war die Wirtsalm in den letzten Jahren zu einem beliebten Ausflugsziel zahlreicher Touristen geworden, und die Inhaber machten während der Sommermonate gute Geschäfte mit ihnen. Gerade der Aufstieg durch das romantische Jenbachtal war beliebt, und der Ausblick über die Almwiesen hinweg auf den Wendelstein verzauberte.

Heute waren die Kühe für den Abtrieb mit hübschen Blumenkränzen geschmückt, und das Sennerehepaar, Hubert Mahler und seine Frau Sieglinde, hatten sich für den großen Tag herausgeputzt. Er trug zu seinen Lederhosen eine feine Weste und Sieglinde ein hübsches Trachtenkleid, das Maria neidisch betrachtete. Das schwarze Mieder betonte Sieglindes schlanke Taille, es war mit einer silbernen Kette verziert, ihre helle Schürze hatte filigrane Lochstickereien. Das blonde Haar hatte sie geflochten und hochgesteckt, auf ihrem Kopf ruhte ein passender Trachtenhut.

Viele der Anwesenden trugen ähnliche Kleider, was Maria mal wieder wehmütig werden ließ. Sie hätte auch gerne eine eigene Tracht. Doch eine solche war teuer, und dafür reichten ihre finanziellen Mittel nicht aus. Auch hatte sie keine Mutter, die ihr eine hätte vererben können. Ihr bestes Kleid war ihr Sonntagskleid für die Kirche, und selbst das hatte sie in einem kleinen Münchner Laden von ihrem ersten mageren Gehalt als Hebamme gebraucht erworben.

Die neben ihr stehende Evi schien ihre Gedanken zu erraten.

»Seit ich ein kleines Madl bin, wünsche ich mir eine solch schöne Tracht«, sagte sie und stieß einen Seufzer aus. »Aber als einfache Magd werde ich sie mir niemals leisten können. Wenn mich der Toni geheiratet hätte, dann hätte ich mir eine kaufen können. Vielleicht hätte ich sie als Braut getragen.«

»Du hättest bestimmt wunderschön darin ausgesehen«, konstatierte Maria. »Und sag niemals nie. Vielleicht kommt ja doch noch irgendwann der Tag, an dem auch wir eine besitzen werden. Sollte es jemals passieren, dann werde ich sie hüten wie meinen Augapfel.«

»Na, wen haben wir denn da?«, wurden die beiden plötzlich von der Seite angesprochen. »Wenn das mal nicht unsere neue Hebamme ist. Welch ein Zufall. Dann müssen wir dich ja gar nicht mehr holen, sollte es losgehen.«

Maria wandte den Kopf. Vor ihr stand ein strohblonder junger Mann mit einer knolligen Nase und einem für sein Alter bereits recht ansehnlichen Zwirbelbart. Sie erinnerte sich vage an das Gesicht, konnte es aber nicht gleich zuordnen.

»Kennst mich doch noch, oder? Ich bin es, der Gerd Leidinger vom Veichtlhof aus Degerndorf. Ich war in der Schule eine Klasse über dir.«

»Stimmt ja, der Gerd«, antwortete Maria. So recht konnte sie ihn noch immer nicht mit einem Jungen aus ihrer Schulzeit in Verbindung bringen, aber wenn er es sagte, würde es schon stimmen.

»Du mischst ja als neue Hebamme die Madln in der Gegend ganz schön auf. Hätte ich mir nie denkt, dass aus dir mal so was wird. Ist nicht bös gemeint, aber die meisten Schützlinge von der Gertie sind halt einfache Knechte und Mägde auf den Höfen. Und mit unserem feinen Hochwürden hast dich auch schon angelegt. Viele finden das ja nicht so gut, aber mir gefällt es. Den alten Pfaffen hab ich noch nie leiden können. Aber zu laut dürfen wir das nicht sagen, denn Hochwürden begleitet den heutigen Abtrieb, und es soll auf halber Strecke eine Andacht geben.« Den letzten Satz hatte er mit gedämpfter Stimme ausgesprochen.

Maria wusste nicht so recht, was sie erwidern sollte, deshalb lächelte sie nur. Die Tatsache, dass der Pfarrer anwesend war, dämpfte ihre gute Stimmung wieder. Hätte sie das vorher gewusst, wäre sie zuhause geblieben. Sie nahm sich vor, dem Geistlichen, so gut es ging, aus dem Weg zu gehen.

»Wieso, wenn es losgeht?«, hakte Evi nach. »Du wirst mir doch nicht sagen, dass die Vicki in ihrem Zustand noch zu einem Almabtrieb geht? Das Kind kann doch jeden Tag kommen.«

»Meine Mutter hat auch gemeint, dass es besser wäre, wenn sie auf dem Hof bleibt, aber Vicki hat unbedingt mitgewollt. Schlag dem Sturschädel mal was ab«, sagte er und zuckte die Schultern. »Aber hochlaufen hab ich sie nicht mehr lassen. Der Schorschi hat sie vorhin mit einem der Wagen mitgenommen. Runter wird schon gehen. Und jetzt haben wir ja auch die Maria hier.« Er zwinkerte Maria zu, bevor er sich entschuldigte. Er hatte einen weiteren Bekannten erspäht.

»Dann wollen wir mal hoffen, dass das Kind sich nicht ausgerechnet heute überlegt, auf die Welt kommen zu wollen«, meinte Maria und seufzte. »Sosehr ich meine Arbeit liebe, ein freier Tag wäre großartig.«

Sie sah sich um, konnte unter den vielen Menschen Vicki jedoch nicht ausmachen. Kurz kreuzte sich ihr Blick mit dem des nicht weit von ihr entfernt stehenden Pfarrers. Seine Miene wurde steinern. Sogleich beschleunigte sich Marias Herzschlag, und sie schluckte. Kurz schloss sie die Augen, atmete tief durch und rief sich in Gedanken zur Räson. *Du wirst mit ihm leben und dich mit ihm arrangieren müssen, ob es dir nun gefällt oder nicht*. Sie öffnete die Augen wieder, und zu ihrem Glück war der Pfarrer jetzt aus ihrem Blickfeld verschwunden, was sie erleichterte.

Evi befand sich jedoch auch nicht mehr an ihrer Seite. Sie stand nun ein Stück entfernt und unterhielt sich mit zwei jungen Frauen, die Maria nicht kannte. Schlagartig kam sie sich allein gelassen vor, und das, obwohl sie von so vielen Menschen umringt war.

In diesem Augenblick gewann in ihr mal wieder der Gedanke die Oberhand, dass ihre alte Heimat nie ein richtiges Zuhause für sie werden würde. Früher war sie eines der Findelkinder gewesen, ausgegrenzt hatte sie am Rande der Gesellschaft gelebt und war geduldet worden. Heute war sie die neue Hebamme aus der Stadt, an der die Vergangenheit noch immer wie Pech klebte, die aneckte. Würde sie jemals akzeptiert werden? Oder würden Alma und der Pfarrer den Kampf gegen sie am Ende doch gewinnen? War er aussichtslos? Burgi würde ihr jetzt widersprechen, und sie hatte vermutlich recht. Sie hatte inzwischen so viele Kinder der Gegend auf die Welt geholt, hatte Leben gerettet und setzte sich für ihre Prinzipien ein. Doktor Danzinger und auch Max standen fest an ihrer Seite. Doch auch Danzinger war kein Einheimischer, auch er musste sich als Zugereister in Brannenburg erst noch beweisen, auch wenn er es als männlicher Arzt bedeutend leichter hatte. Max gab sich alle Mühe, aber sein Einfluss, gerade auf die Frauen, war begrenzt. Da konnte er noch so viel im Gemeinderat intervenieren und auch mit seinem Vater, dem Bürgermeister, sprechen. Gegen die Kirche konnte niemand etwas ausrichten. Sie war und blieb zu mächtig.

Es war Angelika Danzinger, die Maria aus ihren trüben Gedanken riss: »Grüß Gott, Maria. Du bist ja auch hier. Wie schön. So ein Almabtrieb ist doch immer wieder etwas Besonderes, nicht wahr? Und wie hübsch die Tiere geschmückt sind.«

Maria sah Angelika einen Moment lang verdutzt an, dann grüßte sie zurück und antwortete: »Ja, der Blumenschmuck ist dieses Jahr sehr gelungen. Schön, dich zu sehen, Geli. Wie geht es dir denn?« Ihr Blick blieb kurz an der Körpermitte der Arztgattin hängen.

»Ausgezeichnet«, antwortete Angelika. »Die Müdigkeit und die Übelkeit der ersten Wochen sind zum Glück verflogen, und noch gibt es keine neuen Wehwehchen. Ich habe aber auch die beste Betreuung, die sich eine werdende Mutter nur wünschen kann.« Sie deutete zur Almhütte. Davor stand ihr Ehemann in einer Gruppe weiterer Männer. Auch Danzinger trug eine knielange Lederhose und dazu eine Trachtenjacke.

Maria lächelte, und der Anflug von Trübsal war endgültig verschwunden. Sie sollte damit aufhören, sich ständig diese Gedanken zu machen. Heute war ein schöner Tag, und den galt es in vollen Zügen zu genießen.

Nun stieß auch Evi wieder zu ihnen und entschuldigte sich dafür, Maria so lange allein gelassen zu haben. Keine Minute später wurde der Start des Abtriebs verkündet, und die Gruppe setzte sich in Bewegung. Es ging die recht gut angelegte Forststraße entlang, dabei wurde munter geplaudert, sogar Blasmusik spielte. Die Tiere liefen ruhig, zum Glück brachte sie die Aufregung um sie herum nicht aus der Ruhe.

Maria und Evi liefen neben einem Knecht her, der eine der Kühe führte. Sein Name war Beppi, und er war ebenfalls bei Gertie aufgewachsen. Sein Vater war bei einem Jagdunfall ums

Leben gekommen, seine Mutter nach einer Fehlgeburt gestorben und hatte dabei seine kleine Schwester mit in den Himmel genommen. Seine Tante hatte ihn nicht haben wollen.

Jedes von Gerties Kindern hatte sein eigenes tragisches Schicksal. Doch Beppi hatte diese Tragik nicht seine Lebenslust nehmen können. Er war ein fröhlicher Geselle und liebte ganz besonders die Arbeit mit den Tieren. Auch war er gut aussehend mit seinem dichten dunkelbrauen Haar und seinen leuchtend blauen Augen. So manche Magd schwärmte für ihn. Als Halodri galt er wohl trotzdem nicht. Evi wusste, dass es für ihn nur die eine gab: seine Marille. Doch die war als zweite Tochter eines reichen Bauern eine Nummer zu groß für ihn.

»Geht's ihr nach dem Abtrieb auch noch zum Tanz heute Abend?«, fragte Beppi. »Es wird bestimmt lustig werden, und vielleicht findet sich für euch zwei beiden dort der Richtige zum Heiraten.«

»Also mir kannst mit dem Heiraten fürs erste gehen«, gab Evi zurück. »Die Sache mit dem Toni hat mir gereicht.«

»Stimmt, das mit dem Toni warst ja du«, antwortete Beppi. »Also ich sag dir: Bei dem kannst froh sein, dass es nix geworden ist. Den hat die Polizei jetzt nämlich abgeholt, nun sitzt er wegen Wilderei im Gefängnis. Angeblich hat er sogar einen der Jäger bei seiner Flucht angeschossen.«

»Du liebe Zeit!«, antwortete Evi, und ihre Augen wurden groß. »Der Toni, ein Wilderer. Also das hätte ich mir nie denkt. Wenn das so ist, war es wirklich ein großes Glück, dass er mich sitzen gelassen hat. Am Ende hätten die mich als Ehefrau oder Verlobte noch als angebliche Mitwisserin mit eingesperrt.«

»Das kommt aber eher selten vor«, merkte Maria an.

»Stopp!«, wurde nun weiter vorne gerufen, und ihr Gespräch endete abrupt. Sie hatten die sich in einer breiten Kurve befindliche Wegkapelle erreicht, an der eine kurze Andacht abgehalten werden sollte.

Die kleine Kapelle war Ende des siebzehnten Jahrhunderts errichtet worden und hatte vor einer Weile ein neues Satteldach und einen neuen hellgelben Anstrich erhalten. Wegkapellen wie diese gab es in der Gegend viele. Sie waren zum Dank nach überstandenen Krankheiten wie der Pest errichtet worden und dienten dem Wanderer als Orte der stillen Andacht. Heute war das Gotteshaus hübsch mit Blumen dekoriert, und die Kerzen auf dem kleinen Altar waren entzündet worden. Maria hatte die Wegkapellen schon immer geliebt. Für sie waren sie stets besondere Orte zum Innehalten und Kraftschöpfen. Neulich hatte sie eine von ihnen während eines kurzen Gewitterschauers praktischerweise auch als Unterstellort genutzt.

Der Pfarrer trat nun vor, und nach einer kurzen Begrüßung der Anwesenden faltete er die Hände zum Gebet. Ruhe kehrte ein, selbst die meisten Tiere standen still. Nur eines der Jungtiere war etwas unruhig und scharrte mit den Hufen. Nachdem der Pfarrer das Gebet beendet hatte, drehte er sich um. Erwartungsvoll sahen die Umstehenden ihn an. Doch er sagte nun nichts mehr. Stattdessen begann er nach Luft zu schnappen und an seinem Kragen zu zerren.

»Es stimmt etwas nicht«, brachte er japsend heraus, dann ging er in die Knie und griff sich an die Brust. Die Umstehenden waren wie erstarrt, fassungslos sahen sie mit an, wie der Mann zu Boden sank. Im nächsten Moment herrschte gespenstische Stille.

»Aus dem Weg!« Danzinger schälte sich aus der Menge und eilte nach vorne, kniete sich neben den regungslosen Körper. Doch er konnte nichts mehr tun. Der Pfarrer war tot.

# 23. Kapitel

*27. September 1893*

Pressen, ja, so ist es gut. Ich kann den Kopf bereits sehen, noch ein wenig weiter. Du machst das großartig, Vicki. Nur noch ein kleines bisschen, dann ist es geschafft.« Ausgerechnet zur Beerdigung des Pfarrers bekam Victoria ihr erstes Kind, weshalb Maria den Geistlichen nicht auf seinem letzten Weg begleiten konnte.

Der plötzliche Tod des Pfarrers hatte bei dem Almabtrieb für ein großes Durcheinander gesorgt, und die Aufregung hatte auch auf die Tiere übergegriffen. Ein Jungbulle hatte die Gunst der Stunde genutzt und war kurzerhand durchgebrannt. Es hatte bis zum Abend gedauert, das Tier wieder einzufangen. Unterdessen war der tote Pfarrer mit einem Wagen ins Tal gebracht und der fröhliche Almabtrieb zu einem Trauermarsch erklärt worden. Der für den Abend beim Schlosswirt geplante Tanz hatte nicht stattgefunden. Seitdem herrschte in Brannenburg und den umliegenden Dörfern Schockstarre, und es gab nur noch dieses eine Thema. Auf den Hausbänken wurde das Unglück deutlich ausgeschmückt, am Ende schworen einige sogar Stein und Bein, dass er Schaum vor dem Mund gehabt hätte. Von der Tollwut war die Rede gewesen. Die Garhammerin glaubte zu wissen, dass der Pfarrer vor einigen Tagen von einem streunenden Hund gebissen worden wäre, vielleicht sei es aber auch ein Fuchs gewesen. Danzinger hatte jedoch noch vor Ort als Todesursache einen Herzinfarkt diagnostiziert. Das passte. Der Geistliche hatte bereits seit Längerem Herzprobleme gehabt.

Wenn sie ehrlich mit sich war, erleichterte es Maria, der Beerdigung wegen der Geburt entgehen zu können. So manches Tratschhaferl im Dorf hätte ihre Anwesenheit am Ende als Scheinheiligkeit bezeichnet. Schließlich wusste jeder in der Gegend darüber Bescheid, wie der Pfarrer und sie zueinander gestanden hatten. Ihr Fernbleiben würde ihr jedoch ebenso negativ ausgelegt werden. Burgi hatte schon recht mit dem, was sie erst neulich wieder gesagt hatte. »Du wirst es nie allen recht machen können«.

Die Wehe ebbte ab, und Vicki lehnte sich zurück.

»Ich kann nicht mehr«, schluchzte sie. »Es reißt mich entzwei. Können wir nicht noch ein paar Tage warten?«

»Das wird nicht gehen«, antwortete Maria, die solche oder ähnliche Aussagen zu diesem Zeitpunkt einer Geburt nur zu gut kannte. Die Frauen waren von der langen Wehentätigkeit erschöpft, die letzten Wochen der Schwangerschaft waren oftmals anstrengend gewesen, und diese Phase der Geburt war die schmerzhafteste.

Kurz kehrten die Erinnerungen an Marias Ausbildungszeit in der Gebäranstalt zurück. Dort wurden die Frauen selten ermuntert und ermutigt, diesen letzten Kraftakt noch zu bewältigen. Sie wurden von der Oberhebamme meist noch erniedrigt und wie Dreck behandelt, während zehn oder mehr Personen dabei zusahen, wie sie die Kinder aus sich herauspressten. Als mittellose Anschauungsobjekte zu Ausbildungszwecken waren die Frauen ihnen vollkommen ausgeliefert.

Maria schob die unschönen Gedanken an die Vergangenheit zur Seite. Sie hatte sich auf die Gegenwart zu konzentrieren. »Wir schaffen das gemeinsam. Nur noch ein- oder zweimal pressen, dann hältst du dein kleines Wunder in den Armen.« Sie sah Vicki eindringlich an. Die nächste Wehe kam, und Vicki begann zu pressen. Die letzten Male hatte sie nicht geschrien, doch als nun der Kopf austrat, tat sie es doch. Sie presste so fest, dass der Körper des Kindes gleich hinterherrutschte.

»Es ist geschafft«, verkündete Maria. Sogleich begann sie, das Neugeborene zu begutachten. Es war ein kleiner Junge, der sofort zu greinen begann. »Na, mein Kleiner«, sagte Maria liebevoll zu ihm und tätschelte kurz sein Bäuchlein. »Da bist du ja.« Mit geübtem Griff durchtrennte sie die Nabelschnur, wickelte den Säugling in ein weiches Handtuch und legte ihn Vicki in die Arme.

»Du hast einen ganz bezaubernden Sohn, meine Liebe«, sagte sie lächelnd.

Tränenüberströmt betrachtete Vicki ihren Erstgeborenen. Der kleine Mann hatte die Augen geschlossen und verzog etwas die Lippen, es sah ein wenig so aus, als würde er lächeln. Er hatte viele dunkle Haare, und auf seiner Haut befand sich kaum Käseschmiere, was darauf hindeutete, dass er ausgereift war, wie Maria wusste. Darauf wies aber auch sein allgemeines Erscheinungsbild hin. Er hatte bereits recht volle Wangen, gewiss brachte er nachher ein ordentliches Geburtsgewicht auf die Waage.

Ein Klopfen an die Tür störte das erste Kennenlernen von Mutter und Sohn. Eine weibliche Stimme war zu hören, die Maria wohlbekannt war. Sie gehörte Vickis mit auf dem Hof lebender Schwägerin Trude Moser.

»Wie sieht es denn aus?«, fragte sie durch die geschlossene Tür. »Es ist so still geworden. Ist es schon auf der Welt?«

»Immer diese ungeduldige Verwandtschaft«, kommentierte Maria Trudes Neugierde und sah zu Vicki, die müde lächelte.

»Geh und mach ihr auf. Trude kann ruhig reinkommen.«

Maria tat wie angewiesen, und Trude trat ein.

»Ach, was für ein Segen. Es ist auf der Welt. Was ist es denn geworden? Bub oder Madl?«

»Ein Bub«, antwortete Vicki. »Und er ist so wunderschön. Komm, du musst ihn dir ansehen. Ich finde, er sieht genauso aus wie sein Vater.«

»Ja, das tut er«, bestätigte Trude, nachdem sie näher getreten war und einen ersten Blick auf den Kleinen geworfen hatte. Sie war selbst zweifache Mutter. »Das hast du großartig gemacht. Und dann ist es auch noch der von Gerd so sehr gewünschte Sohn geworden. Er wird sich riesig freuen.«

Während die beiden Frauen von dem süßen Säugling abgelenkt waren, hatte Maria die Nachgeburt in Empfang genommen und in einer Schüssel beiseitegestellt. Vielleicht würde diese irgendwo im Garten als Glücksbringer vergraben werden und ein Baum auf ihr gepflanzt. Sie bat Trude darum, noch einmal eine Schüssel mit heißem Wasser zu bringen, und begann, nachdem die Schwägerin den Raum verlassen hatte, mit dem üblichen Nachgeburtsablauf. Der kleine Junge brachte stolze sieben Pfund auf die Waage. Ein Neugeborener wie aus dem Bilderbuch.

Aufrecht im Bett sitzend und mit frisch gebürstetem und geflochtenem Haar, ihren Sohn in eine hellblaue Häkeldecke gewickelt, begrüßte Vicki bald darauf ihren Ehemann freudig lächelnd. Die Strapazen der Geburt schienen in diesem Augenblick weit fort. Und während die frischgebackenen Eltern ihr kleines Wunder bestaunten und Gerd seinen Sohn zum ersten Mal noch etwas unbeholfen im Arm hielt, verließ Maria lächelnd das Zimmer. Glücklich überquerte sie den Hof. Am nächsten Tag würde sie wiederkommen und nach den beiden sehen.

Als sie eine Weile darauf den von einer dichten Nebelschicht umgebenen Bichlhof erreichte, wurde sie von einer aufgeregten Burgi im Hausflur in Empfang genommen. Zu Marias Verwunderung trug sie ihr Sonntagskleid, einen Trachtenhut, und ein schwarzes Wolltuch lag auf ihren Schultern.

»Guten Morgen«, grüßte Burgi und fragte: »Was ist es denn dieses Mal geworden?«

»Ein Bub«, antwortete Maria. »Alles ist gut gegangen. Mutter und Kind sind wohlauf. Aber sag: Wieso trägst du dein Sonntagskleid? Hab ich was verpasst?«

»Das kann man wohl sagen«, entgegnete Burgi. »Die Beerdigung vom Pfarrer ist wegen eines Zugausfalls verschoben worden. Irgendwo ist eine Herde Kühe ausgebüxt, und die war schwer von den Bahngleisen zu bekommen. Dieser Pfarrer aus Rosenheim, der den Gottesdienst hätte leiten sollen, hat deswegen nicht kommen können. Warum das ausgerechnet einer aus Rosenheim hat sein müssen, weiß auch keiner. Als wenn wir im Umkreis nicht genug Pfaffen hätten, die den unsrigen unter die Erde bringen könnten.« Burgi machte eine Bewegung, als wolle sie sich am Kopf kratzen, doch dann schien ihr ihr Hut wieder einzufallen, und sie ließ die Hand sinken. »Es gab dann wohl einen Kuddelmuddel im Pfarramt, und die Leitnerin muss dann auch noch in Tränen ausgebrochen sein und war kaum zu beruhigen. Also wenn du mich fragst, war die mehr als seine Haushälterin, aber na ja. Jetzt ist er tot, und da soll man ja nix Schlechtes sagen. Wo war ich? Ach ja, richtig. Bei dem Kuddelmuddel im Pfarramt. Der hat sich dann gelöst, und jetzt kommt der Pfarrer Beyerling aus Neubeuern und leitet den Trauergottesdienst.«

»Verstehe«, antwortete Maria, die zwischendrin Mühe gehabt hatte, Burgis Ausführungen zu folgen. Sie schnupperte. Konnte es sein, dass ihre Hausmamsell nach Alkohol roch? Sie hatte doch hoffentlich zu dieser frühen Stunde noch nicht zu tief ins Glas geschaut. »Also hat die Beerdigung noch nicht stattgefunden?«, schlussfolgerte sie unnötigerweise.

»Richtig. Sie findet erst jetzt statt. Also genauer gesagt, beginnt der Trauergottesdienst in einer Stunde. Du kannst also doch mitgehen. Wir erweisen dem Herrn Pfarrer jetzt anständig die letzte Ehre und hoffen darauf, dass sein Nachfolger bisserl fortschrittlicher denkt. Obwohl ich glaub, dass wir uns da nicht allzu große Hoffnungen machen sollten.« Sie winkte ab. »Jetzt zieh dich flott um. In deinem Hebammengewand kannst ja schlecht gehen. Wenn du magst, kannst auch noch einen Obstler trinken, wegen den Nerven, mein ich. Die Flasche steht noch auf dem Tisch. Ich weiß, es ist früh am Tag, aber es ist halt schon eine besondere Beerdigung, und da heiligt der Zweck die Mittel.«

»Wie viel Zweck hat denn bei dir die Mittel schon geheiligt?«, fragte Maria. Während ihres kurzen Zusammenlebens mit Burgi hatte sie gelernt, dass ihre Hausmamsell nach dem Konsum von Alkohol jeglicher Art unberechenbar werden konnte, und ihr schwante Übles.

»So zwei Stamperl«, antwortete Burgi. »Oder besser gesagt, drei. Bei so vielen Tratschhaferln auf einem Haufen, wie da heute auftauchen werden, kann bisserl mehr Seelenheil aus der Flasche nicht schaden.«

»Na bravo«, entgegnete Maria und stieß einen Seufzer aus. Es wurde nicht besser. Sie musste nun also doch zu dieser unseligen Beerdigung gehen, und das auch noch mit einer angetrunkenen Burgi. Sie würde gut auf sie aufpassen müssen, sonst machte sie noch irgendwelche Dummheiten, und dann wären sie am Ende für die nächsten Tage das Hauptgesprächsthema auf sämtlichen Hausbänken, was es unbedingt zu verhindern galt. Der allgemeine Tratsch rund um die noch immer schwierige Situation zwischen ihr und Alma reichte Maria bereits vollkommen aus. Sie brachte ihren Hebammenkoffer ins Sprechzimmer, lief die Treppe nach oben und holte rasch ihr Sonntagskleid aus dem Schrank. Obstler würde sie auf gar keinen Fall trinken.

Eine Stunde später standen Maria und Burgi in der Menge vor der Pfarrkirche Mariä Himmelfahrt. Zur Beerdigung des Pfarrers waren mehr als zweihundert Menschen gekommen, und das Gotteshaus platzte aus allen Nähten, Maria und Burgi hatten es nicht einmal bis zum Eingangstor geschafft. Auch der Kirchplatz und der nebenan liegende Friedhof waren überfüllt. Trotz des kalten Nebels dachte niemand daran, wieder zu gehen. Man unterhielt sich leise, und die zahlreichen anwesenden Kinder beschäftigten sich mit Klatschspielen, eine ganz vorwitzige Gruppe spielte auf der nahen Straße sogar Fangen. Maria hatte inzwischen Mühe, die Augen offen zu halten. Ihr und Burgi leisteten Evi, Apollonia und weitere Frauen Gesellschaft. Das Thema Tollwut geisterte erneut durch die Gespräche der Anwesenden. Auch über den Nachfolger des Pfarrers wurde bereits spekuliert.

»Also ich wäre ja für einen jüngeren Pfarrer und keinen solch alten Knochen mehr«, meinte Evi.

»Gut aussehend sollte er aber nicht sein«, merkte Apollonia an. »Nicht, dass sich seine weiblichen Schäfchen noch in ihn vergucken und am Ende das Pfarrhaus zu einem Sündenpfuhl verkommt. Ich mein, ich will den Pfaffen ja nix nachsagen, aber ob die immer alle so enthaltsam sind.«

»Im Dorf ging ja immer das Gerücht um, der Ströbel hätte was mit seiner Haushälterin«, mischte sich Gundel Kohlauf in das Gespräch ein. »So wie die heult, könnte da glatt was dran sein. Mein Cousin, der Gustl, hat gestern gesagt, er hätte ihn als Bub, da war er noch einer von den Ministranten gewesen, am Hintern begrapscht, aber der ist ja nicht ganz richtig im Kopf. Das liegt daran, weil der als Kind mal zu heiß gebadet worden ist. So eine Überhitzung ist schlecht fürs Hirnkastl.«

Maria seufzte innerlich, und ihr Blick wanderte in den grauen Himmel. Herr, lass Abend werden, ging ihr spontan durch den Kopf. Wie sehr sie dieses Getratsche doch verabscheute. Wieso hatten ausgerechnet zu diesem Termin Kühe auf den Bahngleisen stehen müssen. So etwas passierte doch sonst nie. Inzwischen fror sie erbärmlich und trat, um sich etwas warm zu halten, ständig von einem Fuß auf den anderen. Viel half diese Bewegung jedoch nicht, und sie verfluchte sich dafür, sich gegen ihren warmen Mantel und für das Wolltuch entschieden zu haben.

Plötzlich trat Alma neben sie. Verdutzt sah Maria ihre Konkurrentin an. Alma sah mitgenommen aus, dunkle Schatten lagen unter ihren geröteten Augen. Konnte es sein, dass die alte Hebamme tatsächlich um den alten Pfarrer trauerte?

»Du hast dich also wirklich hierhergetraut«, fauchte sie Maria an. »Dass du dich nicht schämst. Er hätte nie gewollt, dass du hier bist. Dein Kommen ist doch nur Heuchelei. Darauf kann er gut verzichten.«

Maria stand vor Verblüffung der Mund offen, und sie wusste im ersten Moment nicht, was sie erwidern sollte. Sie musste aber auch nicht Konter geben, denn Burgi schob sich resolut zwischen sie.

»Wie kannst du hier und jetzt Maria auf solch schäbige Weise angehen«, blaffte sie Alma an. Sofort richteten sich ein Dutzed Augenpaare auf sie, aber Burgi kümmerte das nicht. »Schämen sollst du dich, du verbittertes, altes Weib. Sie hat jedes Recht dazu, hier zu sein, so wie jeder andere auch. Und Heuchler gibt es hier einen riesengroßen Haufen. Das kann ich dir sagen. Kaum einer hat den Pfarrer gemocht. Und schauts nicht alle so deppert drein«, rief sie in die Runde. »Wenn es doch wahr ist. Die meisten von euch sind doch bloß gekommen, weil es nachher beim Schlosswirt Bier, Schnaps und eine Brotzeit gibt. Was schämen solltet ihr euch!«

Erschrocken sah Maria Burgi an. Es war passiert. Der Obstler sprach aus Burgi. Es galt, Schadensbegrenzung zu betreiben, und zwar flott.

»Sie meint es nicht so«, brach es aus ihr heraus, und sie griff nach Burgis Arm, den sie fest umklammerte. »Entschuldigt bitte. Es war heute bisserl viel für sie.«

»Und ob ich das so gemeint hab«, zeterte Burgi munter weiter. »Keiner hat ihn gemocht. Gebt es doch zu. Alle seid ihr froh, dass der alte Grantler endlich unter der Erden ist.«

»Jetzt sei still«, raunte Maria Burgi zu. »Merkst du nicht, wie du uns blamierst? Wir gehen jetzt. Sofort! Für dich ist diese Veranstaltung beendet.« Sie zerrte Burgi am Arm mit sich. Evi sprang Maria bei, lächelte verbindlich in die Runde und meinte: »Wir wissen auch nicht, was plötzlich in sie gefahren ist. Wir bringen sie nach Hause, damit sie sich ausruhen kann.«

Maria zerrte Burgi von der Trauergesellschaft fort und die Dorfstraße hinunter. Evi begleitete sie. Erst als sie ein ganzes Stück von der Kirche entfernt waren, blieben die drei stehen, und Maria machte ihrem Ärger Luft.

»Da haben wir die Bescherung«, blaffte sie Burgi an. »Drei Gläser Obstler wegen den Ratschkatteln. Du spinnst doch! So eine Blamage. Wie oft hab ich dir schon gesagt, dass du die Finger vom Alkohol lassen sollst? Du verträgst einfach nix.«

Burgi zog reumütig den Kopf ein. Ihr Gemüt hatte sich wieder etwas abgekühlt.

»Entschuldigung«, murmelte sie. »Vielleicht war es bisserl zu viel. Aber an allem ist die Alma schuld, diese Hexe. Wäre die nicht gewesen, dann hätte ich gar nix gesagt. Ich wollt dich halt verteidigen. Und des mit dem Obstler tut mir auch leid. Ich weiß auch nicht, was da heute früh über mich kommen ist.«

Marias Wut verrauchte so schnell, wie sie gekommen war.

»Ist schon gut«, lenkte sie ein. »Trotzdem hätte ich Alma auch selbst Konter geben können. Und bitte lass die Finger vom Schnaps. Du verträgst ihn einfach nicht.«

»Es war aber auch bisserl komisch«, warf Evi ein. »Hast du den Blick von Alma gesehen? Die hat vielleicht deppert dreingeschaut. Und die alte Ursel erst. Der ist alles aus dem Gesicht gefallen.« Sie kicherte.

Maria wollte Antwort geben, kam jedoch nicht dazu, denn plötzlich wurde laut ihr Name gerufen. Sie wandte sich um. Es war ein junges Mädel, das angelaufen kam und, nach Luft japsend, vor ihnen stehen blieb.

»Mich schickt der Herr Stationsvorsteher. Seine Frau kriegt das Kind, soll ich sagen. Und Sie sollen sich beeilen. Zwei Minuten Abstand, soll ich sagen.«

Maria nickte und seufzte innerlich.

»Ich komme«, antwortete sie, und Evi versicherte im selben Atemzug, gut auf Burgi achtzugeben.

»Sie macht heute keine Dummheiten mehr. Fest versprochen!«

## 24. Kapitel

*28. September 1893*

Maria stand im kalten Regen vor dem Pfarrhaus in Neubeuern und fühlte sich wie betäubt. Im Arm hielt sie das tote Kind von Hannelore Gradinger, der Frau des Stationsvorstehers. Es war ein Mädchen.

Das bedauernswerte Geschöpf war mit einem Froschkopf zur Welt gekommen. Maria kannte diese Form der Missbildung nur aus den Lehrbüchern, und der Anblick des entstellten Kopfes hatte sie schockiert. Dem Mädchen fehlten das Schädeldach und das Gehirn. Es hatte nach der Geburt gelebt und gewimmert. Rasch hatte Maria das Kind in ein Tuch gewickelt. Ihre Hände hatten gezittert, die Situation hatte sie überfordert. Zu früh geborene Kinder kannte sie, auch Fehlgeburten hatte sie bereits versorgt. Aber solch eine Komplikation war neu für sie gewesen. Die Kleine war Hannelores siebtes Kind. Sie hatte an Marias Blick sofort erkannt, dass etwas nicht stimmte. Trotzdem hatte sie die Kleine sehen wollen, hatte das Mädchen eine Weile im Arm gehalten, sie liebevoll betrachtet und mit ihr geredet. Maria hatte ihr dieses Tun hoch angerechnet. Nicht jede Mutter hätte auf diese Weise reagiert. Auch der Stationsvorsteher hatte seine Tochter sehen wollen und hatte ihr sogar einen Kuss auf die Wange gegeben. Sämtliche Anwesenden im Raum wussten auch ohne viele Worte, dass die kleine Seele sie bald verlassen würde.

Nachdem Maria die Mutter versorgt hatte, war sie mit der Kleinen im Arm zum Pfarramt zur Nottaufe gelaufen. Doch dort war kein Pfarrer mehr anwesend gewesen, Beyerling war nach dem Leichenschmaus noch zu später Stunde zurück nach Neubeuern gefahren. Somit hatte sich Maria mit dem Kind auf dem Arm dorthin auf den Weg gemacht. Doch sie war zu spät gekommen. Die ersten Häuser von Neubeuern waren gerade in Sicht gewesen, es hatte zu regnen begonnen, und das kleine Mädchen in ihren Armen hatte seinen letzten Atemzug getan.

Nun stand sie vor dem Pfarrhaus und fühlte sich wie erschlagen. Ihr Gesicht war vom Regen feucht, dazu gesellten sich Tränen. Das kleine Mädchen in ihren Armen sollte auf den Namen Mathilde getauft werden. Nun würde sie das Sakrament der heiligen Taufe nicht mehr erhalten. Wenn sie Pech hatten, würde die Kleine jetzt vom Pfarrer auch nicht auf dem Friedhof, in geweihter Erde, im Familiengrab bestattet werden. Aber dorthin gehörte sie doch. Zu ihren Ahnen, ihren Großeltern, auch zwei ihrer Geschwister waren dort beerdigt, wie Maria wusste. Ihre Brüder waren beide keine zwei Jahre alt geworden.

»Sie hätten allesamt gut auf dich achtgegeben«, flüsterte Maria dem kleinen Mädchen zu. »Das weiß ich bestimmt.« Sie spürte einen dicken Kloß im Hals und schluckte, doch er wollte ebenso wenig verschwinden wie das Gefühl des Versagens in ihrem Inneren. Wäre sie doch nur schneller gelaufen, dann hätte sie es noch schaffen können.

Die Haushälterin des Pfarrers öffnete die Tür.

»Mei, Madl. Was stehst denn da mit dem Kind im Regen«, fragte sie. »Komm doch rein. Ihr holt euch ja den Tod.«

Maria trat näher, blieb jedoch an der Türschwelle stehen, und sie sagte ohne Gruß: »Der ist schon da. Ich bin zu spät gekommen. Ich habe es nicht mehr rechtzeitig geschafft.« Sie schniefte, Wasser tropfte von ihrer Nase auf den Boden. Der Blick der Haushälterin fiel auf das kleine Bündel Mensch in ihren Armen und wurde milde.

»Das wird schon irgendwie werden, Madl«, sagte sie in einem liebevollen Tonfall. »Jetzt kommst erst einmal rein. Du bist die Maria, gell? Die neue Hebamme von Brannenburg. Ich hab viel Gutes über dich gehört. Ich heiße Irmgard, aber alle nennen mich Irmi.« Sie winkte Maria ins Haus, und sie betraten die gemütlich eingerichtete und wunderbar warme Wohnstube, in der es herrlich nach frisch Gebackenem duftete. »Setz dich, Madl, und wärm dich auf. Deinen Mantel können wir über den Ofen hängen, dann ist er flott wieder trocken. Ich geh und sag Hochwürden Bescheid, und dann kriegst gleich einen warmen Tee. Hast du Hunger? Bestimmt hast du den. Ich hab Rosinensemmeln gebacken, die sind noch warm. Weißt, die hat der Herr Pfarrer zum Frühstück immer besonders gern. Ich hab reichlich davon.«

Sie half Maria aus ihrem feuchten Mantel, hängte ihn über die Ofenstange und verließ den Raum. Die Herzlichkeit der kleinen und korpulenten Haushälterin mit dem grauen Dutt war in diesem Moment Balsam für Marias trauernde Seele. Sie wusste, dass das Kind auf ihrem Arm sie nicht mehr hören konnte, trotzdem sagte sie zu ihm:

»Hier sind wir gut aufgehoben. Alles ist in Ordnung, Kleines. Ich bin bei dir. Ich wünschte, du könntest den Duft in diesem Raum riechen. Diese herrliche Mischung aus frisch aufgebrühtem Kaffee und den Rosinensemmeln. Ich wünschte, du hättest groß werden und irgendwann einmal eine davon probieren können. Rosinensemmeln waren schon immer eine meiner Leibspeisen. Leider gab es sie bei der Gertie damals nicht so oft, und wir mussten die meiste Zeit mit Haferbrei vorliebnehmen.«

»Obwohl ich zu einem guten Haferbrei auch niemals nein sagen tät«, sagte nun eine männliche Stimme, und Maria blickte auf.

Der Pfarrer hatte den Raum betreten. Er trug eine schlichte Baumwollhose, ein blaues Hemd und darüber einen dunklen Pullunder. Seine Nickelbrille war auf seiner dicken Nase etwas nach unten gerutscht. Er hatte buschige Augenbrauen und eine Halbglatze. Seine übrig gebliebenen Haare hatte er sorgfältig darüber frisiert.

»Guten Morgen, meine Teuerste. Wenn es eine Hebamme zu einer solch frühen Stunde ins Pfarrhaus verschlägt, kann es dafür eigentlich nur einen Grund geben.« Er deutete auf das Bündel in Marias Armen. »Aus deiner Anwesenheit schließe ich, dass dem armen Hascherl nur wenig Lebenszeit von unserem Herrgott vergönnt wurde.«

»Guten Morgen, Hochwürden«, grüßte Maria. »So ist es. Das Mädchen wurde mit einer Missbildung geboren. Nur leider ist es für eine Nottaufe nun bereits zu spät. Es ist auf dem Weg hierher von uns gegangen.«

Sie blickte auf den Säugling herab. Dessen Augen waren geschlossen, sein Kopf glich in diesem Moment dem eines Porzellanpüppchens. Die Missbildung hatte sie abgedeckt. Das Gesicht des kleinen Mädchens war wunderschön, die Wangen voll, es hatte eine Stupsnase, perfekt geformte Augenbrauen.

Der Pfarrer setzte sich neben Maria und atmete tief durch. Irmi, die nun die Stube betrat, schien nicht so recht zu wissen, was sie tun sollte. Der Tod war mit Maria an diesem düsteren Morgen ins Pfarrhaus getreten und ließ sie nun für einen Augenblick innehalten.

Es war der Pfarrer, der die seltsame im Raum liegende Stille brach. »Wer sind die Eltern?«

Maria teilte es ihm mit, und er nickte. »Ich kenn den Stationsvorsteher gut. Er schickt mir immer seinen Neffen zur Abholung, wenn ich mit der Bahn verreise. Es ist traurig für die Familie, ihr jüngstes Mitglied so früh gehen lassen zu müssen.«

»Ja, das ist es«, antwortete Maria. Die Anteilnahme des Pfarrers ließ die Hoffnung in ihr aufsteigen, dass er bei der Thematik ungetaufte Kinder und Bestattung auf dem Friedhof anders dachte, als Ströbel es getan hatte.

Sie wollte das Thema vorsichtig ansprechen, doch Beyerling kam ihr zuvor.

»Ich weiß von meinem werten und bedauerlicherweise nicht mehr unter uns weilenden Kollegen, dass Sie eine vehemente Gegnerin der Kindstaufe im Mutterleib sind. Er hat sich sehr darüber echauffiert, dass Sie sich dieser verweigern. Aber ich kann die Gründe dafür inzwischen gut nachvollziehen. Ich hatte vor einer Weile zu dieser Thematik ein längeres Gespräch mit unserem ortsansässigen Arzt, einem patenten Mann, neu zugezogen aus Salzburg, äußerst fähig, das muss ich sagen. Ich verstehe also sehr gut, weshalb Sie sich dieser Form der Taufe verweigern. Mein Kollege hat sich weiterhin an die sogenannte Erbsünde geklammert, doch ich sehe das nun anders.« Er sah Maria ernst an. »Das große Erbarmen Gottes, der will, dass alle

Menschen gerettet werden, und die zärtliche Liebe Jesu zu den Kindern berechtigen uns zu der Hoffnung, dass es für die ohne Taufe gestorbenen Kinder einen Heilsweg gibt. Ich bin mir sicher, dass der kleine Engel seinen Platz im Himmelreich finden wird. Auch ohne eine offizielle Taufe.«

Maria holte Luft, doch der Pfarrer hob nur sanft einen Finger.

»Die nächste Frage, die Sie jetzt vermutlich stellen werden, beantworte ich deshalb gerne mit einem Ja. Selbstverständlich erhält das Kind eine ihm würdige Trauerfeier und darf auf dem Friedhof beigesetzt werden. Ich werde, bis ein Nachfolger für Franz Ströbel gefunden ist, in Vertretung für die Gemeinde Brannenburg zuständig sein, und solange ich dort Pfarrer bin, wird kein kleines Menschlein außerhalb der Friedhofsmauern verscharrt werden. Das verspreche ich Ihnen, mein Fräulein. Wie es allerdings dann der offizielle Nachfolger handhaben wird, kann ich natürlich nicht sagen. Aber ich weiß, dass viele meiner Kollegen in dieser Hinsicht inzwischen, sagen wir mal, etwas gemäßigtere Ansichten vertreten.«

Maria konnte kaum glauben, was sie hörte. Die Worte des Pfarrers erleichterten sie in diesem Augenblick so sehr, dass es sich anfühlte, als würde ihr ein Stein vom Herzen fallen.

»Haben Sie vielen Dank. Sie haben keine Vorstellung davon, wie sehr mich ihre Worte freuen. Ich sehe es schon immer so. Gottes Liebe ist überall, und Jesus ließ die Kinder immer zu sich kommen.« In ihren Augen schwammen nun Tränen. Doch dieses Mal waren es keine der Trauer, sondern der Freude und Erleichterung.

»Ach, Madl. Nicht schon wieder weinen«, meldete sich nun Irmi zu Wort. »Jetzt wird ja alles gut werden. Wollens mir das

Kleine nicht geben, und wir legen es, während Sie sich stärken und etwas ausruhen, auf die Ofenbank. Dort ist es schön kuschelig, da ist es gut.«

Maria nickte, und Irmi nahm ihr den toten Säugling ab. Kurz betrachtete sie das Gesicht des Mädchens, und ihr Blick wurde wehmütig. »Bist eine ganz hübsche kleine Maus. Es hat halt nicht sollen sein.«

Behutsam legte Irmi das Kind auf die Ofenbank, und während sie den Tisch fürs Frühstück deckte, kuschelte sich des Pfarrers Katze neben das Kind, als wollte sie darauf achtgeben. Es war ein wunderbarer Anblick, der Marias Herz wärmte. Und als würde Gott persönlich ihnen nun eine Botschaft senden wollen, riss in diesem Augenblick die Wolkendecke auf, und ein heller Sonnenstrahl fiel durch das Fenster direkt auf das kleine Mädchen.

»Sieht aus, als würde die kleine Seele uns jetzt endgültig verlassen wollen«, kommentierte Irmi das Geschehen. »Dann mach ich mal besser ein Fenster auf, dann hat sie es leichter.«

Am Nachmittag desselben Tages stand Maria im hellen Sonnenschein der Herbstsonne auf dem Friedhof von St. Margarethen vor dem Grab ihrer geliebten Gertie und betrachtete den Grabstein wehmütig. Gertie lag im Familiengrab der Maurers. Sie war die Schwester von Gustl Maurer gewesen, der aufgrund eines Jagdunfalls nur zweiunddreißig Jahre alt geworden war. Ein Wilderer war es gewesen, der ihn damals erschossen hatte. Maria seufzte. So viele Lebensgeschichten und Schicksale waren auf diesem Friedhof vereint, versteckten sich hinter Grabkreuzen und Lebensdaten. Auch im Familiengrab der

Maurers lagen Kinder. Ein Mädchen war nur wenige Monate alt geworden, sein Bruder hatte nur einen Tag gelebt. Was genau damals gewesen war, ließ sich nur erahnen. Zu früh geboren, vielleicht auch fehlgebildet wie das kleine Mädchen, das Maria nach ihrem Besuch in Neubeuern wieder zurück zur Familie Gradinger gebracht hatte.

Die Erleichterung darüber, dass die Kleine auf dem Friedhof beerdigt werden durfte, war groß gewesen. Sie würden nun die Totenwache für das Kind abhalten, hatten die Eltern gefasst entschieden. Der Tod, selbst von Kindern, war Teil ihres Lebens, sie hatten gelernt, damit umzugehen. Oder hatte es nur so ausgesehen? Immerhin hatte Hannelore ihr Kind neun Monate unter dem Herzen getragen, sie hatte sich darauf gefreut, hatte es unter Schmerzen zur Welt gebracht. Sie würde es immer lieben, immer vermissen. Es war kein Kind der Schande gewesen, das weggegeben worden wäre, es wäre geliebt worden, wäre in einer intakten Familie groß geworden.

Maria schaute in den Himmel, während sie grübelte. Oder war dieser Gedanke nicht ungerecht? Wurden nicht auch ungewollte und weggegebene Kinder trotz der vermeintlichen Schande und der Verzweiflung von ihren Müttern geliebt, vielleicht für immer vermisst? Vielleicht nicht bewusst, doch sie taten es. Es lag in ihrer Biologie. Ein Teil ihrer selbst war ihnen genommen worden, ob vom Tod oder der Gesellschaft spielte dabei nur eine untergeordnete Rolle.

Maria las Gerties vollständigen Namen. Gertrude Mahler, geborene Maurer. Darunter standen ihr Geburts- und Todesjahr. Gertie war achtundsechzig Jahre alt geworden und hatte nie das Glück gehabt, eigene Kinder haben zu dürfen. Früh war sie Witwe geworden. *Vielleicht ist dieser Umstand von Gott gewollt gewesen, damit sie ihr Herz für bedürftige Kinder öffnet*, überlegte Maria. Seine Wege waren oft unergründlich. Eine bessere und gütigere Leiterin eines Kinderhauses hätte Brannenburg jedenfalls nicht haben können.

»Weißt du was«, begann Maria mit ihrer verstorbenen Erzieherin ein Gespräch, als würde sie vor ihr stehen. »Heute hätte ich so gern mit dir auf der Hausbank gesessen und geredet. Es war kein leichter Tag, denn es gab den Tod eines kleinen Engels zu beklagen. Aber am Ende ist doch irgendwie alles gut geworden, und es hat sich angefühlt, als hätte jemand seine schützende Hand über mich und das Mädchen gehalten. Vielleicht bist du es ja gewesen. Es wäre vorstellbar, denn das Wohl der Kinder lag dir immer am Herzen. Wenn es so etwas wie Schutzengel gibt, dann bist du vielleicht meiner und passt auf mich auf. So wie früher, als ich noch ein Lausdirndl gewesen war. Weißt du noch? So hast du mich immer bezeichnet, wenn ich etwas ausgefressen hatte. Und darin war ich gut. Ich kann nicht mehr zählen, wie oft du mich beim Stibitzen der Kekse in der Speisekammer erwischt hast. Sie sind aber auch zu gut gewesen.«

Maria verstummte, die Erinnerung an ihre diebischen Zeiten brachte sie zum Lächeln. Mit dem nächsten Satz kehrte sie jedoch wieder in die Gegenwart zurück, und das Lächeln verschwand.

»Ich weiß, du würdest nicht gutheißen, was ich tue. Du würdest sagen, dass ein lediges Fräulein mit dem Kinderkriegen nichts zu tun haben soll. Ich wünschte, du wärst noch hier, und ich könnte dich vom Gegenteil überzeugen. Du warst für mich die Mutter, die ich nie hatte, und in einer Familie sind auch nicht immer alle einer Meinung. Ich wünschte, ich könnte mit dir uneins sein, mit dir streiten, diskutieren und dich am Ende vielleicht doch davon überzeugen, dass das, was ich tue, mehr ist als eine Arbeit, mit der man sich seinen Lebensunterhalt verdient.« Sie machte noch einen Schritt auf den Grabstein zu. Es tat ihr gut, mit Gertie zu sprechen. Auch wenn sie nicht antworten konnte. »Für mich ist diese Arbeit Berufung, und ich bin inzwischen, trotz aller Widrigkeiten und des Gegenwinds im Ort, froh darüber, sie hier in meiner Heimat ausüben zu dürfen. Auch wenn ich nie verstehen werde, wieso einige Sennerinnen der Meinung sind, hochschwanger auf den Berg hinaufzumüssen.« Sie lächelte. »Für dich wäre das ein Albtraum. Du hast immer gesagt, dass du dir die Berge ganz gut von unten anschauen kannst, rauflaufen können gern andere.«

»Ja, besonders lauffreudig ist sie nie gewesen«, sagte plötzlich eine bekannte Stimme hinter ihr, und sie wandte sich um. Max stand vor ihr. »Grüß dich Gott, Maria«, sagte er und lüpfte kurz den grauen Filzhut, den er trug. Er war leger gekleidet. Braune Stoffhosen, ein beiges Hemd und darüber eine Trachtenjacke. Maria sah ihn überrascht an, und in ihrem Inneren breitete sich das kribbelige Gefühl aus, das sie in seiner Gegenwart jedes Mal empfand. Das sie liebte und gleichzeitig verabscheute, denn sie durfte es nicht empfinden. Sie konnte es aber auch nicht abstellen, sosehr sie sich auch bemühte.

»Was tust du hier oben?«, fragte sie und strich eine Falte ihres Rockes glatt. Zitterten etwa ihre Hände? Sie wusste nicht so recht, wohin mit ihnen, am Ende landeten sie in ihren Rocktaschen.

»Ich war drüben beim Kirchbichl, gab was mit dem Wirt zu besprechen. Eigentlich hätte das mein Vater machen sollen, aber der fühlt sich heute nicht wohl.« Er deutete auf den genau gegenüber der Kirche liegenden Gasthof, den es schon gab, seit Maria denken konnte.

»Verstehe«, erwiderte sie.

»Ich hab von der Sache mit dem toten Kind des Stationsvorstehers gehört. Traurig ist das. Bist deshalb hier? Bisserl bei der Gertie Trost suchen. Das mach sogar ich manchmal. Inzwischen ist sie eine ganz gute Zuhörerin geworden, kann einem nicht mehr ins Wort fallen, wie sie es früher oft getan hat. Mein Vater hat sie immer als vorlautes Weiberl beschimpft.« Er schmunzelte. Während er redete, beruhigte sich Marias Innerstes, und seine Worte brachten sie zum Lächeln.

»Ja, sie war gut darin, einen nicht ausreden zu lassen«, stimmte sie ihm zu, kam dann jedoch wieder auf das verstorbene Mädchen zu sprechen. »Die Kleine war nicht zu retten, die Missbildung war zu schlimm. Aber es ist schön, dass sie von Beyerling auf dem Friedhof bestattet wird. Es ist für die Eltern ein Trost. Beyerling hat gute Ansichten. Es bleibt zu hoffen, dass der Nachfolger von Ströbel ebenso denkt. Für Brannenburg wäre es ein Segen. Ich hab mir denkt, ich mach einen Spaziergang, bisserl laufen, dann lassen sich solche Dinge gut verarbeiten. Und dann war ich plötzlich hier oben. An manchen Tagen vergesse ich fast, wie schön und friedlich es hier ist. Dieser Ort scheint wie ein kleines Paradies zu sein.«

Sie ließ ihren Blick über die Friedhofsmauer hinwegschweifen. Die umliegenden Berge erstrahlten im Licht der milden

Herbstsonne, noch waren die Bäume belaubt und grün, doch manche Blätter begannen sich bereits zu verfärben. *Vielleicht hat mich deshalb meine Mutter gerade hier abgelegt*, kam ihr in den Sinn. *Weil es hier so schön ist.* Sie sprach diesen Gedanken jedoch nicht laut aus.

»Das kann ich gut verstehen. Margarethen ist schon ein besonderer Flecken Erde«, gab Max ihr recht. »Auch ich komme gern zum Nachdenken hierherauf. Nach einem Besuch hier oben geht es einem meistens besser. Und ich rede dann auch immer mit Gertie ein paar Worte. Sie fehlt mir, so wie vielen im Ort. Sie war eine solch besondere Seele.«

»Ja, das war sie«, antwortete Maria.

»Und sie wäre stolz auf dich.« Er nahm nun ihre Hand und sah ihr direkt in die Augen. Sein Blick traf sie bis ins Mark, und seine Berührung sorgte dafür, dass ihr Innerstes erzitterte. Sie sollten nicht so vertraulich miteinander umgehen, sie waren keine Kinder mehr, er war verheiratet. Sie sollte einen Schritt zurücktreten und seine Hand loslassen, doch sie brachte es nicht fertig.

»Sie hätte uns gern als Paar gesehen«, sagte er plötzlich. »Sie hat es mir gesagt, das war kurz vor ihrem Tod. Sie hat es gewusst. Wir waren füreinander bestimmt. Aber das Leben, es ist …«

Er kam ins Stocken, und für einen Moment sahen sie sich einfach nur an. Marias Herz schlug ihr bis zum Hals. Noch nie hatte Max sie so angesehen, noch nie mit einer solchen Ernsthaftigkeit und gleichzeitig so … liebevoll. Bevor sie einen klaren Gedanken fassen konnte, fühlte sie plötzlich seine Lippen auf ihren. Maria ließ es zu und öffnete sogar den Mund, seine

Zunge berührte die ihre, zum ersten Mal wurde sie von einem Mann richtig geküsst.

Maria fühlte sich, als würde ein Gebirgsbach durch sie hindurchrauschen. Kühl und belebend. Mitreißend. Für einen Atemzug gab sie sich dem Gefühl hin, ließ zu, dass es ihre Sinne vollkommen vernebelte. Dann auf einmal traf sie die Realität wie der Schlag.

Max wollte sie nun in seine Arme ziehen, doch sie wich zurück. Ihr Herz klopfte wie verrückt, und sie hob jetzt abwehrend die Hände.

»Nein«, sagte sie. »Wir dürfen das nicht tun. Niemals dürfen wir das. Es ist eine Sünde. Du bist verheiratet. Annemarie liebt dich. Sie hat es mir gesagt.«

Sie wandte sich um und rannte fort, floh regelrecht vor ihm, eilte über den Schotterweg den Hügel hinab. Doch vor ihren Gefühlen konnte sie nicht fortlaufen, so schnell sie auch lief. Sie empfand etwas für ihn, und diese Empfindungen trieben ihr nun Tränen der Verzweiflung in die Augen. Sie durften einander nicht lieben. Und Gertie hatte so etwas bestimmt niemals gesagt. Das konnte nicht sein. Oder vielleicht doch? Aber sie hätte es doch besser wissen müssen. Sie kannte die Spielregeln dieser Welt, in der jeder seinen Platz hatte. Das Findelkind und der Sohn des Bürgermeisters durften kein Paar werden, sie waren nicht füreinander bestimmt. Max war Annemarie versprochen. Diese Ehe war richtig, so gehörte es sich.

Vielleicht wäre es doch besser gewesen, sie wäre in München geblieben. Dann hätte es dieses Wiedersehen nicht gegeben, vielleicht noch einige Briefe, die mit den Jahren vermutlich immer weniger geworden wären. Jeder von ihnen hätte sein Leben gelebt. Sie hätte Max nicht nachgeben, nicht heimkehren dürfen. Dann hätte es auch diesen Kuss nicht gegeben und auch nicht all diese verwirrenden Gefühle, die sie ganz schwindelig machten. Wie sollte es jetzt nur weitergehen? Was sollte sie nur tun?

Maria blieb erst ein ganzes Stück vom Kirchberg entfernt, nach Atem ringend und von Seitenstechen geplagt, stehen. Sie war nun fast wieder am Bichlhof angekommen. Aufgewühlt starrte sie auf das in der Ferne sichtbare Gehöft, während neben ihr leise der Bach plätscherte. Kurz entschlossen stapfte sie die paar Meter zum Ufer hinunter, ging in die Hocke und schöpfte sich etwas von dem eiskalten Wasser ins Gesicht. Es half. Sofort ging es ihr besser. Nach ein paar tiefen Atemzügen richtete sie sich wieder auf, straffte die Schultern und ging mit festen Schritten ihrem Zuhause entgegen.

Als sie eine Weile darauf wieder einigermaßen gefasst das Zuhäusl des Bichlhofs betrat, saß eine äußerst käsig aussehende Burgi auf der Ofenbank und begrüßte sie mit einem kräftigen Hustenanfall. Nachdem sie sich wieder gefangen hatte, sagte sie unnötigerweise: »Mir geht es gar nicht gut.«

# 25. Kapitel

*30. September 1893*

Und noch einmal tief Luft holen. Ja, so ist es gut«, lobte Danzinger. »Sie machen das großartig, Frau Maier. Gleich ist es geschafft.« Das tiefe Einatmen sorgte dafür, dass Burgi erneut zu husten begann. Es folgte ein sich bedenklich anhörendes Röcheln. Der Arzt ließ das Stethoskop sinken, seine Miene war besorgt, und er erkundigte sich bei Maria noch einmal nach der zuletzt gemessenen Körpertemperatur.

»Das waren über neununddreißig Grad«, antwortete Maria mit ernster Miene. »Bedauerlicherweise bekommen wir das Fieber nicht in den Griff, und auch die Mittel gegen den Husten zeigen keine Wirkung. Normalerweise hilft so ein Zwiebelsaft ja Wunder, es ist zum Verzweifeln.«

»Das ist es wohl«, antwortete Danzinger. »Wir haben es hier bedauerlicherweise nicht mehr nur mit einer Bronchitis zu tun, sondern mit einer angehenden Lungenentzündung. Deshalb würde ich vorschlagen, dass wir Sie so schnell wie möglich ins Rosenheimer Krankenhaus bringen, Frau Maier. Dort kann Ihnen professionell geholfen werden.«

»Nach Rosenheim, ins Krankenhaus«, wiederholte Burgi und sah den Arzt mit großen Augen an. »Also da geh ich gewiss nicht hin, zu den Weißkitteln. Was soll denn da besser sein als hier daheim. Ich mein, ich hab doch eine super Krankenpflegerin mit meiner Maria.«

Sie begann erneut zu husten und zu röcheln. Es dauerte eine ganze Weile, bis sie sich wieder beruhigt hatte. Maria flößte ihr sogleich etwas warmen Tee ein. Ermattet von dem Hustenanfall, sank Burgi zurück in die Kissen. Die drei befanden sich in der Wohnstube, wo Maria Burgis Krankenlager auf dem Kanapee aufgeschlagen hatte, denn in ihrer nicht beheizbaren Schlafkammer war es für die Kranke zu kühl. Doch auch die angenehme Wärme des Kachelofens hatte das Schlimmste nicht verhindern können. Und jetzt galt es, den Sturschädel auch noch zur Vernunft zu bringen. Danzinger hatte recht. Die besten Chancen auf Heilung hatte Burgi im Krankenhaus, ob es ihr nun gefiel oder nicht.

»Mit so einer Lungenentzündung ist nicht zu spaßen«, sagte Maria und hob mahnend den Zeigefinger. »Da braucht es eine fachärztliche Betreuung. Im Krankenhaus wirst du bestimmt ausgezeichnet versorgt und rasch wieder gesund werden. Und das ist doch das Wichtigste. Außerdem kann ich gar nicht die ganze Zeit über bei dir bleiben und auf dich achtgeben. Was ist denn, wenn ein Kind auf die Welt kommen will? Manchmal bin ich zwei Tage fort. Wer kümmert sich denn dann um dich?«

»Vielleicht eine von den Mägden, drüben vom Hof«, antwortete Burgi. »Und am End kommt gar kein Kind auf die Welt, und du musst doch nicht weg.«

Das wenige Reden hatte sie so sehr angestrengt, dass sie erneut zu husten begann. Dieses Mal so heftig, dass ihr Tränen in die Augen traten. Nachdem sich der Hustenanfall gelegt hatte, trocknete ihr Maria liebevoll die Wangen und wischte ihr die Schweißperlen von der Stirn.

»Es tut so weh«, jammerte Burgi nun. »Ich kann kaum schnaufen. Aber des gibt's doch gar nicht. Vor drei Tag war doch noch alles gut, ich hab bloß bisserl husten müssen, mehr nicht. Wo kommt das so schnell her?«

»Lass gut sein, Burgi«, sagte Maria und legte tröstend ihre Hand auf den Unterarm der Kranken. »Gib nach und lass dich nach Rosenheim ins Krankenhaus bringen. Du willst doch wieder gesund werden, oder? Hier wird das nicht funktionieren. Ich kann Kinder auf die Welt holen, aber davon, wie man eine Lungenentzündung heilt, versteh ich nix. Im Krankenhaus wird ganz bestimmt alles bald wieder gut werden.«

»Ich muss dem Fräulein Roßacker recht geben«, sagte Danzinger. »Hier ist eine Heilung schwierig, und eine Magd vom Bauernhof ist keine passende Betreuerin für jemand so schwer Erkranktes. Das wissen Sie auch. Seien Sie doch vernünftig.« Er sah Burgi mahnend an, und sie nickte nun.

»Freilich weiß ich das«, antwortete sie und seufzte. »Schließlich ist meine Tante, Gott hab sie selig, schlimm lungenkrank gewesen. Jämmerlich erstickt ist die. Wenn ich Pech hab, dann seh ich die jetzt ganz bald wieder, die alte Hexe. Obwohl ich mir nicht sicher bin, ob der Herrgott das boshafte Weib in den Himmel reingelassen hat. Wenn jemand in die Hölle kommen ist, dann die böse Blunzen, die war der Teufel in Person. Das könnt's mir ruhig glauben.« Das Reden hatte sie erneut angestrengt, und sie röchelte, bevor sie vor Schmerzen das Gesicht verzog.

»Es ist besser, wenn Sie jetzt nicht mehr sprechen«, meinte Danzinger und packte sein Stethoskop zurück in seine Arzttasche. »Ich werde sogleich einen Transport ins Krankenhaus in die Wege leiten. Möchten Sie Frau Maier begleiten?« Er sah Maria fragend an.

»Ich tät das schon gern«, antwortete sie zögerlich. »Aber was ist, wenn während meiner Abwesenheit ein Kind auf die Welt kommen möchte? Im Moment hab ich zehn Frauen, bei denen es jede Minute losgehen könnte.«

»Verstehe«, antwortete Danzinger. »Dann wäre es nett, wenn Sie vielleicht doch bleiben, aber wenigstens alles so weit fertig packen würden. Die Krankentransportkutsche wird so schnell wie möglich hier sein.« Er verabschiedete sich endgültig von den beiden und verließ das Haus.

Nachdem sich die Tür hinter ihm geschlossen hatte, sank Maria auf einen Stuhl neben dem Kanapee, und ihre Schultern fielen nach unten. Sie fühlte sich erschöpft, denn die letzten Tage und auch Nächte mit der kranken Burgi hatten sie ermüdet. Auch kam es ihr so vor, als hätte sie einen Kampf verloren. Wie hatte dieser dumme Husten nur so rasch so schlimm werden können? Die Antwort auf diese Frage würde sie wohl nie erfahren.

Sie nahm Burgis Hand und drückte sie.

»Das wird bestimmt alles wieder gut werden. Einen anderen Gedanken wollen wir gar nicht erst zulassen.«

Burgi antwortete ihr nicht mehr. Sie hatte nun die Augen geschlossen, die Untersuchung hatte sie erschöpft, sie war eingeschlafen. In ihrer Brust rasselte es bei jedem Atemzug. Maria betrachtete ihre Hausmamsell einen Moment lang wehmütig. Sie hatte Burgi vor ihrem Zusammenleben nur flüchtig gekannt, sie jedoch schon immer nett gefunden. Die wenigen Monate ihres Miteinanders im Haus hatten ausgereicht, um sie fest ins Herz zu schließen. Mit Burgi war alles so herrlich unkompliziert, sie war ein umgänglicher Mensch zum Gernhaben. Nur Schnaps durfte sie nicht trinken, aber das ließ sich ja einrichten.

»Du darfst mich jetzt nicht alleinlassen«, murmelte Maria leise. »Ich brauch dich, hörst du. Ich brauch dich mehr, als du denkst. Du kannst nicht gehen, nicht jetzt, wo alles so durcheinander ist. Ich wollt mit dir reden, dir hätt ich es sagen können. Das mit Max und dass ich mehr für ihn empfinde und ich nicht weiß, was ich dagegen tun soll. Ich weiß nicht, wie es jetzt nach seinem Kuss weitergehen soll. Ich weiß nicht, ob du mir eine passende Lösung hättest geben können, aber du hättest zugehört, das hilft ja manchmal auch schon bisserl. Und ich weiß, dass du es nicht weitertratschen würdest.«

Sie verstummte und starrte auf den hölzernen Dielenboden. Durch das helle Licht der einfallenden Sonnenstrahlen tanzten einige funkelnde Staubpartikel, im Ofen knackte einer der Holzscheite. Es war ein eigentümlicher Moment des Innehaltens, der Maria seltsamerweise Kraft spendete, und plötzlich kam ihr eine Lebensweisheit in den Sinn, die damals, in geschwungenen Lettern geschrieben und gerahmt, an der Wand über dem Esstisch gehangen hatte. Sie sprach sie laut aus: »Immer, wenn du denkst es geht nicht mehr, kommt von irgendwo ein Lichtlein her.«

Es war tatsächlich Burgi, die mit matter Stimme das Sprüchlein weiterführte: »Dass du es noch einmal wieder zwingst und von Sonnenschein und Freude singst.«

»Leichter trägst des Alltags harte Last und wieder Kraft und Mut und Glauben hast«, fügte Maria den Rest des mutmachenden kleinen Reims hinzu. Dann legte sie ihre Hand lächelnd auf die von Burgi.

»Du hast mich eben gehört, oder?«, fragte sie.

»Ja, das hab ich. Ich tratsch auch nix weiter, versprochen. Das wird schon irgendwie wieder werden. Eines ist nur blöd. Ich muss jetzt zu den Weißkitteln nach Rosenheim und kann nicht auf dich achtgeben. Und solche Dummheiten lässt mir jetzt brav bleiben, verstehst. Eine anständige Frau lässt sich nicht von verheirateten Männern küssen. Auch wenn sie ihn gernhat. Und ich weiß, dass du ihn gernhast. Aber manchmal ist es halt, wie es ist, und das muss auch das Herz irgendwann kapieren.« Sie begann zu husten, beruhigte sich jedoch schnell wieder.

Maria wollte antworten, kam jedoch nicht dazu, denn die Tür öffnete sich, und eine vollkommen abgehetzt wirkende junge Frau erschien. Nach Luft japsend, blieb sie mitten im Raum stehen.

»Du bist doch die Hebamme, oder?«, fragte sie. »Du musst schnell kommen. Am Petersberg haben die eine von der Wand weggeholt. Die wollt sich doch glatt da runterstürzen. Die bekommt ein Kind.«

Knappe zwei Stunden später erreichte Maria den auf über achthundert Höhenmetern gelegenen Gipfel des Petersbergs, der im Volksmund auch der kleine Madron genannt wurde. Ein Knecht der Astnerbauern war so freundlich gewesen, sie mit dem Wagen hinaufzubringen. Maria fand die Bezeichnung Madron passend für den Berg mit seinen steilen Felswänden, die bedauerlicherweise schon so manches Todesopfer gefordert hatten. Während der Fahrt hierher hatte es sich etwas zugezogen, und über dem Inntal türmten sich bedrohlich aussehende Wolken auf, die nichts Gutes verhießen. Wenn sie Pech hatten, würde es bald kräftig regnen.

Zum Glück kam nun die kleine weiße Kirche des Petersbergs in Sicht. Hierhin fanden in regelmäßigen Abständen Wallfahrten statt, wie Maria wusste. Die daneben liegende Propstei war Anfang des neunzehnten Jahrhunderts von den Astnerbauern erworben worden und diente nun dem für die Bergbauern zuständigen Geistlichen als Unterkunft. Aktuell war es ein Josef Lederer, der in dem schmucklosen Haus mit den kleinen Fenstern wohnte, Maria kannte ihn nicht. Zu dem Anwesen gehörten noch ein Kräutergarten, zwei Futterstadl und sechs Tagwerk Wiese. Vor dem Haus standen einige Bierbänke und Tische. Lederer bewirtete vorbeikommende Wanderer mit einfacher Kost. Eine patente Haushälterin kümmerte sich um sein leibliches Wohl und das der Gäste. Maria kannte die Mittfünfzigerin, ihr Name war Traudl Schleidiger, flüchtig. Sie war mittelgroß, mit den Jahren immer rundlicher geworden, und ihr zum Dutt hochgebundenes Haar war inzwischen vollkommen ergraut.

Als Traudl sich umdrehte, erblickte sie Maria und kam sogleich auf sie zugeeilt.

»Da seid ihr ja endlich. Die leidet dadrin schon ganz schlimm. Ich hab schon denkt, ich müsste das Butzerl auf die Welt holen. Also so etwas ist uns hier droben noch nicht passiert, das kann ich euch sagen. Hochwürden sind schon ganz aufgeregt.« Sie rang die Hände.

»Wir sind so schnell gekommen, wie es ging«, antwortete

Maria und hob ihren Hebammenkoffer vom Wagen. Sie folgte der hektisch mit den Armen wedelnden Haushälterin in eine der im oberen Geschoss liegenden Kammern, die spartanisch eingerichtet war. Darin befanden sich zwei einfache Holzbetten, ein Tisch mit zwei Stühlen am Fenster und ein zweitüriger Schrank. Den einzigen Wandschmuck stellte ein in der Zimmerecke hängendes Jesuskreuz dar. In der Kammer war es kalt, Maria fröstelte.

Die werdende Mutter lag in einem der Betten unter einer dicken Federdecke. Sie schien gerade eine Wehe zu haben, denn sie wimmerte und stöhnte. Maria stellte ihren Hebammenkoffer ab und sah sich in der Kammer um. Ihr gefiel dieser Raum für eine Entbindung so gar nicht. Es war zu dunkel und zu kalt. Beheizt werden konnte er leider nicht, da ein Ofen fehlte, eine kleine Petroleumlampe stand auf dem Tisch.

»Gibt es noch ein anderes Zimmer, vielleicht mit Ofen im Haus?«, fragte sie die Haushälterin. »Dann hätte es die werdende Mutter bequemer.«

»Bequemer auch noch«, äffte Traudl. »Die Hure soll froh sein, dass wir sie von der Wand weggeholt haben und sie hier ihr Balg zur Welt bringen darf. Ich mein, das ist eine Propstei und kein Sündenpfuhl.«

Maria schnappte nach Luft. Mit einer solch unfreundlichen Antwort hatte sie nicht gerechnet. Sie schluckte den bissigen Konter hinunter, der ihr auf der Zunge lag, und versuchte, ruhig zu bleiben. Mit einer diplomatischen Erwiderung und passenden Schmeicheleien ließ sich für die werdende und anscheinend verzweifelte junge Mutter mit Sicherheit mehr erreichen als mit Unfreundlichkeit.

»Und so eine Propstei ist ein Haus unseres Herrn, und der zeigt doch Barmherzigkeit. Diese habt ihr ja auch bereits gezeigt, immerhin habt ihr die arme Frau vor dem Sprung in den sicheren Tod bewahrt. Jetzt können wir doch mit vereinten Kräften dafür sorgen, dass das Kind sicher auf die Welt kommt, und vielleicht findet sich dann auch eine patente Lösung für Mutter und Kind.« Sie sah die Haushälterin bittend an.

Traudl erwiderte den Blick mit säuerlicher Miene, dann stieß sie einen Seufzer aus. »Wegen mir«, gab sie nach. »Dann soll sie das Kind in Gottes Namen halt unten in der Stube bekommen. Da gibt es aber kein Bett, sondern bloß ein Kanapee. Und Hochwürden muss zustimmen. Er ist hier schließlich der Herr im Haus.« Sie verließ den Raum, und Maria wusste, dass sie gewonnen hatte. Sie ging neben der jungen Frau in die Hocke und strich behutsam über ihr hellbraunes Haar.

»Grüß dich Gott, meine Liebe. Ich bin die Maria, und ich bin Hebamme. Ich werde dir jetzt helfen. Wir schaffen das gemeinsam. Fest versprochen! Willst du mir sagen, wie du heißt?«

»Ich will das alles nicht«, brachte die Frau hervor. »Es soll aufhören. Ich hab solche Angst.«

»Ich weiß«, antwortete Maria. »Es tut weh. Aber bald ist es vorbei, und dann hältst du dein Kind im Arm. Dann ist alles wieder gut.«

»Ich will es aber nicht im Arm halten. Ich hasse es so sehr, so wie ich ihn gehasst habe. Ich dachte, er bringt mich um.«

Maria schockierten die Worte der jungen Frau, und sie wich ein Stück zurück.

»Der Vater des Kindes?«, hakte sie nach.

»Wer denn sonst? Ich hab mich gewehrt, ich wollte das nicht. Ich bin keine Hure.« Sie weinte nun bittere Tränen, und in Maria stieg Wut auf, die sie die Fäuste ballen ließ. Der jungen Frau war zweifelsohne Gewalt angetan worden. Auch solche Fälle hatten sie in der Gebäranstalt gehabt. Zu diesen Frauen war sogar die Oberhebamme freundlich gewesen.

Maria blickte auf. Traudl stand in der Tür. Mit großen Augen und offenem Mund starrte sie die junge Frau an. Maria konnte gut verstehen, weshalb ihr die Worte fehlten. Auch sie benötigte einen Moment, um mit der Situation klarzukommen. Nun erschloss sich ihr auch, weshalb die werdende Mutter so verzweifelt gewesen war, sich die Wand hinabstürzen zu wollen. Maria sah Traudl an, und beide nickten gleichzeitig. Zwischen ihnen fand eine stille Übereinkunft statt. Hier galt es, so viel Barmherzigkeit zu zeigen, wie es ging, und Vertrauen zu schaffen.

»Nein, das bist du nicht«, war es Traudl, die der jungen Frau nun antwortete. »Es tut mir leid, dass ich das gesagt hab. Komm, Mädchen. Wir bringen dich jetzt in die Stube und helfen dir. Dort ist es schön warm, wir schaffen das gemeinsam. Jetzt bist du nicht mehr allein. Du hast mich, und die Maria ist bei uns. Das wird schon werden.«

Die junge Frau drehte sich um, und nun sah Maria zum ersten Mal ihr Gesicht. Sie konnte nicht älter als siebzehn Jahre sein. Selbst noch ein halbes Kind. Erneut wurde die Frau unruhig und stöhnte auf.

»Es geht wieder los. Jetzt schmerzt es wieder.«

»Das ist eine Wehe«, erklärte Maria und nahm die Hand der jungen Frau. »Sie geht wieder vorüber. Ruhig atmen. So ist es gut.« Maria schätzte kurz den Wehenabstand. Es waren gute fünf Minuten gewesen, also hatten sie bis zur Geburt des Kindes noch etwas Zeit. Nachdem die Wehe abgeebbt war, fragte sie die Frau noch einmal nach ihrem Namen.

»Paula«, antwortete sie. »Paula Seiler.« Ihr Blick blieb schüchtern, sie setzte sich nun etwas auf.

»Schön, dich kennenzulernen, Paula«, sagte Maria mit einem warmen Lächeln. »Komm. Wir bringen dich in die Stube, und dann werde ich mal sehen, wie weit die Geburt schon vorangeschritten ist. Du musst keine Angst haben. Es wird alles gut werden.«

Maria war Paula beim Aufstehen behilflich. Gemeinsam mit Traudl ging es die steile Treppe nach unten und in die wohlig warme und gemütlich eingerichtete Wohnstube. Dort platzierten sie Paula auf dem mit einem dunkelgrünen Stoff bezogenen Kanapee, das neben dem Ofen stand. Traudl hatte wohlweislich bereits ein sauberes Laken daraufgelegt. Fürsorglich stopfte sie Paula nun einige Kissen in den Rücken. »So ist es doch gleich viel besser«, sagte sie. »Magst noch einen warmen Kräutertee, der entspannt bisserl.« Sie wandte sich kurz an Maria und raunte ihr zu: »Der Pfarrer bittet dich auf ein Wort zu ihm. Er ist drüben, in seinem Arbeitszimmer.«

Maria nickte, ging hinaus in den Flur und betrat nach kurzem Anklopfen das Arbeitszimmer von Josef Lederer. Überfüllte Bücherregale säumten die Wände, Zeitungen und weitere Bücher stapelten sich auf dem Fußboden, auf der Ofenbank und auf einer Kommode. Auch auf seinem aus dunklem Holz gefertigten Schreibtisch lagen Papiere, Bücher und Zeitungen kreuz und quer. Seine Schreibtischlampe brannte, draußen hatte es zu regnen begonnen, und ein frischer Wind wehte die Tropfen gegen die Fensterscheibe.

Marias Blick fiel auf Lederer, der äußerlich seinem Arbeitszimmer ähnelte. Die dunkelblaue Strickweste, die er trug, war falsch geknöpft, sein graues Haar stand wirr von seinem Kopf ab, und eine Rasur hätte sicher nicht geschadet.

»Grüß Gott«, begrüßte er Maria, erhob sich und reichte ihr über den Tisch hinweg die Hand. »Da habe wir uns ja ein bedauernswertes Hascherl eingefangen. Zum Glück hat unser Ludwig das arme Mädel schluchzen hören. Sonst wäre sie vermutlich gesprungen. Viel war bisher ja nicht aus ihr herauszubekommen. Aber ich bin der Meinung, dass die Verzweiflung schon arg groß sein muss, wenn man sich vom Petersberg in den Tod stürzen möchte.«

»Das ist sie wohl«, antwortete Maria. »Ihr ist Gewalt angetan worden.«

»Wie schrecklich«, antwortete der Geistliche mit betroffener Miene.

Im nächsten Moment war Traudls laute Stimme zu hören.

»Madl. Nicht doch. Bleib hier!«

Alarmiert öffnete Maria die Tür des Arbeitszimmers. Die Haustür stand offen, und sie sah, wie Paula Richtung Steilwand rannte. Für eine Frau in den Wehen war sie erstaunlich schnell.

»Nein!«, rief Maria und sprintete los. Ein böiger Wind peitschte ihr den kalten Regen ins Gesicht. Sie folgte Paula durch die am Abgrund stehenden Laubbäume und blieb kurz vor ihr stehen. Paula stand nun mit dem Rücken zur Schlucht und sah sie panisch an.

»Paula, bitte. Nicht springen. Wir finden eine Lösung! Du musst das Kind auch nicht behalten. Es wird alles wieder gut werden.«

»Das wird es nicht. Er wird mich niemals in Ruhe lassen. Ihr versteht das nicht. Er ist der Teufel. Es geht einfach nicht.«

In diesem Moment hörte Maria hinter sich ein Rascheln. Kurz sah sie sich um. Traudl und der Pfarrer erreichten nun ebenfalls die Stelle. Doch es war zu spät. Als Maria sich wieder zu Paula drehte, sah sie, wie sie sprang. Es ertönte ein gellender Schrei, der Maria durch und durch ging. Sie wollte nach vorn eilen, doch Traudl hielt sie instinktiv zurück. »Nicht, sonst fällst du auch noch.«

Maria sank auf die Knie, sie wusste in diesem Moment nicht, was sie fühlen sollte. Der Schock saß tief. Auch Traudl und der Pfarrer waren wie erstarrt.

Lederer war der Erste, der nach einer Weile wieder zu sich kam. Er bekreuzigte sich und sagte: »Möge der Herrgott im Himmel ihren Seelen gnädig sein.«

## 26. Kapitel

*10. Oktober 1893*

War denn herauszubekommen, von woher diese Paula gekommen ist?«, fragte Burgi.

»Bedauerlicherweise nicht«, antwortete Maria und seufzte. »Die Polizei hat sich im Umkreis auf vielen Höfen nach ihr erkundigt, aber niemand konnte Auskunft geben.«

»Oder wollte nicht«, meinte Burgi mit betretener Miene. »Mit so was will ja keiner was zu tun haben. Eine Schande ist das. Und der Verursacher dieser Tragödie kommt mal wieder ungeschoren davon. Am Ende war es einer der Bauern selbst, der sich an seiner Magd vergriffen hat. So was kommt bedauerlicherweise häufiger vor.«

Sie schüttelte den Kopf und begann zu husten. Dieses Husten hörte sich zum Glück jedoch anders an als zuletzt. Der Schleim hatte sich gelöst, und es klang nicht mehr so fest sitzend. Auch war Burgi erfreulicherweise seit einigen Tagen wieder fieberfrei. Die schnelle Einweisung in das Rosenheimer Krankenhaus hatte tatsächlich geholfen, das Schlimmste zu verhindern. Obwohl Burgi besonders das ständige Inhalieren auf die Nerven ging. »Helfen tut das aber schon«, hatte sie am Vortag zugegeben. Da hatten sie sogar einen kleinen Spaziergang im Klinikgarten getätigt. Aber nicht zu weit, Burgi sollte sich auf keinen Fall überanstrengen. Heute waren sie im Krankensaal geblieben, denn es war ein trüber und kühler Tag und nieselte etwas.

Zu Burgis Glück hatte sie keine direkte Bettnachbarin, und auch das gegenüberliegende Bett war nicht belegt, was ihr ein klein wenig Privatsphäre verschaffte. Allerdings lag drei Betten weiter eine ältere Dame, die anscheinend etwas wirr im Kopf war und häufig meinte, lautstark zotige Gassenhauer singen zu müssen. Auch Maria war schon in den Genuss dieser schräg klingenden Darbietungen gekommen. Was der Frau genau fehlte, wusste Burgi nicht. Zum Glück war im Moment der Vorhang zugezogen, und es war still. Es galt zu hoffen, dass es so bleiben würde.

»Ja, leider sind die Mägde den Bauern vollkommen schutzlos ausgeliefert«, stimmte Maria Burgi zu. »Es ist eine Schande. Diese Paula war so verängstigt. Sie tat mir wirklich leid. Ständig denke ich, dass ich bei ihr bleiben hätte sollen. Dieses dumme Gespräch mit Lederer hätte es gar nicht gebraucht. Auch Traudl macht sich noch immer Vorwürfe. Sie hat es mir bei der Beerdigung gesagt. Sie ist nur einen Moment in die Küche gegangen, um heißes Wasser für den Tee zu holen. Wir haben wirklich gedacht, dass wir sie beruhigt hätten. Er muss ein Monster gewesen sein.«

»Ihr könnt nix dafür«, antwortete Burgi und legte sanft ihre Hand auf Marias Arm. »Ihr hättet sie ja schlecht ans Bett fesseln können. Es kommt einem Wunder gleich, dass sie nicht schon beim ersten Mal gesprungen ist.«

»Ja, das stimmt«, antwortete Maria und stieß einen Seufzer aus. »Aber vielleicht haben wir ja doch noch Glück, und die Gendarmerie findet etwas heraus. Es wäre dem Mädchen zu wünschen, aber große Hoffnungen habe ich nicht.« Burgi nickte mit betretener Miene. Einen Augenblick lang herrschte nun Stille zwischen ihnen. Eine Schwesternschülerin lief an ihrem Bett vorbei und grüßte schüchtern, auf dem Flur waren Stimmen zu hören.

»Jetzt aber Themenwechsel«, brach Maria ihr Schweigen. »Nun geht es um dich. Was sagt denn der Arzt? Weißt du schon, wann du wieder nach Hause kannst?« Sie versuchte ihrer Stimme einen heiteren Anstrich zu verleihen.

»Du meinst den Herrn Professor«, entgegnete Burgi, nun klang sie schnippisch. »Das ist ein ganz besonderer Gscheidmeier, das sag ich dir. Einer von der Sorte, die sich furchtbar wichtig nehmen. Der war heute Vormittag mit so einer Horde anderer Weißkittel bei mir am Bett gestanden und hat die alle ausgefragt. Mich hat der wie Luft behandelt, und auf mein Nachhaken, wann ich denn heimkönnt, hat der Herr von und zu überhaupt nicht reagiert. Und die depperte Oberschwester hat vorhin gesagt, dass das nur der Herr Professor entscheiden könnte. Aber der schaut mich ja nicht einmal anständig an. Da lob ich mir doch unseren Danzinger, der hört einem sogar zu, wenn man mit einer Warze zu ihm kommt.«

Burgis Aussage brachte Maria zum Schmunzeln. Es war aber auch ihr Gezeter, das sie erfreute. Wer so meckerte, konnte gar nicht mehr arg krank sein. Es war ein Segen, zu sehen, wie flott sie sich wieder erholt hatte. Obwohl sie natürlich noch ein ganzes Stück davon entfernt war, ganz über den Berg zu sein. Im Bett liegend, konnte sie ordentlich meckern und war wieder ganz die Alte, aber besonders das Laufen strengte sie noch an. Bereits nach wenigen Metern geriet sie außer Puste.

Den arroganten Professor hatte Maria bei Burgis Beschreibungen direkt vor Augen. Auch bei ihnen in der Gebäranstalt hatte es einen von der Sorte gegeben. Er hatte die Hebammenschülerinnen entweder wie Luft oder wie giftige Insekten behandelt.

»Ich denke, wenn du heimdarfst, wirst du es schon erfahren«, antwortete Maria mit einem zuversichtlichen Lächeln. »Es ist bestimmt besser, wenn sie dich noch einige Tage hierbehalten und du dich weiter erholst. Immerhin steht jetzt ja die kalte Jahreszeit bevor, und da sollte diese abscheuliche Erkrankung gut auskuriert sein. Nicht, dass du nach kurzer Zeit wieder hier landest und es dann noch schlimmer ist.« Sie hob mahnend den Zeigefinger. »Ich komm dich auch noch mal besuchen, mit Kuchen und deinen geliebten Kriminalromanen, damit du dich nicht langweilst.« Sie deutete auf den Nachttisch, auf dem zwei Bücher lagen, die Maria in einer Rosenheimer Buchhandlung für Burgi erworben hatte.

»Hast ja recht«, antwortete Burgi und hustete erneut kurz. »Obwohl ich denk, dass ich den Rest von dem Schmarrn jetzt daheim recht gut auskurieren könnte. Hier ist es nachts immer so laut, und in unserem gemütlichen Häusel gibt es auch keine verrückten Weiber, die schief Gassenhauer singen. Ich hoff ja immer noch darauf, dass die depperte Blunzen bald entlassen wird. So krank sieht die gar nicht aus.«

Als hätte die depperte Blunzen Burgis Worte gehört, begann sie just in diesem Moment wieder zu singen, und Burgi rollte die Augen.

»Hörst, was ich mein? Da soll man dann gesund werden.«

Zu ihrem Glück betrat nun die Oberschwester den Raum und sorgte rasch für Ruhe. Bedauerlicherweise kam sie jedoch auch zu ihnen, um ihnen mitzuteilen, dass die Besuchszeit in drei Minuten endete.

»Wie schade«, maulte Burgi. »Jetzt wird es wieder langweilig. Magst mich nicht vielleicht doch mitnehmen?«

»Heute noch nicht«, antwortete Maria und erhob sich lächelnd. »Aber ich bin mir sicher, dass dein Aufenthalt hier nicht mehr von langer Dauer sein wird. Vielleicht klappt es in den nächsten Tagen bereits mit deiner Entlassung. Ich komme dich dann höchstpersönlich abholen und bring dich heim. Fest versprochen.« Sie legte ihre Hand auf die von Burgi und drückte sie.

»Hm, versprich nix, was du nicht halten kannst«, gab Burgi grummelig zurück. »Am End will irgendwo ein Butzerl auf die Welt kommen, und dann kann ich schauen, wie ich allein heimkomme.«

»Wäre möglich«, antwortete Maria. »Aber vielleicht haben wir Glück. Mein Besuch heute hat ja auch funktioniert. Aber jetzt sehe ich besser zu, dass ich weiterkomme.« Ihr Blick fiel auf eine Wanduhr. »Wenn ich mich beeile, bekomme ich den vier Uhr Zug noch.«

Sie umarmte Burgi zum Abschied und verließ den Krankensaal. Als sie wenige Minuten später den Eingangsbereich des Krankenhauses durchquerte, fiel ihr plötzlich eine bekannte Person am Empfangstresen auf. Maria blieb wie angewurzelt stehen. Es war Alma.

Was tat sie hier? Besuchte sie einen Angehörigen? Aber die Besuchszeiten waren doch vorbei. Was wollte sie dann hier? War sie vielleicht krank? Wenn ja, dann musste es etwas Schwerwiegendes sein, denn mit einem einfachen Schnupfen ging man nicht ins Krankenhaus. Vielleicht wusste Danzinger etwas. Obwohl er, sollte Alma ihn konsultiert haben, mit ihr nicht darüber sprechen würde, denn er hatte sich an die ärztliche Schweigepflicht zu halten. Außerdem konnten sich die beiden auf den Tod nicht ausstehen, weshalb Alma ganz sicher nicht zu ihm gehen würde.

Just in diesem Moment drehte sich Alma um, und Maria wandte sich ab. Ihr Herz schlug ihr plötzlich bis zum Hals. Hoffentlich hatte die alte Hebamme sie nicht gesehen. Auf ein frostiges Aufeinandertreffen konnte sie gut verzichten. Nach quälend langen Sekunden blickte sich Maria um. Sie entdeckte Alma auf der Treppe, wo sie sich mit einer Krankenschwester unterhielt.

Maria atmete erleichtert auf. Dieser Kelch war noch einmal an ihr vorübergegangen. Trotzdem blieb die Frage, was Alma im Krankenhaus wollte. *Sollte ich ihr folgen?*, schoss es Maria durch den Kopf. Dann fiel ihr Blick auf die etwas dickliche Empfangsdame. Sie konnte es nicht riskieren, von ihr dabei erwischt zu werden, allerdings wusste sie aus Erfahrung, dass die grauhaarige Frau etwas redselig war. Vielleicht verriet sie ihr mithilfe einer kleinen Notlüge wenigstens, welche Abteilung im Krankenhaus Alma aufsuchte. Allein der Fachbereich könnte schon Antworten bringen.

Maria beschloss, ihre Idee in die Tat umzusetzen. Am Empfangstresen angekommen, hatte sie ihre Geldbörse aus ihrer Tasche gekramt und hielt sie der Angestellten hin. »Grüß Gott. Hier ist eben eine ältere Frau in einem braunen Mantel durch die Halle gelaufen, und sie hat die hier verloren. Können Sie mir vielleicht sagen, wo ich sie finde? Ich würde sie ihr gerne zurückgeben.« Sie schenkte der Empfangsdame ein herzliches Lächeln.

»Ach du je. Das muss die Frau Steindlmüller gewesen sein. Die ist gerade hoch in die Augenklinik. Die liegt im vierten Stock, rechter Gang. Wenn Sie Glück haben, erwischen Sie sie noch.« Sie deutete zur Treppe.

Augenklinik also, dachte Maria. Wieso das denn?

Sie bedankte sich bei der Empfangsdame und trollte sich Richtung Treppe. Zur Tarnung ging sie auch bis in den ersten Stock und wartete einen Moment ab. Dann kam sie wieder herunter und eilte nun raschen Schrittes nach draußen, wo sie dämmriges Licht und kalter Nieselregen empfingen.

Die Antwort der Empfangsdame hatte viele neue Fragen eröffnet. Hatte Alma Probleme mit dem Sehen? Vermutlich schon. Sonst würde sie ja keine solche Klinik aufsuchen. Aber wie schlimm war es? Sollte ihre Sehkraft eingeschränkt sein, konnte sie unmöglich weiterarbeiten. Eine halb blinde Hebamme war ein Sicherheitsrisiko für die Frauen, zusätzlich zu Almas veralteten Methoden.

Was sollte sie nun tun? Mit Danzinger darüber sprechen? Er würde nicht viel dagegen unternehmen können. Maria atmete tief durch. Sie musste mit Max reden. Vielleicht konnte er ja etwas tun. Dieser alten und störrischen Frau musste endgültig das Handwerk gelegt werden, bevor sie noch mehr Schaden anrichtete.

Als Maria eine Weile später am Brannenburger Bahnhof aus dem Zug stieg, hatte der Nieselregen aufgehört, und zwischen den Wolken war der Himmel zu sehen. Die Sonne war bereits untergegangen, die Berggipfel lagen im diffusen Licht des herbstlichen Abends. Auf dem feuchten Boden lagen die bunten Blätter des neben dem Bahnhofsgebäudes stehenden Ahornbaums. Es roch erdig und war kühl. Wenn es weiter aufklarte, würde es in der Nacht gewiss Minustemperaturen geben.

Maria fröstelte und wickelte sich noch fester in ihr wollenes Schultertuch. Vor dem Bahnhofsgebäude blieb sie kurz stehen und überlegte, was sie nun tun sollte. Einen Teil von ihr zog es zurück nach Hause und auf die warme Ofenbank. Wenn sie Glück hatte, würde es eine ruhige Nacht werden. Den anderen Teil zog es zu Max. Sie sollte keine Zeit verlieren, mit ihm das Gespräch wegen Alma zu suchen. *Aber was soll er dann tun?*, kam ihr in den Sinn. Sie hatte Alma im Rosenheimer Krankenhaus gesehen, wo sie, so wie es aussah, einen Augenarzt aufgesucht hatte. Aber mehr wusste sie nicht. Am Ende war es nur eine Kontrolluntersuchung oder eine Banalität gewesen.

Außerdem war da noch die Sache mit dem Kuss. Seitdem sie vor Max auf St. Margarethen davongelaufen war, hatte Maria ihn nicht mehr gesprochen. Aber sie konnten sich auch nicht für immer aus dem Weg gehen, allein schon wegen Annemarie. Das Kind konnte jetzt jederzeit kommen, und Maria war ihre Hebamme. Ach, es war eine verzwickte Angelegenheit. Sie setzte sich Richtung Brannenburg in Bewegung und beschloss, wegen Alma erst einmal nichts zu unternehmen. Was sie wusste, war einfach zu vage.

Bis zum Bichlhof war es vom Brannenburger Bahnhof ein ganzes Stück zu laufen, und als Maria an dem kleinen Zuhäusl ankam, war die Dunkelheit endgültig hereingebrochen. Sie staunte nicht schlecht, wer sich von der Hausbank erhob, als sie näher trat. Es war Max.

»Grüß dich Gott, Maria«, sagte er und sah sie ernst an.

»Max. Was tust du hier?«, fragte sie verwundert. »Ist was geschehen mit der Annemarie?«

»Nein, ihr geht es so weit gut«, antwortete er. »Ich bin nicht wegen ihr gekommen, sondern wegen uns. Ich glaub, wir sollten reden.« Seine Miene war ernst, und er sah ihr direkt in die Augen. Marias Innerstes bebte. Sie ahnte, welches Ergebnis dieses Gespräch bringen würde. *Er ist schon immer der Vernünftigere von uns gewesen*, kam ihr in den Sinn.

Sie nickte und antwortete: »Ja, das sollten wir wohl. Aber nicht im Haus. Wollen wir nicht ein Stück laufen? Das wäre mir lieber.«

Er stimmte zu.

Ihr Weg führte sie instinktiv erneut in Richtung St. Margarethen. Zu diesem besonderen Ort, der für Maria so viel mehr bedeutete. Hier war sie damals gefunden worden, vor den Toren dieses Gotteshauses hatte ihre Mutter sie abgelegt. Sie hätte sie so gerne kennengelernt. Was war damals nur geschehen? Weshalb hatte sie sie alleingelassen? Antworten auf diese Fragen würde sie vermutlich niemals erhalten. Und dann war auf dem Kirchhof des kleinen und so zauberhaft auf dieser Anhöhe gelegenen Gotteshauses auch noch ihre geliebte Gertie bestattet worden. Die Frau, die ihr, so gut es ging, die Mutter ersetzt hatte. Maria hatte sie nie so bezeichnet, aber eigentlich hätte sie es tun können.

Sie folgten schweigend einem Trampelpfad den Hügel hinauf, den sie schon so oft im Leben gelaufen war. Der vertraute Geruch von Holzrauch hing in der kühlen Luft. Maria schaute auf ihre Füße. Sie musste achtgeben, wo sie hintrat, denn es war glitschig. Immerhin beruhigte sich ihr Gefühlsdurcheinander durch das Laufen etwas. Es strengte sie jedoch auch an, und sie bekam Seitenstechen.

An einer Weggabelung blieben sie stehen. Rechter Hand ging es zu den Schusterhöfen. Maria sah, dass in den Fenstern des im achtzehnten Jahrhundert errichteten Hauptbauernhauses Licht brannte. Sie wusste, dass die dortige Bäuerin erst vor wenigen Tagen einen Sohn geboren hatte, ihr achtes Kind. Alma hatte ihn auf die Welt geholt.

Gerlinde Gallinger war eine der Frauen, die Maria argwöhnisch gegenüberstanden und weiterhin auf Alma vertrauten. Sie konnte es ihr nicht verübeln. Alma hatte all ihre Kinder auf die Welt geholt und sie nach den Geburten betreut. Es hatte bisher nie Probleme gegeben, weder im Wochenbett noch während der Geburt. Vielleicht sah sie das alles ja auch zu eng, war zu streng mit ihrer Konkurrentin? In jedem Falle wäre es wohl besser, wenn sie ihren Frieden miteinander machen und zusammenarbeiten würden. Streitigkeiten hatten noch nie etwas Gutes hervorgebracht.

»Ist alles gut?«, fragte Max und riss Maria aus ihren Gedanken. »Du wirkst erschöpft. Vielleicht hätten wir doch besser auf dem Hof bleiben sollen.«

»Nein, es geht schon«, beruhigte Maria ihn. »Ich hab nur etwas Seitenstechen. Ich glaub, ich bin den Hügel einfach nur zu schnell hinaufgelaufen.«

»Das bist du auch«, antwortete er und lächelte. »Ich hatte Mühe, dir zu folgen. So flott kenne ich dich sonst gar nicht. Wollen wir uns setzen?« Er deutete auf eine am Wegesrand stehende Bank, und Maria stimmte zu.

Nachdem sie sich gesetzt hatten, herrschte Schweigen. Niemand schien so recht zu wissen, was er jetzt sagen sollte. Die Wolken hatten sich inzwischen vollständig verzogen, und immer mehr Sterne waren am Firmament zu sehen. Der Mond war nur eine schmale Sichel.

Es war Max, der sich als Erster zu Wort meldete: »Wegen neulich. Es tut mir leid. Ich weiß auch nicht, was da in mich gefahren ist. Das … hätte ich nicht tun dürfen.« Er warf ihr einen kurzen Seitenblick zu.

Seine Entschuldigung erleichterte sie, und das Beben in ihrem Inneren ließ etwas nach. Maria wusste jedoch nicht so recht, was sie antworten sollte. Dabei war er doch ihr alter Freund aus Kindertagen. Nie war es vorgekommen, dass ihr in seiner Gegenwart die Worte fehlten. Er redete nicht weiter, riss einen langen Grashalm ab und begann ihn um seine Finger zu wickeln. Maria sah ihm dabei eine Weile zu, und irgendwann sagte sie: »Wir sind schon zwei Dummerle. Sitzen an so einem kalten Abend im Finstern auf dem Hügel. Den Tod werden wir uns holen. Die Gertie hätte uns ausgeschimpft.«

»Ja, das hätte sie«, antwortete er und grinste nun. »Als nicht ganz sauber hätte sie uns beschimpft und uns einen Klaps auf den Po gegeben.«

»Den hätten wir verdient«, meinte Maria. »Aber danach hätte sie uns heiße Milch mit Honig gemacht. Keine konnte das besser als unsere Gertie. Sie schmeckte so wunderbar.«

»Ja, das tat sie«, stimmte Max ihr zu.

»Sie fehlt mir so sehr. Genauso wie unser Miteinander von damals. Es war so herrlich unkompliziert und ehrlich, echte Freundschaft«, sagte Maria und hielt kurz inne. Nach den richtigen Worten suchend, zupfte sie ihren Rock zurecht. Dann hatte sie sie gefunden.

»Wir haben uns seit damals verändert und sind erwachsen geworden. Du hast Annemarie geheiratet, und ich glaub schon, dass ihr einander, trotzdem dass es eine arrangierte Ehe gewesen ist, sehr zugetan seid.«

Nun kam der aufregendere Teil ihrer Rede. Maria schluckte und fixierte einen Punkt in der Ferne, dann sprach sie weiter.

»Sie hat neulich zu mir gesagt, dass sie glaubt, dass wir einander lieben. Das du mich liebst. Und sie hat mich gefragt, ob ich dasselbe für dich empfinde. Aber ehrlich gesagt, weiß ich gar nicht so genau, wie sich die richtige Liebe zwischen zwei Menschen anfühlt. Ich weiß nur, dass es jetzt anders ist als früher, wenn ich dich sehe. Und ich will nicht, dass es anders ist. Sollten wir nicht besser versuchen, die Erwachsenenwelt mit all ihren komplizierten Gefühlen nicht an uns heranzulassen? Meinst du, wir könnten das so machen?« Sie traute sich nun, Max anzusehen.

Max erwiderte ihren Blick einige Sekunden lang, dann stahl sich ein leichtes Lächeln auf seine Lippen. »Ja, das können wir«, entgegnete er, dann wurde er wieder ernst. »Du hast schon recht. Ich hab die Annemarie mehr als gern. Ob es richtige Liebe ist, kann ich nicht sagen. Aber ich freu mich auf unser gemeinsames Kind und will als Ehemann und Vater alles perfekt machen. Ich finde, das bin ich ihr schuldig, und … Treue gehört dazu. Das Leben ist, wie es ist, wir können es nicht ändern. Ich hab nicht damit gerechnet, für dich so zu empfinden, wie ich es tue. Es ist einfach passiert. Aber deine Idee klingt gut. Wir vergessen, was passiert ist, und gehen zurück zu dem was unser Miteinander ausmacht, mein Schwesterchen. Im Herzen Kinder, für immer.«

»Das klingt schön«, antwortet Maria, und das Beben in ihrem Inneren verschwand nun endgültig. Stattdessen breitete sich ein warmes Gefühl in ihr aus, das sich beruhigend anfühlte. Sie hatte es tatsächlich geschafft, die richtigen Worte zu finden. Und sie hatten sich ausgesprochen, ohne dass etwas kaputtgegangen war. Nun war wieder alles gut.

Jedenfalls in diesem Augenblick.

# 27. Kapitel

*12. Oktober 1893*

So weit ist alles, wie es sein soll«, verkündete Maria und ließ ihr Hebammenstethoskop sinken. »Das Herz schlägt kräftig, dein Blutdruck ist nicht zu hoch, der Urin ist unauffällig, und du hast kaum Wassereinlagerungen in den Beinen. Auch liegt das Kleine mit dem Kopf nach unten, so wollen wir es haben. Wir müssen eben geduldig sein. Das Kind bestimmt den Zeitpunkt der Geburt, nicht wir.«

»Deine Worte klingen zwar beruhigend«, antwortete Annemarie, die auf der Untersuchungsliege von Marias Sprechzimmer lag, »aber gut anfühlen tut sich inzwischen gar nichts mehr.« Sie setzte sich auf und richtete ihr Kleid. »Ich bin sterbensmüde, nachts krieg ich kein Auge mehr zu. Gefühlt jede Stunde muss ich auf Toilette, und das Kleine tritt mich ständig in die Rippen. Auch tut mir alles weh. Ich will einfach nicht mehr. Gibt es nicht doch irgendeinen Weg, wie wir die Sache beschleunigen können?«

»Leider sind in dieser Hinsicht die Möglichkeiten begrenzt«, erwiderte Maria. »Ich weiß, die letzten Tage sind anstrengend, aber sie vergehen. Dein Bauch hat sich schon gut gesenkt. Bestimmt dauert es nicht mehr lange. Ich kann dir gerne etwas Himbeerblättertee mitgeben, er wirkt durchblutungsfördernd und kann dadurch die Wehen anregen.«

»Den nehme ich«, entgegnete Annemarie und seufzte. »Ich trinke alles, Hauptsache, dieser Zustand hat bald ein Ende.«

Maria öffnete ihren Arzneischrank, holte eine fertig abgefüllte Packung des Tees heraus und reichte sie Annemarie. Eindringlich sah sie sie noch einmal an und fragte: »Du weißt, wann du jemanden zu mir schicken sollst?«

»Ja, wenn das Ziehen im Bauch regelmäßig alle fünf Minuten kommt. Oder wenn da plötzlich Wasser ist, wo es nicht hingehört.«

»Richtig. Vorher nicht«, mahnte Maria. »Dass es ab und an mal zieht, ist normal. Es muss regelmäßig sein, und es fühlt sich dann meist auch anders an.«

Annemarie nickte und versicherte, dass sie Marias Regeln beherzigen würde. Seit sie in den letzten Wochen zu einigen Fehlalarmen gerufen worden war, unterwies sie jede Erstgebärende auf diese Weise. Immerhin war mancher Weg weit, und meistens musste sie ihn zu Fuß zurücklegen. Nur hin und wieder hatte sie Glück und wurde gefahren.

»Sollte es bis Montag noch nicht losgegangen sein, dann kommst du bitte wieder zu mir, sagen wir so gegen drei Uhr am Nachmittag. Wenn ich bei einer Geburt bin, versuche ich Bescheid zu geben.« Maria notierte sich den Termin in ihrem Kalender und trug dann das Datum auch in Annemaries Akte ein. Sorgfältig hatte sie auch alle anderen Untersuchungsergebnisse vermerkt. Eine gute Dokumentation ist wichtig, so hatte es ihnen die Oberhebamme immer wieder eingebläut.

Maria hatte für jeden ihrer Fälle eine Akte angelegt. Darin hatte sie auch die jeweilige Vorgeschichte der Frau notiert, wie viele Kinder sie schon bekommen und welche eventuellen Komplikationen es gegeben hatte. So war sie für weitere Schwangerschaften und Geburten gut gerüstet. Obwohl sich der Spruch: *Jede Schwangerschaft und jede Geburt ist anders*, dann doch meist bewahrheitete.

Maria klappte die Akte zu und legte sie zur Seite. Die Sprechstunde am Donnerstagnachmittag war ein Termin, den sie inzwischen nicht mehr missen wollte. So viele Mütter kamen mit ihren Anliegen zu ihr – meist warteten bereits Frauen vor dem Haus, bevor sie geöffnet hatte. Maria untersuchte sie, hörte sich die Sorgen und Nöte der Frauen an, gab Tipps zur Kinderpflege oder zum Stillen und verteilte Kräutersalben oder Tees.

Ihr Sprechstundenzimmer war in den letzten Wochen noch um einiges heimeliger geworden. Am Fenster hingen nun hübsche gehäkelte Gardinen, die sie von einer ihrer Mütter, wie sie ihre Patientinnen insgeheim bezeichnete, geschenkt bekommen hatte. Auf der Fensterbank blühten Geranien, ebenfalls Geschenke. Burgi war irgendwann der Meinung gewesen, dass es im Raum einen größeren Flickenteppich bräuchte. Nun lag ein besonders farbenprächtiges Modell der Weberei Schneider auf dem alten Dielenboden. Es war allerdings ein leicht krummes Lehrlingswerk, das Madl musste noch etwas üben. Dafür war der Teppich günstig gewesen. Auf dem Arzneimittelschrank saß ein struppiger Teddybär mit einer Augenklappe und einem karierten Flicken auf dem Bauch. Den armen Kerl hatte Burgi vor einigen Wochen am Wegesrand gefunden und mitgenommen. Nach einer kräftigen Wäsche hatte sie ihn, soweit es ging, wieder instand gesetzt. Er hieß jetzt Luis und hielt das eine oder andere ältere Geschwisterchen bei Laune, das seine Mama zur Hebamme begleitete.

Maria brachte Annemarie, die für heute ihre letzte Patientin war, nach draußen.

»Es ist so ungewohnt, dass Burgi nicht hier ist«, meinte Annemarie, und ihr Blick blieb an dem gebrauchten Geschirr auf dem Tisch hängen. Marias Suppenteller, ein leeres Kaffeehaferl, ein Glas und eine leere Flasche Zitronenlimonade. Sie wusste, was Annemarie meinte: Burgi hätte längst aufgeräumt. »Entschuldige bitte, dass ich mich erst jetzt nach ihrem Befinden erkundige. Wie steht es denn? Zuletzt war ja Gutes zu vernehmen.«

»Ja, sie ist zum Glück auf dem Weg der Besserung«, bestätigte Maria. »Wenn es weiter so gut bergauf geht, darf sie nächste Woche bestimmt wieder nach Hause. Sie zetert und schimpft schon wieder recht kräftig. Allerdings strengt sie das Laufen noch an, und sie gerät rasch außer Puste. Auch wenn sie wieder hier ist, wird sie am Anfang alles langsam tun müssen. Nicht, dass sie noch einen Rückfall erleidet. Wir können froh sein, dass sie sich wieder so rasch erholt hat.«

»Ja, das ist wahr«, stimmte Annemarie ihr zu. »Dann will ich mal los. Heimzulaufen dauert jetzt ja immer etwas länger. Ist halt nicht mehr so einfach mit dem Kindchen im Bauch.«

Die beiden Frauen verabschiedeten sich mit einer Umarmung voneinander, und Maria bat Annemarie Max Grüße von ihr auszurichten.

Einen Moment lang blieb Maria noch vor dem Haus stehen und blickte Annemarie nachdenklich hinterher. In ihrem Inneren regte sich erneut das schlechte Gewissen. Sie hatte sich von Annemaries Ehemann küssen lassen, so wie es nur Eheleute taten, und trotz ihrer Aussprache von neulich empfand sie noch immer Gefühle für ihn, die sie nicht empfinden durfte. Sie würde versuchen, sie loszuwerden. Doch sie hatte keine Erfahrung mit dieser Art des Empfindens. Was war, wenn sie niemals wieder weichen würden? Würde ihr gebrochenes Herz es ertragen, die glückliche Familie zu sehen? Sie würde Max' erstes Kind auf die Welt holen, vielleicht noch viele weitere. Annemarie vertraute ihr und sah in ihr eine Freundin. War sie nicht dazu verpflichtet, ihr die Wahrheit zu sagen?

Aber war es tatsächlich Liebe, die sie empfand? Oder war es nicht eher die Vertrautheit, die ihr falsche Gefühle vorgaukelte. Max war ihr Leben lang an ihrer Seite gewesen. Sie verstanden einander auch ohne Worte, er hatte sie nie ausgegrenzt, war oft ihr Beschützer gewesen. Diese Rolle hat er nie aufgegeben, kam ihr plötzlich in den Sinn. Er hatte sie aus München nach Brannenburg heimgeholt, verteidigte sie, sorgte dafür, dass sie ein gutes Auskommen hatte, und setzte sich dafür ein, dass sie den Platz erhielt, der ihr zustand. In dieser Welt, die sie Heimat nannte, die sie trotz all dem Gegenwind mehr liebte als alles andere. Sie ließ zu, dass er sich kümmerte. Ihr Max, ihr Brüderchen, wie sie ihn nannte. Er war ihre einzige Familie. Dieses dumme Kribbeln in ihrem Inneren und der egoistische Wunsch nach mehr sollte nicht zerstören, was sie aneinander hatten. Es war gut, wie es war. So sollte es bleiben. Sie hatten das geklärt, im Dunkeln auf der Bank, nebeneinandersitzend. So wie früher, als ihre Welt nur kindliche Sorgen gekannt hatte, die sich so groß angefühlt hatten, wie die von heute.

Annemarie war nun aus ihrem Blickfeld verschwunden, und Maria stieß einen Seufzer aus. Sie sollte mit der Grübelei aufhören. Es gab noch einiges zu tun. Sie wandte sich um und begann das schmutzige Geschirr vom Tisch abzuräumen. Im Flur rutschte ihr dann doch tatsächlich das Kaffeehaferl vom Teller und ging auf dem Steinboden zu Bruch.

»Zefix!«, fluchte sie und blickte missmutig auf die Scherben. »Es wird wirklich Zeit, dass du nach Hause kommst, Burgi«, sagte sie laut. »Sonst mach ich Trutschen noch alles kaputt.«

Immerhin, der Rest blieb heil, und sie verfrachtete ihn zu dem schmutzigen Geschirr im Spülstein. Sie ließ ihren Blick über das Durcheinander in ihrer kleinen Küche schweifen. Auf dem schmiedeeisernen Ofen standen Töpfe und Pfannen kreuz und quer. Auf dem Tisch lagen Gemüsereste, daneben standen Marmeladengläser und die leere Butterdose neben einer halb vollen Flasche Hollersirup. Den mischte Maria immer gerne mit Wasser. Am oberen Fensterrahmen beschäftigte sich eine dicke Spinne damit, gerade ihr Netz zu spannen. Maria sah ihr einen Augenblick mit Grausen dabei zu, wie sie sich, an einem Faden hängend, wieder nach oben schaffte. Ja, sie war ein Landmädchen, aber vor Spinnen fürchtete sie sich trotzdem. Burgi hätte das Tier jetzt ohne Umschweife nach draußen geschafft. Sie fing die Tiere immer in einem Glas ein, und flott saßen sie wieder im Grünen. Doch so etwas würde Maria niemals fertigbringen. Erschlagen ginge vielleicht. Oder einfach den Raum verlassen. Sie entschied sich für Letzteres. Aufräumen konnte sie später auch noch.

Sie ging zurück in ihr Hebammenzimmer und begann die Patientenakten des Tages zurück in den Schrank zu räumen. Bei jeder einzelnen kontrollierte sie noch einmal, ob sie auch alles notiert hatte. Wenn es um ihre Arbeit ging, war sie penibel. Als die Akten so weit verstaut waren, machte sie sich daran, den Inhalt ihres Hebammenkoffers zu überprüfen. Die Inspektion dauerte nicht sonderlich lange, es reichte ein kurzer Blick, um festzustellen, dass alles so war, wie es sein sollte. Sie verschloss ihn wieder und stellte ihn an seinen Platz neben der Tür.

Ruhelos lief sie nun in die Wohnstube, in der sie die angenehme Wärme des Kachelofens empfing. Auf der Ofenbank lag ihr Katze und schlief selig. Maria setzte sich an den Tisch und blätterte kurz die Zeitung durch. Sie war vom Vortag, weshalb sie sie bereits kannte. Gelangweilt schob sie sie von sich.

»Und was nun?«, fragte sie sich selbst laut. Gottverdammte Stille in diesem Haus, dachte sie. Burgi und ihr ständiges Geplapper fehlten ihr. Ihr Blick fiel erneut auf die Zeitung, und sie las die Geburtsanzeige eines kleinen Mädchens in Degerndorf. Die stolzen Eltern bedankten sich bei der Hebamme Alma für die gute Betreuung. Es waren die Hofbauers, Alma hatte sämtliche Kinder der Familie auf die Welt geholt, elf an der Zahl.

*Alma*, wiederholte sie in Gedanken und seufzte. Erst neulich hatte sie darüber nachgedacht, mit der alten Hebamme Frieden zu schließen. Jetzt hätte sie Zeit, um diese Idee in die Tat umzusetzen. Sie könnte zu ihr gehen und das Gespräch mit ihr suchen. Maria dachte daran, wie sie Alma im Krankenhaus gesehen hatte. Vielleicht fehlte ihr doch etwas Ernsteres, und sie benötigte Zuspruch. Allerdings war Maria vermutlich die Letzte, von der sie sich diesen erhoffte. Am Ende fühlte sie sich von ihr sogar ertappt. Gegenüber einer Konkurrentin zeigte man keine Schwäche, und es war klar, dass sie diese in Almas Augen war. Trotzdem musste sie mit ihr reden. Auf Dauer konnte es so nicht weitergehen. Vielleicht brachten sie wenigstens eine friedliche Koexistenz zustande. Das wäre immerhin ein Anfang. Maria entschied, jetzt sofort das Gespräch zu suchen, und erhob sich.

»Mehr als mich wegscheuchen kann sie ja nicht«, murmelte sie und nahm ihren Mantel von einem Garderobenhaken neben der Tür.

Eine Weile darauf stand Maria vor Almas Haus. Das heruntergekommene Gebäude bot im dämmrigen Licht des Herbstabends einen noch traurigeren Anblick als zuletzt. In der Stube brannte Licht, also schien die alte Hebamme zu Hause zu sein. Jetzt zögerte Maria doch, sich dem Anwesen zu nähern. Vorhin war sie noch entschlossen gewesen, diesen unsäglichen und vollkommen unnützen Zwist aus der Welt zu schaffen, doch nun war sie unsicher. Wie sollte sie beginnen? Was sollte sie zu Alma sagen? Sie hatte auf dem Weg hierher versucht, sich die richtigen Worte zurechtzulegen. Aber über die ersten beiden Sätze war sie nicht hinausgekommen.

Maria atmete tief durch. Nun war sie hier, jetzt würde sie nicht unverrichteter Dinge wieder gehen. Es würde schon irgendwie werden. Sie straffte die Schultern und ging auf das Haus zu. Ihr Herz schlug vor Aufregung wie verrückt, als sie an der Tür angekommen war, und ihr Mund fühlte sich plötzlich trocken an. Sie hob die Hand und klopfte an. Eine Weile geschah nichts. Dann jedoch waren Schritte zu hören und Almas Stimme.

»Ja, ja. Ich komme ja schon.«

Die Tür wurde aufgerissen, und die alte Hebamme stand vor ihr. Sie trug ihr übliches schwarzes Kleid, darüber eine grünweiß karierte Küchenschürze, auf der sich Unmengen an roten und blauen Sprenkeln befanden. Ein süßlicher, verführerischer Duft wehte Maria entgegen. Vermutlich kochte Alma Marmelade ein.

Verdutzt schaute Alma Maria an. »Was willst du denn hier?«

Maria hatte mit vielen Dingen gerechnet, aber nicht mit einer solchen Szenerie. Alma sah so heimelig und normal aus und erschien Maria menschlicher. Sie guckte in diesem Moment nicht einmal böse, und ihr Ton war auch nicht so harsch wie sonst.

Sie fasste Mut, grüßte betont freundlich und erwiderte: »Ich war gerade in der Gegend, da dachte ich, schau ich doch mal, wie es meiner Kollegin Alma so geht. Wie ich sehe, bist du mit Einmachen beschäftigt. Es duftet ja herrlich. Ist das Zwetschge?«

Almas Gesichtsausdruck zeigte noch immer Verwunderung. So recht schien sie nicht zu wissen, wie sie mit der Situation umgehen sollte.

»Ist es, gemischt mit Holler«, antwortete sie. »Ich koch die Marmelade jedes Jahr spät ein, erst wenn die Zwetschgen schon ganz schrumpelig sind, dann sind sie nämlich besonders süß. Aber du bist bestimmt nicht zu mir gekommen, um mit mir über meine Marmelade zu reden. Und zufällig vorbeigekommen bist du auch nicht. Brauchst mich nicht für dumm verkaufen.«

»Nein, wir wissen beide, dass du nicht dumm bist«, entgegnete Maria. Ihr aufgewühltes Inneres hatte sich nun endgültig beruhigt. Bisher lief es besser als gedacht. Immerhin jagte Alma sie nicht sofort wieder weg. »Ich wollt mit dir reden, über unsere Situation und unseren Streit. Ich denke, es wäre an der Zeit, dass wir zwei uns vertragen. Was meinst?« Maria sah Alma nun offen ins Gesicht. Alma hielt ihren Blick einen Moment lang fest, dann stieß sie einen Seufzer aus.

»Komm rein. An der Tür ist es nie gut, zu reden, und außerdem brennt mir sonst noch die Marmelade an.« Sie winkte Maria ins Haus. Diese trat ein und folgte Alma durch einen schmalen und düsteren Flur in die Küche des alten Bauernhauses. Dort empfingen sie das warme Licht einer über dem Tisch hängenden Petroleumlampe und ein lustiges Durcheinander.

In Körben auf dem Fußboden befanden sich noch immer unverarbeitete Pflaumen und Hollerbeeren. Auf dem Tisch standen gespülte Einmachgläser bereit, daneben lag ein Berg aus Zwetschgenkernen und den Stängeln der Beeren. Alma eilte zu einem schmiedeeisernen Holzofen und rührte hektisch in einem großen Topf. Maria mochte die gemütlich eingerichtete Bauernküche mitsamt dem Durcheinander auf den ersten Blick.

»Wie geht es Burgi? Mit einer Lungenentzündung ist weiß Gott nicht zu spaßen.« Alma drehte sich zu Maria um und wischte sich die Hände an ihrer Schürze ab.

»Besser«, antwortete Maria. »Sie meckert schon wieder rum.«

»Na, dann geht es wieder aufwärts«, antwortete Alma, und Maria glaubte in ihrem Gesicht so etwas wie ein Lächeln zu erkennen.

Alma drehte sich wieder zum Herd, nahm den großen Topf herunter und stellte ihn auf den Tisch. Dann begann sie, mit einem Schöpflöffel die ersten Einmachgläser zu befüllen.

»Ich war heute Nachmittag bei Beyerling zu einem längeren Gespräch«, sagte sie. »Er ist ja jetzt für längere Zeit für uns zuständig. Wieso die Kirche es nicht hinbekommt, schnell einen Nachfolger für Ströbel zu finden, ist mir ein Rätsel. Als gäbe es in unserem Land keine Pfaffen mehr. Aber egal.« Kopfschüttelnd stellte sie ein volles Einmachglas beiseite. »Es wird dich bestimmt freuen, zu hören, dass ich nun ebenfalls kein Weihwasser bei den Geburten mehr verwenden werde. Aber nicht, weil ich es für den Urheber des Kindbettfiebers halte, sondern weil der Pfarrer auch die tot geborenen Kinder auf dem Friedhof bestatten wird. Du weißt ja bereits, dass er nichts von der These der Erbsünde von ungetauften Kindern hält. Ich selbst sehe das anders, aber das bleibt meine persönliche Meinung, und die tut hier nichts zur Sache. Mir war es nur stets wichtig, dass die Kinder ihre letzte Ruhe in geweihter Erde finden und nicht irgendwo namenlos verscharrt werden. Dir war das ja gleichgültig.«

Kurz sah sie Maria an. Ihr Ton klang nun spitz. Maria versuchte, trotz des Seitenhiebs, ruhig zu bleiben. Sie war hierhergekommen, um für Frieden zu sorgen. Wenn sie sich jetzt provozieren ließ, würde es diesen niemals geben. Sie bemühte sich also um ein Lächeln und antwortete:

»So hat jeder seine Ansichten, wir müssen nicht immer einer Meinung sein. Ich bin froh darüber, dass du das Weihwasser nicht mehr einsetzt.«

Alma erwiderte nichts und befüllte weiter stur ihre Gläser. Einen Moment lang herrschte eine eigentümliche Stille im Raum, die nur von den leisen Geräuschen durchbrochen wurde, die Almas Kelle machte, wenn sie in die Marmelade eintauchte oder den Rand eines Glases berührte.

Maria fühlte sich zunehmend unbehaglich. Sie überlegte, ob sie Alma nun endlich die Frage stellen sollte, die sie ihr schon seit ihrer Ankunft in Brannenburg hatte stellen wollen und für die sich nie der passende Moment gefunden hatte. Sie entschied sich dafür.

»Wieso hast du dich eigentlich nach meiner Ankunft so sehr dagegen gewehrt, in den Ruhestand zu gehen? Du hast es doch nach den vielen Jahren harter Arbeit verdient, dich auszuruhen.«

Alma lachte höhnisch auf und legte die Schöpfkelle auf dem Topfrand ab, bevor sie Maria direkt in die Augen sah.

»Du als Hebamme stellst mir diese Frage? Dann ist dieser Beruf nichts für dich, denn er ist viel mehr, er ist Berufung. Ich hole seit über vierzig Jahren Kinder auf diese Welt, es waren hunderte, denen ich ins Leben geholfen habe. Die Frauen in der Gegend vertrauen mir, ich bin ihre Hebamme, und ich werde so lange weitermachen, wie es mir möglich ist.« Sie verschränkte die Arme vor der Brust. »Mir sagt nicht einfach irgendein Gemeinderat, dass ich jetzt gehen soll. Ich entscheide, wann ich aufhöre. Ich ganz allein. Und meine Mütter sind froh, dass ich noch für sie da bin. Sie wollen nicht zu dir, zu dem jungen Mädchen aus der Stadt, das glaubt, nach ein paar Wochen Ausbildung in einer sogenannten Gebäranstalt die Weisheit mit Löffeln gefressen zu haben. Auch wissen sie, wer du bist. Von einem Bankert will sich so manch ehrbare Ehefrau nicht ihr Kind auf die Welt holen lassen. Und ich kann sie gut verstehen. Vor allen Dingen auch deshalb, weil dieser Bankert Dinge tut, die er besser lassen sollte.«

In Almas Blick lag nun wieder die vertraute Feindseligkeit, und Maria wich zurück. Wie hatte sie auch nur einen Moment lang annehmen können, dass sie mit dieser starrsinnigen Frau Frieden schließen könnte?

»Wie meinst du das?«, hakte sie nach. Ihr schwante Übles. Und ihre Hände begannen zu zittern. Sie schluckte, erneut war ihr Hals trocken.

»Ich sag nur so viel: Du bist keine ehrenwerte Hebamme, sondern lediglich eine Frau, die ihre Finger nicht von einem verheirateten Mann lassen kann. Ich hab dich mit ihm gesehen. Im Wirtshaus und droben, auf Margarethen. Ich sag es dir im Guten, Madl. Ist besser, wenn du wieder gehst. Zurück in die große Stadt, wo dich keiner kennt. Vielleicht sogar zurück in diese Anstalt zu den anderen gefallenen Weibern, die ihre Haxen nicht zusammenhalten konnten. Da bist du dann in passender Gesellschaft.«

In Maria breitete sich endgültig Panik aus. Ausgerechnet Alma hatte sie vor der Kirche gesehen. Aber wie? Von wo? Sie waren doch allein gewesen. Das Gasthaus gegenüber. War es möglich, dass sie an einem der Fenster gestanden hatte? Maria schluckte, wollte am liebsten fortlaufen, nur noch weg von hier und dieser alten Hexe. Doch sie blieb stehen, wo sie war, und in ihr regte sich nun Widerstand. Kampflos würde sie niemals das Feld räumen. Diese Frau wollte keine Freundschaft. Also sollte sie ihre Gegnerin nun kennenlernen.

»Ich weiß nicht, was du gesehen haben willst«, konterte sie. »Aber zwischen mir und Max ist nichts. Wir sind einfach nur Freunde, mehr nicht. Allerdings habe ich dich auch gesehen. In Rosenheim, im Krankenhaus. Du hast dort einen Augenarzt aufgesucht. So etwas tut man nicht, wenn man bisserl verschwommen sieht, oder?«

Ihre Stimme klang nun herausfordernd. Alma sah sie erschrocken an, und plötzlich umklammerte sie mit der rechten Hand eine Stuhllehne. An ihrer Reaktion erkannte Maria, dass sie mit ihrem Schuss ins Blaue richtiglag. Es schien tatsächlich etwas mit Almas Gesundheit im Argen zu sein. Die alte Hebamme fing sich wieder, und in ihren Augen blitzte Wut auf.

»Verschwinde!«, blaffte sie Maria an. »Raus hier! Sofort! Geh mir aus den Augen, verdammter Bankert. Du wirst schon sehen, was du davon hast, mich anzugreifen und meine Arbeit infrage zu stellen. Schon bald würdest du dir wünschen, du wärst niemals wieder nach Brannenburg zurückgekehrt. Raus hier!«

Sie brüllte nun regelrecht, und Maria fügte sich. Sie floh förmlich aus dem Haus und rannte sogar noch ein ganzes Stück die Dorfstraße hinunter. Irgendwann blieb sie, nach Luft japsend, stehen. Sie hatte einen wunden Punkt bei Alma getroffen, das war klar. Was auch immer mit ihren Augen nicht stimmte, es war schlimm. Doch im Moment war das zweitrangig.

Maria fühlte Reue in sich aufsteigen. Sie hätte Alma nicht auf das Krankenhaus ansprechen sollen. Und sowieso: Die Idee, zu ihr zu gehen, um Frieden zu schließen, war dumm gewesen. Sie hätte es besser wissen sollen. Nun würde alles nur noch viel schlimmer werden. Nachdenklich strich sie sich ein paar Haare aus der Stirn. *Aber vielleicht ja auch nicht*, dachte sie. *Vielleicht bleibt auch einfach alles so, wie es ist, und Alma hat leere Drohungen ausgesprochen.*

Ein kleiner Pferdekarren näherte sich ihr, und Maria wandte sich um. Sie staunte nicht schlecht, wer da neben dem Kutscher saß. Es war Burgi. Als der Wagen auf ihrer Höhe war, bedeutete Burgi dem jungen Burschen anzuhalten und strahlte Maria freudig an.

»Grüß dich, Maria. Gell, da schaust. Der Herr hochwohlgeborene Professor hat mich doch glatt aus dem depperten Bunker rausgelassen. Ist das nicht eine Freud?«

# 28. Kapitel

*14. Oktober 1893*

Darf es noch etwas mehr sein?«, fragte Gundel und schaute Maria fragend an.

»Nein, es ist genug von dem Käse«, antwortete sie und schenkte der Ladenbesitzerin ein freundliches Lächeln. »Aber von dem Schinken hätte ich gerne noch sechs Scheiben. Und dann bräuchte ich noch zwei Stücke Kernseife und ein Pfund Mehl.«

»Alles der Reihe nach«, erwiderte Gundel und legte den Butterkäse zurück in die Auslage. »Wegen der Kernseife muss ich gleich noch ins Lager, hier vorne hab ich keine mehr. Seltsamerweise scheinen die heute alle zu brauchen. Wie geht es denn der Burgi? Ich hab gehört, dass sie wieder daheim ist.«

»Ja, das ist sie zum Glück«, antwortete Maria. »Aber sie ist noch immer recht schwach und hustet auch noch. Sie muss eben noch langsam tun.«

»Ich hätte da noch einen lindernden Kräutertee im Angebot.« Gundel war wirklich sehr geschäftstüchtig. »Die Sennleitnerin hat ihn gemischt, unsere alte Kräuterhex. Der ist mit Thymian, Anis und Fenchel. Am besten noch einen guten Honig reinrühren. Dann wirkt der Wunder. Damit schleicht sich der restliche Husten bestimmt auch noch.«

»Danke für das Angebot, aber den haben wir tatsächlich schon im Haus«, erwiderte Maria. »Von der Sennleitnerin bekomme ich immer meine Frauenkräuter. Ihr Fachwissen in dieser Hinsicht ist grandios. Ich war erst gestern bei ihr, um meine Vorräte wieder aufzufüllen, da hat sie mir den Tee für Burgi mitgegeben. Sie hat mir auch ihren Kräutergarten gezeigt. Selbst jetzt im Herbst ist er ein Ereignis.«

»Ja, das ist er«, bestätigte Gundel. »Wir können froh sein, dass wir so eine wie die Sennleitnerin haben. Mein Gustl bezeichnet sie ja immer als die Hildegard von Bingen von Brannenburg. Obwohl die Sennleitnerin ja alles, aber bestimmt nicht heilig ist. Vier Ehemänner hat die schon durchgebracht.« Sie winkte ab und erkundigte sich noch einmal danach, was Maria hatte haben wollen. »Vor lauter Kräutertee hab ich das jetzt total vergessen«, entschuldigte sie sich.

Maria wiederholte ihre Bestellung, und Gundel machte sich daran, das Gewünschte zusammenzusuchen. Während sie auf der Suche nach Kernseife im Lager verschwand, blickte sich Maria in dem vollgestopften Kramerladen um und sog die vertraute, im Raum hängende Geruchsmischung selig ein. Als Kind war ein Besuch bei Gundel für sie stets ein Höhepunkt gewesen, denn dann hatte sie ihre paar Pfennige für die süßen Sahnebonbons auf den Kopf gehauen, die es hier auch heute noch zu kaufen gab. Sie befanden sich in einem großen Glas direkt neben der Kasse. Diese machte noch immer so herrlich bing, wenn sich die Schublade öffnete.

Maria kam der Gedanke, sich eine Tüte Sahnebonbons mitzunehmen. Die köstliche Süßigkeit war gut für die Seele und die Nerven. Nach dem Streit mit Alma, der auch zwei Tage später noch immer in ihr nachklang, konnte sie beruhigenden Zucker gut gebrauchen.

Hinter Maria ertönte die Türglocke, und sie wandte sich um. Angelika Danzinger betrat den Laden. Die Arztgattin trug ein hübsches hellrosafarbenes Kleid, das Maria neidisch betrachtete. Niemals in ihrem ganzen Leben würde sie ein solch teures Kleid besitzen. Und sollte dieses Wunder doch jemals eintreten, würde sie es gewiss nicht im Alltag tragen.

»Grüß Gott, Maria«, grüßte Angelika freundlich und erkundigte sich sogleich ebenfalls nach Burgis Wohlbefinden.

Maria erwiderte den Gruß und erzählte, dass Burgi sich von Tag zu Tag besser fühlte.

»Das freut mich sehr. Immerhin eine gute Neuigkeit, wenn anderswo doch so große Traurigkeit herrscht. Ach, es ist so fürchterlich.« Ihre Miene trübte sich ein, und Maria sah sie verdutzt an.

»Was ist fürchterlich?«, hakte sie nach.

»Du hast noch nicht davon gehört? Na, so etwas. Derweil müsstest du als Hebamme es doch eigentlich bereits zugetragen bekommen haben. Die Moosgruberin ist heute früh am Kindbettfieber gestorben. Anton hat sein Bestes getan, um sie zu retten, doch sie war einfach zu schwach. Sie hat bei der Geburt anscheinend viel Blut verloren. Mit dem Kind steht es wohl auch nicht zum Besten. Es ist klein und schwächlich. Es war halt noch nicht an der Zeit gewesen, hat der Anton gesagt. Fünf Wochen zu früh, da ist es schwierig.«

In Maria stieg die vertraute Wut auf, die sie jedes Mal empfand, wenn sie von solch einer Tragödie hörte. Fünf Wochen zu früh hatten die Wehen eingesetzt, sicher hatte Alma diese vermaledeite Kindstaufe im Mutterleib bei ihr noch durchgeführt. Hoffentlich hörte sie jetzt wirklich damit auf. Und wenn sie es am Ende doch nicht tat? Von der Erbsünde war sie noch immer überzeugt. Was war, wenn sie das Weihwasser weiterhin einsetzte, um diese zu verhüten, und sie angelogen hatte? Aber weshalb sollte sie das tun?

Als hätte Angelika ihre Gedanken erraten, sagte sie plötzlich: »Zum Glück denkt Pfarrer Beyerling im Hinblick auf die Erbsünde anders. Anton hat ihn erst neulich getroffen, und er möchte sich auch dafür einsetzen, dass Ströbels Nachfolger in dieser traurigen Angelegenheit humaner handelt. Bleibt zu wünschen, dass er Erfolg hat und wir einen etwas zeitgemäßer denkenden Pfarrer für unsere Gemeinde bekommen. Es wäre ein Segen für uns alle.«

Angelika legte geistesabwesend ihre Hand auf den Bauch. Sie war inzwischen im fünften Monat, was sich an ihrem Bauch jedoch kaum erahnen ließ. Dafür hatte die Schwangerschaft sie noch hübscher werden lassen. Ihre Wangen waren voll und leicht gerötet, ihr Haar glänzte gesund und erschien kräftig. Burgi würde in diesem Zusammenhang wieder eine ihrer Weisheiten von sich geben und auf die Geburt eines Jungen tippen. Schließlich nahmen die Mädchen der Mutter in der Schwangerschaft angeblich die Schönheit. Maria hatte hierfür allerdings noch keine Beweise gefunden. Im Gegenteil: Zuletzt war die Frau des Martelbauern während ihrer fünften Schwangerschaft arg gebeutelt gewesen. Bis zum Schluss hatte sie sich mehrfach am Tag übergeben müssen, ihr Haar war stets strähnig gewesen, und sie hatte arg unter unreiner Haut gelitten. Schließlich hatte sie einen gesunden Buben zur Welt gebracht.

In diesem Moment kehrte Gundel mit einem Vorrat an Gallseifenpackungen aus dem Lager zurück und legte diesen auf dem Verkaufstresen ab.

»Das ist alles, was ich noch finden konnte«, meinte Gundel. »Ich hoffe, es reicht für diese Woche noch. Die nächste Lieferung kommt erst nächsten Mittwoch. Ist es nicht verrückt? Es kommt einem so vor, als wäre ganz Brannenburg ausgerechnet heute die Seife ausgegangen.« Ihr Blick blieb an Angelika hängen, und diese beantwortete rasch die nicht gestellte Frage: »Also ich bin nicht wegen Gallseife hier, sondern wegen des Streuselkuchens.« Sie deutete auf die Kuchentheke. »Den soll es nachher zum Kaffee geben. Seitdem das Kind unterwegs ist, kann es gar nicht süß genug sein.« Sie lächelte versonnen, und der Blick von Gundel wurde milde.

»Ach, das kenne ich«, antwortete sie. »Als ich mit meiner Rosi schwanger gewesen bin, war ich süchtig nach Karamellbonbons. Bei den Buben waren es immer Essiggurken. Ich sag Ihnen: Es wird bestimmt ein Madl.«

*Wieder eine dieser Weisheiten*, dachte Maria, ließ die Aussage aber unkommentiert. Während Gundel ihre Waren zusammenstellte und die Preise in die Kasse tippte, musste Maria an die Moosgrubers denken. Der Tod einer Mutter stellt eine fürchterliche Tragödie dar. Maria wusste, dass es die zehnte Geburt von Lydia Moosgruber gewesen war. Mit zwanzig hatte sie geheiratet und als Ehefrau stets ihre Pflicht getan. Beinahe jedes Jahr ein Kind, sechs von ihnen waren noch am Leben. Die Familie war gewiss am Boden zerstört, die Kinder nun Halbwaisen, hinzu kam ein schwächliches Neugeborenes. Vielleicht konnte sie Letzterem noch helfen und dafür sorgen, dass es seiner Mutter nicht in den Himmel folgte, sondern am Leben blieb. Fünf Wochen zu früh war schwierig, aber ein Überleben doch möglich. In der Gebäranstalt hatte sie einiges zum Umgang mit Frühgeborenen gelernt. Sie beschloss, noch diesen Nachmittag zu den Moosgrubers zu gehen und ihre Hilfe anzubieten.

Am frühen Abend desselben Tages saß sie mit dem winzigen Säugling auf dem Arm auf der Ofenbank in der Wohnstube der Familie Moosgruber und fütterte die Kleine mit verdünnter Milch. Zu Marias Erstaunen war das Mädchen kräftiger als gedacht und saugte munter an dem Gumminuckel des Fläschchens, das sie mitgebracht hatte. Sie schmatzte dabei sogar ein wenig, was für Heiterkeit bei einigen ihrer großen Geschwister sorgte, die Maria Gesellschaft leisteten. Es waren die fünfjährige Luise, ein süßer Blondschopf mit geflochtenen Zöpfen, ihre Schwester Lisa, vier Jahre alt, ihr Haar war braun und lockig, und der siebenjährige Beppi, der die kräftige Statur und das rundliche Gesicht seines Vaters Anton Moosgruber geerbt hatte. Dieser war eben erst von der Arbeit im Sägewerk heimgekehrt und hatte Maria erstaunt angesehen, ihre Anwesenheit nach einer kurzen Erklärung ihrerseits dann jedoch hingenommen.

»Wennst meinst, dass es so gut wird«, hatte er gesagt und den Raum wieder verlassen. Seit einer Weile saß er nun schon draußen auf der Hausbank und unterhielt sich mit einem anderen Mann. Worum es in dem Gespräch ging, verstand Maria nicht, es war ihr jedoch auch gleichgültig. Sie war von ihm nicht verscheucht worden, das war ein gutes Zeichen.

»Die Lotte ist schon arg winzig, gell«, meinte Luise. »Die ist gar nicht viele größer als meine Dotti.« Sie hielt ihre Stoffpuppe in die Höhe. »Der geb ich auch immer das Fläschchen. Aber manchmal vergesse ich es auch. Das ist bei der Dotti aber nicht so schlimm.«

»Also ich hab gehört, wie die Alma zum Papa gesagt hat, dass die Lotte zu klein ist und es deshalb nicht schaffen wird«, warf Beppi ein. »Der Bruno, unser Knecht, hat mir erklärt, dass sie damit meint, dass die Lotte in den Himmel zur Mama kommt. So ist das halt manchmal mit den Kindern, wenn sie zu winzig auf die Welt kommen. Dann sind die nämlich noch nicht ganz fertig. Aber wenn das bei der Lotte so ist, weshalb bist du dann gekommen, um sie zu füttern? Außerdem bist du ja auch gar nicht die richtige Storchentante. Das weiß ich von dem Lenz, und der hat es von seiner großen Schwester, dem Soferl. Die sagen, dass du eine Betrügerin aus der Stadt bist.« Er bekräftigte seine Aussage durch ein Nicken und verschränkte die Arme vor der Brust.

»Sagen die das?«, antwortete Maria matt.

»So ein Schmarrn«, meinte Luise. »Der Lenz hat doch keine Ahnung, der ist ein rechter Depp. Dem darf man kein Wort glauben. Die Maria ist sehr wohl eine Storchentante, ich weiß das.«

»Und von wem?«, hakte ihr Bruder nach.

»Von allen. Jeder weiß das. Bei der Gundel hat die Grosserin gesagt, dass die Maria viel besser wäre, weil die da, in dieser Schule da in München, das anständig gelernt hat. Die kennt sich jetzt viel besser aus als die Alma. Da soll der Lenz, der Gscheidmeier, mal schön seinen depperten Mund halten.«

»Aber die Kinder bringt doch der Storch«, meldete sich die Jüngste im Bunde nun zu Wort. »Das hat die Oma gesagt, als die Mama immer so geschrien hat. Der Storch ist bei der Mama, und der zwickt sie, hat sie gesagt. Was will denn dann die Tante noch da?«

Maria fühlte, wie sie die kindliche Diskussion langsam überforderte. Sie beschloss, einen Mittelweg zu suchen, um nicht näher auf die Angelegenheit Geburt eingehen zu müssen.

»Die Storchentante ist dem Storch bei seiner Arbeit einfach nur ein wenig behilflich. Das ist schon alles. Und weil die Alma schon bisserl alt geworden ist, helfe ich ihm nun. Und das mit dem Zwicken ist nicht so.«

Sie hoffte, dass sich die Kinder damit zufriedengeben würden, doch Beppis Miene blieb skeptisch. Er kam jedoch nicht dazu, einen Einwand zu bringen, denn nun betrat die alte Moosgruberin den Raum. Sie hatte den Nachmittag bei ihrer Freundin Kathi auf dem Nachbarhof verbracht, dort trafen sich die alten Bäuerinnen gerne zum Kartenspielen und ausgiebigen Ratschen. Mit großen Augen sah die alte Frau Maria an. Sie war Ende sechzig, und die jahrelange harte Arbeit einer Bauersfrau hatte ihre Spuren in ihrem Gesicht und an ihrem Körper hinterlassen. Sie ging leicht gebeugt, tiefe Falten hatten sich in ihr vom Wetter gegerbtes Antlitz gegraben, und ihr Haar war ergraut. Ihre Miene wurde finster.

»Wer hat dich ins Haus gelassen, gottloses Weib?«, zeterte sie los und rief sogleich nach ihrem Sohn. »Anton! Anton! Komm sofort hierher!« Ihre Stimme klang abscheulich schrill und ging Maria durch und durch. Noch schlimmer empfand sie jedoch den blanken Hass, der in den Augen der Alten lag. Woher kam der bloß? Was hatte Alma diesen Leuten erzählt, was sie so sehr gegen sie aufbrachte?

»Seht zu, dass ihr wegkommt«, herrschte sie ihre Enkelkinder an. Die Kleinen sprangen sogleich von der Ofenbank und trollten sich. Anton Moosgruber erschien und sah seine Mutter irritiert an.

»Wieso ist das gottlose Weib hier?«, fragte sie und deutete auf Maria. »Wer hat ihr das Kind gegeben?«

Anton wollte antworten, kam jedoch nicht dazu, denn es war die Schwester der alten Frau, die ihr die Frage beantwortete. Sie hatte hinter der Moosgruberin den Raum betreten.

»Ich hab ihr die Kleine gegeben«, sagte sie mit fester Stimme. Jule Baumgartner lebte seit einem Unfall vor mehr als dreißig Jahren dauerhaft bei ihrer Schwester auf dem Hof. Sie benötigte eine Gehhilfe und war auf einem Auge halb blind. Geheiratet hatte sie nie.

»Sie hat gesagt, sie will sich um Lotte kümmern. Dass es Hoffnung gibt, dass die Kleine trotz der frühen Geburt am Leben bleiben kann.«

Verblüfft sah die alte Moosgruberin ihre Schwester an.

»So ist es«, ergriff Maria das Wort. Ihr Herz schlug ihr nun bis zum Hals. »Ich hab in München …«

»Sei still!«, schnitt ihr die alte Bäuerin das Wort ab. »Was du in diesem Hurenhaus gelernt hast, ist mir vollkommen gleichgültig. Du hast in unserem Haus nichts zu schaffen. Wir können uns sehr gut selbst um Lotte kümmern. Am End ist es der Herrgott im Himmel, der entscheiden wird, wann er sie zu sich nimmt. So hat er es auch mit ihrer Mutter getan.« Sie bekreuzigte sich. »Nimm ihr die Lotte ab, Jule«, wies sie ihre Schwester an. Diese widersprach nun nicht mehr. Wortlos trat sie zu Maria, die sich von der Ofenbank erhoben hatte. Vorsichtig übergab Maria ihr die Kleine, und auch das Milchfläschchen reichte sie ihr. In diesem Augenblick fehlte ihr mal wieder die Kraft, um sich zu verteidigen.

»Wenn du das so siehst, Moosgruberin«, sagte sie bloß. »Ich hab nur helfen wollen. Mein Beileid zum Tod deiner Schwiegertochter.«

»Deine Hilfe braucht hier keiner, du Hure.«

Verdutzt sah Maria die Bäuerin nun an. Sie war in den letzten Monaten von vielen beschimpft und ausgegrenzt worden, doch als Hure hatte sie noch nie jemand bezeichnet. Ihr Herz begann höher zu schlagen. Konnte es sein, dass …

»Brauchst gar nicht so dumm dreinschauen«, blaffte die Bäuerin mit vor Wut funkelnden Augen. »Mein Bruder, der Ludwig, hat dich und den Max gesehen, wie ihr vertraulich getan habts. Beim Wirt hockts ihr wie ein Liebespaar zusammen. Wer weiß, was da noch läuft im stillen Kämmerchen. Was schämen solltest du dich.«

Maria brauchte einen Moment, um das Gehörte zu verarbeiten. Sie hatte an den Kuss auf Margarethen gedacht. Derweil ging es nur um ihr Gespräch beim Wirt. Das milderte die Anschuldigungen etwas ab. Jedenfalls für den Moment. Doch Maria wusste, wie sich Gerüchte in der Gegend verbreiteten. Auf den Hausbänken wurden gerne mal Geschehnisse ausgemalt, schnell war ein harmloses Gespräch beim Schlosswirt ein Techtelmechtel. Immerhin hatte Alma offenbar nicht getratscht. Maria entschloss sich dazu, die Flucht nach vorn anzutreten. Sie musste sich verteidigen und durfte jetzt nicht davonlaufen.

»Jetzt wird man also schon als Hure bezichtigt, wenn man mit einem alten Freund im Wirtshaus an einem Tisch sitzt?«, hakte sie nach. »Was schämen solltest du dich, Moosgruberin, solch anrüchige Gedanken zu hegen. Jedermann weiß, dass ich mit Max seit Kindertagen befreundet bin, wir sind wie Bruder und Schwester. Ich respektiere seine Ehe und werde in den nächsten Tagen auch sein erstes Kind auf die Welt holen.«

»Red du nur«, blaffte die Moosgruberin zurück. »Ich glaub dir kein Wort. Wie die Mutter so die Tochter. Das weiß man doch. Wird schon einen Grund gehabt haben, weshalb sie dich ausgesetzt hat, war halt auch eine Hure. Und jetzt schau, dass du weiterkommst. Und lass dich bloß niemals wieder auf meinem Hof blicken.«

In ihren Worten schwangen so viel Hass und Ablehnung mit, Maria gab es auf.

»Ist schon gut. Ich geh. Noch einmal mein Beileid zum Tod deiner Schwiegertochter.«

Sie verließ das Haus. Draußen empfing sie die Kühle des Oktoberabends, und sie atmete tief durch. Während sie die im hellen Licht des Vollmonds liegende Straße hinunterlief, beruhigte sie sich wieder etwas, und sie begann sich zu fragen, woher dieser ganze Hass rührte. Ja, sie war ein Bankert, aber das allein konnte es doch nicht sein. Vielleicht lag es daran, dass sie nun als Hebamme tätig war und die Anerkennung des Gemeinderates und des Bürgermeisters genoss. Ihr Werdegang entsprach nicht dem eines Findelkindes. Diese lebten meist am Rande der Gesellschaft, verdingt als Knechte und Mägde, fristeten sie ein tristes Dasein, manche kamen in Arbeitshäusern unter. In den Städten erreichten die meisten Findelkinder nicht einmal das Erwachsenenalter. Maria wusste nur zu gut um die Zustände in den Waisenhäusern. Barmherzigkeit fand sich an diesem Ort nur selten.

Sie seufzte. Langsam war sie es leid, ständig zu kämpfen und gegen die Konventionen anzurennen. Aber es leid zu sein änderte daran nichts. Sie musste weiterkämpfen. Hatte sie nicht schon so viel erreicht? Sich die Anerkennung von Menschen erarbeitet, die sie zunächst verstoßen wollten? Auch wenn sie sich manchmal noch abfertigen ließ, ging es doch darum, nicht aufzugeben. Maria spürte, wie in ihr neue Stärke heranwuchs. Sie reckte das Kinn nach vorn und beschleunigte ihre Schritte.

Als sie bald darauf auf dem Bichlhof ankam, wurde sie bereits erwartet. Es war ein junger Bursche, der mit einem kleinen Pferdekarren gekommen war und ihr mitteilte, dass sie rasch kommen sollte. Das Kind seines Herrn war unterwegs.

# 29. Kapitel

*16. Oktober 1893*

Zwillinge also«, sagte Burgi und schenkte sich noch Kaffee nach. »Wer hätte das gedacht. So dick sah sie gar nicht aus.«

»Die beiden waren auch recht zierlich«, antwortete Maria. »Aber dafür schon recht munter. Ein Bub und ein Madl, zum Anbeißen niedlich. Es ist immer wieder erstaunlich, wie es passieren kann, dass eines von ihnen unentdeckt bleibt.«

Sie nahm sich noch ein weiteres Stück Streuselkuchen. Den hatte Burgi erst vor wenigen Minuten aus dem Ofen geholt, und er war noch herrlich warm. Maria verfrachtete einen großen Löffel Schlagsahne auf den Kuchen, die sich aufgrund der Wärme verflüssigte. So liebte sie den Kuchen ganz besonders. Der erste Bissen der süßen Köstlichkeit schmolz auf ihrer Zunge, und in ihrem Inneren breitete sich das selige Gefühl von Zufriedenheit aus.

Eben erst war Maria vom Huberhof in Mooseck nach Hause zurückgekehrt. Dort hatte sie die letzten vierzehn Stunden verbracht. Die junge Bäuerin war eine Erstgebärende gewesen. Maria kannte sie gut, denn sie waren miteinander in die Schule gegangen. Gitte Huber war eine Schönheit, und gleich mehrere Jungbauern hatten der Blondine den Hof gemacht. Sie hatte sich die beste Partie aussuchen können. Konstantin Huber war gut aussehend, seine Familie besaß reichlich Land und auch große Waldflächen. Konstantin hatte eben erst eines der gut gehenden Sägewerke im Ort erworben. Der Vierkanthof war prächtig, die Wohnräume mit teuren Möbeln ausstaffiert. Selbst bei den Stuben der Knechte und Mägde war nicht gespart worden. Wer hier unterkam, hatte es gut erwischt.

Appetit hatte Maria nun eigentlich gar keinen, denn sie war von der fürsorglichen Köchin mit reichlich Essen versorgt worden. Angefangen hatte es mit einer deftigen Leberknödelsuppe, es folgten zu später Stunde Schmalzbrote, zum Frühstück hatte es Marmeladensemmeln, Rührei und Milchkaffee gegeben. Nach der Geburt der Kinder hatte sie Maria noch dazu genötigt, unbedingt etwas von der Schweinshaxe und den Knödeln zu probieren. So gut gesättigt war sie noch nie von einer Entbindung nach Hause gekommen. Aber bei warmem Streuselkuchen mit Schlagrahm konnte sie einfach nicht Nein sagen. Und außerdem war sie so froh darüber, wieder mit ihrer Burgi am Kaffeetisch sitzen zu können.

»Ihr könnt halt nicht in den Bauch reingucken. Da kann sich schon mal ein Kindchen versteckt halten«, antwortete Burgi und nahm sich ein zweites Stück Kuchen, auf dem gleich drei Löffel Schlagrahm landeten. Maria schmunzelte.

»Bei dem greislichen Wetter braucht es was für die Seele«, rechtfertigte sich Burgi mit einem schelmischen Funkeln in den Augen und deutete zum Fenster.

Es war einer dieser Herbsttage, die gar nicht richtig hell werden wollten. Dichter Nebel lag über dem Tal, keine fünfzig Meter reichte die Sicht, und es war bereits ausgesprochen kühl. Bäume, Wiesen und Felder waren von einer dicken Raureifschicht überzogen, die man normalerweise erst einige Wochen später im Jahr fand. Burgi hüstelte leicht, was Maria daran erinnerte, dass sie am Vormittag einen Arzttermin gehabt hatte. Sie erkundigte sich nach dem Ergebnis.

»Danzinger ist ganz zufrieden mit mir«, antwortete Burgi. »Die Lunge ist frei, und der leichte Resthusten wird auch noch vergehen. Ich soll halt noch bisserl langsam machen. Das mit dem Schnaufen wird ja täglich besser.«

»Das hört sich beruhigend an«, meinte Maria. »Wie schön, dass du so rasch wieder gesund geworden bist. Andere Leute deines Alters brauchen Monate, bis sie sich von einer Lungenentzündung erholen.«

»Das liegt bestimmt daran, weil ich die Konstitution meiner Mama geerbt hab, Gott hab sie selig«, erwiderte Burgi. »Die hat ja auch so schnell nix umhauen können, und sie ist erst mit einundneunzig friedlich in ihrem Bett für immer eingeschlafen.«

»Solch einen Tod wünschen wir uns alle«, antwortete Maria und beförderte das letzte Stück Streuselkuchen auf ihrem Teller in den Mund. Ihr Blick wanderte zur Kuchenplatte. Sollte sie sich noch ein Stückchen gönnen?

»Da kommt Besuch«, sagte Burgi plötzlich und erhob sich. »Ich glaub, das ist die Schlossherrin. Was will die denn an einem solch grauen Nachmittag bei uns?«

Burgi ging in den Flur und öffnete die Haustür. Tatsächlich war es Helene Reinhard, die hinter Burgi die Wohnstube betrat und die Kapuze ihres teuer aussehenden dunkelblauen Lodenmantels zurückschlug.

Sie grüßte freundlich und entschuldigte sich für ihr unangemeldetes Erscheinen. »Ich weiß, du hast Donnerstagnachmittag Sprechstunde«, wandte sie sich an Maria. »Aber ich wollte Gewissheit.« Sie legte ihre Hand auf den Bauch. »Ich habe das Gefühl, wieder guter Hoffnung zu sein. Ich hatte überlegt, dich ins Schloss zu bitten, aber dann hätte es nur Getuschel unter den Dienstboten gegeben, und das möchte ich vermeiden. Am Ende ist es nichts, und dann wurden umsonst die Pferde scheu gemacht. Erst neulich hatte ich einen Magen-Darm-Infekt, da brodelte die Gerüchteküche bereits. Paul weiß auch noch nichts von meinem Verdacht.«

»Verstehe«, antwortete Maria und erhob sich. »Dann gehen wir am besten in mein Sprechzimmer und reden dort weiter.« Sie trat in den Flur, öffnete die Tür des Sprechzimmers und entzündete rasch die beiden im Raum befindlichen Petroleumlampen. Helene nahm auf der Untersuchungsliege Platz, und Maria suchte ihre Akte heraus. Plötzlich sagte Helene etwas, was sie in der Bewegung innehalten ließ:

»Ich weiß, man soll nicht jeden Tratsch glauben, aber mir ist ein unschönes Geschwätz aus der Schlossküche von meiner Kammerzofe zugetragen worden, das dich betrifft. Es geht um dich und den Sohn des Bürgermeisters, Max Antretter. Im Dorf geht wohl um, dass ihr eine Affäre hättet. Aber das kann ich mir beim besten Willen nicht vorstellen. Ich habe dich als ehrbare Frau kennengelernt. Du würdest doch niemals einen verheirateten Mann verführen.«

Das hatte gesessen. Maria schluckte. Jetzt ging es also bereits im Dorf um. Vielleicht war es doch Alma gewesen, die nach ihrem Streit von neulich diesen Verdacht unters Volk gebracht hatte. Es reichte bereits eine Andeutung bei der richtigen Person, der Rest erledigte sich beim Getratsche auf den Hausbänken. Die Moosgruberin war sicherlich auch eine Treiberin der

Gerüchteküche gewesen. Vermutlich verlustierte sie sich mit Max demnach inzwischen heimlich in irgendwelchen Scheunen oder stellte auch anderen Ehemännern nach.

»Maria«, hakte Helene nach. »Ist denn alles in Ordnung? Wieso antwortest du mir denn nicht? Sag mir nicht, dass dieses Gerede stimmt.«

Maria atmete tief durch und wandte sich um. In Händen hielt sie nun die Akte von Helene, die sie auf ihren Schreibtisch legte.

»Natürlich habe ich keine Affäre mit Max. Hat vielleicht Alma das Gerücht in die Welt gesetzt? Sie glaubt, sie hätte Max und mich dabei beobachtet, wie er mich auf dem Friedhof von Margareten geküsst hat. Aber das stimmt nicht. Wir kennen uns seit Kindertagen und sind wie Bruder und Schwester aufgewachsen. Er hat mich nur freundschaftlich umarmt und trösten wollen. Das war schon alles. Ich würde niemals im Leben eine Affäre mit ihm beginnen.«

»Verstehe«, antwortete Helene. »Es könnte schon gut möglich sein, dass Alma dahintersteckt. Sie ist so sehr von Eifersucht zerfressen, neulich wollte sie wegen dir sogar das Gespräch mit Paul suchen. Anscheinend hat sie sich von einer Unterredung mit dem Schlossinhaber etwas erhofft, aber er hat nicht mit ihr reden wollen.« Helene seufzte. »Ich denke, du solltest nachher auf jeden Fall noch bei den Antretters vorbeigehen und mit Annemarie reden. Nicht, dass es zwischen euch wegen dem Gerede noch zu Missstimmungen kommt. Sie erwartet doch das Kind.«

»Es ist sehr rücksichtsvoll von dir, so zu denken«, bedankte sich Maria gerührt. Es bedeutete ihr viel, dass Helene auf ihrer Seite stand und auf das Gerede nichts gab. Ein Gerede, in dem bedauerlicherweise ein Funken Wahrheit steckte. Letzteren Gedanken schob sie rasch zur Seite. »Sie wollte später sowieso noch vorbeikommen, dann kann ich mit ihr darüber gleich noch sprechen.«

Marias Blick wanderte zu der über dem Fenster hängenden Wanduhr. Sie zeigte sechzehn Uhr. Reichlich spät, fiel ihr auf. Aber vielleicht kam sie ja noch.

»Jetzt lassen wir aber mal das Geschwätz Geschwätz sein und kümmern uns um dich. Du denkst also, wieder guter Hoffnung zu sein. Wie lange bist du denn schon über der Zeit?«

»Das ist ja das Problem«, antwortete Helene. »Sie ist nach der Geburt der Zwillinge noch nicht wieder gekommen. Du hattest mir ja erklärt, dass das mit dem Stillen zu tun hat und ich mir deshalb keine Gedanken machen soll. Aber es gibt andere Anzeichen, die mich in den letzten Wochen haben stutzig werden lassen. Meine Brüste spannen mehr als sonst, ich bin ständig müde, und mir ist morgens wieder häufig übel.«

»Verstehe«, antwortete Maria. »Das könnten tatsächlich Anzeichen für eine Schwangerschaft sein. Nach einer genaueren Untersuchung werden wir schlauer sein.« Sie bat Helene, sich unten herum frei zu machen und sich auf die Liege zu legen. Maria krempelte die Ärmel ihrer Bluse hoch und wusch und desinfizierte sich die Hände, dann begann sie mit der Untersuchung. Es dauerte nur wenige Minuten, bis das Ergebnis feststand.

»Du bist eindeutig wieder in anderen Umständen«, sagte sie. »Ich tippe sogar schon auf den dritten Monat. Es wird bestimmt nicht mehr lange dauern, bis sich der Bauch wölbt. Ich gratuliere.« Sie lächelte und wusch sich erneut die Hände.

»Und du bist dir ganz sicher?«, vergewisserte sich Helene noch einmal. Sie hatte sich aufgesetzt und richtete ihre Kleidung.

»Ja, das bin ich. Der Befund ist eindeutig. Mal sehen, ob es erneut Zwillinge werden.« Sie zwinkerte Helene zu.

»Das wäre was«, antwortete Helene. »Aber ich hoffe doch nicht. Eine Tochter wäre schön. Zwei laute Buben hab ich ja schon daheim.«

»Sie schreien also noch immer viel?«, erkundigte sich Maria mit mitleidigem Blick. Wie so oft bei den Buben plagten auch die beiden Söhne von Helene die sogenannten Dreimonatskoliken. Doch diese Zeit war eigentlich bereits vorüber.

»Es ist besser geworden«, antwortete Helene. »Aber sie sind immer noch oft weinerlich, besonders in den Abendstunden. Zum Glück haben wir zwei geduldige Kinderfrauen engagiert. Sonst bekäme ich vermutlich niemals ein Auge zu.«

Maria nickte lächelnd. Ihr kamen die vielen Frauen mit acht oder mehr Kindern in den Sinn, die sie betreute. Da gab es keine Kinderfrauen. Meist ließ man die jüngsten aus Zeitmangel einfach schreien, oder ältere Geschwister kümmerten sich.

»Manche Säuglinge sind eben unruhiger als andere«, meinte sie. »Das wird schon werden.«

Ihr Blick wanderte erneut zur Uhr an der Wand. Eine halbe Stunde war vergangen und Annemarie noch immer nicht erschienen. Ein ungutes Gefühl breitete sich in Maria aus. So unzuverlässig kannte sie sie gar nicht. Am Ende ging es ihr nicht gut. Sollte sie nach ihr schauen gehen? Sie entschied sich dafür und linste kurz aus dem Fenster. Eine Droschke stand vor dem Haus, davor ging der Fahrer gemächlich auf und ab und rauchte eine Zigarette. Es hätte sie auch gewundert, wenn Helene zu ihr gelaufen wäre.

»Bestünde die Möglichkeit, dass du mich mitnimmst?«, fragte sie, und die Schlossherrin sagte sogleich zu.

Kurze Zeit später stieg Maria vor dem Anwesen der Antretters aus der Droschke. Anfangs hatte sie überlegt, sich aus Diskretion in der Dorfmitte absetzen zu lassen, doch diesen Gedanken hatte sie wieder verworfen. Helene hatte bereits erraten, wohin Maria wollte.

Die Droschke fuhr ab, und Maria blieb noch einen Moment in der Hofeinfahrt der Antretters stehen und schaute auf das hübsche Bauernhaus, das erst vor wenigen Jahren ein neues Dach und auch eine neue Balkonumrandung im ersten Obergeschoss erhalten hatte. In den Blumenkästen blühten noch die letzten Geranien, auch der rechter Hand liegende Bauerngarten war trotz des ersten Frostes in ein farbenfrohes Blumenkleid gehüllt. Dahlien und Sonnenhut blühten noch kräftig. Eine grau-weiß getigerte Katze kam angelaufen und streifte mit großem Miau und hoch erhobenem Schwanz um Marias Beine.

»Na, du Maunzer. Was willst du?«, fragte sie das Tier. »Ich hab nichts für dich.«

Es schien, als würde die Mieze sie verstehen, denn sie trollte sich in Richtung Remise. Maria sah ihr einen Augenblick lang nach, dann richtete sie ihren Blick wieder auf das hell erleuchtete Wohnhaus, und sie atmete tief durch. Doch die Nervosität, die sich bereits während des Gesprächs mit Helene in ihrem Inneren ausgebreitet hatte, ließ sich dadurch nicht vertreiben.

Was war, wenn die Gerüchte Annemarie bereits erreicht hatten? Wenn sie deshalb nicht zu ihr gekommen war? Maria wusste, wie sehr Annemarie Max liebte, und sie wusste, dass sie zu Eifersucht neigte.

Erneut fühlte sie sich schuldig, denn die Gefühle, die sie für Max empfand, waren noch immer nicht ganz verschwunden. Sie kämpfte dagegen an, gegen das Kribbeln, das sie bereits verspürte, wenn sie an ihn dachte. Gegen das Zittern ihrer Hände, wenn er sich in ihrer Gegenwart befand. Sie hatten geredet, sie waren vernünftig, wollten es beide sein. Aber etwas in ihrem Inneren rebellierte dagegen. Es sehnte sich nach seiner körperlichen Nähe, wollte, dass er sie erneut küsste, dass er mehr tat, sie intim berührte. Sie wusste, dass sie diesem Gefühl nicht die Oberhand geben durfte. Doch es brach immer wieder über sie herein und verfolgte sie sogar bis in ihre Träume. Jedes Gerücht barg einen Funken Wahrheit, dieses auch. Und der Funke konnte, wenn sie nichts unternahm, rasch zu einem lodernden Feuer werden. Das galt es um jeden Preis zu verhindern. Sie straffte die Schultern, amtete noch einmal tief durch und ging auf das Haus zu.

Nachdem sie angeklopft hatte, dauerte es einen Moment, bis sie Schritte im Flur hörte. Es war nicht Annemarie, die ihr öffnete, sondern eine Magd. Das junge Mädchen schaute Maria finster an.

»Die Herrin will dich hier nicht haben«, sagte sie. »Du sollst schauen, dass du weiterkommst.«

Maria zuckte zurück, und ihr Pulsschlag beschleunigte sich. In ihren Ohren begann es zu rauschen. Es war also geschehen. Dieses dumme Gerücht war bis zu Annemarie durchgedrungen, und sie glaubte es. Doch so schnell gab sie nicht auf. Von einer Magd würde sie sich nicht verjagen lassen.

»Ich will mit deiner Herrin sprechen. Sie ist doch da, oder?«

»Sie will aber nicht mit dir reden«, blaffte die für ihr junges Alter erstaunlich selbstbewusst auftretende Magd Maria an. »Und das Kind soll jetzt auch die Alma auf die Welt holen.«

Maria trafen diese Worte wie ein Schlag ins Gesicht. Sie wich zurück, doch etwas in ihr hinderte sie daran, klein beizugeben. Max würde nicht wollen, dass Alma mit ihren altmodischen Methoden sein Kind auf die Welt holte. Sie mochte keine Kinder im Mutterleib mehr taufen, aber von den modernen Hygienevorschriften hielt Alma noch immer nichts.

»Aber ich werde jetzt mit ihr reden«, antwortete sie entschlossen und schob sich mit aller Macht an der verdutzt dreinblickenden Magd vorbei.

In der Wohnstube traf sie auf Annemarie. Diese erhob sich nun von der Ofenbank. Neben ihr lag ihr Strickzeug, das Babymützchen war fast fertig. Feindselig sah sie Maria an, ihre Arme hatte sie abweisend vor der Brust verschränkt.

»Du Hure wagst es, dieses Haus zu betreten«, fuhr sie Maria an. »Ich hab es geahnt, ja gewusst. Jugendfreundin, mein Schwesterchen. Ihr habt mich belogen und betrogen, alle beide.«

»Das stimmt nicht«, verteidigte sich Maria. »Das Gerücht hat Alma in die Welt gesetzt, um mich zu vertreiben. Du darfst diesen Irrsinn nicht glauben, der da geredet wird.«

»Ich glaube es aber. Ihr seid gesehen worden, mehrfach. Beim Wirt habt ihr vertraulich getan, geküsst sollt ihr euch haben, droben auf Margarethen. Auf dem Friedhof, eine Schande ist das. Und dann hat man euch neulich nachts im Dunkeln spazieren gehen sehen. Heimlich habt ihr getan, wie es Geliebte tun. In welchem Stadel seid ihr denn verschwunden? Am End kriegst längst ein Kind von ihm.« In Annemaries Augen funkelten nun Tränen. »Und ich? Ich lieb ihn. Das weißt du. Und jetzt bin ich die gehörnte Ehefrau. Verlass unser Haus. Verschwinde! Geh! Nach München oder sonstwohin. Geh, bevor ich mich vergesse.«

Sie fuhr herum, öffnete einen neben der Ofenbank stehenden Schrank, holte ein Jagdgewehr heraus und richtete den Lauf auf Maria.

Maria riss erschrocken die Augen auf und hob abwehrend die Hände.

»Es ist gut. Ich gehe. Ich lass dich in Frieden. Aber bevor ich gehe, sag ich dir die Wahrheit. Denn du hast sie verdient. Ja, ich hab Max mehr als gern, und ich wünschte, er könnte mein Ehemann sein. Und er hat mich auf Margarethen geküsst. Aber nur dieses eine Mal, und dann bin ich fortgelaufen. Und da im Dunkeln auf der Bank, da haben wir nur geredet, und er hat mir gesagt, dass er dich liebt. Er hat dich nicht mit mir betrogen. Das würde er niemals tun, und ich würde das auch nicht wollen.« Maria sah Annemarie fest in die Augen, während sie versuchte, den Lauf auszublenden, der immer noch auf sie gerichtet war. »Jetzt kennst du die Wahrheit, und ich geh. Und das für immer. Morgen fahr ich zurück nach München. So ist es für alle besser. Dir und Max wünsche ich alles Glück der Welt, dass ihr noch viele Kinder bekommt.«

Auch in ihren Augen schwammen nun Tränen, und sie ging rückwärts und noch immer mit hoch erhobenen Händen zur

Tür. Annemarie hielt mit bebenden Händen das Gewehr auf sie gerichtet und weinte, sagte aber nichts. Maria war ihr beinahe dankbar dafür.

Sie floh in den Hausflur und rannte über den Hof davon. Erst ein ganzes Stück vom Hof entfernt blieb sie mitten auf der Straße stehen, und der nun über sie hereinbrechende Heulkrampf raubte ihr den Atem.

Es war vorbei. Sie konnte und wollte diesen Kampf nicht mehr kämpfen. Gleich mit der ersten Bahn am nächsten Morgen würde sie Brannenburg für immer verlassen.

## 30. Kapitel

*17. Oktober 1893*

In ein dickes Wolltuch gehüllt, saß Maria an diesem Morgen auf der Hausbank und beobachtete die Sonne dabei, wie sie den Kampf mit dem herbstlichen Nebel führte. Immer wieder zogen dicke graue Schwaden vor sie und verdunkelten ihr goldenes Licht. Hinter ihnen glich sie oft einer hellen Kugel, die beinahe mystisch aussah. Dann brach sie wieder vollends durch und ließ das vom Tau der Nacht feuchte Gras wie tausend Diamanten funkeln.

Maria richtete ihren Blick Richtung Margarethen. Die Kirche war ebenfalls vom Nebel umhüllt, doch auf der Anhöhe schaffte es die Sonne besser, sich durchzusetzen. Das kleine Gotteshaus sah in diesem Licht wie ein magischer Ort aus einem Märchen aus. Doch für sie hatte dieses Märchen kein gutes Ende. In Märchen wie Dornröschen oder Schneewittchen gewann immer das Gute, und der Prinz heiratete seine Prinzessin. *Und sie lebten glücklich bis ans Ende ihrer Tage.*

Sie konnte nicht sagen, wie oft ihnen Gertie diesen Satz vorgelesen hatte. Ihre gute Gertie, die alles dafür getan hatte, um ihnen eine schöne Kindheit zu bescheren. Die wie eine Mutter zu ihnen allen gewesen war, sie, so gut es ging, behütet und beschützt hatte. Vor der von Vorurteilen geprägten Welt hinter dem Gartenzaun, die immer wieder zu einer Bedrohung für sie geworden war. Schulkameraden hatten sie gehänselt, die meisten Erwachsenen hatten sie angesehen, als wäre sie ein giftiges Insekt, eine Plage, die sie irgendwie ertragen mussten. Dabei war sie doch nur ein Findelkind gewesen, abgelegt vor den Toren des verwunschen aussehenden Gotteshauses dort oben auf dem Hügel, das für sie Segen und Fluch zugleich zu sein schien.

In München war sie eines von vielen Landmädchen gewesen, das irgendwie sein Auskommen suchte. Sie war es gewohnt, zu kämpfen, und hatte sich nicht unterkriegen lassen, vielleicht auch ein wenig Glück gehabt. Aber wer, wenn nicht sie, hatte es verdient? Ohne die Fürsprache ihres damaligen Dienstherrn wäre sie niemals bei der Hebammenschule angenommen worden. Ihm war es gleichgültig gewesen, dass sie ein Findelkind war. Sie hatte ihn nicht enttäuscht, war die Beste ihres Jahrgangs gewesen. Stolz und glücklich hatte sie an ihrem Abschlusstag ihr Zeugnis und die Glückwünsche des Chefarztes und der Oberhebamme entgegengenommen. Damals hatte sie zum ersten Mal das Gefühl gehabt, gut genug zu sein. Es geschafft zu haben, den Makel des Bankerts hinter sich zu lassen.

»Ich bin so dumm gewesen«, sagte sie leise zu sich selbst. »Ich hätte niemals hierher zurückkommen dürfen, hätte es wissen müssen.« Hier zählte nicht die erbrachte Leistung. In diesem Ort würde sie für immer eines von Gerties Kindern bleiben.

Burgi kam nach draußen und sah sie verwundert an.

»Ja, Madl. Was bist du denn heute schon so früh auf den Beinen und sitzt hier draußen im Kalten? Ich dachte, du liegst noch in deiner Kammer. Sag nicht, dass das mit dem depperten Gerede aus dem Dorf zu tun hat. Nimm dir solchen Unsinn doch nicht zu Herzen. Du weißt doch, wie die Leute sind.

Wenn die nix haben, worüber sie sich auf den Hausbänken das Maul zerreißen können, dann sind sie nicht glücklich.« Sie wickelte sich noch fester in ihre dicke Strickjacke. »Magst nicht besser reinkommen? Wir haben noch Rosinensemmeln von gestern, die könnt ich uns im Ofen noch mal schön aufbacken. Dazu das Zwetschgenmus. Dann sieht die Welt bestimmt schon wieder ganz anders aus.«

»Ich glaub, es wird dieses Mal bisserl mehr dafür brauchen als Rosinensemmeln und Zwetschgenmus«, antwortete Maria und stieß einen Seufzer aus. »Weißt, die Leute im Dorf haben gar nicht so unrecht mit dem Gerede. Ich hab den Max schon mehr als gern, und wie du weißt, hat es den dummen Kuss auf dem Friedhof von Margarethen auch geben. Ich bin davongelaufen, aber das macht es nicht besser.«

»Ich weiß«, antwortete Burgi und seufzte.

»Du hast gestern Abend schon geschlafen, als ich von der Annemarie heimkommen bin, deshalb erzähle ich es dir erst jetzt. Sie hat mich fortgejagt, was ich gut verstehen kann. Ich an ihrer Stelle hätte ebenso gehandelt. Und sie hat ja schon recht. Immerhin lieb ich ihren Mann. Obwohl … so ganz sicher bin ich mir da immer noch nicht. Solange ich denken kann, war Max da. Selbst als ich in München war, haben wir immer noch Kontakt gehalten. Er hat mir seitenlange Briefe geschrieben, und ich hab mich über jeden von ihnen gefreut. Vielleicht ist es keine Liebe, sondern einfach nur Vertrautheit, und ich interpretiere zu viel hinein. Wir haben auch drüber geredet, nach dem Vorfall mit dem Kuss. Und dann sind wir auch noch dabei gesehen worden und …«

Sie brach ab. In ihren Hals hatte sich der vertraute dicke

Kloß gebildet. Sie schluckte und blinzelte die aufsteigenden Tränen fort.

»Für die Alma ist das alles natürlich ein gefundenes Fressen. Dummerweise war sie auch noch diejenige, die uns auf dem Friedhof beobachtet hat.« Maria sackte noch ein Stück weiter in sich zusammen.

»Na bravo«, entgegnete Burgi. »Und was jetzt?«

»Jetzt gehe ich zurück nach München. In zwei Stunden geht mein Zug. Ich hab schon mit dem Packen angefangen. So ist es für alle Beteiligten besser. Die Alma wird nicht mehr lange als Hebamme arbeiten können, sie hat Probleme mit den Augen, ich weiß das. Aber es wird sich bestimmt eine patente Nachfolgerin für sie finden. Eine, die dann auch von allen Frauen der Gegend akzeptiert wird. Und die jüngeren Hebammen müssen ja auch alle eine Ausbildung an einer Schule machen, also wird die Neue bestimmt alles so handhaben, wie es sich gehört. Vielleicht wohnt sie dann auch wieder hier. Bestimmt wirst dich auch mit ihr verstehen.« Maria schniefte, es fiel ihr immer schwerer, die Tränen zurückzuhalten.

»Also willst einfach aufgeben und davonlaufen«, antwortete Burgi ernüchtert. »Das hätte ich von dir nicht denkt. Und ich mag auch gar nicht die Hausmamsell für eine andere sein.« Sie verschränkte die Arme vor der Brust, und ihr Gesichtsausdruck wurde trotzig.

Maria stieß einen Seufzer aus. Sie wollte Antwort geben, kam jedoch nicht dazu, denn just in diesem Moment kam ein kleiner Karren mit hoher Geschwindigkeit auf den Hof gefahren. Auf dem Kutschbock saß zu Marias Erstaunen Max. Er blieb auf dem Wagen sitzen und rief:

»Maria! Du musst schnell kommen. Das Kind kommt, und Alma ist nirgendwo zu finden. Ich hab überall nach ihr gesucht.«

Maria zögerte keine Sekunde. Sie sprang von der Hausbank, holte ihren Hebammenkoffer aus dem Haus und eilte zu dem Karren.

Wenig später fand Maria Annemarie in der Wohnstube vor. Sie trug ein langes Nachthemd, ihre Füße steckten in dicken Wollstrümpfen und Schlappen, ihr rotbraunes Haar fiel bis auf ihre Taille. Schweißperlen rannen ihre Stirn hinab, und ihre Wangen waren von der Anstrengung gerötet. Sie umklammerte die Lehne eines Stuhls so fest, dass das Weiß ihrer Knöchel hervortrat. Im Raum herrschte eine ungemeine Hitze, sämtliche Fenster waren geschlossen.

Maria stellte ihren Hebammenkoffer ab und trat näher. Max war ebenfalls in den Raum gekommen, und er begann sogleich, Marias Anwesenheit zu rechtfertigen: »Ich weiß, ich hab die Maria mitgebracht und nicht die Alma. Aber ich hab überall nach der Alma gesucht und sie nirgendwo finden können. Niemand hat gewusst, wo sie steckt. Aber wir brauchen doch eine Hebamme, die das Kind auf die Welt holt. Es bleibt halt bloß noch die Maria.«

»Nein, sie fasst mein Kind nicht an«, sagte Annemarie entschieden. Die letzte Wehe war nun anscheinend abgeebbt, sie ließ die Stuhllehne los. »Eher bring ich das Kind allein auf die Welt oder mit der Hilfe einer Magd. Geh und hol die Lotti. Die wird das schon irgendwie hinbekommen. Von deiner Geliebten lass ich mich auf keinen Fall mehr anfassen. Belogen und betrogen habts ihr mich. Dass ihr euch nicht schämts.«

Sie spuckte wütend vor Maria auf den Boden. Erschrocken tat diese einen Schritt rückwärts. Die Situation überforderte sie komplett. Was sollte sie denn jetzt tun? Annemarie wollte ihre Hilfe nicht. Aber sie konnte sie in dieser Situation auch nicht allein lassen. Das mit Lotti war doch der totale Unsinn.

Es war Max, der versuchte, seine Frau zur Vernunft zu bringen.

»Jetzt ist aber mal gut mit diesem Unsinn«, sagte er in einem beschwichtigenden Tonfall. »Maria ist nicht meine Geliebte. Wir sind nur Freunde, und so wird es auch für immer bleiben. Trotzdem hast du natürlich recht. Wir haben einen Fehler gemacht. Ich habe einen Fehler gemacht. Und dafür werde ich mich für immer schuldig fühlen. Du hast auch allen Grund, sauer und enttäuscht zu sein, und wir werden uns noch alle Zeit nehmen, die du brauchst, um darüber zu sprechen. Ehrenwort. Aber jetzt komm, Liebes. Lass dir von Maria helfen. Bitte.« Er sah seine Frau nun flehend an. »Es geht hier um unser gemeinsames Kind und darum, dass du alles gesund überstehst.«

Annemarie begann erneut, unruhig zu werden, und sie umklammerte wieder mit beiden Händen die Stuhllehne.

»Diese Schmerzen sind so stark. Verdammt!«, brachte sie zwischen den Zähnen hervor und begann ihr Becken auf und ab zu wiegen.

Maria hatte auf den Zeitabstand zwischen den Wehen geachtet. Es waren keine zwei Minuten. Die Geburt war also schon recht weit vorangeschritten. Sie trat wieder näher und sagte: »Bitte, lass mich dir helfen, Annemarie. Die Lotti kann das doch gar nicht. Du kannst dem Max ruhig glauben. Wir sind nur Freunde, mehr nicht. Lass mich dein Kind gesund auf die Welt holen.«

Annemarie sah Maria einen Moment lang schweigend in die Augen, dann gab sie nach.

»Also gut«, brachte sie heraus, es folgte ein lautes Stöhnen. »Herrgott, das halte ich nicht lange aus. Dann hol du es eben auf die Welt. Diese dumme Alma, wo steckt sie bloß.«

Nachdem die Wehe abgeebbt war, brachten Maria und Max Annemarie in das elterliche Schlafgemach, wo sich Maria im Eiltempo an die Arbeit machte. Die Magd Lotti ging ihr nun zur Hand. Mit ihrer Hilfe deckten sie das Bett ab, zwischendrin tröstete Maria Annemarie und sprach ihr Mut zu. Sie hatte sich auf der Fensterbank abgestützt, wiegte ihr Becken und weinte herzzerreißend. Lotti, die rotgelockte Magd, war Anfang dreißig und kinderlos. Sie blickte arg verschreckt drein, weshalb Maria sie freundlich, aber nachdrücklich des Raumes verwies.

*Liebe Güte. Das arme Ding hätte Annemarie niemals bei der Geburt beistehen können*, dachte Maria. Das noch fehlende heiße Wasser brachte dann auch Max.

»Wie steht es?«, fragte er, als er Maria die Schüssel an der Tür übergab.

»Es wird«, antwortete sie. »Vertrau mir. Bald ist es geschafft.« Sie stellte die Schüssel auf einer dem Bett gegenüberstehenden Kommode ab und schloss die Tür. Entschlossen krempelte sie die Ärmel ihrer Bluse hoch. Es galt, neues Leben auf die Welt zu holen. Ein ganz besonderes kleines Kindchen. Und sie würde alles dafür tun, dass diese Geburt so normal und entspannt wie möglich verlief.

Nach der ersten Untersuchung stand fest, dass es auch nicht mehr allzu lange dauern würde, bis das Kind das Licht der Welt erblickte.

»Der Muttermund ist bereits vollständig eröffnet«, verkündete Maria erfreut. »Das ist wunderbar. Es geht für eine Erstgebärende flott voran. So haben wir es gern. Bei der nächsten Wehe kannst du bereits mit dem Pressen beginnen.« Sie sah Annemarie eindringlich an. »Wir schaffen das gemeinsam. Press, so fest du kannst. Das Kind liegt, wie es sein soll, der Herzschlag ist kräftig. Es wird bestimmt alles gut gehen.« Sie nahm Annemaries Hand und drückte sie ermunternd.

Annemarie nickte. Sie hatte sich ihrem Schicksal ergeben und befolgte Marias Anweisungen, gab keine Widerworte mehr und verhielt sich ihr gegenüber auch nicht mehr feindselig. Die nächste Wehe kam, und sie presste kräftig.

»Ja, so ist es gut«, lobte Maria. »Fest, press fest, so gut du kannst.«

Nachdem die Wehe nachgelassen hatte, prüfte sie noch einmal den Stand der Dinge.

»Alles ist perfekt. Ich konnte den Kopf bereits fühlen.«

Eine weitere Wehe kam, und Annemarie presste und wimmerte fürchterlich. Und doch schien der Kopf nicht weiter in den Geburtskanal eindringen zu wollen. Maria wurde etwas nervös. Nachdem eine der Wehen abgeebbt war, sank Annemarie vollkommen erschöpft zurück in die Kissen.

»Es tut so weh. Ich kann nicht mehr«, schluchzte sie.

»Es ist bald vorbei«, tröstete Maria. »Ich überprüfe noch etwas. Es könnte jetzt etwas unangenehm werden. Entspann dich.«

Sie fuhr in Annemaries Innerstes und tastete nach dem Kopf, genauso, wie sie es auch in der Schule während einer Lehrstunde einmal getan hatte. Sie glaubte das Problem zu erkennen. Der Kopf des Kindes lag leicht schräg. Sie versuchte, ihn gerade zu rücken.

»Was machst du da?«, fragte Annemarie und hob das Becken an. »Es tut weh. Hör auf damit!«

Im nächsten Moment kam eine erneute Wehe, und Maria zog ihre Hand zurück. Annemarie presste fest, und endlich geschah das, was geschehen musste. Der Kopf wurde weiter vorangeschoben.

»Fest, jetzt ist es gleich geschafft«, wies Maria sie an. »Noch einmal, ja, ganz fest.« Im nächsten Moment war der Kopf des Kindes geboren. Maria fiel ein Stein vom Herzen.

»Nun nur noch wenig pressen, etwas schieben«, wies sie Annemarie an. Im nächsten Moment rutschte der Säugling in ihre Arme. Maria erschrak jedoch, als sie ihn sah. Er war ganz blau, die Nabelschnur hatte sich mehrfach um den Hals des Kindes gewickelt. Hektisch entfernte sie sie und befreite Mund und Nase vom Schleim. Dann hielt sie den Säugling in die Höhe und gab ihm einen kräftigen Schlag auf den Po in der Hoffnung, auf diese Weise seine kleinen Lungen in Gang zu setzten. Doch es geschah nichts. Sie legte ihn ab, wickelte ihn in ein Handtuch und begann seinen Rücken zu reiben. »Komm schon, Kleines. Du willst doch deine Mama kennenlernen. Du wirst uns doch jetzt nicht im Stich lassen.« Mit großen Augen verfolgte Annemarie Marias Tun.

»Mach was!«, rief sie panisch. »Warum schreit es nicht? Es muss doch schreien.«

Nach mehreren Minuten gab Maria es auf. Es kam kein Lebenszeichen von dem Kind. Das kleine Mädchen war tot geboren. Es war an der Nabelschnur erstickt.

»Es tut mir so leid«, brachte Maria heraus und sah Annemarie an.

»Nein«, entgegnete Annemarie mit erstickter Stimme. »Nein, bitte nicht. Nicht mein Mädchen.« Tränen der Verzweiflung rannen über ihre noch immer von der Anstrengung geröteten Wangen.

Maria fühlte in sich eine große Leere. In ihrem Arm lag das kleine Bündel Mensch. Eben im Mutterleib hatte sie noch seinen Herzschlag gehört, er war kräftig gewesen. Es musste durch den Geburtsvorgang erstickt sein. Sie fühlte sich schuldig, obwohl sie wusste, dass sie nichts dafürkonnte. Doch im Angesicht des Todes gab es kein logisches Denken.

Im nächsten Moment fiel ihr auf, dass etwas anderes auch ganz und gar nicht stimmte. Zwischen Annemaries Beinen befand sich viel zu viel Blut. Alarmiert legte sie den toten Säugling zur Seite.

»Mir ist plötzlich ganz anders, so schlecht«, murmelte Annemarie. Sie sank nach hinten, dann wurde sie bewusstlos. Das Blut wurde immer mehr, und Maria wusste, was geschehen war. Die Plazenta hatte sich nicht richtig abgelöst. Annemarie drohte zu verbluten. Panisch öffnete sie die Tür. Im Flur stand Max. Erwartungsfroh sah er sie an.

»Einen Arzt. Wir brauchen einen Arzt. Hol Danzinger, so schnell es geht!«, wies Maria ihn an.

»Was ist passiert?« Er wollte an ihr vorbei ins Zimmer stürzen, doch Maria hielt ihn zurück.

»Geh!« brüllte sie ihn an. »Lauf, so schnell du kannst.«

Er gehorchte, und sie eilte zurück zu Annemarie. Es war so verdammt viel Blut. Ein Teil der Plazenta war inzwischen geboren. Maria erkannte auf den ersten Blick, dass sie nicht vollständig war. Annemarie brauchte eine Ausschabung. Eine solche hatte sie noch nie durchgeführt und wusste nur theoretisch, wie es ging. Sie traute sich nicht zu, den Eingriff allein durchzuführen. In der Gebäranstalt kamen solche Fälle stets in den Operationssaal. Verzweifelt versuchte sie, mit Watte und Tüchern die Blutung zu stoppen.

»Halte durch, Annemarie«, bettelte sie. »Danzinger wird bestimmt gleich hier sein. Er weiß was zu tun ist. Er wird dich retten. Nur durchhalten, ein wenig durchhalten.«

Sie drückte ein weiteres Tuch fest auf die Scheide, und ihr Blick wanderte zu Annemaries Gesicht. Atmete sie noch? Sie war so blass, ihre Lippen blau.

»Bitte, stirb nicht«, flehte sie, und Tränen der Verzweiflung rannen ihr über die Wangen. »Bleib bei mir. Bitte, du darfst jetzt nicht gehen. Du darfst Max jetzt nicht alleinlassen. Er liebt dich, und er braucht dich.«

Sie schluchzte und hielt die Stellung, presste das Tuch so fest sie konnte zwischen Annemaries Beine. Als Danzinger eine gefühlte Ewigkeit später endlich eintraf und sie zur Seite schob, fühlte sie sich wie betäubt. Auch Max war nun im Raum. Danzinger entfernte die Tücher und die Watte, doch es war zu spät. Er konnte nur noch den Tod von Annemarie feststellen. Sie hatte einfach zu viel Blut verloren.

Max stand mit weit aufgerissenen Augen da und starrte auf seine tote Ehefrau. Wie sie da mit gespreizten Beinen auf dem blutigen Bett lag. Maria fühlte sich wie gelähmt. Die Stille im Raum war nun greifbar. Der Schock saß tief. Doch dann war plötzlich ein vertrautes Geräusch zu hören. Das Greinen eines Säuglings. Und Maria begannen Tränen über die Wangen zu laufen.

Das kleine Mädchen war doch am Leben.

# 31. Kapitel

*19. Oktober 1893*

Maria saß auf der Bank unterhalb von Margarethen, auf der sie wenige Wochen zuvor mit Max gesessen hatte, und ließ ihren Blick über die Häuser Brannenburgs bis zum Schloss schweifen. Diesem hübschen Anwesen, das Geschichte atmete und in dem sie mit der Geburt der Zwillinge einen freudigen Höhepunkt ihrer Tätigkeit als Hebamme erlebt hatte. Damals hatte sie tatsächlich gedacht, sich damit als Dorfhebamme bewährt und endgültig das Vertrauen der Frauen gewonnen zu haben. Wie sehr sie sich doch getäuscht hatte. Sie seufzte und blinzelte in das Licht der milden Oktobersonne.

Es war einer dieser goldenen Herbsttage, die sich wie Geschenke anfühlten, erfüllt von einer Wärme, die an den vergangenen Sommer erinnerte. Der Tau auf den Wiesen um sie herum funkelte, eben war ein Schmetterling an ihr vorübergeflattert. Die Berge wirkten wie zum Greifen nah, jeden einzelnen Tannenbaum glaubte man zu erkennen. Der Föhn machte es möglich. Er war wie ein milder Segen, der aus dem Süden zu ihnen kam und die herbstliche Tristesse der nebligen Tage fortwehte. Mancher Zeitgenosse sah in ihm aber auch einen Fluch, denn der warme Fallwind verursachte gerne mal Kopfschmerzen.

So auch bei Burgi, die heute Morgen unausstehlich gewesen war. An einem normalen Tag hätte sich Maria daran gestört, hätte ihr gesagt, sie solle ein Schmerzmittel nehmen und zu zetern aufhören. Doch heute war ihr das Geschimpfe gleichgültig gewesen, wie durch eine Wand war es zu ihr durchgedrungen.

Der Schock über das Erlebte saß noch immer tief, und sie fühlte eine schreckliche Leere in ihrem Inneren, die sie betäubte, die ihr das Gefühl gab, kein Teil des alltäglichen Lebens mehr zu sein. Sie hatte seit jenen schicksalhaften Stunden kaum geschlafen, immer wieder holten sie die schrecklichen Geschehnisse ein. In einem Traum hatte sie geglaubt, in einem Meer aus Blut zu ertrinken.

Danzinger hatte ihr versichert, dass sie keine Schuld an Annemaries Tod hatte, niemand hätte ihn verhindern können. Doch Maria brachte es nicht fertig, seinen Worten zu glauben. Vielleicht hätte sie doch selbst eine Ausschabung versuchen sollen, dann wäre Annemarie vielleicht nicht verblutet.

Die Vernunft sagte ihr, dass diese Annahme falsch war. Sie hatte noch nie eine Ausschabung durchgeführt, hatte nur in der Theorie gelernt, wie es funktionierte. Aber vielleicht hätte sie sie trotzdem retten können. Wäre ihr doch nur das ungewöhnlich viele Blut auf dem Laken früher aufgefallen.

Aber da war doch das Kind gewesen, das nicht atmen hatte wollen. Das kleine Mädchen, das, so wusste es Maria, den Namen Franziska erhalten hatte und nun als Halbwaise würde aufwachsen müssen. Sie würde niemals im Leben die Wärme ihrer Mutter spüren, niemals ihren Geruch einatmen. Aber ein Kind musste doch wissen, wie seine Mutter duftete und wie sie sich anfühlte. Dieser Gedanke steigerte Marias Traurigkeit noch, denn sie selbst wusste ja auch nicht, wie sich ihre Mama angefühlt hatte, kannte ihren Duft nicht. Sie wusste nicht einmal, ob sie so etwas wie Liebe für ihre Tochter empfunden hatte. Vielleicht war es ja nur Abscheu gewesen. Vermutlich, sonst hätte sie ihr Kind doch nicht einfach so in dieser eisigen Winternacht vor den Toren der Kirche St. Margarethen abgelegt, wissend, dass es jämmerlich erfrieren könnte.

Annemarie hätte keine Abscheu für ihr Kind empfunden, sie hätte die Kleine geliebt, sie nach der Geburt mit strahlenden Augen auf der Welt begrüßt und bestaunt. Sie hätte ihre Tochter mit Liebe überschüttet. Und vielleicht hätte sie nach der gelungenen Geburt auch ihren Frieden mit Maria gemacht, und sie hätten sich ausgesöhnt. Ausgefüllt von Glückshormonen, sahen viele Dinge oftmals anders aus. Doch Gott, das Schicksal, irgendeine höhere Macht hatte es anders gewollt, und sie hatten sie verloren. Max war zum Witwer geworden, und er musste sich jetzt allein um die Kleine kümmern. Um das Mädchen, das wie durch ein Wunder ins Leben gefunden hatte.

Marias Blick ruhte auf dem Wendelstein. Sein Anblick bedeutete Heimat für sie. Auch ihn ließ der Föhn heute größer und näher erscheinen. Sie erinnerte sich daran, wie er am Tag ihres Weggangs aus Brannenburg immer kleiner geworden war. Wie sie ihn damals vom Bahnsteig in Rosenheim aus betrachtet hatte, wie er irgendwann ganz aus ihrem Sichtfeld verschwunden war. Damals hatte sie geglaubt, die Heimat für immer hinter sich zu lassen. Sie hatte ihr neues Leben in München als Dienstbotin vor Augen gehabt, und der Traum, einst eine richtige Hebamme zu werden, war weit nach hinten gerückt. Jetzt hatte sie ihn doch leben dürfen, wenigstens für eine kurze Zeit. Doch er war wohl zu groß gewesen. Das begriff sie nun. Es reichte nicht, die Beste eines Jahrgangs zu sein, niemand in der Lehranstalt bereitete einen auf diese grausame Realität vor. Oder vielleicht hatte es die Oberhebamme doch getan, und sie hatte einfach nicht richtig hingehört.

Die Stimme ihrer Lehrerin schlich sich in ihre Gedanken: »Der Tod steht immer hinter euch. Denkt immer daran. Gott schenkt Leben, er nimmt es aber auch.«

Dieses Mal hatte er beides getan. Er hatte geschenkt und genommen, hatte im Raum gestanden, und sie hatte ihn machtlos agieren lassen müssen. Diese fürchterliche Hilflosigkeit wollte sie niemals wieder erleben. Es war vorbei.

Nach diesem schrecklichen Erlebnis sah sie sich nicht mehr in der Lage, ein Kind auf die Welt zu holen. Die Angst wäre ihr ständiger Begleiter, und wer sich fürchtete, machte Fehler. Fehler, die erneut ein Leben kosten könnten. Ihr Entschluss stand fest: Sie würde nicht mehr als Hebamme arbeiten, würde Brannenburg mit all seinem Schmerz ein für alle Mal den Rücken kehren. Diesem Ort, in dem sie nun noch viel mehr als zuvor ausgegrenzt werden würde. All diejenigen, die ihr misstrauisch gegenübergestanden hatten, würden sich bestätigt fühlen.

Alma hatte triumphiert, sie konnte sich freuen. Die junge Konkurrentin räumte das Feld. Irgendwo in München würde sie schon unterkommen. Als Bedienung in einem der Gasthäuser, als Küchen- oder Dienstmagd. Sie würde in das einfache Leben zurückkehren, in das sie als Bankert gehörte, das für sie vorgesehen war. *Schuster bleib bei deinen Leisten*, wie bitter dieses Sprichwort nun doch schmeckte.

Und dann sah sie ihn. Max. Ein Stück unterhalb auf dem

Weg. Er kam zu ihr. Alles in ihr schien sich in diesem Moment anzuspannen, und ihre Hände umklammerten die Sitzbank. Zuletzt hatte sie ihn am Bett seiner toten Ehefrau sitzen und weinen sehen. Nicht wissend, was sie zu ihm sagen sollte, war sie einfach so gegangen. Danach hatte sie nicht die Kraft aufgebracht, zu ihm zu gehen. Er hatte ihr das Liebste in seinem Leben anvertraut, und nun hatte er es verloren, vielleicht deshalb, weil sie nicht richtig aufgepasst hatte.

Danzinger sprach sie von jeder Schuld frei, doch konnte er das überhaupt? Wie lange würde es dauern, bis der Klatsch auf den Hausbänken boshafter wurde, bis die Frage im Raum stand, ob sie nicht doch eine Mörderin war? Die Geliebte, die ihre Konkurrentin aus dem Weg geschafft hatte.

Max erreichte sie und setzte sich wortlos neben sie auf die Bank. Keiner von beiden sagte etwas. Er sah schrecklich aus und stank nach Schweiß und Tabak. Noch immer trug er dieselbe Kleidung wie in jener schicksalhaften Nacht, Bartstoppel überzogen seine Wangen. Maria fühlte sich wie betäubt, in ihren Ohren rauschte es. Zum ersten Mal in ihrem Leben fühlte sie sich in seiner Gegenwart unwohl.

Er war derjenige, der als Erster etwas sagte, und seine Frage überraschte Maria.

»Wie geht es dir?«

Verwundert schaute sie ihn an. Er erkundigte sich nach ihrem Befinden? Ausgerechnet ihn kümmerte es in diesen düsteren Stunden, wie sie sich fühlte?

Sie antwortete ehrlich: »Ich weiß es nicht so genau. Alles fühlt sich so leer an. Es tut mir so leid.« Sie spürte, wie ihr Tränen in die Augen stiegen, und blinzelte. Instinktiv griff sie nach seiner Hand. Er zog sie nicht fort und ließ die vertraute Berührung zu, was sie erleichterte.

»Wie geht es der Kleinen?«, fragte sie

»Gut, sie ist lauter geworden. Elisabeth kümmert sich rührend um sie.«

Maria nickte. Elisabeth war Annemaries Mutter. Sie kannte sie nur flüchtig. *Ich habe ihr ihre Tochter genommen* kam ihr in den Sinn. *Ich habe Max zum Witwer gemacht.* Die Schuldgefühle ließen sich nicht abschütteln. Das rationale Denken, jede Form von Vernunft war wie fortgewischt.

»Ich kann die Kleine nicht ansehen«, sagte Max plötzlich. »Ständig denke ich, wäre sie nicht, wäre Annemarie noch am Leben. So ist es doch. Diese Schwangerschaft hat sie umgebracht. Auch ich bin schuldig, habe ich doch dieses Kind gezeugt. Was soll jetzt nur werden?«

Er sah Maria nun direkt in die Augen, und sie erkannte den Schmerz in seinem Blick, den auch sie fühlte. Er haderte mit sich, wie sie es tat. Maria wusste, dass sich in diesem Augenblick jeder Widerspruch von ihr in seinen Ohren nicht richtig, jedes tröstende Wort wie eine hohle Phrase anhören würde. Der Schock über das Geschehene saß bei ihnen beiden tief.

Plötzlich stieg eine Erinnerung in ihr auf. Sie war düster, und sie hatte sie weit nach hinten geschoben, hatte all die Jahre nicht mehr daran gedacht.

»Weißt du noch, Pauline?«, fragte sie, und er sah sie irritiert an.

»Natürlich«, antwortete er. »Sie war eine unserer besten Freundinnen.«

»Ja, das war sie«, erwiderte Maria. »Und sie war schwer krank. Am Ende war sie so schwach, dass sie nicht mehr aus dem Bett aufstehen konnte. Wir haben damals nicht akzeptieren wollen, dass sie geht. Wir haben sie gefüttert und ihr vorgelesen, haben nächtelang bei ihr durchwacht. Und genau in der einen Nacht, in der uns Gertie in unsere Betten gescheucht hat, in der wir ausnahmsweise nicht bei ihr gewesen sind, ist sie dann gestorben.«

»Ich erinnere mich«, antwortete er. »Wir haben uns die Schuld an ihrem Tod gegeben. Wir haben gedacht, dass wir nicht richtig auf sie achtgegeben haben. Aber das war Unsinn. Sie war zu krank, niemand konnte ihr mehr helfen.«

»Danzinger hat gesagt, dass es bei Annemarie ebenso gewesen ist. Sie hat innerhalb kürzester Zeit einfach zu viel Blut verloren. Die ausgebildete Hebamme in mir gibt ihm recht. Die Plazenta hatte sich nicht vollständig gelöst, es war eine fürchterliche Komplikation. Aber trotzdem denke ich ständig, ich hätte sie doch irgendwie retten können. Ich denke ständig, ich hätte vorher etwas merken müssen.« Maria rieb sich mit den Händen über das Gesicht und vergrub es kurz darin. »Ich hab das viele Blut zu spät gesehen, weil Franziska ja nicht atmen wollte. Immer und immer wieder gehe ich alles durch. Am Ende läuft es darauf hinaus, dass Danzinger recht hat. Die Vernunft weiß das, aber mein Herz sieht es anders. So ist es wohl auch bei dir.« Sie hatte die Hände nun wieder gesenkt und schaute Max erneut direkt in die Augen. »Ihr wolltet Kinder haben, Annemarie hat sich gewünscht, schwanger zu werden. Du hast ihr diesen Wunsch erfüllt, du konntest doch nicht wissen, was geschehen wird. Wir beide konnten es nicht wissen. Es ist ähnlich wie damals bei Pauline. Wir denken beide, wir haben nicht richtig achtgegeben, doch das ist Unsinn. Ihre Lebenszeit war anscheinend abgelaufen, gegen das Schicksal sind wir alle machtlos. Gertie hat das damals gesagt. Weißt du noch?«

»Ja, mit diesen Worten hat sie uns nach Paulines Tod getröstet. Wie sehr ich mir doch wünsche, dass sie jetzt bei uns wäre.«

»Ja, das wünschte ich auch«, antwortete Maria.

Das betäubte Gefühl war verschwunden, das Rauschen in ihren Ohren hatte nachgelassen. Max grollte ihr nicht, sie trauerten gemeinsam. Doch dieses Miteinander würde an ihrer Situation in Brannenburg nichts ändern. Die Leute würden trotzdem reden, sie würden sie verleumden und in ihr, dem Bankert, die Mörderin sehen. München lockte mit der Anonymität einer großen Stadt, dort konnte sie untertauchen und vergessen.

Als hätte Max ihre Gedanken erraten, fragte er:

»Was wirst du jetzt tun?«

»Was soll ich schon tun?«, antwortete sie mit einer Gegenfrage. »Ich werde Brannenburg verlassen. Wir wissen doch beide, was bereits auf den Hausbänken getuschelt wird. Hier hab ich keine Zukunft mehr, hatte ich sie vermutlich von Anfang an nicht. Der wertlose Bankert. Ich hätte dein Angebot nicht annehmen, sondern in München bleiben sollen. Dort war alles gut, weißt du. Dort war ich jemand anders. Ich hab gedacht, ich müsste was gutmachen, Dankbarkeit zeigen, weil sich um mich gekümmert worden ist. Dass ich was zurückgeben müsste. Aber wer will schon was von jemandem wie mir haben? Und du, du dachtest, wenn ich käme, wäre Annemarie besser betreut. Du hast dir Sorgen wegen Alma gemacht. Gottverdammt!«

Zum ersten Mal seit Annemaries Tod stiegen Tränen in Marias Augen. Zuvor hatte sie nicht weinen können. Nun war es so weit, und die Tränen kullerten nur so über ihre Wangen. Sie schluchzte auf.

»Wie dumm wir doch gewesen sind«, brachte sie heraus. »Wie naiv.« Sie wischte sich mit der Hand die Tränen von der Wange und zog die Nase hoch. Max umarmte sie nicht, wofür sie ihm in diesem Augenblick dankbar war.

»Wir waren nicht naiv«, antwortete er. »Wir haben gedacht, dass es so gut wäre. Du liebst deine Heimat trotz allem, was gewesen ist. Sonst wärst du nicht heimgekommen. Und es konnte ja keiner wissen, dass sich Alma so querstellen würde, dass sich so viele an die Vergangenheit klammern und dich nicht anerkennen würden. Danzinger und ich, wir haben es versucht, du hast es versucht.«

»Ja, das habt ihr«, antwortete Maria. »Und der Versuch ist gescheitert. Ich bin gescheitert. Mein Traum ist fort.« Entschlossen strich sie sich eine Falte aus dem Rock. »Ich muss noch packen. Nachher fährt mein Zug. Gib der Franziska einen Kuss von mir. Das machst du doch, oder? Und gib gut auf die Kleine acht. Sie ist ein Wunder, das darfst du niemals im Leben vergessen. Machs gut, Max. Und schreib nicht mehr. Lass mich los. Ist besser so.« Sie gab ihm einen raschen Kuss auf die Wange, dann erhob sie sich, und ohne eine Antwort von ihm abzuwarten, lief sie den Hügel hinunter.

Eine Weile darauf stand Maria am Brannenburger Bahnhof und wartete auf ihren Zug, der bedauerlicherweise Verspätung hatte. Der Bahnvorsteher hatte sie eben darüber informiert, dass es noch ein Weilchen dauern könnte, eine Kuhherde war ausgebüxt und stand auf der Strecke. Noch war es angenehm mild, doch ein durchsichtiger Wolkenschleier, der sich über den Himmel gelegt hatte und das helle Sonnenlicht etwas abdunkelte, kündigte bereits den Wetterwechsel an. Spätestens am nächsten Morgen würde der noch vorherrschende Föhn zusammengebrochen sein, und wenn sie Pech hatten, könnte es dann auch bereits die ersten Schneeflocken bis ins Tal geben. Doch solch rasche Wetterveränderungen war man in der Gegend gewohnt und nahm sie gelassen hin.

»Das ist ein Zeichen«, meinte Burgi, die es sich nicht hatte nehmen lassen, mit zum Bahnhof zu kommen. »Das eben war auch schon eines. Der Wastl hat sonst nie eine Panne mit seinem Karren.«

Wastl Partenhauser hatte sie auf der Straße laufen sehen und mitgenommen. Allerdings hatte die Fahrt zu ihrem Pech keine fünf Minuten gedauert, dann war ihm, nachdem er durch ein tiefes Schlagloch gefahren war, die Achse gebrochen, und sie hatten doch zu Fuß weitergehen müssen.

»Das sind keine Zeichen«, widersprach Maria und rollte die Augen. »Das sind normale Geschehnisse, wie sie im Alltag vorkommen können.«

»Das glaubst doch selber nicht«, antwortete Burgi in einem rechthaberischen Tonfall. »Es fing alles schon damit an, dass heute früh die Zeitung gefehlt hat, und dann hast dir auch noch mit dem Kaffee deine Bluse eingesaut. Ich sag dir: Das sind alles Zeichen. Eine höhere Macht will nicht, dass du gehst. Da in München, da ist es doch auch greislig. So viele Leute und Häuser, man sieht gar nicht anständig die Berge, und stinken soll es da auch an allen Ecken und Enden.«

»Ich weiß, wie es in München ist«, antwortete Maria und stellte ihre Tasche, die sie die ganz Zeit über in der Hand gehalten hatte, nun doch auf dem Bahnsteig ab. »Jetzt mach es mir doch nicht so schwer. Wir wissen beide, dass es vorbei ist. Bestimmt wird bald eine neue Hebamme bei dir einziehen, und bis dahin wird Alma die Frauen gut betreuen.«

»Ich will aber gar keine neue Hebamme haben, sondern dich«, blieb Burgi stur und verschränkte die Arme vor der Brust. »Und außerdem weiß keiner, wo die Alma steckt. Das weiß ich von der Annamirl, und die hat es von der Gundel. Sie hätte gestern eigentlich das Kind von der Müllerin in Flintsbach auf die Welt holen sollen, und keiner hat sie gefunden. Der Bub ist wohl trotzdem gesund auf die Welt gekommen. Die Müllerin hat ja auch Erfahrung, ist ja schon ihr achtes Kind.« Sie winkte ab.

»Wie, keiner weiß, wo Alma steckt?«, hakte Maria verdutzt nach. »Aber das kann gar nicht sein. Ich bin erst neulich bei ihr gewesen.«

»Siehst, das interessiert dich jetzt doch. Was ist, wenn die gar nicht mehr wiederkommt? Brannenburg kann doch nicht ohne Hebamme sein. Also mindestens bis eine neue kommt, müsstest du jetzt schon noch bleiben. Kennt sich ja nicht eine jede mit dem Kinderkriegen so gut aus wie die Müllerin, und auch da hätte was schiefgehen können.«

So schnell ließ sich Maria jedoch nicht verunsichern. Sie wollte an ihrem Entschluss, Brannenburg noch heute zu verlassen, festhalten.

»Dann war sie eben bei einer anderen Geburt im Einsatz. So etwas kann vorkommen. Ich kann ja auch nicht immer überall sein. Sie taucht bestimmt bald wieder auf.«

Der Zug kam in Sicht, was Maria erleichterte, und sie nahm ihre Tasche wieder auf.

»Maria, bitte«, begann Burgi nun zu betteln und sah sie flehend an. »Du darfst nicht gehen, Madl. So eine Flucht ist nie gut. Das sag ich dir. Ja, das ist alles ganz furchtbar traurig. Aber du kannst doch nix dafür. Und dass das Butzerl lebt, ist doch ein Wunder. Lass die Ratschkatteln nicht gewinnen, nicht die Gscheidmeier. Davonlaufen hat noch nie was Gutes gebracht.«

Die letzten Worte von Burgi vernahm Maria kaum noch, denn die Dampflock fuhr nun schnaufend in den Bahnhof ein, und der Zug kam quietschend zum Stehen.

Entschlossen ging Maria auf einen der Waggons zu und öffnete die Tür. Burgi war ihr gefolgt, und nun heulte sie.

»Überleg es dir doch bitte noch mal.« Sie gab einfach nicht auf. »Uns fällt bestimmt was ein, wie das alles wieder besser wird. Du kannst uns doch jetzt nicht im Stich lassen. Wir brauchen eine anständige Hebamme.«

»Du willst es einfach nicht begreifen, oder?«, fragte Maria, ihr Tonfall war nun ruppig. »Ich werde niemals wieder ein Kind auf die Welt holen, und ich bin keine anständige Hebamme.«

»Doch, die bist du«, antwortete plötzlich jemand anders, und Maria wandte sich erstaunt um. Vor ihr stand Alma. »Und ich brauche deine Hilfe.«

## 32. Kapitel

*Am selben Tag*

Ja, du hast recht«, bestätigte Alma Marias Diagnose. »Es liegt noch immer quer. Und ich hatte so darauf gehofft, dass es sich bis zur Geburt noch dreht.« Die alte Hebamme ließ die Hände sinken und stieß einen Seufzer aus.

»Was ist?«, fragte die werdende Mutter, Annemie Grasser, verängstigt.

Die Bäuerin hatte vor Kurzem ihren siebenunddreißigsten Geburtstag gefeiert, sah aber um einiges älter aus. Ihr rotbraunes Haar durchzogen bereits erste graue Haare, tiefe Falten lagen um ihre blauen Augen und um ihre Mundwinkel, Letztere verliehen ihren Zügen eine gewisse Härte. Neun Kindern hatte sie das Leben geschenkt, sechs Mädchen und drei Buben, sieben davon waren heute noch am Leben.

»So ernst, wie ihr beiden dreinschaut, stimmt hier etwas ganz und gar nicht. Ich hab es gewusst. Mit der Neuen da kann das nix Gutes werden. Alle sagen, dass sie die Annemarie umgebracht hat.«

Abweisend sah die Bäuerin Maria an.

»Und ich hab dir gesagt, dass es Unsinn ist, was da auf den Hausbänken geredet wird«, sagte Alma streng. »Die Maria hat die Annemarie nicht umgebracht. Es war ein riesengroßes Unglück. Keine Hebamme der Welt hätte sie retten können, ich auch nicht. Auch mir wäre sie unter den Händen weggestorben. Maria ist eine versierte Hebamme, und sie wird sich gut um dich und dein Kleines kümmern.«

Annemie gab ein grummelndes Geräusch von sich und warf Maria erneut einen misstrauischen Blick zu. »Aber dem Max soll sie schöne Augen gemacht haben. Also ich weiß nicht recht.«

»Das ist auch nur dummes Geschwätz«, verteidigte Alma Maria erneut. »Die Maria und der Max kennen einander schon, seit sie Kinder sind. Weißt doch, dass sie viel zusammen bei der Gertie waren.« Sie warf Maria einen eindringlichen Blick zu.

Maria verstand und räusperte sich. »Es stimmt, was Alma sagt. Der Max und ich sind nur Freunde, mehr nicht. Er ist wie ein Bruder für mich, und es tat mir sehr leid, dass ich seine geliebte Annemarie nicht retten konnte. Ich habe wirklich alles versucht.«

Das war nicht gelogen, auch wenn es nicht die ganze Wahrheit war. Annemie schien sich mit ihrer Antwort zufriedenzugeben, das Misstrauen in ihrem Blick wurde weniger, ganz überzeugt war sie jedoch noch immer nicht.

»Trotzdem verstehe ich nicht, weshalb ihr zu zweit hier aufgetaucht seid. Bisher haben wir das doch auch immer ganz gut allein hinbekommen, Alma. Alle meine neun Kinder hast du gesund auf die Welt geholt. So schwer kann das doch auch bei dem zehnten nicht sein. Au! Die nächste Wehe kommt«, stöhnte sie und griff sich an den Bauch.

In diesem Moment wünschte sich Maria, doch in den Zug gestiegen zu sein. Wie sehr sie es satthatte, sich ständig für irgendetwas rechtfertigen zu müssen. Diese Frau wollte ihre Hilfe doch gar nicht, sie hätte sie ohne Almas gutes Zureden nicht einmal ins Haus gelassen.

Noch immer fiel es ihr schwer, zu begreifen, was eben am Bahnhof geschehen war. Alma war zu ihr gekommen und hatte sie, ihre Rivalin, um Hilfe gebeten, weil sie mittlerweile kaum noch etwas sehen konnte. Maria wusste, wie schwer ihr dieses Tun gefallen sein musste.

»Hochmut kommt vor dem Fall«, hatte Burgi ihr zugeraunt, nachdem sie den Bahnhof verlassen hatten.

Doch Maria sah das anders. Sie empfand trotz ihres Streits Mitleid mit Alma. Sie selbst war jung und hatte ihr gesamtes Leben noch vor sich. Doch die in die Jahre gekommene Hebamme musste lernen, zu akzeptieren, dass das für sie nicht mehr galt. Kinder auf die Welt zu holen war Almas Lebensinhalt gewesen, und nun konnte sie das nicht mehr. Ihr Körper ließ sie im Stich. Sie hatte bislang dagegen angekämpft, doch diesen Kampf konnte sie, sosehr sie sich auch anstrengte, nicht gewinnen.

Nur Burgi hatte geredet, während sie zurück ins Dorf gelaufen waren. Wie ein Wasserfall hatte sie geplaudert und über das ganze Gesicht gestrahlt. Für sie stand bereits fest, dass Maria nun in Brannenburg bleiben würde.

Nach ihrer Ankunft auf dem Bichlhof hatte Maria rasch ihren Hebammenkoffer geholt, und sie war froh gewesen, der aufgedrehten Hausmamsell entfliehen zu können. Den Weg zum Steinberghof hatten sie und Alma schweigend zurückgelegt.

Das große Anwesen lag ein Stück außerhalb von Milbing und wurde seit vielen Jahren von der Familie Grasser bewohnt und erfolgreich bewirtschaftet. Der Grasser-Bauer zählte in der Region zu den wohlhabenderen. Stattlich sah der große Hof aus, die Wohnstuben waren mit teuren Bauernmöbeln bestückt, hergestellt von Kistlern aus der Region. Ein besonders wertvolles Stück stand im ehelichen Schlafgemach, und Maria war von Annemie darauf hingewiesen worden, das Möbelstück bloß nicht anzufassen.

Nachdem die Wehe abgeebbt war, ergriff Alma das Wort:

»Meine Augen werden immer schlechter, ich kann dein Zehntes alleine nicht mehr auf die Welt holen«, erklärte sie. »Ich sehe vieles nur noch verschwommen, bald werden es lediglich Umrisse und Schatten sein. Deshalb ist Maria hier. Und sie wird, wenn sie es denn nach all dem, was passiert ist, überhaupt noch will, zukünftig alle Kinder in der Gegend auf die Welt holen.«

Als sie die letzten Worte aussprach, sah die alte Hebamme nicht Ursel, sondern Maria an.

»Aber wenn wir Pech haben, dann geht sie, weil wir sie vergrault haben mit unserer Boshaftigkeit. Und dann kommt vielleicht eine ganz Fremde, eine Beißzange. Dann schauts vielleicht ganz dumm drein. Also was meinst?«

Ihr Blick wanderte zurück zu Annemie. Anstatt Antwort zu geben, wurde diese jedoch wieder unruhig, griff sich an den Bauch und begann zu stöhnen.

»Also jetzt ist es aber arg«, brachte sie hervor. »Mein Gott, es ist mir sowas von egal, wer das Kind auf die Welt holt. Hauptsache, ich hab meine Ruhe.«

Die letzten Worte erleichterten Maria seltsamerweise. Solche Schimpfereien kannte sie von Geburten, damit konnte sie umgehen. Sie krempelte ihre Ärmel hoch. »Jetzt ist gut mit dem Geschwätz«, sagte sie. »Wir holen jetzt dein Kind auf die Welt.«

Die nächsten Stunden waren sie mit der Geburt beschäftigt. Maria führte erfolgreich eine äußere Wendung durch, und sie sorgte durch die richtige Lagerung der Mutter dafür, dass sich das Kind auch nicht wieder zurückdrehte. Alma hielt sich eher im Hintergrund und überließ Maria die meiste Arbeit. Sie tupfte Annemie den Schweiß von der Stirn, redete ihr gut zu, tröstete und hielt während der Wehen, die in immer kürzeren Abständen kamen, ihre Hand. Dafür, dass Annemie ihr zehntes Kind bekam, zog sich die Geburt hin. Längst war die Dunkelheit hereingebrochen, eine Magd erschien und brachte ihnen weitere Lampen und eine Brotzeit, die die beiden Frauen jedoch nicht anrührten.

Irgendwann war es dann doch so weit, und die Presswehen setzten ein. Annemie war nun bereits sehr erschöpft, weshalb Alma sie bei jeder Wehe kräftig mit nach vorne schob.

Maria feuerte die Bäuerin an. »Gut so. Noch ein wenig schieben. Gleich ist es geschafft. Du machst das großartig, Annemie.«

Es benötigte noch drei weitere Wehen, bis das Kind auf der Welt war. Es war ein kleiner Junge, der zwischen den Beinen der Bäuerin lag und, nachdem Maria ihm den Klaps auf den Po gegeben hatte, lautstark zu schreien begann.

»Dein Sohn hat gute Lungen«, sagte sie lächelnd und wickelte den Jungen, nachdem sie die Nabelschnur durchtrennt hatte, in ein Handtuch. Alma war diejenige, die Annemie ihren Sohn in die Arme legte. Währenddessen konnte Maria den Blick nicht von Annemies Scheide abwenden, und ihr Herzschlag beschleunigte sich.

Plötzlich sah sie es wieder vor Augen. Das viele Blut, sie konnte es nicht stoppen, nicht aufhalten.

»Sie blutet«, brachte sie heraus. »Wir müssen etwas tun. Da ist Blut. Ich kann es sehen. Ich brauche ein Tuch. Ich muss es aufhalten.« Ihr Puls schlug nun wie verrückt.

Da spürte sie, wie sie zur Seite geschoben wurde, Almas Stimme drang in diesem Augenblick wie durch eine Wand zu ihr durch.

»Ist gut, Maria. Da ist kaum Blut. Hörst du? Es ist alles gut. Ich bin ja hier. Ich kümmere mich. Es ist alles so, wie es sein soll.«

Maria sank nun auf den Stuhl neben dem Bett, auf dem eben noch Alma noch gesessen hatte, und den Rest übernahm nun routiniert die alte Hebamme. Sie nahm die Nachgeburt in Empfang und kontrollierte diese auf ihre Vollständigkeit. Das hatte sie so viele Male gemacht, dass es ihr trotz des schwachen Augenlichts leicht von der Hand ging. Zum Glück musste kein Dammschnitt oder Riss versorgt werden. Marias Pulsschlag beruhigte sich unterdessen wieder. Und dann geschah etwas, womit sie so gar nicht gerechnet hatte.

»Manchmal bin ich schon eine depperte Kuh. Mein dummes Gerede von gerade eben tut mir leid, Madl. Ich weiß, du hast die Annemarie auch gerngehabt. Es muss schlimm gewesen sein.«

Maria nickte nur, sie brachte es nicht fertig, Annemie eine passende Antwort zu geben, denn ihre Gefühle überwältigen sie nun so sehr, dass sie zu schluchzen begann. Heiße Tränen liefen ihre Wangen hinunter, und sie schämte sich in diesem Augenblick nicht dafür. Sie beweinte die Toten, beweinte ein wenig auch sich selbst, weinte vor Erleichterung, weinte, um die Vergangenheit loslassen zu können, um befreiter in die Zukunft zu gehen.

Einige Stunden später, nach einer deftigen Brotzeit, befanden sich Alma und Maria auf dem Heimweg. Für die Jahreszeit war es eine milde Nacht, der Südwind trieb Wolkenfetzen über den Himmel und über den Vollmond hinweg, der die Landschaft in silbernes Licht tauchte.

»Meine Güte«, sagte Alma. »Ich glaube, ich habe mich überfressen. Dieser Butterkäse war aber auch zu köstlich, dazu das frische Bauernbrot. Und der Streuselkuchen war ein Gedicht. Also so gut bin ich nach einer Geburt schon lange nicht mehr bewirtet worden.«

»Ja, es war reichlich«, bestätigte Maria, die besonders beim Kuchen kräftig zugelangt hatte.

Nachdem sie sich von ihrem Gefühlsausbruch wieder erholt hatte, hatten Alma und sie Annemie und den kleinen Jungen, er hatte den Namen Xaver erhalten, aufgehübscht. Anschließend hatten sie das Bett gereinigt und gelüftet. Der Bauer hatte gemeinsam mit seinen anderen Kindern den Neuankömmling begrüßt, und es war viel gelacht worden. Maria hatte irgendwann mit den älteren Kindern Klatschspiele gespielt, und Alma hatte sich sogar dazu hinreißen lassen, mit zwei Mädchen ein kleines Tänzchen zu der fröhlichen Melodie zu wagen, die der Großvater des Hauses auf seiner Quetschkommode spielte. Es war wie ein kleines Geburtsfest gewesen, das sie gemeinsam mit den Grassers gefeiert hatten, und Maria hatte sich so angenommen wie lange nicht gefühlt.

Zwischen Alma und ihr herrschte jetzt eine gelöste Stimmung. Sie liefen an den vertrauten Bauernhäusern vorüber, die Gerüche von Kaminrauch und trockenem Laub hingen in der Luft. Eine der zahlreich durch die Gegend streunenden Bauernkatzen kreuzte ihren Weg und holte sich mit erhobenem Schwanz Streicheleinheiten bei ihnen ab. Nachdem sich das Tier auf die neben dem Weg gelegene Viehweide davongemacht hatte, stellte Maria dann doch die Frage, die ihr schon länger auf der Zunge lag: »Wirst du vollständig erblinden?«

»So wie es aussieht, schon«, antwortete Alma und seufzte. »Der Arzt hat gemeint, dass meine Sehkraft immer weiter nachlassen wird. Die Augenkrankheit ist fortschreitend und lässt sich nicht aufhalten. Ich habe gedacht, ich hätte noch mehr Zeit, aber es geht alles so verdammt schnell. Oftmals sehe ich schwarze Flecken vor den Augen tanzen, dann ist wieder alles klar, im nächsten Moment sehe ich verschwommen, und davon wird mir schwindelig. Ich hab gedacht, ich könnte noch länger arbeiten, vielleicht noch einige Monate. Aber ich habe mich geirrt.«

Alma schwieg für einen Moment und schien nach den richtigen Worten zu suche. Dann räusperte sie sich und sah Maria fest in die Augen.

»Ich muss mich bei dir für mein abscheuliches Verhalten entschuldigen. Das war ungerecht von mir. Ich hoffe, du kannst mir irgendwann verzeihen. Auch tut es mir leid, dass du das mit Annemarie erleben musstest. Wenn nicht eine Hebamme, wer sonst sollte nachempfinden, wie es dir in diesem Augenblick ergangen ist und was du auch heute noch fühlst. Es ist immer wieder schrecklich, eine Mutter während einer Geburt zu verlieren. Zum Glück hat es das Mädchen noch geschafft.«

»Ja, dass sie lebt, ist ein Wunder«, antwortete Maria. Aus irgendeinem Grund fiel es ihr schwer, auf Almas Entschuldigung einzugehen, auch wenn sie sie freute. Umso dankbarer war sie für den Themenwechsel. »Aber es ist so traurig, dass sie ihre Mutter nicht kennenlernen wird. Ich weiß, wie es sich anfühlt, sie ein Leben lang zu vermissen.«

In ihrer Stimme schwang Wehmut mit, und der vertraute Schmerz, den sie immer fühlte, wenn sie an ihre Mama dachte, stieg in ihr nach oben. Rasch blinzelte sie die aufsteigenden Tränen fort.

Sie erreichten den Abzweig nach St. Margarethen, und plötzlich blieb Alma stehen. »Wollen wir kurz zur Kirche hinaufgehen?«, fragte sie.

Maria sah sie verwundert an. Was wollte Alma zu so später dort oben? Sie stellte die Frage jedoch nicht, sondern willigte ein. So liefen sie den Hügel nach oben und erreichten alsbald das kleine Gotteshaus. Es war nicht verschlossen, also traten sie ins Innere. Der typische Kirchengeruch empfing sie: ein Hauch von Weihrauch, vermischt mit dem Duft von Kerzenwachs.

Auf dem Opferstock brannten einige Lichter, ihr warmer Schein erfüllte den Raum. Alma setzte sich in die hinterste Kirchenbank und Maria nahm neben ihr Platz. Die Stille des dunklen Gotteshauses umfing sie. Für Maria fühlte es sich in diesem Moment an, als würde sie von einer wohlig warmen Decke eingehüllt, die sie behütete. Sie erinnerte sich daran, wie sie auch in der Gebäranstalt nach einer gelungenen Geburt häufig noch in der Kapelle des Krankenhauses gesessen und sich beim Herrgott dafür bedankt hatte, dass er seine schützenden Hände über sie gehalten hatte.

»Ich bin es gewesen, die dich damals auf die Welt geholt hat«, durchbrach Alma die Stille. Ihren Blick hielt sie fest auf den Altar gerichtet.

Maria konnte nicht glauben, was sie gehört hatte.

»Deine Mutter hat ihr Kind in der Scheune des Moorhofs zur Welt gebracht. Woher sie kam, weiß ich nicht. Vermutlich ist sie als vermeintliche Hure von irgendeinem Hof vertrieben worden. So etwas kommt ja oft vor. Ich wollte ihr erst gar nicht helfen und hielt sie für eine schäbige Dirne. Doch sie hat so sehr geweint und mich angefleht, sie nicht alleinzulassen. Sie hat gesagt, ihr wäre Gewalt angetan worden, irgendein Handwerksbursche auf Wanderschaft. Da hab ich ihr doch helfen wollen und hab dich auf die Welt geholt. Sie war gerade mal vierzehn Jahre alt, selbst noch ein Kind. Du warst winzig klein, ein hübscher Säugling mit rabenschwarzem Haar. Eine Magd vom nahen Hof kam zu uns, und mir wurde versichert, dass sie sich kümmern würden. Ich habe mich darauf verlassen. Dann bist du vor den Toren der Kirche gefunden worden, deine Mutter war fort, und diese dumme Magd behauptete, mich nicht zu kennen und nichts von einer Mutter mit Kind zu wissen. Ich habe in der Gegend herumgefragt, doch niemand schien sie gesehen zu haben. Ich habe mich so sehr geschämt. Ich hätte auf sie aufpassen und mich kümmern müssen. Stattdessen hab ich mich versündigt, an ihr und auch an dir. All die Jahre konnte ich deinen Anblick nicht ertragen, sehe ich in dir doch meine Schuld von damals. Also wollte ich dich loswerden. Es tut mir so unendlich leid.«

Maria war fassungslos. Alma hatte ihre Mutter gekannt, sie hatte sie auf die Welt geholt. Und auch wenn Almas Worte ein schreckliches Schicksal schilderten, war es in diesem Augenblick wie ein Geschenk, etwas über ihre Mutter zu erfahren. Zu erfahren, wer sie gewesen und was damals geschehen war.

»Was ich noch sagen wollte«, setzte Alma ihre Rede fort. Ihre Stimme war belegt. »Nach der Geburt hat sie dich eine ganze Weile im Arm gehalten, und sie hat dich voller Liebe angesehen. Du ähnelst ihr so sehr, das macht es für mich noch schlimmer. Gott wird mir diese Sünde niemals vergeben, du wirst mir nie vergeben.«

»Ich ähnle ihr«, wiederholte Maria wie in Trance.

»Ja, das tust du«, antwortete die alte Hebamme. »Du siehst wie eine Kopie von ihr aus. Ich weiß auch noch, was sie damals gesagt hat, als sie dich im Arm gehalten hat. Aus dir wird mal etwas Besonderes werden, hat sie gesagt. Du wirst größer sein, als ich es jemals war. Ich weiß nicht, ob du größer bist als sie, ich weiß ja nicht, was aus ihr geworden ist. Aber ich weiß nun, dass du etwas Besonderes bist. Eine Kämpferin, für die Aufgeben keine Option darstellt. Du wirst niemals so feige sein, wie ich es gewesen bin. Versprichst du mir das?«

»Ja, das tue ich«, antwortete Maria, die noch immer kaum glauben konnte, was Alma ihr gerade gebeichtet hatte.

»Wie war ihr Name?«, fragte sie.

»Eva. Den Nachnamen kenne ich leider nicht.«

»Das ist nicht wichtig«, antwortete Maria. »Es ist schön, dass ich immerhin ihren Vornamen kenne. Meine Mama heißt Eva, und sie sah aus wie ich. Das ist schön.«

»Ja, das ist es«, antwortete Alma, und sie legte ihre Hand auf die von Maria.

Maria zog ihre Hand nicht fort. Sie antwortete: »Danke, dass du es mir erzählt hast.« Nun liefen endgültig Tränen über ihre Wangen, und sie ließ zu, dass Alma sie in ihre Arme zog und fest an sich drückte.

## 33. Kapitel

*7. Dezember 1893*

Also ich hab mich als Kind immer ganz schrecklich vor dem Krampus gefürchtet«, meinte Burgi. »Einmal bin ich vor lauter Angst sogar unter den Tisch gekrabbelt. Der hat so eine greislige Maske aufgehabt und mit Ketten gerasselt. Und der Nikolaus war auch kein netter Mann. Der hat mir immer vorgelesen, was ich das ganze Jahr über alles falsch gemacht hab, und hat mich ermahnt, dass ich mich bessern soll. Und dann musste ich vor dem auch immer ein Gedicht aufsagen. Das war was. Andauernd hab ich mich verhaspelt. Und der ganze Zirkus wegen den paar Nüssen und Äpfeln, die in dem Sackerl gewesen sind. Der Michi von nebenan hat wenigstens immer noch Kekse gekriegt. Meine Mutter war schon immer eine geizige Frau gewesen.«

Maria kommentierte Burgis Erinnerungen an den Nikolaus und den Krampus nicht. Ihr reichte die Begegnung vom Vorabend, um sich vor den beiden zu fürchten.

Sie war zu später Stunde auf dem Heimweg vom Gschwendnerhof gewesen, ein gesundes Zwillingspärchen, Bub und Madl, hatte sie dort auf die Welt geholt. Da waren ihr doch prompt diese beiden Gesellen begegnet, und sie hatte sich zu Tode erschrocken. Wer auch immer sich unter dem Kostüm des Krampus versteckt hatte, der gemeine Kerl hatte sich auch noch einen Spaß daraus gemacht, ihr hinterherzulaufen und mit seinen Ketten zu rasseln. Was war sie froh gewesen, als der Bichlhof in Sicht gekommen war. Bestimmt waren die beiden betrunken gewesen, eine andere Erklärung ließ sich für dieses ungehobelte Verhalten nicht finden.

Maria und Burgi saßen an diesem kalten Winternachmittag in der guten Stube, und Maria wartete auf Kundschaft für ihre Hebammensprechstunde. Aber es kam niemand. Vermutlich lag es am Wetter. Es schneite seit dem Vorabend kräftig, hinzu kam ein böiger Wind. Sie hatten bereits mehrfach vor dem Haus Schnee schippen müssen. Oder besser gesagt, hatte Maria Schnee geschippt, denn Burgi meinte, dass ihr Rücken diese Tätigkeit nicht mehr mitmachen würde.

Maria vertrieb sich die Zeit des Wartens mit Stricken. Ihr Werk sollte eine Mütze für die kleine Franziska werden. Ob das Kind diese jemals tragen würde, stand jedoch in den Sternen, denn Maria ließ ständig Maschen fallen und hatte bereits zum dritten Mal wieder ein ganzes Stück auftrennen müssen. So ein Nadelspiel war wirklich eine komplizierte Sache. Wie Burgi, die an Socken arbeitete, das so problemlos hinbekam, war ihr ein Rätsel.

Auf dem Tisch lagen in einer Schale Weihnachtskekse, die Burgi am Vortag gebacken hatte. Dazu gab es ausnahmsweise mal keinen Kaffee, sondern einen herrlich duftenden Früchtetee. Burgi hatte beschlossen, ihren Kaffeekonsum einzuschränken, denn sonst bekäme sie noch einen Herzkasperl. Und weil ihre Hausmamsell rückfällig werden würde, wenn es im Haus nach Kaffee duftete, lebte Maria nun ebenfalls auf Kaffeeentzug. Zu ihrem Glück wurde ihr meist bei ihren Einsätzen welcher angeboten. So ganz ohne Koffein waren ihrer Meinung nach die oftmals stundenlang dauernden Geburten nämlich kaum auszuhalten.

»Denkst du, dass heute überhaupt noch jemand kommen wird?«, fragte Burgi, und ihr Blick wanderte nach draußen. »Bei dem Sauwetter jagt man keinen Hund vor die Tür. Es kommt einem Wunder gleich, dass überhaupt die Zeitung gebracht worden ist. Obwohl ich die regelrecht ausgraben musste. Also so viel Schnee hätte es jetzt auch nicht gleich gebraucht.«

»Ja, Frau Holle übertreibt es heute etwas«, sagte Maria schmunzelnd.

»Obwohl …«, sagte die Hausmamsell. Sie saß dem Fenster genau gegenüber und hatte einen guten Blick nach draußen. »Ich hab mich doch geirrt. Da kommt jemand.« Sie erhob sich, ging in den Hausflur und öffnete ihrem Gast die Haustür.

Es war eine junge und ziemlich verschneit aussehende Frau, die nur wenige Augenblicke später die Stube betrat. Sie war so arg verpackt, dass sich nur an ihrer Stimme erkennen ließ, dass es sich um Marias Freundin Evi handelte. Es dauerte einen Moment, bis sich diese aus ihrem Kleiderwust befreit hatte. Mantel, Schal und Mütze wurden von Burgi sogleich über den Ofen zum Trocknen gehängt.

Evi sah mitgenommen aus. Ihr blondes Haar hatte sich teilweise aus ihrem geflochtenen Zopf gelöst, und ihre Wangen waren gerötet. Sie strich sich eine Haarsträhne hinter das Ohr, setzte sich und nahm Burgis Teeangebot dankend an.

»Da hab ich einmal einen freien Nachmittag, und dann muss das so schneien«, klagte sie. »Obwohl ich Schnee schon gernhab. Aber so viel auf einmal brauch ich dann doch nicht davon. Oh, es gibt Plätzchen. Wie schön.«

Sie nahm sich einen der Kekse, schob ihn sich im Ganzen in den Mund, und ihr Gesichtsausdruck bekam etwas Seliges.

»Sie sind köstlich«, lobte sie die Bäckerin, was Burgi zu der Erklärung verleitete, dass sie das Rezept von ihrer Großtante selig hätte. Diese habe seinerzeit in einer Bäckerei in Rosenheim gearbeitet, die sogar dem König Ludwig und der Kaiserin Sissi bei einem Besuch Kuchen kredenzt hatte.

»Was führt dich denn zu uns?«, fragte Maria. »Bei diesem Wetter kommst du doch nicht bloß auf einen Ratsch vorbei.«

»Du kennst mich zu gut«, antwortete Evi. »Ich wollte fragen, ob du den neuesten Tratsch wegen der Alma schon gehört hast.«

Maria zog eine Augenbraue in die Höhe.

»Das deute ich als ein Nein«, konstatierte Evi. »Sie hat vorgestern Brannenburg verlassen und ist zu ihrer Schwester Gertrud gezogen. Die hat sie sogar abgeholt, weil sie ja nicht mehr richtig schauen kann. Das hab ich von der Gundel, und die weiß es von der Angerin. Der ihren Buben hat sie zuletzt auf die Welt geholt. Ich hab ja immer denkt, dass die alte Hexe keine Familie mehr hat. Ich mein, zu Besuch ist ja auch niemand gekommen.«

»Evi, bitte«, mahnte Maria.

»Ja, ich weiß. Neuerdings seid ihr Freundinnen. Aber ich trau ihr noch immer nicht über den Weg. Also ich glaub, ich hätte der ihre Entschuldigung nicht angenommen. Aber das musst ja du wissen.«

Evi redete nun in diesem besserwisserischen Tonfall, den Maria noch nie hatte leiden können, und sie unterdrückte ein Augenrollen.

Maria hatte nach ihrer Aussprache mit Alma beschlossen, niemanden zu sagen, was Alma ihr über ihre Mutter erzählt hatte. Dieses Geheimnis wollte sie für sich behalten, ihre Vergangenheit sollte nicht zum Dorfklatsch werden. Auch Burgi wusste nichts davon. Max würde sie es irgendwann erzählen, wenn sich mal ein ruhiger Moment fand.

Im Moment war er noch zu sehr in seiner Trauer wegen des Verlusts von Annemarie gefangen, und dann musste er sich ja auch noch um die kleine Franziska kümmern. In dieser Hinsicht erhielt er zum Glück tatkräftige Unterstützung von Annemaries Mutter, die ohne groß Federlesen zu machen, bei den Antretters eingezogen und ihm eine große Stütze geworden war.

Nachdem Maria und Alma gemeinsam das Kind der Grasserin auf die Welt geholt hatten, waren sie für einige Tage mal wieder das Hauptthema auf den Hausbänken gewesen, und Alma hatte es durch das geschickte Streuen von Lobeshymnen auf Maria tatsächlich geschafft, dass selbst die stursten Bäuerinnen ihre Abwehrhaltung aufzugeben schienen. Erst vor wenigen Tagen hatte Maria die Geburtsnachsorge der Stadlerin vom Hinterbergerhof in Flintsbach übernommen. Früher hätte diese sie nicht einmal die Stube betreten lassen. Es schien, als wäre der Gegenwind nun endgültig abgeflaut.

Dass Alma jedoch einfach so gegangen war, wurmte Maria dann doch ein wenig. Sie hielt einen Moment inne und dachte nach. Dann entschied sie sich gegen das negative Gefühl. *Gewiss hatte sie ihre Gründe,* dachte Maria stattdessen. Sie war der alten Frau nicht böse

»Hat sich deine neue Freundin denn wenigstens von dir verabschiedet?«, fragte Evi.

»Nicht direkt«, antwortete Maria. »Sie hat schon vor einer Weile zu mir gesagt, dass sie zu ihrer Schwester nach Wasserburg gehen möchte. Vollkommen erblindet, kann sie in dem Haus ja nicht mehr allein leben.«

»Da ist was dran«, sagte Evi und nahm sich noch einen weiteren Keks. »Ich bin aber nicht nur wegen des Weggangs von der Alma gekommen«, fügte sie dann hinzu. »Es geht um das diesjährige Krippenspiel. Bedauerlicherweise ist uns unsere Maria abhandengekommen. Das war die Mitzi, die hat hat die Maria in den letzten Jahren immer gespielt. Aber jetzt hat sie sich arg mit der Rosi gestritten und will deswegen nicht mehr mitmachen. Der Herr Pfarrer hat dann dich vorgeschlagen. Er hat gemeint, das wäre doch eine schöne Idee, weil du dann noch besser in die Dorfgemeinschaft integriert werden könntest. Außerdem könntest du auch gut mit dem Jesuskind umgehen. Dieses Jahr ist es die jüngste Tochter vom Grafingerbauern, die ist recht umgänglich und schreit nicht andauernd. Du spielst doch mit, oder? Also ich singe ja im Chor, da suchen wir übrigens auch noch Mitglieder.«

»Ja, was soll sie denn jetzt machen?«, hakte Burgi nach. »Die Maria geben oder im Chor singen?«

»Also ich weiß nicht recht«, meinte Maria zögerlich. »Was ist, wenn ein Kind auf die Welt kommen will? Dann bin ich als Hebamme gefragt und muss das Jesuskind im Stich lassen.«

»Ein guter Einwand«, merkte Evi an. »Daran hat natürlich keiner gedacht. Aber es wird schon gut gehen. Ich meine, wie häufig kommt es denn bitte schön vor, dass tatsächlich an Heiligabend ein Kind zur Welt kommt.«

»Also ich kann dir aus Erfahrung sagen, dass das mehr als häufig vorkommt«, entgegnete Maria. »In der Gebäranstalt war an Weihnachten und zu Silvester stets Hochbetrieb.«

»Na ja. In solch einer Einrichtung ist das aber auch kein Wunder«, warf Burgi ein. »Jetzt hab dich doch nicht so. Wir können es ja so machen, dass ich als Maria einspringe, solltest du tatsächlich wegmüssen.«

»Du? Einspringen, als Jungfrau Maria?«, fragte Evi mit großen Augen. »Ja aber, ich meine, also … Bist du dafür nicht ein bisserl zu alt?«

Burgis Miene verfinsterte sich.

»Wenn ihr das nicht so haben wollts, dann eben nicht. Ich hab ja auch von einem Notfall geredet, und der Josef ist auch nicht mehr der Jüngste, soweit ich weiß. Den spielt seit zehn Jahren immer der Willi, und der hat schon gar keine Haare mehr auf dem Kopf.« Sie verschränkte die Arme vor der Brust.

»Jetzt sei nicht gleich beleidigt«, lenkte Evi ein. »So schlecht ist die Idee jetzt auch wieder nicht. Ich kann ja mal den Rest der Theatergruppe fragen, was sie davon halten. Wenn du für länger bei uns mitmachen willst, kann ich dir für nächstes Jahr auch noch die Rolle der bösen Hexe in unserer Märchenaufführung von Hänsel und Gretel anbieten. Die Karla ist leider verstorben.«

»Also die Rolle kannst du gern behalten«, entgegnete Burgi patzig.

Maria grinste. Eitelkeit kannte sie als Eigenschaft ihrer Hausmamsell noch gar nicht. Zu ihrem Glück öffnete sich just in diesem Moment erneut die Haustür, und eine Frau trat ein. Obwohl sie ihren Schal über die Nase gezogen hatte, erkannte Maria sie als ihre Patientin Gerlinde Gallinger. Im Arm trug sie ihren friedlich schlafenden Sohn, den sie vor zwei Monaten zur Welt gebracht hatte. Damals hatte sie Maria noch feindselig gegenübergestanden und nur Alma an sich herangelassen. Inzwischen aber kam sie gern auch zu Maria für die Nachsorge.

Der Anblick der frischgebackenen Mutter löste in Maria Dankbarkeit aus, denn somit konnte sie den beiden Tratschhaferln und ihrer Theaterdiskussion entfliehen.

»Kundschaft«, sagte sie, während sie sich von der Bank erhob. Dann begrüßte sie Gerlinde freundlich, gab dem Kindchen einen vorsichtigen Stups auf die Nase und geleitete die beiden sogleich in ihr Sprechzimmer.

Am späten Nachmittag desselben Tages hatte es zu schneien aufgehört, und blaue Lücken zeigten sich in der Wolkendecke. Vereinzelte Sonnenstrahlen fielen auf die winterliche Landschaft und verwandelten diese mit ihrem warmen Licht in eine wundersam funkelnde Märchenwelt. Maria hatte es gern, durch den Schnee zu laufen, sie liebte das knarrende Geräusch unter ihren Füßen, den herrlich frostigen Geruch in der Luft und die ganz besondere Stille, die der Winter jedes Jahr mit sich brachte. Sie hatte sich warm eingepackt und beschäftigte sich mal wieder damit, den Weg zu ihrem Häusel freizuschaufeln. Die Bewegung tat ihr gut und belebte ihre Sinne.

Burgi fertigte schon wieder einen neuen Plätzchenteig an, gewiss würde es nachher herrlich verführerisch im ganzen Haus duften. Bedauerlicherweise war Gerlinde Gallinger heute die einzige Patientin ihrer Sprechstunde geblieben. Sie litt durch das viele Stillen unter einer Brustentzündung und hatte um eine Kräutersalbe gebeten. Maria war alarmiert gewesen, denn Gerlinde hatte auch etwas erhöhte Temperatur gehabt. Sogleich hatte sie sie angewiesen, bei Danzinger vorstellig zu werden, und ihr ein fiebersenkendes Mittel verabreicht. Es galt zu hoffen, dass sich die Entzündung nicht ausweiten würde.

Nachdem Gerlinde gegangen war, hatte sich auch Evi verabschiedet. Zuvor hatte sie allerdings noch die Zusage von Maria wegen des Krippenspiels eingefordert, und Maria hatte es nicht über sich gebracht, abzusagen. Es war ja auch eine hübsche Idee, und Evi hatte sicher recht, dass ihr Mitwirken ihre Integration in die Dorfgemeinschaft noch weiter fördern würde. Sie versprach, am nächsten Montagnachmittag bei den Proben anwesend zu sein. Burgi kam nicht umhin, sich noch einmal als Ersatzmaria anzubieten, eine feste Zusage blieb Evi ihr allerdings schuldig, was Maria nachvollziehen konnte. Eine Mittfünfzigerin als Jungfrau Maria würde dann doch etwas absonderlich aussehen.

Eine Frau kam auf Maria zugestapft, die ihre Schneeschaufel sinken ließ. Es war Annemaries Mutter, Elisabeth Maler, die näher trat. Die Ähnlichkeit zwischen Mutter und Tochter war unverkennbar. Dasselbe rotbraune Haar, dieselben grauen Augen, und auch Elisabeth hatte helle Haut und Sommersprossen. Zum Schutz vor der Kälte hatte sie ein weinrotes Wolltuch um ihren Kopf gewickelt.

»Grüß dich Gott, Maria«, sagte Elisabeth. »Bist fleißig.« Sie deutete auf die Schneeschaufel.

»Ja, ich mach das ganz gern«, antwortete Maria. Elisabeths unverhofftes Auftauchen sorgte allerdings dafür, dass sich Sorge in ihr ausbreitete. Und tatsächlich hielt sich Annemaries Mutter nicht lange mit Höflichkeitsfloskeln auf.

»Du kannst dir bestimmt denken, weshalb ich gekommen bin. Es geht um Max. Ich gebe mir ja alle Mühe, aber ich dringe einfach nicht zu ihm durch. Er trinkt zu viel, sitzt den ganzen Tag in der Stube am Fenster, und seine Tochter schaut er nicht einmal an. Ich dachte, vielleicht kannst du ja mal mit ihm reden. Ich und auch sein Vater, wir sind mit unserem Latein am Ende.«

»Und du denkst, dass ausgerechnet ich diejenige sein könnte, die ihm helfen kann?«, antwortete sie und sprach damit den Zweifel aus, der sie immer wieder plagte.

Sie wusste, dass sie nichts für Annemaries Tod konnte. Es machte ihr auch inzwischen niemand mehr Vorwürfe. Auf den Hausbänken gab es längst andere Themen. Der Tratsch war ein schnelllebiges Geschäft. »Jemand anders fällt uns nicht mehr ein. Er bezeichnete dich immer als sein Schwesterchen, ich weiß auch, für dich ist er wie ein Bruder. Bitte hilf ihm. Er braucht dich jetzt.«

Maria atmete tief durch. Sie wusste, dass Elisabeth rechthatte. Sie waren wie Geschwister, er war ihre Familie. Sie gab sich einen Ruck.

»Komm. Lass uns gehen.«

Am Antretterhof angekommen, fanden sie Max in der Wohnstube. Er saß auf der Eckbank, vor ihm auf dem Tisch standen eine Flasche Branntwein und ein halb gefülltes Glas. Sein struppiger Bart war deutlich älter als drei Tage, sein Haar war strähnig, und sein weißes Hemd wies einige Flecken auf.

Maria warf Elisabeth einen kurzen Blick zu. Diese verstand und verließ wortlos den Raum. Nachdem sich die Tür hinter ihr geschlossen hatte, setzte sich Maria neben Max und hielt kurz den Atem an. Er stank nach einer Mischung aus Schweiß, Alkohol und Zigaretten.

»Was willst du?«, fragte er in einem teilnahmslos klingenden Tonfall. »Haben sie jetzt nach dir geschickt? Als Heilsbringerin. Mein Schwesterchen. Bist also doch geblieben. Dachte, du wolltest abhauen. Mich auch noch alleinlassen.«

Er wollte nach seinem Branntweinglas greifen, doch Maria hielt ihn zurück. Sie nahm ihm das Glas aus der Hand und stellte es ein Stück von ihm entfernt wieder auf den Tisch.

»Du hast genug«, sagte sie, und plötzlich stieg in ihr Wut auf. »Jetzt ist gut.« Ihre Stimme war nun laut. »Mit dem Saufen, und dem dumm Rumsitzen und die Wände Anstarren. Hast du mich verstanden? Das bringt dir die Annemarie auch nicht wieder. Sie hat es außerdem nicht leiden können, wenn du trinkst. Das weißt du ganz genau. Wir müssen alle irgendwie weitermachen. Und du hast eine Tochter, die dich braucht. Also steh auf und kümmere dich.«

»Ich kann aber nicht«, antwortete er und kniff die Augen zusammen. Tränen rannen seine Wangen herunter, und er schniefte. »Sie fehlt mir so sehr. Und es tut mir so leid. Sie hat geglaubt, ich würde sie nicht richtig lieben. Ich konnte es ihr nicht mehr beweisen.« Er sah Maria nun offen ins Gesicht. »Ich konnte ihr nicht beweisen, dass ich sie mehr liebe als dich. Oder eben anders. Sie als Ehefrau und dich als Schwesterchen. Sie ist in dem Glauben gestorben, dass ich sie nicht liebe.«

Er begann laut zu schluchzen und sank in Marias Arme. Ganz fest drückte sie ihn an sich, sein Körper bebte. Sie wusste nicht, was sie ihm antworten sollte. Dieser Schmerz war auch ihr Schmerz, diesen Kummer trugen sie gemeinsam. Er entstammte ihrer Vergangenheit, war ihr ständiger Begleiter. Die Vertrautheit von Kindern war zu einer innigen Freundschaft geworden, aus der Liebe hätte werden können, die trotzdem Liebe war, aber nicht auf diese Weise.

Liebe hatte viele Gesichter. Das begriff Maria in diesem Augenblick. Sie liebte Max, und das würde sie ihr gesamtes Leben lang tun. Die Kinder von einst waren erwachsen geworden, Brüderchen und Schwesterchen, so sollte es bleiben. So war es gut, so war es richtig. Früher hatte er auf sie aufgepasst, hatte sie verteidigt, sie zum Lachen gebracht, wenn sie traurig gewesen war. Jetzt war sie an der Reihe. In der nächsten Zeit musste sie, trotz ihres eigenen Kummers, für ihn da sein, und vielleicht würde auch er irgendwann wieder lachen können. Bestimmt würde er das.

Nur ganz langsam beruhigte sich Max in ihren Armen, und sein Schluchzen ließ nach. Entfernt war das Geschrei eines Säuglings zu hören.

»Hörst du sie? Das ist deine Tochter. Was meinst du? Wollen wir nachsehen, weshalb sie weint?«

Er löste sich aus ihrer Umarmung und sah Maria nun direkt in die Augen.

»Ja. Es ist gut, dass du gekommen bist, mein Schwesterchen«, sagte er.

»Das denke ich auch«, antwortete sie, und ihre Lippen umspielte nun ein Lächeln. »Denn niemand anders in diesem Haus scheint sich zu getrauen, dir mitzuteilen, dass du wie ein räudiger Hund stinkst und aussiehst.«

Nun kam auch er nicht umhin zu schmunzeln. »Da ist was dran«, erwiderte er. »Dann steh ich jetzt mal auf und geh mich waschen. Und du, sei doch so lieb und kipp den Wein weg. Du hast recht. Annemarie hat es immer gehasst, wenn ich gesoffen habe. Kommst du gleich mit zur Kleinen?«

»Gern«, antwortete Maria und erhob sich. Sie nahm die halb gefüllte Weinflasche, ging damit in die Küche und kippte den Inhalt in den Ausguss.

# 34. Kapitel

*24. Dezember 1893*

Ich bin die gottverdammte Chorleiterin. Ich kann jetzt kein Kind bekommen«, schimpfte Gretel Reuter. Sie stützte sich auf der Tischkante ab und begann ihr Becken auf und ab zu wiegen. »Ach, Maria. Du bist doch eine so gute Hebamme, die Alma hat das auch gesagt. Wir verschieben das Ganze einfach auf den siebenundzwanzigsten, in Ordnung? Dann bleibt entspannt Zeit zum Kinderkriegen.«

Maria amüsierte Gretels Aussage. Die Gattin eines Steinmetzmeisters müsste es eigentlich besser wissen, denn sie hatte bereits vier Kinder geboren. Zusammen wohnten sie in ihrem hübschen Anwesen, das unweit des Bibersteinbruchs lag und erst vor einigen Jahren ein neues Dach erhalten hatte. Konstantin Reuter war ein wohlhabender Mann. Er galt als Vertrauter des Steinbruchinhabers Otto von Steinbeis und trieb mit viel Ehrgeiz den Ausbau des Steinbruchs weiter voran. Gretel Reuter engagierte sich im Ort gleich in mehreren Frauenvereinen, und als erste weibliche Person überhaupt hatte sie seit einem Jahr die Leitung des Kirchenchors inne. Seitdem klang dieser gleich viel besser.

»Deine Wehen sind zu stark, die Fruchtblase ist geplatzt, und dein Muttermund hat sich auch bereits geöffnet. Wir können es nicht mehr aufhalten. Das Kind wird heute als Christkindl auf die Welt kommen, ob es dir nun gefällt oder nicht«, sagte Maria nun.

»Nichts als Ärger hat man mit den Blagen«, schimpfte Gretel. »Ich wollte auch gar kein Kind mehr. Dafür bin ich doch schon viel zu alt. Himmel, und es tut jedes Mal so weh!« Sie stöhnte auf, und Maria begann, ihr den Rücken zu massieren. Die beiden befanden sich im ehelichen Schlafgemach und Maria hatte bereits alles für die bevorstehende Geburt vorbereitet.

»Meinetwegen. Dann soll es halt ein Christkindl werden«, fügte sich Gretel ihrem Schicksal. »Aber dann soll es flott gehen. Wenn wir uns beeilen, schaffen wir es nach der Geburt noch in den Gottesdienst.«

»Du weißt ganz genau, dass das nicht geht. Als Wöchnerin ist dir der Zutritt verwehrt. Du darfst die Kirche erst wieder nach deiner Aussegnung in sechs Wochen betreten«, wandte Maria ein.

»Diesen Unfug hab ich komplett vergessen«, entgegnete Gretel, bevor die nächste Wehe sie verstummen ließ und sie sich stattdessen mit Atmen beschäftigte.

»Ich denke, es hat sich einiges getan«, meinte Maria und warf einen Blick auf die Uhr. »Die Abstände der Wehen sind unter zwei Minuten. Wenn wir Glück haben, kannst du schon bald mit dem Pressen anfangen. Komm. Ich helfe dir aufs Bett.« Sie legte behutsam den Arm um Gretel und führte sie zum Bett. Während Maria sich damit beschäftigte, die Weitung des Muttermundes zu prüfen, redete Gretel wieder von dem Krippenspiel und dem Chorauftritt.

»Vielleicht kann der Pfarrer heute ja mal eine Ausnahme machen. Ich meine, es ist ja auch in seinem Sinne, dass der Chor anständig singt. Ohne mich sind die doch vollkommen aufgeschmissen. Der Moosgruber Sepp verpasst immer seinen Einsatz, auf den muss ich immer besonders aufpassen. Und die Gundel singt gerne mal zu laut, die muss ich immer bisserl bremsen. Also, wenn ich nicht da bin, dann endet das in einer Katastrophe. Aah!« Instinktiv begann sie zu pressen.

Maria war an ihrer Seite. »Ja, du kannst loslegen. Der Muttermund ist vollständig eröffnet. Pressen, so fest du kannst, Liebes. Komm. Du weißt, wie es geht. Ja, so ist es gut. Noch ein Stück weiter.«

Die Wehe ebbte ab, und Gretel sank zurück. Sie atmete schwer. Trotzdem, dass sie Presswehen hatte, kreisten ihre Gedanken noch immer um die Choraufführung. Als wäre die Geburt ihres Kindes vollkommen unwichtig.

»Jetzt geht es ja doch flott voran. Wir könnten es noch schaffen. Magst nicht mal mit dem Pfarrer reden. Ich mein, was ist denn schon dabei? Ich könnte mir auch ein Kissen unters Kleid stopfen, dann weiß keiner, dass das Kind auf der Welt ist.«

»Wo setzten die Wehen gleich nochmal ein?«, hakte Maria nach.

»Bei Gundel im Laden«, antwortete Gretel genervt. Sie schien bereits zu wissen, worauf Maria hinauswollte.

»Richtig. Also weiß inzwischen halb Brannenburg, dass du das Kind heute zur Welt bringst.«

»Verflucht noch eins«, schimpfte Gretel und begann, erneut zu pressen.

Ihre gesamte Wut über den verlorenen Auftritt als Chorleiterin in der Christmette floss in ihr Pressen, und dadurch schaffte sie es, das Kind mit voller Wucht aus sich herauszudrücken. So etwas hatte Maria noch nicht erlebt. Das Kind flutschte regelrecht aus Gretel und landete zwischen ihren Beinen.

Eine Sekunde lang sah Maria den Säugling verwundert an, dann kam Leben in sie. Es war ein Mädchen, und die Kleine hatte jetzt lauthals zu schimpfen begonnen. So ruckartig auf diese Welt zu kommen, schien ihr gar nicht zu gefallen. Maria erfreute sich an den kräftigen Lungen und redete sogleich tröstend auf die Kleine ein, während sie mit geübtem Griff die Nabelschnur durchtrennte.

»Ja, Liebes. Ist ja gut. Na, du hattest es jetzt aber eilig, hübsches Fräulein.« Sie wickelte die Kleine in ein Handtuch und legte sie Gretel lächelnd und mit diesem herrlichen Glücksgefühl in die Arme, dass sie nach einer gelungenen Geburt immer wieder empfand.

»Du hast eine ganz bezaubernde und bereits sehr energische Tochter, meine Liebe«, sagte sie.

Gretel betrachtete ihre Tochter nun mit diesem wunderbaren Blick, den Maria so sehr liebte. So schaute nur eine Mutter drein, die ihr Kind zum ersten Mal sah. Es war das schönste Kennenlernen auf der Welt. Und Maria wusste nun von Alma, dass es auch zwischen ihr und ihrer Mama diesen Augenblick gegeben, dass ihre Mama sie auch mit einer Mischung aus Ehrfurcht und Liebe bestaunt hatte. Es hatte diesen Moment gegeben, dieses im Arm halten. Was danach geschehen war, blendete sie aus.

Während Mutter und Tochter einander kennenlernten, folgten für Maria die vertrauten Arbeitsschritte. Lüften vermied sie jedoch, denn es war dafür zu kalt draußen. In diesem Jahr schenkte Petrus ihnen weiße Weihnachten. Zur Freude aller hatte nicht das für die Feiertage berüchtigte Tauwetter eingesetzt.

Gretel saß nun im Bett. Sie war frisiert und trug ein frisches Nachthemd, über ihren Schultern lag ein Stricktuch.

Maria legte ihr die Kleine wieder in die Arme und erkundigte sich danach, wie sie heißen sollte.

»Marlies«, antwortete Gretel. »Das ist der zweite Name ihrer Großmutter mütterlicherseits. Der erste ist bereits vergeben, ebenso der von meiner Mutter.«

»Das ist ein hübscher Name«, sagte Maria. »Ich finde, er passt zu ihr. Zu eurem Christkindl. Eine Geburt an Heilig Abend ist etwas Besonderes.«

»Ja, das stimmt«, pflichtete ihr Gretel bei. »Jetzt hat sie etwas mit der österreichischen Kaiserin gemeinsam. Die hat ja heute auch Geburtstag.« Sie lächelte milde und berührte zärtlich die kleinen Händchen ihrer Tochter. »Wie klein sie ist. Man vergisst es immer wieder. Es ist ein Wunder.«

»Ja, das ist es«, stimmte Maria zu. »Ein Weihnachtswunder. Was meinst du? Wollen wir jetzt deine Familie reinlassen? Sie warten bestimmt schon ganz ungeduldig.«

»Ja, das können wir gerne machen«, antwortete Gretel. »Aber zuvor muss ich dir noch was sagen, bevor ich es vergesse. Sag der Evi, dass sie mich heute vertreten soll. Ihr traue ich zu, dass das heute Abend einigermaßen anständig über die Bühne gehen wird. Ich meine, ohne mich wird es zwar nicht perfekt sein, aber was solls. Ich hab jetzt Besseres zu tun. Nicht wahr, Kleines?« Sie berührte sanft die Wange ihres Kindes.

Maria versprach, es Evi auszurichten, sie wusste schon jetzt, wie sehr sich ihre Freundin freuen würde. Dann öffnete sie die

Tür, und der Ehemann und die vier anderen Kinder betraten mit großen Augen den Raum.

Am Abend desselben Tages lauschte Maria dem Kirchenchor, der gar nicht schief eines ihrer liebsten Weihnachtslieder zum Besten gab. Es war *Stille Nacht, heilige Nacht*. Ihre Freundin Evi stand vor dem Chor und dirigierte mit konzentriertem Blick. Als sie erfahren hatte, dass sie heute die Chorleitung übernehmen würde, war sie vollkommen aus dem Häuschen gewesen, und Maria hatte ihr für ihren großen Auftritt noch eine Bluse leihen müssen. Neben Maria saß Elisabeth, im Arm hielt sie die kleine Franziska, die den Gottesdienst bisher selig verschlafen hatte und auch jetzt noch die Augen geschlossen hielt. Daneben saß Max, der bemerkte, dass Maria ihn ansah. Er erwiderte ihren Blick und zeigte ein kurzes Lächeln.

In den letzten Wochen hatte er sich wieder etwas gefangen, und er hatte auch wieder seine Arbeit im Sägewerk aufgenommen. Elisabeth, die neuerdings regelmäßig mit der kleinen Franziska bei ihnen zum Kaffeeklatsch erschien, da sie sich ausgezeichnet mit Burgi verstand, berichtete, dass es nun wohl endgültig aufwärts mit ihm ginge. Er rührte keinen Alkohol mehr an, jedenfalls nicht im Haus. Gegen ein oder zwei Bier in Gesellschaft beim Wirt war ja nichts einzuwenden. Erst vor wenigen Tagen hatte sie erzählt, dass er mal wieder beim Schafkopf gewesen war, was sie, ebenso wie Maria, als gutes Zeichen deutete.

Das Leben ging weiter, und nach den schwierigen Monaten, die hinter ihnen lagen, nach der großen Tragödie von Annemaries Tod, schien es nun endlich Gutes für sie im Sinn zu haben. Unweigerlich musste Maria jetzt auch an Alma denken. Ihre Konkurrentin, ihre Feindin war sie gewesen. Sie hatte ihr vergeben. Alles. Auch die Vergangenheit. Ihre Gedanken wanderten nun zu ihrer Mutter. Vielleicht saß sie ja auch gerade irgendwo in einer Kirche und lauschte dem Gesang eines Chors. Vielleicht ging es ihr jetzt gut, und sie hatte ihr Glück gefunden. Vielleicht dachte sie jetzt gerade, in diesem Augenblick, auch an sie. An das kleine Mädchen, das sie im Arm gehalten, das sie für wenige Augenblicke geliebt, das sie aus lauter Verzweiflung in die Obhut von Fremden gegeben hatte. Der Gedanke gefiel Maria und zauberte ihr ein Lächeln auf die Lippen.

Ihr Blick wanderte wieder zu Max, und er nickte ihr kurz zu. Sie nickte zurück, und plötzlich fiel ihr etwas auf: Sie verspürte, dieses kribbelige Gefühl in ihrem Inneren in seiner Gegenwart nicht mehr. Es war verschwunden, und stattdessen empfand sie nur noch wärmende Zuneigung für ihn. Wie schön das doch war.

Was die Zukunft auch immer bringen würde. Maria war nun endgültig angekommen in dem Ort ihrer Kindheit, in dem Dorf, dem sie, das Findelkind, entfliehen hatte wollen. Nun gehörte sie dazu. Gertie wäre stolz auf sie.

# Nachwort

In meiner vorhergehenden Hebammensaga begleiteten wir die drei Hebammen Edith, Margot und Luise durch die Großstadt Berlin und erlebten, wie dort die Frauenfürsorge funktionierte. Doch auf dem Land sah vieles noch ganz anders aus, und gerade im neunzehnten Jahrhundert veränderte sich im Hebammenwesen so einiges.

Nachdem der Arzt und Geburtshelfer Ignaz Semmelweis das häufige Auftreten des Kindbettfiebers auf mangelnde Hygiene bei Ärzten und Krankenhauspersonal in den Kliniken zurückgeführt hatte, bemühte er sich darum, Hygienevorschriften einzuführen, und wurde später als »Retter der Mütter« bezeichnet. Auch in der Münchner Gebäranstalt hielten seine Regeln Einzug. Das war auch gut so, denn wir können uns heute gar nicht mehr vorstellen, was in der Mitte des neunzehnten Jahrhunderts in diesem Haus für schreckliche hygienische Zustände herrschten.

Dank Semmelweis gab es sogar einen Neubau der Gebäranstalt, in dem auch die von mir erfundene Maria ihre Ausbildung zur Hebamme absolvierte. Ohne eine Ausbildung an einer offiziellen Gebäranstalt, in Bayern gab es drei an der Zahl, durfte der Beruf der Hebamme nicht mehr ausgeübt werden.

Auf den Dörfern arbeiteten zu jener Zeit aber auch noch alteingesessene Hebammen wie Alma, die noch von ihren Vorgängerinnen gelernt hatten, und viele Neuerungen – die Hygienevorschriften gehörten dazu – wurden hier noch nicht richtig umgesetzt. Auch hatte die Kirche zumeist noch ein Wörtchen bei den Geburten mitzureden. Gerade auf dem Land wurde bei schwierigen Geburten oftmals das unsaubere Weihwasser in die Gebärmutter gespritzt, um eine sogenannte Nottaufe durchzuführen. Zum Glück wurde diese Praktik aber mit dem Fortschritt der Medizin immer weniger angewandt.

Der sogenannte Muttersegen wurde in einigen Dörfern, besonders im Alpenraum, aber noch bis zur Mitte des zwanzigsten Jahrhunderts gespendet. Die Frauen durften in den Wochen nach der Geburt nicht in die Kirche gehen, oftmals brachte die Hebamme oder ein naher Verwandter das Kind zur Taufe in die Kirche. Erst nach vier bis sechs Wochen ging die Frau zum Pfarrer, wo sie den Muttersegen erhielt. Viele Frauen empfanden dieses Tun als Demütigung, oftmals mussten sie, wie im Roman geschildert, auf Knien in der Kirche bis zum Altar kriechen.

Meine Hauptprotagonistin Maria hatte es als Findelkind nicht leicht, von der Gesellschaft akzeptiert zu werden. Ihr erging es aber tatsächlich noch gut. Wie im Buch beschrieben, kamen die meisten ledig geborenen Kinder in Waisenhäuser, wo sie oftmals schlecht versorgt wurden. Krankheiten waren an der Tagesordnung, viele starben früh, und wenn sie erwachsen wurden, lebten sie oftmals am Rande der Gesellschaft in Armut.

In der Gebäranstalt gab es übrigens tatsächlich die zahlenden Mütter, die dort im Geheimen ihre Kinder zur Welt brachten. Diese kamen dann in bessere Waisenhäuser oder zu Pflegeeltern.

Mir hat es großen Spaß gemacht, wieder einen Einblick in

das Leben einer Hebamme zu geben. Dieses Mal im ländlichen Raum. Oberbayern habe ich gewählt, weil ich dort aufgewachsen bin und die Gegend liebe. Unweit von Brannenburg, in Rosenheim, bin ich groß geworden, und ich habe in der Kirche St. Margarethen kirchlich geheiratet. Deshalb ist das kleine Gotteshaus auf dem Hügel etwas ganz Besonderes für mich. Und selbstverständlich bin ich auch auf der einen oder anderen Alm im Umkreis gewesen und habe dort eine leckere Hüttenbrotzeit genossen.

Wir lesen uns wieder … in Brannenburg, der schönen Stadt am grünen Inn, umgeben von Bergen, deren Anblick nicht nur für Maria, sondern auch für mich Heimat bedeutet.

# Dank

Ich möchte mich bei meiner tollen Lektorin Franziska Lieder bedanken, die mit genauem Auge gelesen und damit den Text umso vieles besser gemacht hat. Mein Dank geht auch an das gesamte Team des Aufbau Verlags. Die Zusammenarbeit ist immer wieder großartig. Und ich bedanke mich auch bei meiner großartigen Agentin Franka Zastrow, die sich sofort für die Idee begeistern konnte.

**Susanne von Berg**
**Die Zeit der Frauen – Eine große Erfindung**
Roman
413 Seiten. Broschur
ISBN 978-3-7466-4119-5
Auch als E-Book lieferbar

# Träume, Liebe und der Erfindergeist einer Frau

Ostwestfalen, 1896: Katharina träumt von einem unbeschwerten Leben in der Stadt, denn als Tochter eines Landwirts weiß sie, was die täglichen Arbeiten auf dem Hof und für die Familie einer Frau abverlangen. Dann verliebt sie sich in den technikbegeisterten Carl, der mit ihrer Hilfe eine Milchzentrifuge entwickelt. Katharina erkennt als Erste, welches Potenzial in der Idee steckt. Doch Katharina und Carl müssen für ihr Glück und für den Erfolg ihres kleinen Betriebs kämpfen. Noch ahnen sie nicht, dass sie den Grundstein für eine bahnbrechende Erfindung gelegt haben, die das Alltagsleben von Millionen Frauen verändern wird …

Die Saga von Erfolgsautorin Susanne von Berg um die Geschichte des bekanntesten deutschen Waschmaschinenherstellers

**Regelmäßige Informationen erhalten Sie über unseren Newsletter.**
**Jetzt anmelden unter: www.aufbau-verlage.de/newsletter**

atb aufbau taschenbuch